I0691343

Gianni Fornasari

COME VORREI
CHE FOSSE

Romanzo

KOI PRESS

Gianni Fornasari
Come vorrei che fosse

© Koi Press
Koi Press è un marchio editoriale di Openmind Srls
Via Volta 72, 20013 - Magenta (MI)
www.koipress.it/ebook/
ISBN 9788898313693
Progetto grafico: Koi Press
Immagine in copertina: Pexels.com
Tutti i diritti sono riservati

COME VORREI CHE FOSSE

1. Riccardo

Sono fermo a un semaforo rosso, l'ennesimo. Ne avrò contati cinque o sei da quando mi sono immesso in questa statale che dal casello dell'autostrada dovrebbe portarmi in centro. Ogni volta devo aspettare che scattino almeno due verdi, col primo mi avvicino e col secondo attraverso, per poi riposizionarmi su un'altra fila, e ricominciare daccapo.

Non sono abituato a queste attese, a questo traffico caotico, a questi clacson suonati senza motivo. Mi guardo attorno, a destra c'è un anziano con una Panda, gli occhi fissi davanti a lui e le mani salde sul volante, come se temesse l'arrivo del momento di ripartire, a sinistra un ragazzo su una Mini Cooper tutta luccicante, si muove a ritmo di una musica di cui avverto le vibrazioni, lievi e confuse nel rumore di questo incrocio riminese nell'ora di punta. Penso che in mezzo a loro, con i miei quarant'anni e la mia Audi station wagon, contribuisco a formare un quadro abbastanza esaustivo del genere maschile.

Accendo anch'io la radio, ma ne escono insopportabili canzonette. Pigio con forza sui tasti alla ricerca di qualcosa di meglio, finisco su un dibattito ecologista di cui non m'importa un accidente, ma preferisco queste voci concitate ai ritornelli di prima. Frugo tra i cd nel cassettino ma poi scatta il verde e devo ripartire. Quando sono di nuovo fermo ho già dimenticato i cd e riporto l'attenzione sui nuovi vicini di fila. A destra una giovane mamma con dietro il figlio, lo scorgo appena che emerge dal seggiolino, lei che si gira a parlargli, mima qualcosa. A sinistra, dentro un Porsche Cayenne, un uomo della mia età molto elegante, che mi restituisce lo sguardo e sembra quasi che sorrida. Lo interpreto come un atto consolatorio, dal momento che si sente superiore a me è come se mi dicesse forza, amico, non te la devi prendere, forse un giorno anche tu potrai guidare un'auto come la mia. O magari si tratta di un sorriso di solidarietà tra poveri cristi costretti a una coda interminabile.

Melissa me lo dice sempre che sono prevenuto, che penso male di tutti. Ultimamente poi è diventata la sua frase preferita, la usa soprattutto quando litighiamo, me la getta addosso come fosse una sentenza, la causa di tutti i mali. Poi se ne va, come se dopo quella constatazione non ci fosse bisogno di aggiungere altro, la colpa è mia perché non mi fido di nessuno e penso male di tutti. Fine della storia. A volte vorrei chiedere cosa c'entra col motivo per cui stiamo litigando, ma lei è già uscita dalla stanza e forse di casa, e quando ritorna la mia domanda diventa fuori luogo. Per cui ho imparato a incassare il colpo e guardare oltre, anche se a furia di sentirlo ripetere mi sono convinto che debba essere vero, almeno in parte.

Per fortuna lei non è il tipo di persona che porta rancore. Si arrabbia e si calma con la stessa rapidità, come se le sfuriate fossero scritte nel copione di una parte che ha deciso di voler recitare e poi, finita la scena, amici come prima. Rino, mio suocero, mi ha detto di non preoccuparmi, che anche Donatella è fatta così. Tale madre tale figlia. La sua solidarietà maschile mi ha sempre divertito, quando ci incontriamo per interminabili cene familiari ci salutiamo con pacche sulle spalle e occhiate piene di complicità. Eppure sono certo che se mai dovessi far soffrire Melissa me la farebbe pagare cara. Della serie è pur sempre mia figlia, quindi attento a quello che fai, ti tengo d'occhio. È il messaggio sottinteso che si cela dietro quegli sguardi amichevoli e bonari, quell'invito ad avere pazienza perché, si sa, le donne sono fatte così.

Controllo la mappa che mi sono stampato, con evidenziato in giallo il percorso da fare, visto che non possiedo un navigatore. Quando ho detto "no grazie non mi interessa" al venditore dell'auto lui mi ha guardato come se fossi un animale strano, di quelli che non sai se studiare o abbattere subito, per evitare che si riproduca. Il fatto è che sentire una voce che mi dice cosa fare mi mette soggezione e se la disattivo poi mi distraggo a guardare il monitor e rischio di far danni. Meglio la mappa, che se ne sta lì appoggiata sul sedile del passeggero e mi fornisce una visione d'insieme. Questo dovrebbe essere l'ultimo semaforo, poi si gira a destra, avanti fino a una rotatoria, seguire indicazioni per l'ospedale, passarci davanti. Dopo servirà una fermata per controllare bene, l'ultima parte del percorso è quella più difficile. Mi chiedo a chi sia venuto in mente di organizzare un convegno nel centro di Rimini. Organizzalo in un hotel vicino al casello autostradale, dico io. O vicino alla stazione. E per fortuna siamo in autunno, pensa a venirci d'estate, con i turisti che prendono d'assalto la città.

Ogni semaforo è presidiato dai lavavetri. In questo ce ne sono due che avanzano verso la mia posizione armati di attrezzo. Gli automobilisti davanti a me declinano l'invito scuotendo la testa o facendo di no con la mano, l'indice proteso come fosse un coltello. Mi aspetto che siano extracomunitari, nordafricani, invece no, potrebbero essere albanesi o rumeni. Quello più alto indossa un basco che fatica a trattenere i capelli lunghi che scendono fin quasi alle spalle in cordoni stopposi, la barba è di quelle trascurate, a chiazze di lunghezza variabile, quasi un mosaico sulle guance scavate. Indossa un bomber verde esercito e pantaloni mimetici, mi sporgo in avanti per guardare i piedi aspettandomi di trovare un paio di anfibi, invece scopro semplici scarpe da ginnastica portate senza calzini. Il basso è calvo, sbarbato, muscoloso. Porta una maglietta a maniche corte che mi fa rabbrividire di freddo, jeans semidistrutti e scarponi da montagna. Ho l'impressione che si tratti di abiti trovati in discarica o ricevuti in dono da qualche associazione di volontariato. Il basso abborda l'uomo nel Cayenne, che gli fa cenno di no, quello insiste, gli appoggia una mano sul finestrino chiuso, chiede per favore, parla bene italiano, dice che ha bisogno di mangiare anche lui, di dargli qualcosa. L'uomo del Cayenne se ne frega, può anche morire di fame, questo non lo dice ma si intuisce da come lo scaccia, muovendo la mano aperta e girandosi dall'altra parte, finché il basso cede e passa oltre. Quello alto sta trattando con la mamma, dice che bel bambino, lo saluta, gli fa le boccacce, lei gli porge qualcosa, lui si alza appena il basco e ringrazia. Poi si volta verso di me. Rinfrancato dal guadagno appena ottenuto lo vedo avvicinarsi energico, mi fa cenno di voler pulire il vetro, gli dico di no ma gli mostro le monete. Si avvicina al finestrino, gli metto i soldi nella mano aperta poi mi affretto a richiudere, imbarazzato da quel piccolo gesto di carità. Rivolgo lo sguardo al semaforo che dovrebbe scattare a secondi, ma continuo a percepire la presenza di quell'uomo. Mi giro e mi accorgo che è ancora lì e mi fissa. Per una piccola frazione di tempo ci guardiamo entrambi, poi lo strombazzare dei clacson ci travolge.

Cerco di riprendere contatto con la realtà, di riemergere dal passato in cui sono stato catapultato all'improvviso, eseguo movimenti automatici, frizione marcia gas, parto quasi sgommando, riprendo il mio posto nella scia di veicoli che non ammette pause, neppure quando ti ritrovi faccia a faccia col tuo amico d'infanzia, divenuto una specie di barbone che chiede l'elemosina ai semafori, neppure quando il rivederlo dopo tanti anni ti scatena dentro un turbine di emozioni che non riesci a controllare.

E l'unica cosa che capisci è che da quella vista, da

quella specie di fantasma, sei solo capace di scappare.

***

Come tutti i pomeriggi il ritrovo era fissato al campetto. I nostri genitori ci lasciavano andare da soli, in fondo si trattava di percorrere qualche decina di metri, partendo ognuno da casa propria, e arrivare al punto in cui la strada si interrompeva. A tornarci adesso in quella via Pier Maria Conti sembra impossibile, ma basta chiudere gli occhi per far sparire i palazzi e le villette a schiera e vedere di nuovo la distesa di campi, con gli orti delimitati dai sentieri, i recinti di legno, le canne intrecciate per far crescere i pomodori, i ripari per gli attrezzi costruiti con assi inchiodate e lastre di lamiera arrugginite, qualche albero lasciato lì per sfruttarne l'ombra e sedersi a riposare, nelle giornate di sole, e magari raccontarsi le storie della guerra. Poco più in là, la campagna. Campi coltivati messi a rotazione, bietola, frumento, girasole, qualche frutteto, alcuni filari di viti, anche se per trovare le vigne vere, quelle di Sangiovese e Albana, bisognava andare su in collina.

Gli anziani della zona erano tutti lì, chi a coltivare, chi a guardare, radunati in gruppetti vocianti, con i cappelli in testa e qualche bestemmia sempre pronta per rafforzare la frase. Poco più in là c'eravamo noi, figli dei residenti delle strade vicine, che verso metà pomeriggio arrivavamo da direzioni diverse, tutti diretti al campetto. E in breve l'aria si riempiva delle nostre grida. Gridavamo per salutarci, per decidere a cosa giocare, per farci sentire nel sovrapporsi di voci, per litigare, per dire ad altri di fare la pace.

Il campetto era per lo più ricoperto da uno strato d'erba che caparbiamente resisteva al nostro continuo calpestare, fatta eccezione per alcuni punti dove la terra nuda si trasformava in fango a ogni scroscio d'acqua; la superficie era molto irregolare, c'erano buche sparse ovunque, qualche collinetta isolata e una più alta disposta su un lato, che tutti noi chiamavamo la montagnola. A delimitarne i confini c'era un piccolo canale di scolo, oltre il quale cominciavano gli orti. Di solito non potevamo oltrepassare quel limite, né ci interessava farlo, ma capitava che qualcuno degli anziani accendesse un fuoco, magari per bruciare la sterpaglia, e allora si prendeva la rincorsa, con un salto si oltrepassava il fosso e ci si radunava lì attorno, a guardare danzare le fiamme.

Anche quel giorno, sul finire dell'estate, ero diretto al campetto. Ma nell'avvicinarmi, passo dopo passo, notai qualcosa di strano. Nessuno dei rumori che ero abituato a sentire ma un vociare spento, quasi un brusio, e per la prima volta da che ricordassi tutti quanti, anziani e bambini, riuniti nello stesso punto, a fissare qualcosa.

Mi feci largo tra loro, guardai anch'io, all'inizio pensai a uno scherzo, poi capii che era tutto vero. L'intero perimetro del campetto era stato recintato con pali di ferro e nastro a strisce bianche e rosse, un cartello piantato a terra ci avvertiva che era vietato l'accesso ai non addetti; all'interno, nel punto dove di solito mettevamo la porta, giaceva una ruspa gialla in posizione di riposo e poco più in là, appoggiate a terra, tantissime assi di legno una sopra l'altra.

"Che roba è?" chiese Danilo, un bambino della mia età che era appena arrivato. A rispondergli fu uno degli anziani, nonno Lino detto Linì. Lo fece alzando il bastone che si portava sempre dietro da quando un incidente d'auto, molti anni prima, gli aveva menomato una gamba, e puntandolo verso il campetto, con un gesto che mi parve di rabbia, disse: "È un cantiere edile, è il progresso che sta arrivando."

Fu come se quella breve risposta, sibilata da nonno Lino e accompagnata da una bestemmia alla Madonna, avesse tolto ogni speranza a chi, come me, pensava che tutto potesse tornare come prima, via i paletti, via il cartello, qualcuno scelga i compagni di squadra che si comincia a giocare, oggi il pallone lo porta Gigi che ieri era il suo compleanno e i suoi gli hanno regalato un Tango nuovo di zecca. I più piccoli cominciarono a piangere, ma lo fecero quasi in silenzio, forse sapendo che nessuno li avrebbe rassicurati e che quindi tanto valeva cercare di non farsi sentire. Si cominciarono a fare ipotesi su quale tipo di costruzione sarebbe stata realizzata, qualcuno addirittura parlò di un canile, che lo aveva sentito dire al mercato di piazza delle Erbe, qualche giorno prima. Io me ne stavo zitto, in disparte, indeciso sul da farsi, respingendo gli inviti dei pochi che avevano avuto il coraggio di guardare avanti e stavano iniziando una partita nella strada, mettendo la porta tra un palo dell'illuminazione e una vecchia lavatrice abbandonata. E mentre il portiere si lamentava che a tuffarsi nell'asfalto c'era da farsi male, mi accorsi che la montagnola era rimasta fuori dal recinto del cantiere.

Allora mi avviai in quella direzione, con quattro balzi ci salii sopra, subito imitato da altri bambini più piccoli, e dall'alto della collinetta guardai giù. Vidi il cantiere, statico e silenzioso, attraversato da una parte all'altra dall'impronta dei cingoli della ruspa, simile a una bizzarra cicatrice, vidi gli anziani che per quel giorno avevano lasciato perdere gli orti, quasi volessero partecipare al nostro dispiacere, o forse presagendo che di lì a poco sarebbe toccato anche a loro, vidi gli altri bambini rimasti in strada e persino qualche genitore che rientrando dal lavoro era venuto a verificare coi propri occhi la notizia che certamente si stava spargendo nel vicinato. Poi raccolsi da terra un sasso, lo soppesai nella mano e lo scagliai verso il campetto, lasciando che scomparisse in mezzo all'erba. Quindi mi sedetti, sconfitto, con le gambe raccolte al petto, ad aspettare che fosse l'ora di rincasare.

"Vaffanculo il progresso" fu l'unica cosa che dissi.

2. Valerio

Me lo sono trovato di fronte all'improvviso, quando dalla mano che usciva dal finestrino sono risalito con lo sguardo al braccio e poi al viso, e per una frazione di secondo ci siamo guardati, anche se mi ero ripromesso di non farlo mai, mai guardare negli occhi chi ti porge l'elemosina, per non cogliere quell'espressione di biasimo, indifferenza e compassione che ogni volta ritrovi in proporzioni diverse, ma sempre inevitabilmente presenti. Non mi ha riconosciuto, come avrebbe potuto, conciato come sono, con questa barba lunga, questi capelli da tossico. Ha distolto lo sguardo, come fanno sempre tutti, sembra che si vergognino di averti fatto l'elemosina, che non vogliano farsi scoprire, come se fosse un reato, qualcosa che non si deve sapere. Io invece l'ho capito subito che era lui, il mio vecchio amico, e non ce l'ho fatta, lì per lì, ad andarmene. Sono rimasto in piedi a fissarlo, come un idiota. Allora lui s'è accorto che c'era qualcosa di strano, si è girato di nuovo, mi ha guardato meglio, ha capito. Ha sgranato gli occhi, neanche avesse visto un fantasma, ma non ci siamo detti nulla, non c'è stato il tempo. Quello dietro ha suonato il clacson, sono ripartiti tutti, sono rimasto solo io, in mezzo alla strada, avvolto dai fumi di scarico.

Ho detto a Catania che me ne tornavo al rifugio, che non mi sentivo bene, lui ha borbottato qualcosa e poi mi ha seguito. Sull'autobus contiamo i soldi, sette euro lui, dodici io. Per oggi non moriremo di fame, dice. Una signora anziana ci guarda male, immagino i suoi pensieri carichi di disprezzo, che non fa nulla per nascondere. Catania se ne accorge, le fa la lingua, lei scuote la testa e si gira dall'altra parte.

Mezz'ora dopo siamo al rifugio, come lo chiamiamo noi, un capannone industriale abbandonato in un'area piena di capannoni simili, più o meno decadenti, con annesse discariche abusive. La zona è frequentata da drogati, alcolizzati, ex carcerati, gente senza fissa dimora che ciondola lì attorno camminando a testa bassa, trascinandosi avanti e indietro per tutto il giorno e bisbigliando frasi senza senso. Ci si conosce più o meno tutti, anche se ogni tanto qualcuno se ne va e qualcun altro arriva, le facce cambiano, i nuovi arrivati ti vengono vicino, vogliono fare conoscenza, ti chiedono come mai sei lì, cosa ti è successo, e tu gli rispondi che sono cazzi tuoi, così se ne vanno offesi. Si creano piccoli gruppi, di tre o quattro persone al massimo, gente che condivide le poche cose che possiede, oltre a quel briciolo di umanità che ancora conserva. Noi, per l'appunto, siamo in quattro. C'è Catania, che conosco da un anno, e ci sono Rocco e Ragazzo. Rocco e Ragazzo sono padre e figlio, quando vogliamo riferirci a entrambi diciamo le due erre. Nessuno di questi sono i veri nomi, ovviamente, neppure li conosco, i veri nomi. A me mi chiamano Basco.

"Allora, chi era il tipo prima, al semaforo?" mi chiede Catania quando siamo seduti dentro il rifugio. Con la sua parte di soldi ha comprato un pacchetto di sigarette e ora ne sta accendendo una, coprendola con la mano per via degli spifferi di vento che non si capisce da dove arrivino ma non smettono mai.

"Uno che conoscevo una volta, da giovane" rispondo.

"E perché minchia ti sei abbattuto così? Ti ha ricordato i vecchi tempi?"

È una buona domanda, di cui però non conosco la risposta.

"Forse sì" dico, "un po'."

Catania sembra soddisfatto, smette di chiedere e si gode la sigaretta. È lì a tre metri da me ma nella penombra di questo posto fatico a vederlo, sento solo l'odore di fumo che avvolge l'aria coprendo per qualche istante la puzza che arriva dalla discarica. Le due erre non ci sono, li immagino impegnati in qualche protesta sindacale o roba simile, non ho mai approfondito. Vorrei rilassarmi, ma l'incontro con Riccardo mi ha sconvolto più di quanto sia disposto ad ammettere. Mi chiedo se sia ancora arrabbiato con me, dopo tutto questo tempo. E cosa avrà pensato a vedermi così conciato.

Decido di non pensarci, di prendere questo episodio, questi pochi secondi della giornata e di gettarli nel cesto dell'immondizia della memoria. Tutto finito.

Un altro pezzo della mia vita sparito per sempre.

***

A dare la notizia fu mio padre nel corso di pranzo di famiglia, coi cugini piccoli che facevano un chiasso infernale rincorrendosi per tutta la casa e le donne che andavano avanti e indietro dalla cucina trasportando pile di piatti sporchi, vassoi pieni di cibo fumante, bottiglie del miglior Sangiovese che avevano trovato in cantina. E lo fece con la solennità che lo contraddistingueva, schiarendosi la voce, chiedendo silenzio, parlando solo dopo che si era assicurato di essere al centro dell'attenzione di tutti.

"Ho una comunicazione da farvi" annunciò dalla sua posizione di capotavola, "mia moglie e io abbiamo deciso di trasferirci, andremo ad abitare in un'altra casa, non lontano da qui, non appena sarà ultimata."

La notizia fu accolta da esclamazioni di stupore e subito si accavallarono le domande su dove fosse situata esattamente la nuova casa, quanto fosse grande. Mio padre rispose a tutti con calma e precisione, elencando cifre, metrature, dettagli architettonici, neanche fosse un agente immobiliare che cercava di piazzare una vendita. Alla fine del pranzo l'argomento era stato sviscerato per intero, ognuno dei presenti era perfettamente informato su ogni aspetto relativo alla casa, al quartiere dov'era ubicata e ai programmi di sviluppo residenziale che il piano regolatore del Comune aveva previsto per quella zona negli anni a venire.

La decisione era maturata due mesi prima, quando l'azienda di famiglia era decollata sull'onda di un contratto di fornitura molto importante che mio padre aveva ottenuto da una fabbrica del nord. Da allora le sue giornate lavorative erano diventate più lunghe, capitava anche che andassi a letto prima che fosse tornato a casa, c'erano assunzioni da fare, finanziamenti da chiedere, progetti di ampliamento del capannone, tutte questioni che venivano fuori di continuo nei dialoghi concitati tra i miei genitori quando si cenava tutti insieme o si faceva colazione, la mattina, e i discorsi ripartivano da dove erano stati interrotti la sera precedente, sotto il peso della stanchezza. In questa euforia generale fu pronunciata una frase da uno dei due, una delle tante buttate lì e poi sottoposte a valutazioni successive. Questa però generò qualche attimo di silenzio, quasi si volesse distinguerla dalle altre, riconoscerne l'importanza.

"E se comprassimo una casa nuova?"

Superato l'impatto iniziale l'ipotesi fu approfondita, discussa, e alla fine divenne una decisione acquisita. Ci saremmo trasferiti. Quando? Avevo chiesto io. Appena la nuova casa sarà pronta, fu la risposta.

Qualche settimana dopo, un sabato pomeriggio, salimmo tutti in macchina per andare a vedere il posto dove sarebbe stata costruita la nuova casa. Ci ritrovammo alla fine di una strada che si interrompeva lasciando spazio a campi sterminati, alla nostra destra un gruppo di bambini stava giocando a pallone sopra un prato, le loro grida arrivavano attutite dentro l'abitacolo.

"Ecco, la casa verrà costruita lì" disse mio padre, indicando quel prato. Scendemmo dall'auto, per guardare meglio. Poi cominciò a parlare, descrivendo l'aspetto che avrebbe avuto, coi terrazzi a ringhiera, la facciata coi mattoni a vista, il grande portone d'entrata, il giardino con una grande magnolia al centro.

Io non ascoltavo, fissavo quei bambini che correvano avanti e indietro per inseguire un pallone mezzo sgonfio, mi chiedevo se un giorno sarebbero stati amici miei, se mi avrebbero accolto bene, tenuto conto che per colpa della nostra nuova casa non avrebbero avuto più un posto per giocare.

3. Marina

Esco dal negozio quasi correndo, per poco non inciampo in un paio di stivali non riposti che giacciono afflosciati sul pavimento, supero il banco più vicino all'entrata e con un unico gesto saluto l'unica commessa rimasta e afferro la maniglia di ottone. Un attimo dopo sono fuori, i miei passi affrettati risuonano sui cubetti di porfido amplificati dalle mura delle case addossate a questa stradina del centro, mi chiedo fino a che punto posso forzare la resistenza dei tacchi e tengo le mani in avanti quasi a presagire un'imminente caduta. Quando giungo a una decina di metri dal bar mi fermo, mi ricompongo, sistemo la borsetta e i capelli, poi percorro gli ultimi metri con tutta calma, come fossi una turista che si trova a passare di lì per caso. Entro e vengo subito investita dall'aroma di caffè e dal vociare dei presenti che affollano lo spazio davanti al bancone, dove giacciono in fila i bicchieri colorati pieni di aperitivi. Alcune teste si girano a guardarmi, di solito il primo sguardo è sfuggente, quasi istintivo, poi se gli occhi continuano a fissarti è come conseguenza di una volontà espressa dal cervello. Non contano gli sguardi che ti ritrovi addosso quando entri in un posto ma quelli che ti restano incollati subito dopo, quando sei stata messa a fuoco, studiata, valutata. Fino a qualche anno fa tutte le teste maschili rimanevano girate, inesorabilmente, ogni volta. Adesso mi posiziono sui due terzi, ma do la colpa all'aumento della popolazione gay, non posso credere che a trentotto anni appena compiuti ci siano uomini che mi ritengono già troppo vecchia per essere guardata. Mi dirigo verso la saletta sul retro, dove il rumore sguaiato dell'ingresso viene sostituito dal brusio composto proveniente dai tavolini, tutti di legno finemente intarsiato e ricoperti da tovaglie damascate ognuna di un colore diverso. Fingo di non sapere dove si trovi quello color peonia, mi soffermo per alcuni secondi sui tavoli più vicini, il turchese, l'avorio, il bordeaux, e intanto con la coda dell'occhio controllo l'angolo in fondo a destra, capisco che mi sta guardando, è indeciso se farmi un cenno o aspettare. Lo tolgo dall'impaccio sorridendogli e andandogli incontro, mentre lui si alza e mi sposta la sedia, facendomi accomodare. Ci presentiamo, diciamo qualcosa per rompere il ghiaccio, mi scuso del ritardo, dice che non c'è problema, ordiniamo da bere. Capisco dal suo sorriso aperto che è soddisfatto del mio aspetto, che aveva dei timori in proposito, forse in passato ha avuto esperienze negative. Gli chiedo di parlarmi di lui, che lavoro fa, cosa gli piace, mi risponde che ha un'azienda sua che produce tubi di poliuretano, su nel Veneto, non dice la città. È molto elegante, raffinato direi, abito grigio su misura, gemelli ai polsini, Patek Philippe in acciaio, indossa occhiali da vista che lo fanno sembrare più maturo dei quarantacinque anni che dice di avere, l'unica nota di contrasto è data dai capelli, tenuti scompigliati da una punta di gel, immagino che li porti così da quand'era adolescente. Sento la vibrazione del suo cellulare, si scusa, controlla velocemente e respinge la chiamata. Buon segno, ha deciso di non farsi distrarre, vuole godersi la serata. Arrivano gli aperitivi, brindiamo a noi, e a Cristina aggiunge lui, che ci ha fatto incontrare. Secondo il protocollo dovremmo andare a cena in un posto scelto da lui, me lo vedo seduto alla sua scrivania aziendale mentre ordina alla segretaria di trovargli il miglior ristorante di Forlì, col suo accento veneto che adesso cerca di mascherare. Gli dico che potremmo piluccare qualcosa lì e disdire la cena, così facciamo prima. Lì per lì non capisce, quel facciamo prima lo ha confuso, in effetti potrebbe voler dire che non vedo l'ora che la serata finisca, oppure che non vedo l'ora di passare alla parte successiva, quella per cui lui ha lasciato il lavoro un'ora prima del solito, è salito in macchina, ha percorso duecento chilometri per venire in questa piccola città della Romagna che probabilmente fino a qualche giorno fa non sapeva neppure che esistesse. Il mio sorriso allusivo lo convince che è tutto okay quindi si rilassa, riprende il cellulare, scorre la rubrica, chiama il ristorante, disdice scusandosi.

"Ecco fatto" dice poi. "Ordiniamo ancora da bere?"

È l'una di notte quando esco dall'hotel. Il tizio è ancora in camera, ha detto che passerà la notte lì, non ha voglia di guidare col buio. Ha detto anche che si farà sentire presto, che preferisce me a Cristina, d'ora in avanti vuole solo me. "Mi lusinga", gli ho risposto, "mettiti d'accordo con lei, può darsi che ti chieda un sovrapprezzo." Ha detto che se ne frega, che per me sarebbe disposto a pagare il doppio, gli ho fatto notare che sono frasi pericolose da dire a una donna, poi gli ho dato un bacio e me ne sono andata.

Il taxi mi aspetta fuori, dico all'autista l'indirizzo di

mia madre, ho deciso che dormo lì, così domattina stiamo un po' insieme, visto che è domenica e non si lavora. Devo solo stare attenta a non fare rumore, entrando, per non svegliarla, lei che ha il sonno così leggero e poi fatica a riaddormentarsi. Magari domani la porto a fare compere, spendiamo un po' dei soldi che ho guadagnato stasera. E poi forse potremmo andare al cinema. Vedremo.

***

Aspettavo che mia madre tornasse a casa standomene appiccicata con la faccia al vetro della finestra, quella del soggiorno che dava sulla strada sottostante, dove la sua macchina bianca compariva sfrecciando per poi sparire subito dopo e infilarsi nel parcheggio condominiale. Era per quello che non potevo distrarmi, rischiavo di perdermi l'attimo del passaggio e in quel caso me la sarei ritrovata alla porta di casa, senza più il tempo necessario per nascondermi.

Di solito mi rannicchiavo dentro l'armadio a muro, dietro i giacconi invernali appesi ad attaccapanni di plastica, immersa nell'odore di naftalina, con le scatole di scarpe impilate una sull'altra che mi premevano sulla schiena. Lei fingeva di cercarmi ovunque, mi chiamava a gran voce, finché non si avvicinava di soppiatto all'armadio e lo apriva all'improvviso facendomi gridare di spavento. Uscivo e le gettavo le braccia al collo, lasciandomi investire dal suo odore. Poi salutavamo la signora del piano di sopra che mia madre aveva assunto per farmi da baby sitter e andavamo in cucina a preparare la cena. Dopo mangiato ci stendevamo sul divano, davanti alla TV, a guardare telefilm o quiz condotti da Mike Bongiorno. Il più delle volte ci addormentavamo lì, abbracciate. In quei momenti la mancanza di un padre, e di un marito, non ci pesava.

Cominciai a porre le prime domande all'inizio della scuola elementare, quando all'uscita vedevo le mie compagne correre ad abbracciare i loro padri che le prendevano in braccio e le facevano volteggiare come fossero farfalle. Salivo in macchina e chiedevo alla mamma perché mai io non avevo un papà come tutti gli altri, lei rispondeva che ne avremmo parlato quando sarei stata più grande, che allora avrei capito meglio certe cose, e poi si chiudeva in un silenzio talmente imbronciato che mi affrettavo ogni volta a cambiare discorso, per paura che si arrabbiasse.

"Dimmi almeno se prima o poi ce l'avrò anch'io, un papà" chiedevo ogni tanto, quando ero più triste del solito e avevo bisogno di aggrapparmi alla speranza che lei ogni volta mi offriva con la sua solita risposta: "Può darsi di sì, piccolina, può darsi di sì." Poi, mentre mamma guidava fino a casa, fantasticavo sul mio futuro padre, lo immaginavo alto, con la barba ma senza i baffi, forte e gentile, che mi veniva a prendere a scuola, mi portava ai giardini e mi insegnava ad andare in bicicletta senza le ruotine. Era un papà davvero speciale, e pensavo che ne era valsa la pena, di aspettare così tanto per averlo.

4. Riccardo

Entro in hotel, cerco la sala del convegno, mi registro, saluto un paio di colleghi, mi siedo in ultima fila, aspetto.

Il brusio cresce man mano che la gente arriva, le hostess in tailleur controllano sorridenti che tutto sia pronto, entrano i docenti, prova microfono, PC collegato, parte la presentazione in Power Point, si comincia. La voce monocorde del relatore fa da sottofondo a pensieri che mi martellano in testa da prima, da quando ho riconosciuto Valerio. Ho ripensato all'ultima volta che ci siamo visti e calcolato mentalmente quanto tempo è passato. Vent'anni. Una vita. Trascorsa senza mai un contatto, un incontro casuale, niente. Le domande mi assillano, cosa avrà fatto in tutto questo tempo? Come c'è finito a fare il lavavetri ai semafori? Cerco di resistere alla tentazione di fare qualcosa per scoprirlo, mi ripeto che non sono affari miei, mi concentro sul tema del convegno. Ecco, una donna elegante fa una domanda che mi interessa, il relatore beve un sorso d'acqua e si appresta a rispondere. Mi passa per la testa un ricordo di Valerio di quand'eravamo piccoli, lo scaccio e chiudo la porta del cervello ad altre immagini come quella, cerco distrazioni, se fossi a casa accenderei lo stereo e metterei un cd dei Pink Floyd, anzi meglio di no, che non farebbe altro che ricordarmi quei tempi, noi che cantavamo The wall storpiando le parole e mimando l'assolo di chitarra.

Sono così insofferente che non riesco a seguire una parola. Mi arrendo. All'intervallo decido di mollare tutto e me ne vado. Consulto la mappa, studio il percorso da fare per tornare all'incrocio ma ben presto i sensi unici mi portano fuori rotta, devo fermarmi e ricontrollare, chiedo indicazioni a un passante ma non parla italiano, credevo che a Rimini gli stranieri venissero solo d'estate. Dopo mezz'ora sono nei pressi del semaforo, trovo un posto per la macchina, parcheggio. Mi avvicino a piedi, gli occhi puntati alla fila di auto ferme. Intravedo un lavavetri che sta contrattando con qualcuno, ma capisco subito che non è lui. Rimango in piedi a guardarmi attorno, cercando il verde della mimetica. Dopo dieci minuti di attesa scopro che lì vicino c'è un giardinetto, lo raggiungo e mi siedo su una panchina di ferro, che certamente lascerà segni indelebili sui pantaloni del completo che indosso. Da questo punto posso tener d'occhio l'incrocio. Le file dei veicoli sono molto più ridotte di prima, torneranno certamente a gonfiarsi verso l'una, all'inizio della pausa pranzo. Di lavavetri ce n'è uno solo, un bianco che assomiglia a quello calvo che affiancava Valerio, forse il fratello o il cugino. Mi chiedo se facciano delle specie di turni, rispettando una sorta di anzianità, quelli più in alto si beccano le ore di punta, agli altri i periodi morti. O magari alla fine della giornata si dividono equamente il ricavato davanti a un bel fuoco.

Passa un'ora, Valerio non si vede. Mi è venuta fame. Entro in un bar, compro un panino al prosciutto e una coca, mi siedo su uno sgabello davanti alla vetrina, continuo a guardare l'incrocio. Il traffico è aumentato ma al momento non ci sono lavavetri, comincio a pensare che non abbiano alcun tipo di organizzazione, probabilmente si attivano quando finiscono i soldi e dopo che ne hanno raccolti un po' se ne vanno. Decido di aspettare ancora, di tornare al convegno per la sessione pomeridiana non se ne parla, e neppure di rientrare a casa. Le domande su Valerio mi tormenterebbero per giorni. Farò il possibile per incontrarlo, se poi non dovessi riuscirci non sarà per colpa mia, e ci metterò una pietra sopra. Una parte di me lo spera.

È quasi buio quando telefono a casa. Melissa risponde dopo un po', me l'immagino mentre esce dalla doccia che fa quando torna dal lavoro, tutti i santi giorni. Dice che deve levarsi di dosso l'odore dell'ospedale.

"Senti, ho incontrato un collega, uno di Rimini, che non vedevo da un po', mi ha chiesto di cenare insieme." Sento il fiatone. Forse mi sbagliavo, la doccia la deve ancora fare, l'ho interrotta mentre faceva gli addominali sulla panca che ha comprato da una televendita.

"Va bene, quando torni sarò già a letto, vedi di non fare troppo rumore."

"C'è un'altra cosa. Questo tizio mi ha fatto una proposta, siccome ha un paio di clienti a Forlì che non riesce a seguire, mi ha chiesto se posso fargli da referente, quindi domani devo andare in studio da lui per parlarne. Pensavo di fermarmi a dormire qui, direttamente all'hotel del convegno."

"Ma non potete parlarne a cena?"

"Sì, certo, ma poi dobbiamo guardare gli incartamenti, ci sono pratiche da fare, roba così. E poi lui è un tipo che a cena non parla di lavoro, sai quelli che vogliono rilassarsi e via dicendo."

"Vabbè, allora ci vediamo domani. Domani sera."

"A domani."

Non capita quasi mai che debba mentire a Melissa, non perché abbia particolari problemi a farlo, piuttosto non ne ho motivo. Faccio una vita semplice, senza complicazioni, che sono quelle che inducono a raccontare frottole. Ti sputtani i soldi nel gioco d'azzardo e menti per giustificare le uscite, hai un'amante e menti per giustificare i ritardi, eccetera eccetera. Non fa per me, io mi accontento. Ho un lavoro che mi piace e che rende abbastanza bene, una moglie con cui vado d'accordo, faccio sport il fine settimana, adoro leggere. La mancanza di un figlio mi pesa, ma ci stiamo ancora provando. Melissa è giovane, fa i trentaquattro a settembre. La ginecologa che ci segue da un anno dice che gli esami sono andati bene, non ci dovrebbero essere ostacoli al concepimento. Ci ha dato una serie di consigli, ha detto di rilassarsi, non bere alcool, non fumare, fare molto sesso prima dell'ovulazione. Ha detto anche di farlo al mattino, che a quell'ora si è più tranquilli. Seguiamo tutto diligentemente, temevo che i rapporti perdessero di intensità, che divenissero processi meccanici finalizzati alla missione da compiere, invece no, direi che quella è l'unica parte divertente della faccenda. Melissa e io abbiamo sempre avuto un'ottima intesa sessuale e se togliamo il fatto che lei dopo ogni volta se ne sta per mezz'ora a gambe in alto, non si noterebbero differenze tra questi e i rapporti di quando eravamo più giovani.

In questo caso ho mentito perché non mi sembrava il caso di dirle che dovevo rimanere qui un altro giorno per cercare un amico d'infanzia che fa il lavavetri. Non mi sento in colpa perché si è trattato di una bugia innocente, detta più per comodità che per nascondere qualcosa.

Prendo una camera in un hotel, il primo che vedo. Ceno lì, in una saletta un po' squallida, con un televisore acceso a parete e altri cinque o sei ospiti dispersi intorno. Poi salgo, mi faccio una doccia, mi metto a letto. È ancora presto ma sono stanco. Mentre aspetto che il sonno mi colga ripenso a Valerio e immagino vari percorsi che possono averlo condotto alla situazione in cui vive ora. E ripenso ai fatti accaduti vent'anni fa, chiedendo a me stesso se dopo tutto questo tempo sono disposto a dimenticare. E a perdonarlo.

Mi addormento senza essere riuscito a rispondermi.

***

Il cantiere edile divenne una specie di attrazione. Gli anziani riuniti in drappelli restavano per ore a guardare gli operai al lavoro, dispensando consigli, facendo commenti, scuotendo la testa quando vedevano qualcosa di sbagliato. Noi bambini aspettavamo che finisse la giornata lavorativa e quando non restava nessuno, superata la simbolica barriera protettiva, andavamo dentro a giocare. All'inizio ci calavamo nelle buche delle fondamenta che formavano corridoi di terra che confluivano tutti in uno spazio più largo, sulla cui destinazione futura c'era stato un litigio piuttosto acceso tra Ernesto, il nonno di Gigi, e Giuseppe, detto Gagì per via della chioma bionda che aveva da giovane; quest'ultimo sosteneva che lì ci sarebbe stata la cantina mentre nonno Ernesto optava per la tavernetta. Per il momento era il quartier generale del nostro esercito immaginario, il luogo dove ci si incontrava dopo ogni missione per rendere conto al generale di turno, ruolo che tutti volevamo avere e la cui designazione ogni volta generava furibonde discussioni.

Col passare dei mesi l'aspetto cambiò drasticamente, furono gettate le fondamenta, eretti pilastri in cemento armato, costruiti solai, l'edificio fu circondato da impalcature di ferro, poi furono realizzate le scale, i muri di tamponamento e il tetto. Ci divertivamo a esplorare ogni stanza, stando attenti a non inciampare negli attrezzi lasciati per terra o nelle assi di legno sparse ovunque. Il solo fatto di essere lì, in violazione alle regole, ci emozionava e divertiva. E poi quella occupazione era una specie di vendetta, per noi che eravamo stati derubati del campetto.

Giocavamo in strada, per lo più, a volte scorrazzavamo per gli orti suscitando la rabbia degli anziani, che ci gridavano contro, oppure giravamo in bici su percorsi improvvisati che ripetevamo all'infinito. Eravamo divisi in gruppi di quattro o cinque, che chiamavamo bande. C'era la banda dei grandi, quelli che avevano qualche anno più di me, frequentavano la terza media o la prima superiore, uno di loro aveva già il motorino; c'era la banda di Paciugo, un bambino della mia età che faceva sempre lo sbruffone, e se volevi giocare con lui dovevi chiamarlo capo; c'eravamo noi, Marchino, Max, Gigi,

Veris e io, che per lo più ce ne stavamo per i fatti nostri. Poi c'erano altri bambini più piccoli, quelli di prima e seconda elementare, che non appartenevano a nessuna banda, venivano snobbati da tutti e passavano il tempo a giocare tra loro in un angolo, controllati a distanza dai rispettivi nonni.

Le femmine non potevano entrare nelle bande, né erano interessate a farlo. Le si vedeva poco per strada, preferivano trovarsi a giocare a casa di una o dell'altra. Ogni tanto capitava di vederle passare, a piedi o in bicicletta, e allora era tutto un sollevarsi di sguardi, soprattutto di quelli dei grandi, che poi iniziavano a bisbigliare tra loro. Io e miei amici ce ne fregavamo, non eravamo interessati. L'unica femmina con cui parlavamo era Giulia, la sorellina di Max. Capitava che lui se la portasse dietro su richiesta dei loro genitori. Odiava doverla controllare, quindi le ordinava di sedersi sul marciapiede e di non fare nulla. Quando c'erano altri bambini piccoli le permetteva di giocare con loro, ma restando nelle vicinanze. Giulia obbediva sempre, bastava dire una cosa e lei la faceva. Ne approfittavamo per mandarla a prendere la palla quando finiva lontano, o per portare messaggi ad altri bambini. "Giulia, va a dire a Paolo laggiù che siamo pronti per la partita", e lei scattava in piedi e correva, e poi ci portava la risposta di Paolo, o chi per lui. Una volta la mandammo a dire a Paciugo che la sua nuova bicicletta faceva schifo, sembrava da femmina. Lei tornò tutta trafelata per la corsa e disse: "Ha detto vaffanculo!"

Max si arrabbiò moltissimo, corse verso Paciugo e si fermò a un centimetro dalla sua faccia, gli disse che non poteva permettersi di mandare affanculo sua sorella e che doveva chiedere scusa. Paciugo precisò che il vaffanculo non era rivolto a Giulia ma a tutti noi, che lei faceva solo da passaparola. Chiarito questo i due fecero pace e da quel momento tutti sapevano di dover portare rispetto a Giulia. Restammo sorpresi da quello scatto d'ira e quando gli chiedemmo spiegazioni, facendogli notare che lui la trattava malissimo, ci rispose, alzando le spalle: "Che c'entra, io sono suo fratello, posso dire quello che voglio."

A farlo arrabbiare era il fatto che, essendoci lei, non poteva venire con noi al cantiere. Giulia era disposta a stare seduta a guardarci giocare in strada, ma se la lasciavi da sola e sparivi dentro una casa in costruzione, sta pur certo che sarebbe scoppiata a piangere in meno di un minuto. Quindi Max era costretto a rinunciare e quando gli operai se ne andavano ci salutavamo, noi entravamo dentro e lui si avviava verso casa, con la sorella che gli trotterellava vicino.

La volta della macchina, invece, c'eravamo tutti. Era estate, stavamo chiacchierando sul terrazzo, con Veris e Marchino che studiavano il percorso più facile per accedere al tetto e noi che dicevamo loro di star fermi, che se fossero caduti sarebbero stati guai, quando udimmo il rumore di una macchina che si fermava in strada, seguita da quello degli sportelli che venivano chiusi. Capimmo subito che si trattava di qualcuno che veniva lì, al cantiere, e che dovevamo trovare il modo di uscire senza essere visti. Ci muovemmo in silenzio attraverso stanze e corridoi che avevamo imparato a conoscere bene, tendendo l'orecchio per capire dove fossero i visitatori. Le loro voci ci giunsero attutite, sembravano provenire da uno dei garage al piano terra, ne approfittammo per scendere le scale nella parte posteriore, sgattaiolare fuori e salire sulla montagnola, al riparo da rimproveri e rimostranze varie.

Restammo lì, ansimanti, ad aspettare che la paura scemasse del tutto, quando vedemmo tre persone affacciarsi al balcone dove pochi minuti prima eravamo noi. Si trattava di una famiglia, padre, madre e figlio. Il bambino aveva più o meno la nostra età, sentivo la madre che gli chiedeva cosa ne pensasse della sua futura casa, e lui rispondere che sembrava bella. Il padre disse di seguirlo, che gli avrebbe mostrato quella che sarebbe stata la sua stanza. Per qualche minuto sentimmo le voci rimbombare negli spazi vuoti del cantiere, poi di nuovo il rumore degli sportelli e quello del motore, e la macchina che ripartiva.

Restammo sulla montagnola a goderci il fresco della sera. Io pensavo a quel bambino, che in futuro avrebbe abitato in quella casa. E mi chiedevo se saremmo diventati amici.

5. Valerio

Da alcuni giorni Catania è più paranoico del solito. È convinto che lo stiano spiando, nascosti nell'ombra, aspettando il momento buono per farlo fuori. Dice che è ricercato, ma non dalle forze dell'ordine, magari, è ricercato dalla mafia, e quelli se si mettono in testa di trovarti è solo questione di tempo. Prima o poi ti beccano, sta sicuro, e quando te ne accorgi è troppo tardi, hai già un coltello piantato nella pancia o due mani possenti che ti stanno stringendo il collo. Dice che prima ti seguono, ti controllano, studiano i tuoi movimenti, per questo non vuole mai ritornare nello stesso posto a distanza di tempo ravvicinata. Secondo me s'è inventato tutto, chissà per quale motivo, forse per rendersi più interessante o per giustificare agli altri il fatto di condurre una vita come questa. Quando gli ho chiesto come mai la mafia lo vuole ammazzare ha detto solo di aver pestato qualche piede di troppo, "ci siamo fatti prendere la mano e senza accorgercene eravamo già passati di là, non c'era modo di tornare indietro" ha detto guardando per terra, come se fosse una confessione.

"Avete, hai detto? Tu e chi altro?"

"Io e mio fratello."

"E lui come mai non è scappato?

"Non ha fatto in tempo. Lo hanno aspettato sotto

casa, una notte, crivellato di proiettili e lasciato lì, per terra, in una pozza di sangue. Dovevi sentirle, le grida di mia madre, quando si è affacciata alla finestra. Roba da spezzare i timpani. Mi hanno avvertito e sono scappato subito dalla Sicilia."

Non sapevo se mettermi a ridere o fargli le condoglianze, nel dubbio sono stato zitto. Nonostante le balle che racconta questo tizio mi è simpatico, mafia o non mafia deve averne passate parecchie, lo si vede dalle espressioni che assume certe volte, quando pensa di non essere visto, talmente tristi da spezzare il cuore. Anche se non l'ho mai visto piangere. Una volta gliel'ho detto, "oh, Catania, ma te non piangi mai?" e lui mi ha risposto che mica è una femminuccia come me, o come gli altri che girano qui attorno, che a sentirli ti viene voglia di menarli per dargli una ragione vera, per versare quelle dannate lacrime.

Rocco e Ragazzo non li capisco, secondo me nascondono un terribile segreto, tipo che hanno fatto fuori la moglie/madre e nascosto il cadavere da qualche parte. Lo intuisco dagli sguardi d'intesa che si scambiano, un linguaggio muto che solo loro conoscono, e dalle assenze che a volte durano per giorni interi e che ci fanno pensare che una volta o l'altra spariranno per sempre. Catania ce l'ha con Rocco, dice che non può costringere un ragazzo a fare questa vita, lui ribatte che a suo figlio va benissimo, che è meglio vivere in strada che dover lavorare come uno schiavo per un padrone che si arricchisce sulle tue spalle, e ogni volta continuano a discutere per ore fino a quando Catania si stufa e lo manda a quel paese. Io me ne sto zitto, anche se do ragione a

Catania. Lui lo sa e mi spinge a dire qualcosa, ad aiutarlo a convincere quel vecchio barbuto, ma io non voglio entrarci negli affari degli altri, ho già i miei problemi. Allora mi accusa di essere un ignavo, come quelli della Divina Commedia, e per un po' mi chiama così, ignavo, finché non si dimentica e la cosa finisce lì.

Oggi dovremmo andare a mangiare alla mensa dei poveri in una parrocchia dall'altra parte della città, ma Catania dice che non vuole venire, perché l'ultima volta ha visto un tipo sospetto, uno che lo guardava di traverso, come se cercasse di riconoscerlo. E poi era una faccia già vista, da siciliano, quindi niente da fare, "non vengo lì a farmi sgozzare" ha detto prima di allontanarsi, per non darmi modo di replicare. Da solo non ci vado, anche se avrei voglia di un pranzo come si deve; questa storia della mafia mi dà suoi nervi ma non ho voglia di litigare, mi mancano le forze. Mi stendo sul materasso sfatto che possiedo, in un angolo del capannone, e cerco di dormire.

Ripenso ancora all'incontro di ieri, il tentativo di dimenticare non è riuscito. Mi chiedo cosa faccia Riccardo nella vita, se sia riuscito a diventare commercialista, suppongo di sì a giudicare dal bel vestito e dalla macchina. Si sarà sposato, immagino, avrà figli, amici con cui trascorrere le serate, sarà membro di qualche club esclusivo, di quelli dove se non sei qualcuno non ti fanno neppure entrare. Chissà cosa avrà pensato vedendomi, sorpresa certo, ma anche altro, sollievo per aver separato nettamente le nostre strade vent'anni fa, sennò a quest'ora sarebbe stato il mio compagno ai semafori, al posto di Catania. O forse, se fossimo rimasti amici, adesso farei parte anch'io di quella cerchia di persone benestanti su cui fantasticavo prima. Supposizioni, ipotesi, scenari alternativi. Tutte stronzate. L'unica certezza è che la mia vita non sarà mai come vorrei che fosse.

***

Andammo a visitare la casa mentre era in costruzione, un cantiere caotico fatto di pilastri e muri di tamponamento, solai allo stato grezzo, fango tutto intorno e attrezzi sparsi ovunque, sacchi di cemento ammucchiati e una gru altissima col braccio che si spostava lentamente sotto la spinta del vento. Mio padre ci veniva spesso a controllare che tutto procedesse per il verso giusto, facendosi accompagnare dal geometra a cui rivolgeva mitragliate di domande su ogni minimo dettaglio che gli capitava sotto gli occhi. Quel giorno arrivammo dopo che gli operai erano andati via e lui ci fece da guida spiegando la destinazione che avrebbe avuto ogni stanza, la cucina, il salotto, lo studio, le camere da letto; ogni volta restava ad aspettare la nostra reazione, mia e di mia madre, forse per concederci tempo per immaginare ciò che sarebbe stato, un domani, quel cumulo di materiale edile assemblato e ancora tutto da rifinire. Per lui non era un problema, immaginarsela già bella e completata, la nuova casa. Mio padre è sempre stato così, un visionario. Fin da quando, fresco di laurea in ingegneria, aveva fondato la Mieli Enrico Costruzioni Meccaniche, aveva investito tutti i risparmi dei suoi genitori per comprare alcune attrezzature, una fresatrice, un tornio, e tutto il necessario per partire. Dopo un anno di duro lavoro aveva assunto il primo dipendente, dopo cinque anni erano diventati quattro, poi dieci, quando sono nato io l'azienda si chiamava M.E. componenti meccanici srl, una realtà consolidata del tessuto economico forlivese con venti addetti, un capannone di proprietà nella zona industriale e le più moderne macchine per la lavorazione metalmeccanica esistenti all'epoca.

L'azienda, come diceva il nome, era specializzata nel creare componenti meccanici di precisione, destinati ai più svariati usi. Quando da piccolo andavo in fabbrica mio padre me li mostrava, i pezzi che tanto si divertiva a progettare e a realizzare, me li faceva tenere in mano e qualche volta me ne regalava uno, che usavo per giocare facendo finta che fosse un'astronave aliena. Era sempre il primo ad arrivare al lavoro e l'ultimo ad andarsene, nonostante fosse il padrone non si tirava mai indietro se c'era da sporcarsi le mani, aveva parole buone per tutti e i suoi dipendenti gli volevano bene. Ricordo i visi sorridenti degli operai, con le tute da lavoro color verde scuro e quegli occhiali da aviatore che portavano sempre per proteggere gli occhi dalle schegge, come mi aveva spiegato mio padre. Tutti mi salutavano, mi chiamavano piccolo padroncino, qualcuno si raccomandava che guardassi bene e imparassi, che un domani sarei stato io a capo della baracca. Mia madre invece non ci veniva quasi mai, in fabbrica. A volte le chiedevo di portarmici e lei rispondeva che era meglio di no, con tutto quel rumore e quella polvere. A me il rumore e la polvere non davano fastidio, mi piaceva l'odore del metallo che si sentiva appena entrati, e mi piaceva stare nell'ufficio di papà, guardarlo seduto sullo sgabello davanti al grande tavolo da disegno inclinato, intento a manovrare il tecnigrafo. A volte disegnavo anch'io, seduto alla sua scrivania, facevo finta di essere un progettista e ricopiavo gli schizzi che trovavo sparsi ovunque, usando le penne a china di vari colori. Oppure gironzolavo per lo stabilimento e facevo piccoli lavoretti, portavo cose da una parte all'altra dopo aver indossato guanti da lavoro anneriti e troppo grandi per infilarci le dita. La fabbrica mi piaceva, esattamente come piaceva a mio padre. E lo invidiavo perché lui ci trascorreva gran parte della giornata, mentre io ci andavo solo ogni tanto, per lo più il sabato mattina, quando la mamma doveva andare a fare commissioni. Un giorno chiesi a mio padre a cosa servissero i componenti che facevano lì alla fabbrica, lui rispose che venivano mandati ad altre fabbriche che ne avevano bisogno per costruire macchine di vario genere, allora chiesi perché non se li facevano da soli e lui mi disse che per farli serviva una precisione assoluta, che solo un'azienda altamente specializzata come la nostra poteva garantire. Poi prese in mano un componente di forma circolare con un buco nel mezzo e varie scanalature concentriche di diverso spessore, la circonferenza era attraversata da fori tutti uguali tra loro e posti alla stessa distanza l'uno dall'altro. "Ecco, guarda questo" disse, "questo componente potrà essere montato solo se costruito con estrema precisione, è sufficiente che uno dei fori sia troppo grande o troppo piccolo, anche di un solo millimetro, per renderlo inutilizzabile. E queste scanalature devono essere dello spessore e della larghezza giusti, capisci?" Feci cenno di sì con la testa, continuando a guardare il componente. "Qui dentro cerchiamo la perfezione, e la otteniamo. In altre parole, facciamo quello che gli altri non riescono a fare. Per questo la nostra fabbrica è speciale."

Quel giorno capii che da grande avrei lavorato con lui, perché anch'io volevo far parte di tutto ciò. Naturalmente lui lo dava per scontato, pronunciava frasi del tipo "quando sarai grande e lavorerai qui ti farò iniziare dal basso, come ho fatto io" oppure "tra qualche anno inizierai a darmi una mano con gli acquisti, così capisci come funziona." L'idea di avere un destino già scritto mi piaceva, mi dava un senso di sicurezza. E vedevo nella fabbrica una sorta di seconda casa, una specie di rifugio, il posto dove la mia famiglia avrebbe potuto ripararsi anche di fronte alle più immani catastrofi che il mondo potesse immaginare.

Qualunque cosa potesse succedere, pensavo, lei ci avrebbe protetto.

6. Marina

Mi sveglio alle dieci passate, sentendo grida di bambini provenienti dalla strada. Mia madre sta trafficando in cucina, avrà pensato di lasciarmi dormire visto che sono arrivata qui a notte fonda. Accendo il cellulare appoggiato sul comodino, ci sono tre chiamate di Cristina, tutte di poco fa, non prevedo niente di buono. Immagini confuse della sera prima mi si accavallano nella mente, il tizio veneto, qualche bicchiere di troppo, l'hotel. È il momento della vergogna, dei buoni propositi, della promessa di non farlo più. Di solito mi passa quasi subito, non appena controllo le banconote da cento che mi gonfiano il portafogli, ogni volta ho il terrore che qualcuno mi possa derubare approfittando del mio stato di quasi ubriaca, maledizione a me e a quanto poco reggo l'alcool. Le tiro fuori, le controllo, le conto, ascolto il fruscio che fanno strisciando l'una sull'altra. Vorrei baciarle, se non fossi cresciuta col terrore dei germi che mia madre mi ha inculcato fin da piccola. Sento il rumore di passi che si avvicina, mi affretto a far sparire tutto, fingo di essermi svegliata in questo istante.

"Buongiorno!" dice lei, la sagoma immobile sulla soglia.

"Ciao mamma" rispondo stropicciandomi gli occhi.

"Hai fatto le ore piccole, eh?"

"Ero a cena con un'amica, abbiamo fatto un po' tardi. Ti ho svegliata?"

"Svegliata? E chi dorme più, è già molto se mi faccio due ore filate per notte."

"Oggi stiamo insieme, andiamo al centro commerciale, facciamo spese" dico stirandomi. Lei mi guarda strano, poi sorride. Lo sapevo che l'avrei fatta felice.

Poco dopo, in bagno, vibra il cellulare. È di nuovo Cristina. Rispondo con la bocca piena di dentifricio.

"Lo sai che sei una gran troia?" mi dice, senza neppure salutare. Penso che, date le circostanze, potrebbe anche trattarsi di un complimento. "Io ti passo i clienti per tappare i buchi, quando ho bisogno, e tu me li freghi, eh? Che storia è questa?"

Mi sciacquo la bocca allontanando il cellulare, sento che sta ancora parlando, percepisco le parole stronza e puttana.

"Ascolta, io non gli ho chiesto niente. Cos'ha fatto, ti ha chiamata?"

"Stamattina, e mi ha detto che d'ora in poi vuole solo te, che siete già d'accordo."

"No, aspetta, lui ha detto qualcosa mentre stavo andando via ma non è che eravamo proprio d'accordo. Sai che fai? Gli aumenti il prezzo, che tanto quello è ricco sfondato."

"Guarda che non è solo questione di soldi. Sono clienti miei, credi sia facile trovare clienti del genere? E poi certo che è pieno di soldi, sennò non sarebbe mai entrato nel giro, è proprio questo il punto, io tratto solo con uomini ricchi, e distinti. Sai a quanti ho detto di no? Avrebbero pagato fior di quattrini."

La lascio sbollire ancora un po', limitandomi ad ascoltare. La conosco abbastanza per sapere che se provo a dire qualcosa è peggio. Alla fine rimaniamo d'accordo di incontrarci da lei, a Bologna, per parlarne a quattr'occhi. Vuole dire al tizio che non funziona così, non può decidere lui chi vuole, non è mica un bordello da quattro soldi dove le ragazze ti sfilano davanti mezze nude e tu indichi col dito. Ma vuole essere sicura che sia d'accordo con lei, che le regga il gioco. Le dico che secondo me la sta facendo un po' troppo lunga, ma acconsento ad andare a trovarla.

Mentre riattacco penso che un po' ha ragione, è lei che ha messo in piedi il giro, come le piace chiamarlo, che seleziona i clienti, che stabilisce i prezzi. Se non fosse per lei me lo scorderei, di guadagnare cinquecento euro con una scopata. Anche tolti i cento che le devo mi va più che bene. E poi non sono obbligata a farlo, mi chiama ogni tanto, quando ha bisogno, come fa con altre due o tre donne che non ho mai conosciuto. Mi ripete spesso che se voglio di lavoro ce ne sarebbe di più, che devo decidermi a fare il salto, o sei puttana o non lo sei, dice ridendo. Mi invita a lasciare quel lavoro merdoso al negozio di abbigliamento, io rispondo che ho bisogno di un po' di normalità, anche solo apparente. La verità è che altrimenti non saprei cosa dire a mia madre, che già mi fa domande, dice che al negozio mi pagano troppo, le sembra strano. Rispondo che oltre allo stipendio prendo le provvigioni sulle vendite, lei ribatte che, vista la crisi, è ancora più strano. Allora l'abbraccio, perché so che funziona sempre.

Quando l'abbraccio smette di preoccuparsi.

***

Il tempo passava ma il momento in cui sarei stata in grado di capire il motivo per cui non avevo un padre sembrava non arrivare mai. Speravo che una sera qualsiasi, mentre eravamo sdraiate sul divano, la mamma si sarebbe decisa a raccontarmi tutto. D'altra parte mi rendevo conto che, qualunque fosse la verità su quell'uomo, di certo non poteva trattarsi di una storia piacevole, visto e considerato che non l'avevo incontrato mai. C'erano due ipotesi, che fosse morto o che se ne fosse andato prima che nascessi. La prima tendevo a scartarla perché la morte non è una cosa così difficile da capire, e poi con mia madre andavamo spesso al cimitero a visitare la tomba del nonno, che ci sorrideva dalla foto ovale semi nascosta dai fiori, e se mio padre fosse stato seppellito lì da qualche parte di certo lo saremmo andati a trovare. Dentro di me sapevo che l'ipotesi più plausibile era la seconda. Per qualche motivo ci aveva abbandonate. Avevano per caso litigato? Forse non voleva me? Ero dunque io la causa della sua fuga? Possibile che non fosse curioso di incontrarmi, almeno una volta? O magari era sparito nel nulla, senza preavviso, e nessuno sapeva dove fosse. Questa ipotesi giustificava il silenzio della mamma, che preferiva non dirmi nulla nel caso lui si decidesse a tornare, un giorno o l'altro. Immaginavo la scena, un uomo suona il campanello, la mamma va ad aprire, lo vede, sbianca, quasi sviene per l'emozione, poi si riprende, gli fa cenno di entrare, si volta verso di me, mi fa: "Mari, tesoro, volevi sapere perché non hai un papà? Ma certo che ce l'hai, eccolo!"

Poteva anche essere morto, finito in qualche burrone e rimasto lì a marcire, come avevo visto succedere ai cadaveri in quel film dell'orrore che avevano trasmesso in TV, e nessuno ne aveva mai saputo niente. Questa era un'ipotesi che nasceva dall'unione delle prime due, ma preferivo scartarla subito, per non dover immaginare il corpo senza vita di mio padre dilaniato dai vermi.

In ogni caso avevo smesso di fare domande. Già a quell'età avevo capito che a insistere troppo non si ottiene nulla. Mi ero convinta che sarei stata in grado di scoprire tutto da sola, e cominciai a indagare. Approfittavo dell'assenza della mamma per sfogliare gli album di fotografie che teneva dentro una grande scatola giù in cantina. Dicevo alla signora del piano di sopra che andavo giù a cercare qualche giocattolo e restavo lì fin tanto che lei non scendeva preoccupata a vedere cosa stessi facendo. Sentendola arrivare richiudevo tutto, come se temessi di svelare il motivo che mi spingeva a guardare quelle vecchie foto. In realtà non ottenni granché, visto che in nessuna di esse compariva qualcuno che potessi ricondurre alla figura di mio padre, c'era la mamma da piccola e poi da ragazza, c'erano i nonni da giovani, lui con la divisa da alpino, lei a cavallo di una bicicletta, poi tutti e tre in posa fuori da una Chiesa, dopo la cerimonia della prima comunione, foto sciupate in bianco e nero con dietro scritta la data nella calligrafia stentata del nonno.

Cercai qualsiasi altra cosa, lettere, messaggi, cartoline, frugando in ogni cassetto della casa, persino abiti maschili che forse la mamma conservava da qualche parte e che sarebbero stati un indizio importante della possibilità che lui potesse tornare. Ma non trovai nulla. Nessuna traccia di un uomo che pure doveva essere stato importante per lei, visto che avevano fatto un figlio insieme. A chi altri potevo chiedere informazioni? Alla signora del piano di sopra, forse? Alla nonna? Mi feci coraggio e provai con la prima, un giorno che mi parve di buon umore. Mi rispose che non ne sapeva niente, ma dal modo in cui lo disse era chiaro che mentiva. Sapeva eccome, ma non voleva dirmi nulla. La nonna, che da tempo soffriva di una strana malattia che le faceva dire cose senza senso, era la mia ultima possibilità. Le porsi la domanda un giorno in cui andammo a trovarla alla Casa di Riposo, mentre mia madre era uscita dalla stanza per parlare con un infermiere. Lei ci pensò su, poi si limitò a scuotere la testa con rabbia, come se le avessi fatto tornare in mente una cosa orribile, e subito dopo ripiombò nel silenzio totale.

Così, all'età di otto anni, incassai la prima grande sconfitta della mia vita, non avrei mai saputo niente di mio padre. Che continuò a esistere nella mia mente come essere mutante, che adattavo di volta in volta alle mie esigenze del momento. C'era un papà forte che mi difendeva quando litigavo con le mie amiche, un papà premuroso che mi curava quando stavo male, un papà severo quando commettevo qualche marachella. L'unica cosa che non riuscivo a inventarmi, e che mi mancava più di ogni altra, erano i baci e le carezze che avrebbe dovuto darmi ogni sera, mettendomi a letto, per farmi addormentare.

7. Riccardo

Mi sono svegliato prestissimo, dopo una notte
trascorsa a rigirarmi nel letto di questa camera
d'albergo che odora di camera d'albergo, su questo materasso troppo morbido, col televisore lasciato acceso
per farmi cullare dal ronzio dei programmi notturni.

Ho fatto colazione di sotto, sorriso al personale, liberato la stanza. Mi sono seduto nella stessa panchina di
ieri, ho trascorso la mattina a guardarmi intorno. Poi
sono entrato nello stesso bar e ho ordinato lo stesso panino. Sto mangiando quando vedo un lavavetri avviarsi
verso il semaforo. Ci siamo, è il compagno di Valerio,
quello basso e muscoloso. Mi aspetto di vedere il mio
amico da un momento all'altro, dando per scontato che
lavorino sempre in coppia, ma passa mezz'ora e di lui
non c'è traccia. Il tizio continua con pazienza la sua
opera, in questo lasso di tempo avrà ricevuto qualcosa
da tre o quattro persone al massimo, un paio di loro
hanno anche lasciato che pulisse il vetro. Lo vedo allontanarsi dal semaforo, incamminarsi nella direzione opposta alla mia, mi avvio a passo veloce, lo seguo. Si
blocca a una fermata dell'autobus, mi piazzo dietro di
lui, aspettiamo. Quando arriva il bus sale nella parte
posteriore, entro anch'io. È abbastanza pieno, rimaniamo in piedi nel corridoio, cerco di non mostrargli la faccia, non vorrei capisse che lo sto seguendo. Lui appoggia a terra il tergivetro e il secchio, la gente lo guarda

male. L'autobus parte, mi chiedo se poi sarò in grado di tornare lì, dove ho lasciato la macchina. Scendiamo dopo una decina di minuti. La scena è molto cambiata, siamo in periferia, lontano dal caos del traffico cittadino. Dev'essere una specie di quartiere povero, a giudicare dai palazzoni fatiscenti che si avvicendano l'uno all'altro, posizionati su entrambi i lati di strade larghe e semideserte. Continuo l'inseguimento, qui mi si nota di più, devo fare attenzione. Lui sparisce dentro un vicolo, sono indeciso se andargli dietro, ma d'altronde non ho scelta. Mi infilo nel cono d'ombra, è una stradina secondaria schiacciata tra i muri di due palazzi, resa ancor più stretta dalle auto parcheggiate a ridosso del piccolo marciapiede. Mantengo una certa distanza, cerco dei punti di riferimento per potermi orientare in seguito, per tornare alla fermata dell'autobus. Dopo un po' imbocchiamo un sentiero di terra battuta che s'inoltra in un'area dismessa piena di capannoni industriali abbandonati, edifici pericolanti circondati da recinzioni semidistrutte, ciminiere diroccate e annerite dai fumi, qualche auto sventrata, rifiuti di ogni genere sparsi dappertutto. Adesso ho paura, se mi aggrediscono qui è finita. Mi viene in mente un film ambientato in un futuro decadente, avrebbero potuto girarlo in questo pezzo di periferia degradata.

Il tizio si ferma di colpo, si gira verso di me, mi guarda. Capisco che si è accorto da un pezzo che lo seguo, che questo è il luogo dove ha deciso di affrontarmi. Non sono uno che fa a botte, mi manca la cattiveria, la voglia di fare del male. Alzo la mano in segno di resa, ma lui avanza verso di me, minaccioso.

"Che cazzo vuoi, eh?" chiede.

"No, non pensare male, voglio solo chiederti una cosa" dico io, e indietreggio, allontano il momento dello scontro.

"Che fai, mi segui?"

"No, cioè sì, ma non ho cattive intenzioni."

"No? Non hai cattive intenzioni? Ma come cazzo parli?!"

Vedo che ha slacciato la cintura dei pantaloni e la sta sfilando dalla fibbia, capisco che vuole usarla per menarmi. Il problema è che non ascolta quello che dico, mi viene in mente che forse è un malato di mente, forse ce ne sono parecchi tra i barboni.

"Senti, sono un amico di Valerio, capito? Valerio!" gli urlo mentre mi è quasi addosso, ma non sembra impressionato da questa rivelazione. "Vi ho visto insieme ieri, al semaforo, tu e Valerio, volevo solo parlare con lui!"

Il primo colpo di cintura è andato a vuoto, ma ne arrivano altri più precisi, alle gambe, al corpo, la usa come fosse una frusta, tenendola per la fibbia e facendola scoccare in aria. Reagisco, basta stronzate, se non faccio niente questo mi massacra, lo prendo per il collo e lo scaravento indietro, gridando di lasciarmi stare. Non cade neppure, barcolla un po' e torna alla carica, mi frusta ancora con la cintura, la afferro con una mano, la tiro, cerco di strappargliela ma lui non molla la presa. Facciamo una specie di balletto, girando intorno e tirando, poi lui cambia strategia, lascia la presa e io cado all'indietro, in un attimo mi è addosso, mi immobilizza con le gambe, comincia a schiaffeggiarmi e intanto urla, chiede chi mi manda e lo ripete in continuazione, con una tale foga che dalla bocca gli escono schizzi di saliva che mi arrivano dritti in faccia. Cerco di dirgli che non mi manda nessuno, che non voglio fargli niente, ma le parole mi escono a frammenti incomprensibili nei rari momenti tra uno schiaffo all'altro, quando non sono impegnato a gemere di dolore. Sento il sapore del mio sangue in bocca, mi appello alle ultime forze per reagire ma è tutto inutile, mi sovrasta in forza e determinazione, i suoi occhi dicono che è una questione di sopravvivenza, la sua o la mia. Poi, all'improvviso, quando posso solo sperare che si renda conto dell'assurdità di ciò che sta facendo, sento il suo peso alleggerirsi, la sua sagoma salire e le sue mani smettere di martellare. Qualcuno me lo ha tolto di dosso. Cerco di rialzarmi come posso, metto a fuoco la scena. Ho davanti tre persone che mi stanno fissando. Uno è piuttosto anziano, panciuto e barbuto, mi fa pensare a Babbo Natale in versione clochard, indossa un giubbotto di pelle che lo strizza tutto, immagino gli sforzi che deve fare per indossarlo, ai piedi spessi calzini di lana e un paio di ciabatte da infermiere. L'altro è un ragazzo, un adolescente, il viso scolpito e la faccia triste. Mi chiedo cosa ci faccia qui, in questo mondo che non dovrebbe riguardare chi ancora ha tutta la vita davanti. Lo guardo con insistenza, più degli altri, come se cercassi di estirpare una risposta da quella faccia, da quel corpo magro e nerboruto, un qualunque dettaglio capace di svelarne il mistero.

Il terzo uomo ha la mia stessa età, mi supera in altezza di una testa, è ancora attraente, e mi fissa con un'espressione di sorpresa. Forse non credeva che l'avrei cercato, forse preferiva che facessi finta di nulla, che andassi per la mia strada e che il nostro rimanesse un fugace incontro, giusto il tempo di mettere una moneta sul palmo disteso della sua mano. E ora si starà chiedendo cosa ci faccio qui. Bella domanda. Vorrei dirgli che non ne ho la più pallida idea.

Che magari potremmo cercare di scoprirlo insieme.

***

Si trasferirono un giorno d'estate, quella tra la fine delle elementari e l'inizio delle medie. Da tempo il cantiere non era più accessibile, anzi non era più nemmeno un cantiere, ma una casa finita e pronta per essere abitata. Per un po' era rimasta così, come in attesa, con porte e finestre sbarrate, poi erano arrivati i mobili e infine loro, i proprietari, la stessa famiglia che avevamo visto quella volta.

Il figlio fece la sua comparsa in strada dopo qualche giorno, avvicinandosi timidamente mentre stavamo preparando una partita di calcio. Si fermò a qualche metro di distanza, forse sperando di essere chiamato, ma nessuno di noi disse nulla, continuammo a discutere sulle regole e sulla composizione delle squadre. Dopo un po' ci accorgemmo che mancava un giocatore. Gigi si girò verso di lui e gridò: "Ehi tu, ci manca uno, vuoi giocare?" Fece cenno di sì.

Max lo squadrò con diffidenza, prima di avvertirlo. "Senti, qui si gioca per vincere, capito? Se non te la senti dillo subito che giochiamo con uno in meno, piuttosto che metterci in squadra una schiappa."

Intervenni deciso, "dai, non fare lo scemo" e poi rivolto al nuovo arrivato: "Non ti preoccupare, giochiamo per divertirci, fa del tuo meglio." In entrambi i casi non ci furono reazioni apparenti, o cambiamenti di espressione. Solo cenni del capo per dire sì o no, per quello che ne sapevamo poteva benissimo essere muto.

Iniziammo a giocare, palla nostra. Gigi all'indietro su Veris che avanzò di un paio di metri, due avversari si fecero sotto, passò a me che lanciai fuori dal campo tentando di raggiungere Max. Retrocedemmo tutti, il loro portiere batté verso uno libero sulla sinistra ma il nuovo arrivato, come uscito dal nulla, arpionò la palla, la controllò con un paio di tocchi ben calibrati, poi alzò lo sguardo, e da quel momento nessuno ci capì più nulla. Scartò, palleggiò, avanzò palla al piede, in una specie di danza fatta di movimenti brevi e veloci, finché si ritrovò da solo davanti al portiere avversario che gli si avventò contro ma nulla poté fare quando, senza neppure essersene accorto, era già stato oltrepassato e la palla riposava dentro la porta.

Restammo tutti immobili, talmente frastornati da quella sequenza impressionante da non avere neppure la forza di gioire per il vantaggio ottenuto. L'unico a dire qualcosa fu Max, che dopo aver dato una pacca sulla spalla al nuovo arrivato disse: "Bella giocata, ma la palla si passa, okay?"

Da quel momento Valerio divenne il compagno di squadra che tutti volevano avere, quello che da solo risollevava le partite, oltre che stupirci con giochi di abilità che a lui sembravano venire naturali e che noi ammiravamo strabiliati. Per la prima volta accadde che anche gli anziani si fermassero a guardarci giocare, commentando le doti di quel ragazzino e presagendo per lui un grande futuro.

Finché un giorno, all'improvviso, tutto sembrò destinato a finire.

Stavamo pregustando l'ennesima vittoria contro la squadra di Paciugo, quando Valerio perse palla in malo modo, scartato da un brocco che normalmente si sarebbe bevuto senza problemi. Lo guardammo stupiti e ci accorgemmo che si era fermato, lo sguardo fisso in una direzione precisa. Poco più in là, immobile, c'era suo padre. Sembrava arrabbiato, ma non diceva nulla. Il nostro amico ci disse che doveva andare e si avviò verso di lui. Io ero troppo distante e non sentii nulla, ma ci fu chi riferì le parole piene di rabbia dell'uomo. Aveva detto che mai più doveva permettersi di fare una cosa del genere, che se fosse stato necessario gli avrebbe impedito di uscire di casa. Nessuno di noi aveva ben compreso il motivo di quella sfuriata, ma eravamo convinti che Valerio sarebbe tornato presto fra noi, a deliziarci col suo gioco spettacolare.

Ci sbagliavamo. Non si fece vedere per due settimane. Dalla strada guardavamo verso casa sua, sperando di vederlo apparire, coi suoi capelli sempre in ordine, i pantaloni corti e le scarpe da ginnastica all'ultima moda. I primi giorni ci rifiutavamo di giocare, dicendo che senza di lui la nostra squadra era incompleta. A essere sinceri eravamo abituati a vincere e non avevamo la minima intenzione di tornare a essere quelli di prima. Poi ce ne facemmo una ragione, e capimmo che non sarebbe più tornato. Così iniziarono i racconti che ne esaltavano le gesta sul campo, chi lo aveva visto saltare tre avversari di fila, chi cinque, chi addirittura sette, qualcuno giurò di aver assistito a un tiro che da cinquanta metri di distanza era finito dritto in porta, qualcun altro lo aveva ammirato mentre segnava in rovesciata, insomma si faceva a gara a chi la sparava più grossa.

Valerio riuscì in pochissimo tempo a diventare una specie di mito; gli anziani si avvicinavano e ci chiedevano di lui, dicevano "quello bravo" non ricordandone il nome. Noi rispondevamo che era andato a vivere a Torino, che Trapattoni lo aveva richiesto per le giovanili della Juve, in attesa che avesse l'età giusta per farlo debuttare in serie A. Loro strabuzzavano gli occhi, poi qualcuno si metteva a ridere, capendo che stavamo scherzando, mentre altri se ne andavano soddisfatti, dicendo che lo avevano visto subito che quel ragazzino ci sapeva fare.

Quando ricomparve fu come se quell'anno il Natale fosse arrivato prima. Nessuno chiese nulla, l'unica cosa importante era riaverlo tra noi. Ma lui frenò subito il nostro entusiasmo, ci disse che non poteva giocare a pallone, suo padre non voleva.

"Perché? Invece di essere contento che suo figlio è bravo?" chiese qualcuno.

"Non è che non vuole che gioco a calcio, non vuole che gioco qui, con voi."

Quelle parole ci paralizzarono. Come non voleva che giocasse con noi, e con chi doveva giocare, allora? Glielo chiedemmo.

"Faccio parte di una squadra, una squadra vera, che gioca un campionato. Adesso è estate e il campionato è fermo, ma tra un po' ricomincia e dovrò andare agli allenamenti, e tutte le domeniche ci sarà la partita. L'allenatore dice che se gioco per strada rischio di farmi male, e allora addio carriera."

Ci fu un lungo silenzio. Quelle parole segnavano la distanza, abissale, tra lui e noi. Lui era un calciatore vero, noi degli sfigati che rincorrono una palla mezza sgonfia in un campetto improvvisato. Anzi, non avevamo più nemmeno il campetto, ci era rimasto un pezzo di strada dall'asfalto consumato, e qualche vecchio elettrodomestico da usare per fare la porta.

"Porca vacca" disse Max. "Dovevamo capirlo subito che eri uno che giocava in una squadra. Peccato, se l'allenatore non vuole, faremo senza di te", e così dicendo si allontanò.

Altri lo seguirono, finché non restammo noi due soli, Valerio ed io. Mi dispiaceva per lui, perché in quella faccenda del divieto di giocare capivo che lui non c'entrava per niente. E nei suoi occhi vedevo la voglia di stare con noi, di segnare per noi.

"Senti un po', campione" dissi, "ti andrebbe di andare a casa mia, che mio babbo mi ha portato una tartaruga. Se vuoi te la faccio vedere." Abbozzò un sorriso. Lo interpretai come un sì. Ci avviammo di corsa, mentre gli altri mi gridavano di tornare indietro, che la partita stava per iniziare.

Feci finta di non sentire e continuai a correre, senza voltarmi mai.

8. Valerio

Dico a Catania che non mi sento bene, preferisco stare qui. Lui mi guarda male, non sopporta di andare in giro da solo, senza nessuno che gli guarda le spalle. Però non dice nulla, prende gli attrezzi e si avvia, imbronciato. "Dove vai?" gli chiedo, tanto per sapere. "Cazzi miei" risponde.

Mi dispiace che sia arrabbiato ma è vero che non sto bene, ho la testa che mi scoppia, non sopporterei la vista di tutte quelle facce nascoste dietro i finestrini che mi guardano male, come fossi una zanzara venuta a disturbare l'intimità dei loro abitacoli pieni di musica e giornali radio. Prevedo che sarà un giorno negativo, carico di pensieri negativi, uno di quei giorni in cui non sopporto di dover vivere così, relegato nei bassifondi della società, senza nulla di certo, di concreto, a parte un materasso che qualcuno ha gettato via e che rappresenta la cosa più preziosa che possiedo. È uno di quei giorni in cui mi chiedo come abbia fatto a finire così, qual è stato il momento in cui ho oltrepassato il limite che mi ha condotto in questo mondo di poveracci, se esista un modo per tornare indietro. Che sia stato l'incontro con Riccardo la causa di questo malessere? Come se un frammento della mia vita passata fosse tornato a ricordarmi che esiste un'alternativa a tutto questo, esistono macchine moderne che trasportano persone eleganti che vanno a svolgere occupazioni dignitose, e che la sera tornano in case pulite e mangiano cibi cucinati da mogli premurose, poi si addormentano in letti comodi dentro stanze riscaldate, al riparo dal gelo dell'inverno. In giornate come questa odio i vestiti che indosso, questo stupido basco, i capelli stopposi che mi arrivano alla schiena, odio questo capannone e tutta l'area che lo circonda, questo odore di uova marce che non smette mai, i rifiuti che la gente viene a gettare per poi scappare via, come se temessero di venire contagiati da noi, zombie o vampiri che abitiamo questa valle desolata. Odio dover soffrire la fame, dover reprimere tutti i desideri sul nascere perché non c'è modo di soddisfarli, di non poter avvicinare una donna per paura di venire scacciato. Odio le scritte sui muri che compaiono di notte, a morte i barboni, bruciamoli vivi, immagino i ragazzini che lasciano le moto poco distante e si avvicinano di soppiatto per non svegliarci, scrivono le loro stronzate con lo spray, decorano il tutto con un paio di croci uncinate e poi se ne vanno ghignando, con l'adrenalina che scorre loro nelle vene. Odio i volontari che si fanno vivi di tanto in tanto, coi loro sorrisi tirati e i loro sacchi pieni di vestiti usati, la voce forzatamente gentile con cui ti parlano, il modo che hanno di guardarti, come fossimo animali feroci di cui non possono prevedere le reazioni. Odio anche i preti che vengono qui a parlarci di Cristo, dicono che lui è dentro di noi, che ci protegge, ci lasciano opuscoli stropicciati e un crocifisso di legno, ci invitano a pregare insieme, come fratelli. Odio le notti invernali passate nei dormitori allestiti dal Comune, dentro container che odorano di plastica vecchia, oppure in qualche salone parrocchiale riempito con letti a castello. Odio tutto questo, ma a differenza di Rocco non incolpo nessuno della mia situazione, la società, le istituzioni, il Governo. L'unico responsabile sono io. È con me stesso che me la prendo perché non riesco a trovare la forza e il coraggio di reagire.

Sento grida provenire da fuori, riconosco la voce di Catania. Mi precipito insieme a Rocco e Ragazzo, ci guardiamo in faccia stupiti uscendo dal capannone. Lo vediamo in lontananza, alle prese con qualcuno, si stanno menando. Pensiamo che il nostro amico sia stato aggredito, mi tornano in mente le sue assurde paure sulla mafia che lo vuole ammazzare, mi preparo a vederlo cadere sotto i colpi di pistola sparati a bruciapelo. Avvicinandomi vedo che l'altro è in giacca e cravatta, strano abbigliamento per un sicario, poi lo riconosco. È Riccardo. Rimango per un momento immobile, mentre Catania lo tiene schiacciato a terra e lo colpisce in faccia, gridando. Interviene Rocco, prende Catania di peso e lo spintona via, in quel momento di confusione riesco a trovare il tempo di stupirmi della sua forza. Riccardo si alza, ci guarda. Un rivolo di sangue gli cola dalla bocca, ha il vestito strappato e tutto sporco di terra. Vedendomi sembra sollevato, forse ha pensato che volessimo dargli il colpo di grazia. Catania fa per tornare alla carica, maledicendo Rocco in dialetto siciliano. Lo fermo con la mano, dico di stare calmo, che quell'uomo non è venuto per lui, per fargli del male.

È venuto per me.

***

La nuova casa mi piacque subito, in particolare ero contento della mia stanza, arredata con mobili nuovi che odoravano di vernice, e del giardino sul retro dove già progettavo di sistemare la tenda da campeggio, nello spazio tra il ciliegio e l'albicocco. Nei pomeriggi che trascorrevo lì fuori sentivo le voci gli altri bambini che giocavano a pallone in strada, mi avvicinavo alla recinzione, salivo in piedi sul muretto e restavo a guardarli, troppo timido per chiedere di farmi partecipare. Solo dopo qualche giorno di osservazione trovai il coraggio di varcare la soglia di casa, mi fu chiesto di giocare da uno di loro, così entrai a far parte del gruppo. All'inizio mi veneravano perché giocavo a calcio piuttosto bene ma poi, dopo che mio padre mi proibì di farlo per paura che mi facessi male, tutti cominciarono a evitarmi. A eccezione di Riccardo, che divenne il mio migliore amico. Trascorremmo insieme quegli ultimi giorni di vacanza, isolandoci da tutti gli altri. Giocavamo per conto nostro, eravamo i guerrieri che assaltavano le fortezze nemiche armati di spade e scudi, gli esploratori che scoprivano nuove terre, i supereroi che salvavano il mondo dall'attacco alieno, i personaggi dei cartoni animati giapponesi che guardavamo alla TV mentre mangiavamo merende a base di pane e Nutella. Mi invitava spesso a casa sua, all'inizio della strada, dove c'era sempre sua madre intenta a cucinare qualcosa. Era una donna né bella né brutta, col viso arrotondato e le guance rosse, da bambina, i capelli sempre raccolti da una rete, piuttosto piccola di statura ma ben proporzionata. Mi accoglieva con sorrisi e gridolini di gioia, pronunciando e scandendo il mio nome a voce alta, mi offriva da bere e da mangiare, sembrava che bere e mangiare fossero per lei le cose più importanti di questo mondo visto che passava tutto il tempo in cucina, indossando un grembiule bianco talmente pulito che si poteva pensare che facesse solo finta, di maneggiare gli ingredienti che addobbavano la tavola. Ma poi veniva da noi con vassoi pieni di fette di crostata e capivi che di cucina se ne intendeva davvero, qualunque cosa stessimo facendo ci fermavamo e gustavamo quella squisitezza a occhi chiusi, neanche fosse l'ultimo pasto di un condannato a morte. Lei restava a guardarci mangiare, sembrava in ansia, e solo dopo che gli avevamo detto quant'era buona quella crostata la vedevi rilassarsi, poi tornava in cucina a preparare qualcos'altro. Una volta le dissi che brava com'era avrebbe potuto aprire un ristorante, lei era arrossita come una ragazzina, mi aveva ringraziato e poi era corsa via. Il padre di Riccardo invece non c'era quasi mai, lavorava tutto il giorno, esattamente come il mio. La prima volta che lo vidi fu quando rimasi a cena da loro, una sera. Dovemmo aspettarlo per mangiare, entrò in casa mentre eravamo tutti seduti a tavola, Riccardo, sua madre e io. Si avvicinò per salutarmi, era un uomo alto e massiccio, l'esatto contrario di sua moglie, indossava un completo grigio molto elegante, scarpe nere lucide che ti ci potevi specchiare, il viso era squadrato e fiero, ricoperto con un velo scuro di barba, gli occhi neri e le folte sopracciglia gli conferivano un aspetto minaccioso che contrastava col sorriso bonario che mi rivolse venendomi incontro. Mi presentai e lui disse che era un piacere conoscermi, che aveva sentito parlare di me e delle mie doti di calciatore. Lo ringraziai, poi lui ci invitò a cominciare a mangiare, che ci avrebbe raggiunto subito. A cena si parlò del più e del meno, mi vennero rivolte varie domande su di me, sui miei genitori, il padre di Riccardo disse che conosceva la ditta di famiglia, mi fece i complimenti, quasi che fosse opera mia, per il solo fatto di essere il figlio del proprietario. Disse che lui faceva il commercialista, che un giorno Riccardo avrebbe ereditato lo studio, mi chiese se anch'io pensavo di lavorare con mio padre, da grande, dissi che era la cosa che desideravo di più al mondo. Forse non si aspettava una risposta come quella perché rimase per qualche istante immobile a guardarmi, con la forchetta sospesa a mezz'aria. "Questo ti fa onore" disse poi, prima di ricominciare a mangiare.

Quando eravamo a casa mia l'atmosfera era molto diversa. Mia madre ci dava un sacco di ordini, diceva di non fare rumore, di non rovinare il giardino, di non sporcare in casa, di non guardare la TV a volume alto, di riordinare sempre. Potevamo giocare ma senza disturbarla, perché era sempre impegnata in occupazioni che richiedevano molto silenzio, leggere libri o riviste, ascoltare musica classica, dipingere. Era l'opposto della madre di Riccardo, non la vedevi mai in cucina se non per il tempo strettamente necessario a preparare pranzi e cene che avevano come unico scopo quello di non farci morire di fame. Lei era una persona che amava l'arte in tutte le sue forme, poteva passare ore davanti a un dipinto o a leggere un libro di Tolstoj o Dostoevskij, i suoi autori preferiti. Non si negava neppure il piacere di

63

un buon film d'autore, di quelli che a me facevano schifo perché non succedeva mai niente, amava la musica classica e l'opera che ascoltava indossando le cuffie, per isolarsi completamente dal mondo. Quando avevamo fame aprivamo il frigo e cercavamo qualcosa, ci facevamo panini e poi pulivamo bene tutto, che le briciole sparse sul tavolo o sul pavimento non erano tollerate. La mamma era gentile con Riccardo, ma si trattava di una cordialità dettata dalle buone maniere, limitava i saluti al minimo indispensabile e ci rivolgeva parola solo per impartire disposizioni. Mio padre rincasava molto tardi, non cenava quasi mai con noi, la mamma gli lasciava qualcosa di pronto che quasi sempre ritrovavamo intatto il mattino dopo, quando ci svegliavamo e lui era già uscito per andare in fabbrica. L'unico giorno della settimana che trascorrevamo insieme era la domenica, quando si dormiva più del solito, si andava a Messa e poi si pranzava al ristorante, che mia madre di passare il giorno del Signore a lavorare in cucina non se la sentiva proprio, diceva. Quando avevo la partita di calcio ci si recava al campo, i miei genitori si accomodavano in tribuna e mi guardavano giocare. Se segnavo si alzavano in piedi e mi applaudivano. Gli altri genitori si complimentavano con loro perché ero davvero bravo, mio padre in particolare era fiero di me e quando l'allenatore gli faceva notare che di ragazzini con un talento del genere ce n'erano pochi in giro, lui lì per lì minimizzava ma poi lo andava a riferire a tutti quelli che gli capitavano a tiro. In fabbrica, il lunedì mattina, raccontava a tutti della partita e di come avevo giocato e se non era per qualche telefonata urgente o qualche questione da risolvere, rimaneva per ore lì in piedi in mezzo all'officina a descrivere ogni singola azione nei minimi dettagli.

Sebbene Riccardo frequentasse casa nostra, lui e mio padre non si incontravano quasi mai. Capitava che passasse a casa per pochi minuti durante la giornata, magari per cambiarsi in vista dell'incontro con un cliente importante o per prendere qualcosa che aveva scordato, lo si vedeva passare fulmineo, salutava entrambi, ci chiedeva cosa facessimo di bello però non restava mai ad ascoltare la risposta. Una volta Riccardo mi chiese com'era mio padre. Quella domanda mi lasciò perplesso, mi resi conto che non avevo mai pensato a lui con l'intenzione di giudicarlo, però fu solo questione di pochi istanti, poi lasciai partire la risposta, con voce ferma e decisa: "È il papà migliore che si possa desiderare."

Ascoltai quelle parole riecheggiarmi nella mente, e mi resi conto che lo pensavo davvero. E mi rallegrai di quanto fossi fortunato.

9. Marina

La proprietaria del negozio dove lavoro è una signora di sessant'anni, non sposata, di bell'aspetto; a volte mentre la guardo penso che tra vent'anni mi piacerebbe essere come lei. Ci chiama le sue ragazze, noi la chiamiamo signora Dina. Ci vuole bene, ci accudisce, ogni tanto andiamo a cena da lei, ha una casa in collina dalle parti di Portico, mangiamo carne alla griglia nel giardino, beviamo vino rosso e giochiamo a carte fine a tarda notte, poi ci tiene a dormire lì, sopra materassi accatastati sul pavimento. Ha aperto il negozio quand'era poco più che ventenne usando i risparmi ereditati dalla nonna materna e chiamandolo come lei, Elsa abbigliamento. Chi non la conosce bene la chiama signora Elsa, seguendo una logica difficile da contrastare, lei non precisa nulla, non corregge, immagino non le dispiaccia essere chiamata col nome di sua nonna.

Stamattina è arrivata in ritardo, credo sia la prima volta che succede da quando ho iniziato a lavorare qui, tre anni fa. Quel giorno mi disse che mi assumeva perché le piaceva come sorridevo. Aveva fatto colloqui con ragazze molto più qualificate di me, aggiunse, ma i loro sorrisi erano così così, il mio invece, e qui aveva fatto un sospiro, era davvero un sorriso come Dio comanda. Ricordo le sue parole: "Nel nostro lavoro ci sono cose che si devono sapere, bisogna riconoscere i tessuti, saperne elencare pregi e difetti, tenersi aggiornati con le tendenze della moda, ma tutto ciò si può imparare facilmente; quello che invece non si impara, mia cara, è saper sorridere, e un sorriso ben fatto è l'arma migliore per vendere un vestito."

Appena entra la guardiamo tutte, siccome la sua voce squillante non risuona nel negozio come al solito ci dev'essere qualcosa che non va. In effetti ha gli occhi arrossati, come se avesse pianto. Ci guardiamo tra noi, indecise sul da farsi. Lei si toglie la giacca, si avvicina a me, mi dice che ha bisogno di parlarmi. La seguo nel piccolo ufficio sul retro, ricavato in un angolo del magazzino. Mi invita a sedermi, lei rimane in piedi. Mi prende le mani nelle sue, ricomincia a piangere. I singhiozzi le bloccano le parole in gola ma in effetti non c'è bisogno di dire nulla, è costretta a licenziarmi perché gli affari vanno male. Se riuscisse a parlare mi direbbe che ha provato e riprovato, ma questa crisi sembra non finire mai e poi da quando hanno aperto il nuovo centro commerciale la situazione è addirittura peggiorata, e proprio non ce la fa più, deve ridurre i costi, e io sono l'ultima assunta quindi tocca a me. Mi direbbe che le dispiace molto perché noi siamo la sua famiglia, ci vuole bene, e farebbe di tutto per tenerci tutte con lei. Ma si limita a piangere per cui non dice nulla, la avvicino a me, ci abbracciamo, penso che se avessi una figlia la consolerei nello stesso modo, accarezzandole la schiena e sussurrando brevi parole di conforto, forse perché è il modo in cui mia madre consolava me, da piccola, e funzionava sempre. Una delle ragazze si affaccia alla porta, vede la signora Dina rannicchiata nel mio abbraccio, capisce tutto. Io le faccio segno che è tutto okay, tutto sotto controllo. Lei mi guarda con occhi tristi, è un gran brutto giorno per il negozio, da qui non era mai stato licenziato nessuno.

Una settimana dopo, all'ora di chiusura, facciamo un piccolo rinfresco. Celebriamo il mio ultimo giorno di lavoro. È una specie di festa ma senza sorrisi e senza risate, fatta di musi lunghi e occhi lucidi. Io ringrazio tutti, loro ringraziano me, la signora Dina si scusa per la centesima volta, mi dice che non appena le cose migliorano mi riassume, e allora sì che facciamo una vera festa. Mi chiedono se ho qualche idea su cosa farò. Rispondo che in effetti qualcosa ci sarebbe, e ripenso alla telefonata fatta a Cristina dopo pranzo e all'appuntamento che abbiamo fissato per l'indomani. Ma di questo non parlo, mi limito a dire che qualcosa ci sarebbe, incrociamo le dita. E tutte loro lo fanno davvero, quel gesto scaramantico, perché nessuno ci crede ma non si sa mai. "Magari sposi un miliardario e ti fai mantenere a vita" dice Stefania, la commessa più giovane, quella che ancora crede nelle favole. "Vorrai scherzare" rispondo, "non mi ci vedo a fare una vita così noiosa" e tutte a prendermi in giro, a dire che allora al miliardario devo dare il loro numero di telefono e la signora Dina che non ha sentito l'inizio chiede "quale miliardario?"

Poi arriva il momento di tornare a casa, di lasciare per sempre il negozio. Mi concedo un momento di commozione mentre abbraccio tutte per l'ultima volta. Chiedo di non dire nulla a mia madre, se per caso passa di lì, che glielo dico io non appena trovo qualcos'altro, faccio finta che sia stata una mia scelta, loro annuiscono affrante. "In bocca al lupo per tutto" mi fa la signora Dina lasciandomi la mano.

"Crepi il lupo" rispondo.

***

"Tuo padre era il ragazzo più bello che avessi mai visto."

Iniziò così, mia madre, a raccontarmi di lui, con questa frase buttata lì quasi con rabbia, come se quella bellezza fosse stata la causa di tutte le disgrazie della sua vita. Eravamo sedute sul dondolo che occupava quasi tutto il terrazzo e che col suo cigolio faceva da sottofondo alle sue parole sussurrate, lo sguardo fisso in un punto imprecisato e le mani intrecciate, con le dita impegnate in movimenti continui a denunciare l'emozione del racconto. Era il giorno del mio decimo compleanno e lei aveva deciso che era arrivato il momento giusto, finalmente potevo sapere di mio padre. Così, dopo che avevo smesso di pensarci da tempo, al termine di una cena più ricca del solito con la torta e le candeline spente in un unico, impetuoso soffio, dopo che le mie amichette del cuore se n'erano andate e che i regali erano stati scartati, lei si era avvicinata a me, mi aveva accarezzato la testa e mi aveva chiesto se volessi ancora sapere di quell'uomo. Lo chiamava così, quell'uomo, col disprezzo che sapeva riservare a chiunque lo meritasse, come quando in precedenza aveva respinto ogni mia richiesta e si era limitata a dire frasi

69

del tipo: "Non c'è ragione che tu sappia qualcosa di quell'uomo, non ancora", e io ero stata costretta a inventarmi un nome perché avevo deciso che un padre non può essere identificato così. E di nomi nella mia testa ne erano passati parecchi nel corso degli anni, si erano succeduti come le stagioni facendo decadere i precedenti come foglie secche, c'era stato un Giovanni, un Fabio, un Roberto, un Dario, non erano mancati anche nomi stranieri visto che non potevo escludere quella possibilità, Pierre nel caso fosse stato francese, Jack o Thomas se fosse stato inglese o americano, Alejandro se fosse stato spagnolo. Per cui quando la mamma iniziò a raccontare dicendo "tuo padre era il ragazzo più bello che avessi mai visto" io me ne restavo seduta sul dondolo con le ginocchia incrociate, il sapore della torta in bocca, ed ero in febbrile attesa di conoscere quel nome.

"La prima volta che lo vidi fu a una festa di quartiere, dove abitavo con i miei genitori. C'era l'usanza di fare una grande festa all'inizio della primavera, si accendeva un falò e si ballava fino a tardi, con l'orchestra che suonava il liscio sopra un piccolo palco eretto in mezzo al campo di calcio, dietro la parrocchia. Lui si presentò e mi chiese di ballare, col suo accento dell'alta Italia, così strano che per poco non mi misi a ridere. Gli chiesi da dove venisse, rispose Bolzano. Io sapevo che Bolzano era molto a nord, quasi al confine, mi disse che si era trasferito qui da poco, voleva provare a vivere in pianura per vedere se gli piaceva. Per me, che non mi ero mai allontanata da casa per più dei trenta chilometri necessari per andare al mare, l'idea di fare una cosa del genere, lasciare la propria città per provare a vivere altrove, era una specie di pazzia. Ma lui mi piaceva, con quegli occhi azzurri e quei capelli biondi, sembrava un tedesco, di quelli che mi capitava di vedere in spiaggia, d'estate, tutti alti e biondi e con la pelle scottata dal sole, e in effetti lo avevano soprannominato così, il tedesco. Dopo quella sera lo rividi altre volte, ai ritrovi serali di ragazzi davanti al bar del quartiere, arrivava con la sua bicicletta sgangherata e la sigaretta sempre in bocca, subito entrava dentro il bar e ne usciva con una bottiglia di birra in mano, alla quale ne sarebbero seguite altre, fino a quando non lo vedevi biascicare parole incomprensibili e accasciarsi a terra semi addormentato, con le guance rosse e mezzo nudo. Nonostante questo vizio di bere stava simpatico a tutti e soprattutto piaceva alle ragazze, per il suo aspetto e per i suoi modi trasandati, da selvaggio. Una sera si appartò con una mia amica, tornarono dopo un'ora tutti sorridenti, furono accolti da acclamazioni e schiamazzi del gruppo, come sempre accadeva quando si formava una nuova coppia. Ma lui non sembrava affatto propenso a fare coppia fissa, né con lei né con altre. Fu subito chiaro che il montanaro era qui per divertirsi e tra le cose che voleva provare, della vita in pianura, c'erano anche le donne. Sapeva farci, eccome, lo si vedeva passare a braccetto con sventole che sembravano ballerine dei programmi della Carrà, e tutti gli altri ragazzi a fischiargli dietro e a dire "hai visto il tedesco, come si diverte! Beato lui". Dopo quel ballo alla festa non ci eravamo più parlati, io ero solo una ragazzetta né bella né brutta, non certo all'altezza di quelle che si portava nel piccolo appartamento che aveva preso in affitto, all'ultimo piano di un palazzone. Chi c'era stato lo descriveva come un buco, una stanza e un bagno, sempre in disordine, con portacenere pieni di mozziconi sparsi ovunque e un odore di chiuso, fumo vecchio e vestiti sporchi che ti assaliva appena mettevi il naso oltre la soglia. Eppure le ragazze facevano a botte per essere portate lì e subito dopo lo raccontavano in giro, anch'io, dicevano, sono stata nella tana del tedesco. Lo incontrai per caso una sera di fine estate, avevo vent'anni, ero alle prese con le insicurezze di un'età adulta che mi aveva investita senza che mi fossi preparata a dovere, con le delusioni amorose e lavorative che si succedevano l'una all'altra facendomi sprofondare per giorni in stati d'animo in cui ansia e depressione si mescolavano tra loro. In quel momento stavo piangendo, non ricordo per quale motivo, forse nessuno. Lui mi riconobbe come quella che sta sempre zitta, non ricordava neppure il mio nome, disse ciao, sei quella che sta sempre zitta, perché piangi? Io gli risposi che erano affari miei, che se ne andasse a fare qualche nuova conquista, che di ragazze pronte e a sua disposizione ce n'erano fin troppe in giro. Non saprei dire perché dissi così, da dove arrivasse quell'astio nei suoi confronti, in fondo non mi aveva fatto niente, a parte ignorarmi per mesi. Mi guardò in modo strano, sembrò riflettere su quell'affermazione sgarbata, come se fosse la prima volta che una ragazza gli si rivolgeva in quel modo, lui che era abituato ad averle tutte ai suoi piedi. Poi si avvicinò e mi baciò, senza dire nulla. Accettai quel bacio, a cui ne seguirono altri, baci muti senza parole di accompagnamento, baci senza spiegazione, così intensi da apparire necessari a entrambi. Passammo la serata insieme, chiusi dentro il capanno di legno ai bordi del campo di calcio, vicino a dove ci eravamo incontrati la prima volta e dove avevamo ballato insieme. Una settimana dopo il tedesco se ne andò per sempre, ritornò a casa, su al nord. A chi lo vide partire, una mattina presto in stazione, e gli chiese perché se ne andasse, lui rispose che la vita di pianura non era poi granché, in fondo preferiva le montagne. Ma forse un giorno sarebbe tornato, aggiunse. Chissà."

Mia madre fece una pausa, immaginai che fosse difficile per lei rievocare quelle storie passate. La immaginavo mentre baciava quell'uomo, il tedesco, mio padre.

"Da quell'incontro, Marina, sei nata tu. Ma lui non lo ha mai saputo, suppongo che non gliene importasse niente, comunque. Era fatto così, gli piaceva divertirsi, non è che si preoccupasse troppo delle conseguenze di quello che faceva. Non ho altro da dirti sul suo conto, naturalmente non è mai tornato, nessuno lo ha rivisto più."

Rimasi zitta a guardare in basso.

"C'è qualcosa che vuoi chiedermi, tesoro?"

Feci cenno di sì. "Come si chiamava?"

Lei fece un sospiro, come se pronunciare quel nome la ferisse nel profondo.

"Victor, tesoro" disse. "Si chiamava Victor."

10. Riccardo

Vivono dentro un capannone disabitato, completamente sgombro, uno spazio immenso circondato da muri altissimi, con file di pilastri disposti a intervalli regolari e piccole aperture quadrate nella parte alta che permettono l'ingresso di una luce fioca anche durante le ore di sole battente. Sparsi qua e là ci sono mucchi di ciarpame, pezzi di mattoni, tegole frantumate, immondizia varia. In un angolo alcuni materassi disposti a terra, un tavolo, qualche sedia rattoppata.

Valerio indossa gli stessi vestiti di ieri, la mimetica, il basco, le scarpe da ginnastica. Siamo seduti uno di fronte all'altro, in questo rifugio di fortuna, senza sapere cosa dire. Mi guardo intorno, perso in questo ambiente surreale, immaginando scene di vita quotidiana fatta di stenti, mi chiedo quanto potrei resistere a vivere qui, dormire in quei materassi rotti, mangiare poco e male, soffrire il freddo d'inverno e il caldo d'estate, non potersi lavare.

"Non è così male, sai" dice lui, immaginando ciò che sto pensando. Vorrei chiedergli come ha fatto a finire così, ma non ho il coraggio. Temo che la risposta mi possa condurre verso abissi profondi, quelli sui cui bordi stava camminando nell'ultima fase della nostra amicizia, molti anni prima. Aspetto che sia lui a parlare, ma l'unica cosa che ottengo sono frasi stentate, pronunciate distogliendo lo sguardo, come di chi vuole che quell'incontro finisca prima possibile.

"Catania credeva che lo volevi ammazzare" dice guardando verso quello che mi ha picchiato. Sta discutendo con gli altri due, sembrano non accordarsi sull'uso da fare di una vecchia televisione abbandonata. "È siciliano, l'avresti detto? È riuscito a perdere pure l'accento, per nascondersi meglio. Dice che giù la mafia gli ha fatto fuori un fratello, lui è scappato e si è rifugiato qui. Quando ha visto che lo seguivi ha pensato che lo avessero trovato."

"E gli altri due?" chiedo. E tu? Vorrei aggiungere.

"Sono padre e figlio, il padre ha perso il lavoro, poi li hanno sfrattati e sono finiti qui. Non so molto altro, la madre è morta oppure se ne è andata, chi lo sa. Non è che parliamo molto; neppure ci chiamiamo col nostro vero nome, quando hai detto a Catania che cercavi uno che si chiama Valerio lui non ha capito che parlavi di me, mi chiama Basco, per via di questo, lo porto sempre. Per fortuna che ti ho sentito e sono corso a salvarti, sennò finiva male."

Mi alzo in piedi, gli chiedo se vuole fare due passi. Non riesco più a rimanere seduto qui, in mezzo a questa miseria. Camminiamo tra le rovine di quell'area dismessa con vecchi capannoni, qualche casa in costruzione lasciata a metà, un piccolo cimitero di auto demolite. Penso che zone del genere si trovano in tutte le città, che ovunque mancano i soldi per sistemarle, buttare giù tutto e ricostruire da zero.

"Com'è che mi sei venuto a cercare?" chiede Valerio, all'improvviso.

Rifletto sulla risposta, perché non la conosco neppure

io, ma non ho voglia di ammetterlo.

"Cosa vuoi che ti dica, ti ho visto lì, non me l'aspettavo. Non ero neppure sicuro che fossi tu, sono andato via ma poi ho riflettuto, ho pensato che magari potevo darti una mano, e sono tornato a cercarti."

Restiamo in silenzio. Siamo imbarazzati, non sappiamo cosa dire.

"Allora?" chiedo, "la vuoi, una mano?"

Sorride. Mi dà una pacca sulla spalla. "Sei gentile Riccardo, ma per adesso è meglio se resto qui. Questa vita fatta di poche cose, solo quelle indispensabili, mi tiene lontano dai guai. Qui faccio una vita di merda, sopravvivo, ma almeno non rischio di morire."

Aspetto sperando che si spieghi meglio, ha avuto forse problemi di droga? Alcool? Non aggiunge altro, e io non chiedo più nulla. Estraggo il portafogli e ne tolgo una banconota da cento euro. Gliela porgo. Devo insistere perché la accetti, poi sul retro di uno scontrino scrivo il mio numero di cellulare. "Se cambi idea, o se hai bisogno di qualcosa, chiamami."

Lui annuisce, ci abbracciamo.

Mi allontano da quel posto orribile. Senza volere mi accorgo che sto quasi correndo, tanta è la voglia di andarmene. Sono turbato, mi sento un po' vigliacco per non averlo costretto a seguirmi, per averlo lasciato lì a sopravvivere, come ha detto lui. Dico a me stesso che non potevo far altro, che ho la coscienza a posto. Fra un'ora sono a casa, aspetto Melissa e le chiedo di andare subito a letto, voglio concepire quel figlio che mi permetterà di guardare avanti, di dimenticare questo luogo, Valerio, e tutti i ricordi che sono emersi da un passato che speravo di aver sepolto per sempre.

Mi accorgo solo adesso che ho il vestito strappato e pieno di terra. Dovrò inventare un'altra bugia, dire che sono caduto. All'improvviso mi pento di essere andato fin lì, avrei fatto meglio a far finta di nulla, girarmi dall'altra parte e basta. E mi pento di avergli lasciato il numero. Quasi quasi lo cambio. Non credo che mi chiamerà, ma non si sa mai. A fatica riesco a ritrovare la macchina. Suona il cellulare. È Melissa. Le dico che sto partendo, tempo un'ora al massimo e sono a casa. E ho voglia di vederla. No, non è successo niente, la rassicuro. Le dico di stare tranquilla.

Non è successo niente.

***

Fummo assegnati alla stessa classe, la prima A della scuola media Giovanni Pascoli. Il primo giorno di scuola ci sedemmo nello stesso banco, il terzo della fila centrale, un po' impauriti ma felici di essere insieme. Nel corso dell'estate la nostra amicizia era cresciuta fino a farci diventare inseparabili. Gli altri del gruppo me lo facevano notare, che passavo troppo tempo col nuovo arrivato, così continuavano a chiamarlo, ma io me ne fregavo, con Valerio ci stavo bene.

I primi giorni nella nuova scuola ci sembrarono strani, con gli orari delle materie e i vari professori che si alternavano e ci scrutavano diffidenti. Nella nostra classe c'erano tre ripetenti, tipi poco raccomandabili, indossavano giubbotti di pelle e jeans strappati, fumavano, masticavano cicche. Mi presero subito di mira, col

77

fatto che ero basso di statura e arrossivo subito. Mi chiamavano mezza sega. Facevo finta di non sentire, ma loro si avvicinavano e continuavano a prendermi in giro, finché non ero costretto a reagire. Gli urlavo di farla finita, ma non facevo altro che gettare benzina sul fuoco.

Valerio lo rispettavano perché, pur avendo un anno in meno, era alto come loro e dopo che lo avevano visto giocare a calcio, nell'ora di ginnastica, erano andati a stringergli la mano e a fargli i complimenti. Quindi mi veniva in aiuto, gli diceva di smetterla ma senza arrabbiarsi, la metteva sul ridere e li invitava a lasciarmi stare, come se non ne valesse la pena. A volte avrei preferito essere menato da quei tre farabutti, piuttosto che sentire Valerio far leva sulla pietà per farli allontanare da me.

Anche nel pomeriggio, quando uscivamo in strada, avevamo a che fare con le prepotenze dei ragazzi più grandi. Quelli che fino a pochi anni prima erano stati nostri occasionali compagni di gioco si erano trasformati in mostri dalle facce piene di brufoli, passavano i pomeriggi seduti sui motorini con la sigaretta in mano, ascoltavano musica da uno stereo appoggiato per terra, fischiavano alle ragazze e, per l'appunto, facevano i bulli con noi. Pretendevano che non giocassimo a calcio perché facevamo chiasso, quando invece erano loro a voler giocare dovevamo lasciar libera la strada e magari prestargli il pallone. Una volta Max aveva protestato ma nel giro di un secondo si era ritrovato con la schiena a terra e due ceffi che gli stavano sopra e gli rovesciavano addosso il loro alito puzzolente di sigarette. Subivamo le angherie di quel gruppo di teppisti senza avere il coraggio di opporci; quando li vedevamo avvicinarci aspettavamo in silenzio di sapere cosa volessero, poi ubbidivamo senza fiatare. Fummo tutti sorpresi, quindi, quando un giorno, mentre ci apprestavamo a lasciare libera la strada, udimmo la voce di uno di noi gridare: "Giochiamocela a pallone." Era stato Gigi, in un attimo tutti gli occhi furono rivolti verso di lui, che si limitò a ripetere, stavolta a voce più bassa: "Giochiamocela a pallone." Max approfittò dell'occasione e si fece coraggio, "giusto, facciamo una partita e chi vince si prende la strada." Uno dei grandi disse che non aveva voglia di giocare con dei mocciosi come noi, e afferrò la palla da terra. "Vabbè, se avete paura" mormorò Max, e pensai che lo pestassero a dovere. In effetti due di loro gli si avvicinarono minacciosi ma il terzo, quello che aveva raccolto il pallone, li fermò con un gesto della mano. "Va bene teste di cazzo" disse, "ce la giochiamo, ma non adesso, tra una settimana, a quest'ora. E chi perde non mette mai più piede qui. Chiaro?"

Era chiaro, perché nessuno disse più nulla. Ci eravamo fregati da soli. Avremmo perso e addio strada. Lo dissi a Max, rimproverandolo per quell'uscita da stupido.

"Non è detto che perdiamo" replicò lui con un sorrisetto, e già capivo dove voleva andare a parare. "Lui non gioca, lo sai."

Mi si avvicinò e mi diede una pacca sulla spalla. "Tu prova a convincerlo" disse poi, mentre si avviava verso casa, seguito da Giulia che gli urlava di aspettarla, con quella vocina stridula che le usciva sempre quando stava per piangere e si sforzava di non farlo.

A scuola, il giorno dopo, provai ad affrontare l'argomento buttandola sul ridere, scherzando sulla sfida lanciata ai grandi da Gigi e Max e di come loro l'avessero presa sul serio, tanto da fissare un giorno e un orario per la partita. "Mi sa che ci faranno a pezzi" dissi, come se quello fosse un risultato già scritto, irreversibile. A quel punto potevo solo sperare che fosse lui a farsi avanti, farla sembrare una sua idea. Ci mise un po' ma alla fine cedette. "Dai, vi do una mano, gioco anch'io" disse, ma non sembrava tanto convinto. "Ma se cominciano a calciare nelle gambe smetto."

Il giorno della partita si presentò coi parastinchi sotto i calzettoni, sembrava preoccupato di vedere suo padre o peggio, l'allenatore in persona, sbucare da dietro un cespuglio e puntargli l'indice contro, accusandolo di averlo tradito e di aver pregiudicato la sua brillante carriera. Ma poi iniziammo a giocare, e il maestro salì in cattedra. All'inizio lo marcavano in due ma lui riusciva a svincolarsi e te lo ritrovavi sul pallone, poi scartava tre o quattro avversari, puntava la porta e segnava. Sembrava indemoniato. Quando si ritrovarono sotto di due goal, i grandi cominciarono a innervosirsi. La marcatura su Valerio si fece ancora più stretta, cominciarono a vedersi i primi calci, le strattonate, gli insulti a lui e a sua madre. Sapevamo che reagire avrebbe significato prenderle, perciò stavamo zitti, Valerio si eclissò e loro segnarono tre goal, e si rilassarono. Poi accadde un fatto. Uno degli anziani si avvicinò, riconobbe Valerio e chiamò tutti gli altri, che lasciarono gli orti e le chiacchiere per correre ad ammirare il campioncino. Con tutti quegli occhi puntati sulla partita, Valerio riacquistò sicurezza, noi ricominciammo a passargli la palla, convinti che i grandi si sarebbero trattenuti dal fare falli cattivi, soprattutto dopo che uno degli anziani era saltato su dicendo che serviva un arbitro e che lui era ben contento di farlo.

Fu un massacro. Valerio segnò sette goal, vincemmo con due di scarto. Poi lo portammo in trionfo, sotto gli occhi increduli di tutti. I grandi si rimangiarono la parola e dal giorno seguente ricominciarono a trattarci come prima, pretendendo di avere la strada a loro piacimento. Dissero che avevano cambiato idea, e che se ne sbattevano di non essere stati ai patti. Ma nessuno di loro riuscì a toglierci la gioia di quella vittoria.

Da quel giorno Valerio fu accettato dal gruppo senza riserve. Max, Gigi e gli altri gli fecero capire di essersi comportati male, pur senza mai formulare vere e proprie scuse.

Avremmo voluto che l'euforia di quella partita non finisse mai. Per renderne il ricordo indelebile tracciammo una scritta col coltellino tascabile di Marchino su un recinto di legno vicino alla strada, in modo che fosse visibile a tutti quelli che passavano. Mentre incidevamo le parole, discutendo sulla grandezza dei caratteri, passandoci il coltellino per contribuire ognuno con una lettera o un numero, gridavamo la nostra gioia, ridevamo immaginando le facce dei grandi davanti alla prova scolpita della loro sconfitta, promettevamo a noi stessi che se l'avessero distrutta ne avremmo tracciata un'altra, e un'altra ancora, che ognuna sarebbe stata più grande e più bella della precedente.

Poi, terminato il lavoro, restammo in piedi ad ammirarlo per un tempo indefinito, ammutoliti dalla soddisfazione, quasi che leggendo quella scritta avessimo capito di esserci riusciti davvero, a compiere l'impresa. Poi ci allontanammo ridendo, ognuno per la sua strada, salutandoci e dandoci appuntamento per l'indomani, per un nuovo giorno da leoni.

L'incisione rimase visibile per un'altra mezz'ora, prima che la penombra della sera giungesse a oscurarla, con le giornate che si erano già accorciate parecchio, in quell'inizio di autunno. Giunto a casa la riportai sul mio diario di scuola, quello della Juve, con la copertina rigida a strisce bianche e nere. La feci risaltare per bene, colorandola e circondandola con una cornice tracciata col righello.

Molti anni dopo quello stesso diario mi è capitato per le mani, mentre sgomberavo il solaio e ammucchiavo vecchi libri e quaderni dentro un sacco destinato al cassonetto dei rifiuti.

Sfogliandolo a caso mi sono soffermato su quella pagina, forse inconsciamente la stavo cercando, e l'ho riletta, quella bellissima scritta.

15 ottobre 1981: grandi – piccoli 6 a 8

11. Valerio

Lo aiuto ad alzarsi, è ridotto piuttosto male, col vestito strappato e sporco di terra, una goccia di sangue gli cola dallo zigomo. Accenno a scuse confuse, biascicate sottovoce, forse non voglio che Catania mi senta, dal suo punto di vista non ha fatto nulla di male, è stato Riccardo a seguirlo. Si sistema come può, si toglie la terra dai capelli, controlla i danni. Lo invito a seguirmi dentro il capannone, ci sediamo uno di fronte all'altro. Parliamo un po', c'è imbarazzo, scegliamo le parole con cura, facciamo domande semplici, evitiamo quelle difficili. Poi gli chiedo perché mi ha cercato, lui elude la risposta, poi dice che vuole aiutarmi. Mi rendo conto di averlo desiderato, quell'incontro, di aver sperato in quelle parole ma ora, di fronte alla sua mano tesa, ho paura. Dico che è meglio se rimango qui, lo ringrazio, mi porge dei soldi e un numero di telefono, poi se ne va. Rimango col foglietto in mano, lo guardo allontanarsi. Non è ancora scomparso dalla mia vista, lungo il sentiero di terra che porta alla strada, che già sono pentito delle mie parole. Immagino me stesso che gli dico "va bene, grazie, accetto il tuo aiuto, andiamocene da questo posto orribile" e noi che ci allontaniamo insieme, verso una vita migliore. Trascorro il resto della giornata da solo, rifletto. Catania mi evita, non capisco se si senta in colpa per aver pestato un mio amico o se sia preoccupato per le possibili conseguenze di quell'incontro. Le nostre esistenze qui, seppur miserabili, hanno un loro equilibrio, qualsiasi elemento esterno capace di romperlo ci spaventa. Non è forse per questo che ho rifiutato l'aiuto di Riccardo? Verso sera provo a parlargli, mi avvicino con del pane stantio, gliene porgo un pezzo.

"Devi andartene" dice all'improvviso, senza neppure guardarmi. "Non sei fatto per questa vita, e non c'è motivo che resti. Io sono costretto, devo nascondermi, ma tu, che ci stai a fare? Chiama il tuo amico, fatti portare via, dammi retta."

"Ma tu come fai se me ne vado?" dico, "chi ti guarda le spalle, eh? Chi ti aiuta, a tirare avanti? Siamo amici o no?"

Finalmente gira lo sguardo, ora i suoi occhi scuri sono puntati sui miei, accenna anche a un sorriso. "Ma certo che siamo amici, ma adesso le nostre strade si devono separare, tu torni alla vita normale, io resto qui, a nascondermi. In futuro, chissà, forse ci rincontreremo, magari mi vieni a trovare ogni tanto, che mi farebbe pure piacere."

Sento che quella conversazione, quell'amicizia, non può finire così.

"Ma perché non vieni via anche tu. Magari ci sistemiamo insieme, da qualche parte, ci troviamo un lavoro, ci rimettiamo in sesto. Eh?"

"Ma dove vengo io, che non appena metto il naso allo scoperto quelli mi trovano e mi accoppano, l'hai capito o no?"

Ebbi un moto di stizza. "E smettila con 'sta storia della mafia, che tanto non ci crede nessuno, è tutta una scusa per non dover spiegare il motivo per cui te ne stai qui, a fare 'sta vita di merda, è più comodo dire che sei costretto, vero? Che se torni a casa t'ammazzano."

Mi guardò come se fossi pazzo. In quel momento pensai che lui, forse, lo era. Che nel profondo di sé stesso ci credeva davvero, alla storia della mafia che lo voleva far fuori.

"Senti un po'" mi disse, "chiama il tuo amico e fatti portare via, che sennò finisce che ti caccio io."

"Domani" dissi a denti stretti allontanandomi.

"Domani lo chiamo."

***

La prima volta che sentii i miei genitori litigare pensai che stessero scherzando, tanto mi pareva strano. Avevo sempre creduto che si volessero un gran bene, per il modo che avevano di parlarsi, guardarsi, accarezzarsi. Io ero parte integrante di quell'affetto, quello che negli abbracci a tre occupava il posto di mezzo, quando sorridente guardavo la macchina fotografica e aspettavo impaziente lo scatto. Di foto così ne avevano parecchie, perfettamente ordinate negli album di famiglia, la posa era sempre la stessa ma cambiavamo noi, i miei genitori e io. Col passare degli anni si notavano sempre più i capelli bianchi di mio padre, quella stempiatura sulla fronte che si allargava e imponeva nuove pettinature, le rughe del viso che ne rendevano l'espressione assorta, come se vivesse in uno stato di perenne preoccupazione; più lievi, sfumati, i cambiamenti di mia madre, forse perché lei si poteva permettere di passare intere mattinate dall'estetista, a chiacchierare con altre donne

85

benestanti mentre qualcuno si preoccupava di eliminare i segni del tempo. L'affetto che ci univa rimaneva però lo stesso, immutabile come quei sorrisi, quel modo di stare in piedi col busto eretto e la faccia alta, come la mano di mio padre che mi spuntava da dietro la schiena o le acconciature perfette della mamma, che sembravano uscite da una rivista di moda per parrucchieri.

Così, quando sentii la voce concitata di lei provenire dallo studio subito seguita dall'invito di mio padre a parlare più piano, pensai che stessero scherzando o magari preparandomi una sorpresa. Mi avvicinai senza farmi sentire, accostai l'orecchio alla porta chiusa, e ascoltai. Lei diceva che ne aveva abbastanza, che lui doveva decidersi, una volta per tutte. La voce sembrava incrinata da un pianto trattenuto, si sentivano rumori di passi, come se mentre diceva quelle cose stesse camminando avanti e indietro per la stanza. Mio padre ribatteva a voce bassa, diceva "ti sbagli" ma senza convinzione, lo immaginavo là dentro con la testa china a subire la sfuriata di mia madre. Lei sembrava non sentire neppure quei suoi timidi tentativi di difesa, le parole le uscivano aspre e decise, non riuscivo a capire bene di cosa lo stesse accusando ma comprendevo che c'era di mezzo una donna, quella donna, come la chiamava lei, con rabbia. Capii che la questione era seria, mi allontanai dalla porta per non sentire altro, non potevo sopportarlo. Tornai in camera mia a fingere di giocare, troppo turbato per riuscirci veramente.

I giorni seguenti li osservai più attentamente del solito, nel tentativo di capire se la cosa era finita lì oppure no. Siccome mio padre rincasava sempre molto tardi e difficilmente pranzava a casa, l'unico momento della giornata in cui li vedevo insieme era il mattino, sempre che lui non dovesse svegliarsi all'alba per andare su al nord a incontrare qualche cliente. In apparenza tutto sembrava tornato alla normalità, lui che mi salutava con un bacio e un abbraccio e poi si rivolgeva a lei, diceva "ci vediamo stasera" e usciva. Dalle loro espressioni non riuscivo a cogliere nulla di anomalo, qualche forma di rancore non ancora sopito, qualche gesto di stizza nascosto tra le pieghe di atteggiamenti normali. Mi convinsi che tutto era tornato come prima del litigio e smisi di preoccuparmi.

Ma la curiosità di sapere chi fosse quella donna e cosa rappresentasse per mio padre non mi abbandonò mai.

12. Marina

Salgo sul treno alle otto e trenta del mattino insieme a un gruppo di studenti universitari e qualche signore in giacca e cravatta con la valigetta di pelle in mano. Mi siedo nella direzione di marcia, vicino al finestrino, dopo aver percorso il corridoio per un paio di vagoni alla ricerca di un posto libero. Durante il viaggio guardo il paesaggio, rifletto. Dico a me stessa che sto facendo la cosa giusta, che si tratta di una soluzione temporanea. Un'ora dopo suono il campanello dell'appartamento di Cristina, a due passi da Piazza Maggiore. La sua voce metallica esce dal citofono invitandomi a entrare. Mi aspetta sulla soglia, mi accoglie con un sorriso, dice che sono sempre più bella. Indossa una vestaglia azzurra, immagino sia la stessa che usa quando accoglie i clienti, in questo bellissimo appartamento pieno di mobili di pregio, con gli affreschi alle pareti e la vista sulla piazza. Mi chiedo cosa pensino i rispettabili residenti di questo palazzo del via vai di uomini provocato dalla presenza di Cristina.

"Dimmi tutto" dice invitandomi ad accomodarmi in un'imponente poltrona di pelle. Lei rimane in piedi, appoggiata a un tavolo, e mi guarda quasi con sospetto. Sembra impaziente di conoscere il motivo della visita. Glielo dico.

"Mi dispiace che sei stata licenziata, ma forse è un segno del destino, non trovi? Magari sei destinata ad altro." Lascia che quelle parole rimangano sospese, forse aspettando un mio commento in proposito, che non arriva. Le dico che ho bisogno di lavorare, che non posso permettermi di non far nulla, che da oggi sono a disposizione sua e del suo giro, può chiamarmi quando vuole. Lei sorride, sembra contenta, forse si aspettava che fossi andata lì per dirle che mollavo tutto. Infatti sembra rilassarsi, si siede anche lei, mi offre da bere. Dice che mi passerà più clienti, ma è ancora arrabbiata per l'ultima volta, per quello che è successo col cliente veneto. Mi chiede come faccio a stregarli così, rispondo che sono solo uomini, farsi stregare è il loro passatempo preferito.

Chiedo quanti appuntamenti potrei riuscire ad avere alla settimana, lei risponde un paio. Faccio i conti, possono bastare per vivere, ma all'improvviso sento un impulso, un desiderio di moltiplicare quella somma ipotetica, faccio calcoli mentali, decido una cifra, calcolo che per ottenerla ho bisogno di almeno cinque incontri alla settimana, uno al giorno da lunedì a venerdì.

"Passami quelli che scarti" dico.

Lei mi guarda con sospetto, forse pensa che posso diventare una minaccia, sembra intenta a prendere una decisione, finalmente sorride.

"D'accordo, te li passo, ma non sono responsabile di nulla, ricordatelo."

Capisco cosa intende, se a qualcuno di quei tipi gli prende il matto e decide che vuole menarmi lei se ne lava le mani, d'altra parte mica potrei farle causa per avermi passato clienti poco raccomandabili, siamo prostitute dopotutto, forse si riferisce a una responsabilità morale, di coscienza.

Stabiliamo un compenso per lei per i clienti di scarto, decidiamo alcuni dettagli di secondaria importanza, poi mi invita a pranzo.

Mezz'ora dopo entriamo in un ristorante di lusso sulle colline di Bologna. La vista è fantastica, la clientela è ricercata, ci sediamo a un tavolo d'angolo, Cristina passa in rassegna i presenti, mi dice di aver riconosciuto due clienti, uno l'ha vista ma ha fatto finta di niente. "Siamo destinate a restare nell'ombra" mi dice, sospirando, mentre legge il menù. Ascolto le sue battute con aria distratta, sto ripensando all'accordo preso poco fa con lei, a quanto quella decisione potrà pesare sulla mia vita futura. Mi chiedo se anch'io verrò riconosciuta dai clienti all'entrata dei locali, se anche con me si gireranno dall'altra parte. Mi chiedo se sono pronta a diventare una vera puttana.

***

Avevo dodici anni quando mia madre mi disse che doveva presentarmi una persona. "È una persona speciale, che desidera tanto conoscerti, si chiama Enrico" sussurrò tenendomi per le spalle e guardandomi negli occhi come raramente faceva. Capii subito che si trattava del suo amico, quello che da tempo frequentava, soprattutto di sera, quando usciva di casa tutta agghindata lasciandomi in compagnia della signora del piano di sopra, che regolarmente si assopiva sul divano davanti alla TV.

Ricordo quelle serate solitarie con una punta di malinconia per via del rancore che provavo nel sentirmi abbandonata, nel vedere che lei preferiva la compagnia di un uomo alla mia, lasciandomi fuori da quel loro rapporto che non riuscivo a comprendere. Mi accorgevo che a lei quelle serate facevano bene, la rendevano allegra e di questo ero contenta, solo che avrei voluto far parte anch'io di quella cosa, di qualunque cosa si trattasse.

Per questo fui felice quando mi disse che me lo avrebbe fatto conoscere, e mancò poco che svenni quando aggiunse, timorosa: "Forse potrebbe diventare lui il tuo papà." Ma poi cambiò subito discorso, per non darmi tempo di replicare, forse si era resa conto di essersi spinta troppo oltre, cercò di minimizzare l'importanza di quella frase facendo commenti sul film che stavano trasmettendo e che continuammo a guardare insieme, abbracciate, ma di cui non riuscii a seguire nulla, talmente forte era l'eco delle sue parole nella mia mente di bambina speranzosa.

Eravamo sedute su una panchina dei giardini pubblici, io mangiavo un gelato che stava sciogliendosi a vista d'occhio per via del caldo afoso di quel pomeriggio di giugno, vicino a noi alcuni bambini lanciavano molliche di pane ai cigni che nuotavano in un laghetto dall'acqua melmosa, poco più in là gruppi di anziani sostavano all'ombra di grandi alberi dalle chiome imponenti, chiacchieravano, giocavano a carte. Mia madre era tesa, si guardava intorno come per paura che potesse non venire, non certo per causa sua ma per qualche impedimento dell'ultimo minuto, magari una questione di lavoro da risolvere, lui che era proprietario di un'azienda importante, che aveva costruito da zero. Poi lo vide arrivare, scattò in piedi e frenò l'impulso di andargli incontro, lo guardammo avvicinarci a passo affrettato, alto e distinto in un completo grigio chiaro, troppo elegante per il posto che avevamo scelto.

Si scusò del ritardo, disse che era stato trattenuto da un cliente, che avrebbe voluto cambiarsi per stare un po' più comodo ma non c'era stato tempo, sembrò dispiaciuto anche per quella distanza siderale tra il modo in cui era vestito lui e gli abiti informali e strausati che indossavamo mia madre e io. Lei non ci fece caso, sembrava abituata a vederlo così e che la cosa non le dispiacesse affatto. Si scambiarono un saluto veloce, poi entrambi rivolsero a me la loro attenzione. Lui mi disse ciao, che era molto contento di conoscermi, mi chiesè quali gusti c'erano dentro il cono gelato che si stava squagliando tra le mie mani, rimasi un po' imbambolata a guardarlo prima di rispondere, poi lui infilò un dito nel cono e se lo portò alla bocca, succhiando il gelato che ci era rimasto attaccato sopra. Quel gesto mi piacque, mi fece capire che non si trattava di uno di quelli che mettono le buone maniere davanti a tutto, gli sorrisi e allungai la mano per invitarlo a prenderne ancora.

Passeggiammo lungo il perimetro del laghetto, loro chiacchieravano come vecchi amici, senza nessun contatto, io stavo poco più avanti, in apparenza tutta presa dagli animali, i cigni e i pesci che si vedevano passare appena sotto il ciglio dell'acqua. In realtà dedicavo tutte le mie attenzioni a quell'uomo, il mio potenziale papà.

Mi chiedevo se mi stesse giudicando, se la decisione di sposare la mamma e farmi da padre dovesse dipendere dal giudizio che avrebbe avuto su di me, perciò nel timore di fare o dire qualcosa di sbagliato preferivo stare zitta e limitarmi a far loro compagnia. Quando se ne andò, lasciandoci all'ingresso dove c'erano le nostre biciclette, si chinò a darmi un bacio sulla fronte. Disse che ci saremmo rivisti presto, e che non vedeva l'ora che ciò accadesse. Per tutto il tragitto fino a casa ripensai a quel bacio, a quelle parole.

La sera, prima di addormentarmi pregai Gesù perché facesse in modo che quel signore tanto elegante diventasse il mio papà.

13. Riccardo

Quando arriva la telefonata sono in studio, impegnato in una interminabile riunione coi soci di un'azienda di trasporti che si stanno sbranando tra loro. Il cellulare è in tasca, sento la vibrazione. Sul display c'è un numero che non conosco, ha il prefisso di Rimini. Chiudo senza rispondere, se è importante richiamerà.

Più tardi ripenso a quel prefisso, mi viene in mente che potrebbe essere lui. Sono passati due mesi dall'incontro, manca una settimana a Natale. Dopo un'ora di tentennamenti decido ci comporre il numero in memoria. Una voce squillante di donna dice pronto, sento un forte rumore di sottofondo.

"Buongiorno, mi chiamo Riccardo Forti, ho ricevuto una telefonata da questo numero qualche ora fa, ma non sono riuscito a rispondere."

"Guardi, questo è un bar, io non sono stata, e sono qui dalle sei di stamattina, quindi non saprei proprio… Aspetti, sì, ora ricordo, è venuto un uomo verso le dieci e ha chiesto se poteva fare una telefonata, gli ho allungato l'apparecchio, forse è stato lui a chiamarla."

"Ha detto il nome, per caso?"

"No, non l'ha detto, mi dispiace."

"Si ricorda com'era vestito? Indossava un basco?"

"Un basco, sì. Era lui."

"Molte grazie signora. E scusi il disturbo."

Dunque mi ha cercato. Cosa vorrà? Avrà cambiato

idea, circa la mia offerta di aiutarlo? Analizzo la situazione. Posso far finta di niente e aspettare che mi richiami, oppure posso andare a cercarlo. Ma il pensiero di tornare in quel vecchio capannone, ammesso che si trovi ancora lì, mi fa venire un senso di nausea. Decido che se mi ha cercato una volta ci riproverà. E aspetto.

Richiama il giorno seguente, alla stessa ora. Mentre rispondo avverto una certa tensione, da esame universitario a cui vai senza essere preparato. Anche qui non ho idea di cosa mi verrà chiesto e una gran paura di dare la risposta sbagliata.

"Sono io, Valerio" dice piano, sembra la voce di un bambino.

"Ciao, scusa se ieri non ho risposto, non sapevo che eri tu."

"Non c'è problema."

"Hai bisogno di qualcosa?"

"A dir la verità ho pensato a quando ci siamo visti, un po' di tempo fa. Avevi detto che potevo chiamarti, se volevo."

"Sì, infatti. Hai fatto bene a chiamarmi."

"Bé, come ti dicevo, ci ho pensato. E mi piacerebbe riprovarci."

"Riprovarci a far cosa?"

"A dare una raddrizzata a questa vita di merda. Se mi dai una mano."

"Ehi, certo che ti do una mano, amico."

Sento che sta piangendo, i singhiozzi trattenuti a fatica, il suo silenzio pieno di commozione. All'improvviso avverto il bisogno, quasi fisico, di aiutarlo.

"Dimmi dove sei, che ti vengo a prendere."

Lo vedo, seduto sul marciapiede a poca distanza dal casello autostradale, col suo basco in testa e uno zaino appoggiato a fianco. Fermo la macchina poco prima, scendo di slancio, vado ad abbracciarlo. Ha gli occhi arrossati e gonfi, immagino che non abbia mai smesso di piangere da quando mi ha telefonato, quasi un'ora fa. Gli dico che è tutto okay, lo invito a salire. Mi rimetto in autostrada, gli chiedo se ha fame, se ha fatto colazione, lui scuote la testa, potrebbe essere sì o no, nel dubbio decido di fermarmi al primo autogrill. Avverto il suo odore, che ha impregnato l'interno della macchina, di sudore vecchio, di capelli sporchi, di vestiti ammuffiti. Gli chiedo di Catania e degli altri suoi amici, mi risponde a monosillabi, capisco a fatica che è da un po' che non li vede ma non mi è chiaro se sia perché se ne sono andati da un'altra parte. Mi rendo conto di quanto siano labili i rapporti tra queste persone, mi fanno pensare a certi animali, quelli che non vivono in branco. Non riusciamo a fare conversazione, l'unico a tentare sono io, lui si limita a scuotere il capo e grugnire risposte incomprensibili. All'autogrill mangia un panino al prosciutto e beve un succo d'arancia. Mastica veloce, come se temesse che qualcuno se ne accorga, come se sfamarsi non fosse un suo diritto. Dopo va in bagno, ne esce subito con la faccia e i capelli bagnati, deve aver messo la testa sotto il getto d'acqua del rubinetto. È la prima volta che lo vedo senza basco, mi sembra più somigliante a sé stesso, gli sorrido come per volerglielo far capire, per tutta risposta se lo mette in testa e poi lo schiaccia da un lato. Ripartiamo. Arriviamo a Forlì verso l'una. Ho in mente di sistemarlo presso un affittacamere per qualche tempo, finché non trovo un piccolo appartamento in affitto, glielo dico, fa cenno che va bene, mi ringrazia. Parcheggio davanti all'entrata, è una casa gialla con un piccolo cortile e un giardinetto sul davanti, se non fosse per l'insegna che sporge sulla strada sembrerebbe una delle tante abitazioni che si susseguono in questo quartiere prossimo al centro cittadino; la facciata è percorsa da un'edera che si arrampica a chiazze fino al tetto, in modo così irregolare da dare l'impressione di un progetto decorativo mal riuscito. All'interno ci accoglie una signora di mezza età, ci sorride alzando lo sguardo da una rivista. Sbrighiamo le formalità e ci viene consegnata la chiave della camera, che raggiungiamo dopo aver percorso una rampa di scale e un lungo corridoio. L'interno è accogliente, c'è tutto quello che serve, un letto, un divanetto, un piccolo angolo cottura, il frigorifero e l'armadio. Valerio appoggia con cautela il suo zaino per terra, sembra quasi che tema di sporcare la moquette. Apro una porta e mi affaccio su un piccolo bagno, in dotazione alla camera, da cui fuoriesce un forte odore di igienizzante.

"Che ti sembra?" chiedo.

"Molto bella, grazie."

Gli dico che per almeno un paio di settimane quella sarà la sua casa, che l'unica cosa di cui deve preoccuparsi è rimettersi in sesto, farsi una bella doccia, togliersi quella barba, gettare il basco nel bidone dell'immondizia. Quest'ultima cosa del basco gliela dico ridendo, per fargli capire che non è obbligato a farlo. Gli porgo duecento euro, per le spese e per comprare dei vestiti nuovi. Siamo vicini al centro, quindi può muoversi a piedi senza problemi.

"Da quanto tempo manchi da Forlì?" chiedo, forse per la paura che possa perdersi in questa città dove non si perderebbe neppure un bambino di cinque anni.

Lui sembra pensarci su, forse non ricorda. Sto per dirgli che non importa, che era tanto per sapere, ma mi anticipa con la risposta. "Saranno dieci anni, più o meno."

Annuisco, come se mi aspettassi qualcosa del genere, anche se in realtà non ne avevo idea.

"Ti sorprenderà vedere come la città sia rimasta uguale, in questo periodo" gli dico, forse per tranquillizzarlo, o per tranquillizzare me stesso.

Poi lo abbraccio di nuovo, gli dico di riposarsi, e di non preoccuparsi di niente.

"Domani sera ti vengo a prendere, ceniamo insieme a casa mia" dico di slancio, quando sono sulla porta.

Ma un minuto dopo, mentre sto salendo in macchina, pensando a cosa dovrò raccontare a Melissa, mi rendo conto che quella dell'invito non è stata una grande idea. Ormai è fatta, penso.

Non si torna indietro.

***

Gli anni delle medie passarono veloci, senza che ce ne accorgessimo ci ritrovammo catapultati verso un'adolescenza che insieme ci incuriosiva e spaventava. Quando si trattò di decidere quale scuola superiore frequentare nel mio caso la scelta fu scontata, essendo mio padre commercialista ci si aspettava che seguissi le sue orme iscrivendomi a Ragioneria, a cui avrebbe fatto seguito la laurea in Economia e Commercio e via via tutta la trafila per ritrovarmi, un giorno, a ereditare lo studio. Veris decise per l'istituto per Geometri, Max e Gigi per il Liceo scientifico, Marchino avrebbe iniziato l'anno seguente.

Valerio sembrava indeciso, i suoi genitori optavano per il liceo, che secondo suo padre gli avrebbe fornito quella formazione di base necessaria per affrontare meglio gli studi universitari ma lui decise di seguirmi a Ragioneria, e ci ritrovammo ancora nella stessa classe. Di pomeriggio ci si incontrava tutti, come sempre, ma il modo di passare il tempo era cambiato. Ci sentivamo grandi e volevamo fare cose da grandi. E muoverci, allargare i nostri confini, uscire da quella strada dove c'era sempre la stessa gente e dove succedevano sempre le stesse cose. All'inizio ci spostavamo in bicicletta, poi arrivarono i cinquantini, i Piaggio Ciao, Bravo e Sì, con cui scorrazzavamo per le strade della città passando davanti ai vari punti di ritrovo dei ragazzi della nostra età, una gelateria, il bowling, i giardini pubblici e di sabato pomeriggio la piazza Saffi, dove però potevi arrivare solo a piedi o pedalando a motore spento, per non rischiare di prendere la multa. Ci vennero offerte le prime sigarette, che accettammo con finto entusiasmo, cercando di farle finire senza aspirare troppo, e ci procurammo le nostre, un pacchetto da dividere tra tutti, per non far la figura degli scrocconi. Passavamo ore seduti sui motorini, coi cavalletti aperti, a salutare chi passava, parlare di calcio, ascoltare musica. E cominciammo a guardare le ragazze con occhi diversi e a essere guardati da loro. Le vedevi camminarci davanti, coi loro risolini trattenuti, in gruppetti di quattro o cinque. Erano per lo più ragazzine delle medie, quelle della nostra età non si interessavano a noi, puntavano a quelli più grandi, che magari passavano a prenderle con le loro moto truccate, i capelli pieni di gel e un paio di Ray-Ban con le lenti a specchio.

Ci si muoveva a gruppi, il nostro gruppo conosceva un gruppo di ragazze e ci si incontrava tutti insieme. Solo dopo, al ritorno a casa, i commenti riguardavano quella o quell'altra, si stabiliva chi fosse la più carina, quella più simpatica, quella che sarebbe stato meglio evitare. E ci furono i primi innamoramenti, confessati a bassa voce con le guance rosse di vergogna, dopo aver preteso dagli altri il giuramento di non dirlo a nessuno. A Max piaceva una che abitava nel suo palazzo, si chiamava Cristina. Era amica di sua sorella, avevano la stessa età. Quando la incontrava faceva finta di niente, accennava un saluto e passava oltre, poi veniva da noi e ci raccontava per filo e per segno com'era vestita, quanto fosse dolce il suono della sua voce e quanto desiderasse baciarla. Noi lo incoraggiavamo a farsi avanti, ben sapendo che non sarebbe successo. Il primo bacio era per tutti un miraggio, qualcosa da desiderare e basta, rimandando le speranze di raggiungerlo a un futuro non ben definito.

Per parte mia, da qualche mese avevo cominciato a guardare Giulia, la sorella di Max, in modo diverso. Era cresciuta, della bambinetta che mandavamo in giro a portare messaggi era rimasto ben poco, forse solo quei lunghi capelli biondi che continuava a tenere legati in code di cavallo tenute ferme da elastici color verde smeraldo, lo stesso dei suoi occhi. Una volta glielo avevo fatto notare e lei era arrossita e mi aveva detto, quasi gridando "sei il primo ad aver capito l'abbinamento!" Mi ero sentito onorato, per la prima volta in vita mia avevo fatto arrossire una ragazza. Ma quando avevo proposto a Max di organizzare un incontro a quattro, lui, io, Giulia e Cristina, mi aveva subito tarpato le ali: "Piuttosto che uscire con mia sorella mi taglio un braccio" aveva detto mimando il gesto con la mano appiattita che calava dall'alto. "Comunque grazie, davvero saresti disposto a questo per farmi uscire con Cristina? Sei un vero amico" aveva detto mettendomi una mano sulla spalla. Non me l'ero sentita di spiegargli che non si trattava di un favore fatto a lui, casomai di un tentativo di avvicinarmi a Giulia. E non avevo mai ammesso con nessuno il mio interesse nei confronti della sorella di Max. Quando era il mio turno di dire chi mi piaceva facevo i nomi di un paio di compagne di classe, due sventole che a fatica mi rivolgevano la parola, e subito ottenevo l'approvazione di tutti.

Valerio si limitava ad ascoltare quei discorsi con evidente disinteresse, per lui era più importante il campionato di calcio, anche se le speranze di diventare un calciatore professionista erano sempre meno con l'avanzare dell'età senza che nessuna grande squadra si fosse ancora interessata a lui. Eppure alle ragazze piaceva un sacco, lo si capiva da come lo guardavano, dalle occhiate furtive che si scambiavano ogni volta che si rivolgeva a loro, da come chiedevano di lui quando ci si incontrava e dalla delusione nell'apprendere che non sarebbe venuto perché impegnato con gli allenamenti. Max cercava di screditarlo, diceva che gli interessava solo il calcio, parlava di lui come se si trattasse di un caso clinico senza via d'uscita, e rispondeva alle domande su cosa gli piacesse, quale musica ascoltasse, citando i gruppi più fuori moda che gli venivano in mente. Qualche volta intervenivo per difendere il mio amico, dicevo che si allenava molto perché era davvero bravo e c'era la possibilità che potesse, un giorno, giocare in una squadra importante, dicevo che gli piaceva la stessa musica che piaceva a noi, che mi aveva detto di salutare tutti ed era molto dispiaciuto per non essere potuto venire.

Lo invidiavamo tutti, certo, perché sembrava poterci battere in ogni cosa, perché era quello che aveva la casa più bella, i vestiti firmati, il motorino più potente, giocava a pallone come un Dio, era bravo a scuola e piaceva alle ragazze. Eppure, nel mio caso, non c'era alcun risentimento, ero contento per lui e felice di potergli essere amico. Tanto più che non si vantava mai, anzi sembrava inconsapevole delle sue qualità. Qualcuno diceva che non aveva meriti, che le sue erano doti naturali, lui si limitava a metterle in pratica, come se fosse un robot in cui avevano inserito un programma talmente evoluto da far sfigurare tutti gli altri. Io ero tra quelli che, pur sforzandomi, non potevo neppure avvicinarmi al suo livello, per cui mi limitavo a stargli vicino, invidiarlo senza rabbia, e vivere della sua luce riflessa.

14. Valerio

Mi guardo intorno, osservo ogni angolo di questa stanza, la percorro avanti e indietro, apro la porta del bagno, mi siedo sul letto, alzo la tapparella della finestra, spalanco i vetri e mi affaccio. Sono anni che non ho una stanza solo per me, uno spazio da occupare senza preoccuparmi di lasciarne abbastanza ad altri.

Sono contento della scelta fatta, dopo settimane di indecisione, di notti insonni a riflettere su cosa fosse giusto o sbagliato. Ora che ho varcato il confine mi sento meglio, al riparo da qualunque cosa mi potesse capitare. Faccio una doccia, lascio che l'acqua scorra a lungo sul mio corpo, mi insapono con forza, sfregando la pelle e i capelli, risciacquo e insapono di nuovo, sembro appena uscito da una centrale nucleare in cui si è verificata una fuoriuscita di radiazioni. Mi asciugo con i teli in dotazione alla stanza poi guardo il mio riflesso sullo specchio appannato, i lunghi capelli bagnati mi ricadono sulla faccia, li scosto con la mano, un gesto che faccio centinaia di volte ogni giorno, da anni. Decido di tagliarli, quelli sono i capelli del Valerio senza fissa dimora, non mi appartengono più. Dopo essermi asciugato e sbarbato esco, percorro a piedi un breve tratto di strada e sono su viale Roma, di fronte a me l'imponente struttura del Ginnasio, duecento metri a sinistra inizia Piazzale della Vittoria, col monumento ai caduti voluto dal Duce. Percorro a piedi la ciclabile in quella direzione, un paio di biciclette mi scampanellano alle spalle per chiedere spazio. Immagino di avere l'aria del barbone con questi vestiti addosso, magari del tossico che vaga senza meta e incute paura ai passanti. Ho in tasca i soldi di Riccardo, devo comprarmi dei vestiti e trovare un barbiere, per ritornare ad avere sembianze umane. Entro nel primo negozio di abbigliamento che incontro risalendo corso della Repubblica, la commessa alza gli occhi da una rivista, mi guarda male, sta per dirmi che non ha niente da darmi, la anticipo dicendo che vorrei comprare dei vestiti, estraggo le banconote dalla tasca, devo apparire come uno che ha appena scippato un pensionato. Lei ci riflette, alla fine si convince che non ha nulla da temere, accenna perfino un sorriso. Passo un'ora lì dentro con lei, per fortuna sono l'unico cliente, mi vende un paio di pantaloni e due camicie, esco indossando i vestiti nuovi, quelli vecchi sono appallottolati dentro una sportina che mi porto dietro, mi restano i soldi per il barbiere, almeno spero. Ne incontro uno poco più in là, entro deciso, vengo guardato a lungo dal titolare, questa volta però non rischio di essere buttato fuori, sono vestito bene, forse cerca di capire se faccio parte della sua clientela abituale, è alla ricerca di un nome da associare alla mia faccia. Gli chiedo se può tagliarmi i capelli, lui annuisce, mi fa cenno di sedermi. È di poche parole, ne sono felice, non mi andrebbe proprio di raccontargli la storia della mia vita, chiede solo se sono davvero sicuro di voler tagliarli corti, dico di sì, che tagli pure senza timore. Guardo le ciocche cadere a terra alle mie spalle, pezzi di passato che se ne vanno, vedo il mio viso riemergere nello specchio di fronte, sotto i colpi esperti di quel barbiere silenzioso. Alla fine ho i capelli corti, quasi a spazzola, sembro un'altra persona, immagino che Catania non mi riconoscerebbe. Pago il barbiere, mi rimangono dieci euro, li uso per comprarmi un panino e una coca cola che consumo seduto al tavolino di un bar, fingendo di essere una persona normale che si gode una pausa dal lavoro di una giornata come tante. Sono vestito bene, ho i capelli corti e la barba fatta, nessuno penserebbe che fino a ieri facevo il lavavetri ai semafori. Se lo dicessi a qualcuno dei passanti si metterebbe a ridere, di sicuro. Quelli sono tossici che non riescono a smettere, oppure alcolizzati cronici, mica gente come noi, mi direbbe.

A noi certe cose non succedono.

***

Lo riconobbi dalla rilegatura in pelle, o meglio da ciò che ne restava, un frammento lungo qualche centimetro che, chissà come, si era salvato dalla voracità delle fiamme che avevano deciso di spegnersi prima di inghiottire anche quell'ultimo residuo. Per la verità il fuoco non era spento del tutto, covava rosso sotto il cumulo di cenere, sarebbe bastato soffiarci sopra per vederlo prendere vigore, rialzarsi fiero, e finire il lavoro per cui era stato acceso. Mi avvicinai al camino, impugnai l'attizzatoio e manovrai tra la cenere per avvicinare quella sagoma bruciacchiata. Le nervature dorate ancora visibili non lasciavano dubbi, non a me che lo avevo preso in mano, sistemato sulle ginocchia e guardato tante volte insieme alla mamma, mentre il babbo non ne voleva sapere, diceva che a rivedersi così giovane e bello gli metteva tristezza. Era l'album delle foto di nozze dei miei genitori, che qualcuno aveva buttato nel fuoco. Mi precipitai nello studio a controllare, pensando che forse mi stavo sbagliando, ma il posto che occupava nella grande libreria era vuoto. Il significato di quel gesto mi turbò moltissimo. Mi chiesi perché mai qualcuno, uno di loro due, i miei genitori, avrebbe fatto una cosa del genere? Cercai di trovare spiegazioni plausibili, immaginavo che esistesse un motivo e che non appena l'avessi capito mi sarei stupito della sua ovvietà e mi sarei battuto la mano sulla fronte come per dire: ma certo, come ho fatto a non pensarci prima? Però non mi veniva in mente niente. Forse si era trattato di un incidente, era caduto per sbaglio nel caminetto e non c'era stato modo di salvarlo, le fiamme lo avevano avvolto in un attimo. Decisi che non ci avrei pensato più, che non avrei dato sfogo ai pensieri, opprimenti, che collegavano quel fatto al litigio che c'era stato tra i miei genitori alcune settimane prima.

"Sto via una settimana, campione, quando torno ti porto un regalo, promesso." Disse solo così, senza neppure guardarmi, mentre indossava il cappotto sulla soglia aperta di casa. Subito dopo afferrò la piccola valigia e uscì, senza aggiungere altro. La mamma era al piano di sopra, nessun rumore a tradirne la presenza. Attesi un'ora buona prima che si decidesse a scendere, gli occhi arrossati e gonfi, un sorriso forzato a nascondere l'amarezza.

"Il babbo se n'è andato?" chiesi.

Lei scosse piano la testa. "Solo per una settimana"

disse, "deve andare al nord, a incontrare dei nuovi clienti."

"E allora perché piangi?" chiesi, deciso a vederci chiaro, una volta per tutte.

"Tesoro, ma cosa dici? Non ho affatto pianto, è questo terribile mal di testa che non mi passa, mi fa sembrare un relitto."

Si piantò due dita sulla tempia, chiuse gli occhi e si accasciò sul divano, chiedendomi di spegnere la luce. Sembrava proprio sofferente. Decisi che non avrei detto altro, per il momento. Mi convinsi che tutto andava bene, non c'erano litigi, comunque niente di grave. E non chiesi nulla dell'album di nozze trovato carbonizzato nel caminetto. Mi avvicinai a mia madre e le accarezzai la testa, come non facevo da tempo. Lei sorrise, mi ringraziò, mi disse che ero un bravo figlio, e che non dovevo preoccuparmi. Che tutto si sarebbe aggiustato. Poi mi chiese come andava la scuola, com'erano i miei amici, se avevo la ragazza. Quelle confidenze mi imbarazzarono, non c'ero abituato. Risposi a stento, con frasi frammentate e incompiute, dissi che non avevo la ragazza e alla sua nuova domanda se ci fosse qualcuna che mi piaceva dissi no, nessuna. Avrei voluto essere più sincero, aprirmi con lei, e quello poteva essere il momento adatto, noi due stesi sul divano, soli, con il babbo partito per una settimana, a incontrare i nuovi clienti del nord. Ma non lo feci, non dissi che mi piaceva un sacco una ragazza che incontravamo spesso, che questa ragazza era la sorella di uno del gruppo, che si chiamava Giulia, e che anche il mio migliore amico le moriva dietro, anche se non lo aveva mai detto a nessuno, ma io me n'ero accorto subito da come la guardava, dal tono della sua voce quando si faceva coraggio e trovava una scusa qualsiasi pur di poterle parlare. Non dissi nulla, rimasi in silenzio e la guardai addormentarsi tra le mie braccia. In quel momento, per la prima volta in vita mia, mi sentii l'uomo di casa, quello che avrebbe dovuto proteggerla. E provai un senso di abbandono che mi fece lacrimare gli occhi.

15. Marina

Abbiamo preso in affitto una casa lungo la statale che porta a Ravenna. È una piccola casetta disposta su due piani, con un balcone sul davanti e un giardinetto sul retro che ospita una cuccia di cane con la scritta Brunilla dipinta sopra l'apertura di entrata. Il prato è mantenuto piuttosto male, con l'erba alta e qualche sterpaglia sparsa qua e là, sopravvissuta a tagli approssimativi. Dentro si respira l'umidità tipica delle case rimaste disabitate per troppo tempo, nonostante le finestre aperte e le pulizie e l'uso di deodoranti per ambienti quell'odore di muffa non sparisce, ti avvolge non appena entri, inesorabile. Il salotto è ampio, luminoso, arredato con mobili in legno massello, con un tavolo circolare disposto al centro, sotto un lampadario pieno di cristalli; in un angolo, vicino alla porta finestra che dà sul retro, un divano in pelle piuttosto consumato, un tavolino basso e un televisore che non ho mai acceso, per quanto ne so potrebbe anche non funzionare. Una scala di legno a vista conduce al piano superiore dove c'è la stanza da letto, ampia quasi quanto il soggiorno. Abbiamo tolto i vecchi mobili e fatto portare un letto circolare e uno specchio enorme che riveste buona parte della parete di fronte. Sul pavimento abbiamo messo tappeti ovunque, alle finestre tende arabescate. Per il momento può andare bene, ha detto Cristina, che è venuta apposta da Bologna per sistemare la casa e scegliere gli arredi, sembravamo due amiche che hanno deciso di andare a vivere insieme. I clienti che entrano si sentono subito a loro agio, preferiscono una casa alle stanze d'albergo, è più intima e garantisce maggiore riservatezza. A tutti offro da bere nel soggiorno, li invito ad accomodarsi, mi scuso per l'odore di umidità, loro dicono non c'è problema, non preoccuparti. La dispensa è rifornita di birre, alcolici vari, ma niente whisky, troppo forte, dice Cristina, poi gli si annebbia il cervello e nascono problemi. Con alcuni ci diamo appuntamento al ristorante, ceniamo e poi gli faccio strada fino a lì facendomi seguire in macchina, io davanti con la mia Lancia Y color avorio e loro dietro a bordo di berline super accessoriate o SUV da sette posti che poi parcheggiano sul retro.

Le prestazioni per cui vengo lautamente pagata durano di solito da una a tre ore, dipende dal cliente. C'è quello sbrigativo, che vuole fare in fretta perché poi deve tornare da moglie e figli a concludere la giornata, quello a cui piace chiacchierare, che se non gli metti una mano sui pantaloni alle due di notte te lo ritrovi ancora lì sul divano a disquisire di cose che interessano solo lui, quello appassionato, che ama il sesso e lo vuole gustare fino in fondo, ed è convinto di farmi provare piaceri unici, e di essere l'unico al mondo capace di farlo. Io mi adatto a tutti loro, divento ciò che vogliono, posso essere veloce, lenta, determinata, remissiva. Ciascuno è convinto di aver trovato la puttana giusta per sé, mi lasciano i soldi col sorriso sulle labbra, mi danno un bacio sulla soglia di casa e se ne vanno soddisfatti.

Io rimango quasi sempre a dormire lì, nel grande letto rotondo, immersa nel silenzio di quell'inizio di campagna, con solo gli echi dei nostri gemiti che tardano a sparirmi dalle orecchie. Il mattino mi sveglio tardi, sistemo la casa, faccio colazione ascoltando la radio, aspetto la telefonata di Cristina che vuole informarsi su com'è andata la sera prima, snocciolo cifre e dettagli della prestazione, deve sapere tutto, dice che è importante condividere le informazioni sui clienti, le informazioni possono salvarci il culo. Soprattutto coi nuovi dice di stare attenta, che se si comportano in modo strano devo sbatterli fuori di casa, o concludere la prestazione e poi dire di non farsi più vedere. Mi chiede se mi hanno fanno richieste particolari, ma di solito non succede, gli uomini hanno una fantasia limitata. A parte l'ultimo, quello dell'altra sera, di lui non ho detto niente a Cristina. Si è presentato a casa all'ora prestabilita, è entrato senza dire nulla, ha accettato una birra annuendo. Aveva una faccia strana, spigolosa, con un naso affilato e occhi piccoli, sopracciglia marcate, barba incolta. Né bello né brutto, sulla quarantina, alto. Pochi giorni prima aveva telefonato a Cristina dicendo di chiamarsi Marco, senza fornire altre informazioni su di lui né su chi lo avesse indirizzato al giro. Lei lo aveva scartato senza indugio passandolo a me, come da accordi. E io me lo sono ritrovato in casa, silenzioso e serio, intento a sorseggiare la birra e a guardarsi intorno, nel salotto semibuio. Dopo qualche tentativo inutile di fare conversazione mi sono seduta accanto a lui, ho cominciato ad accarezzarlo, lui ha appoggiato la birra semivuota sul tavolino e mi ha lasciato fare, sembrava contento che fossi passata all'azione. Per un po' ho condotto io, poi ha avuto uno scatto che mi ha sorpresa, ha preteso il controllo. Mi ha penetrata da dietro, tenendomi le braccia, ho cominciato a gemere come immaginavo volesse, in risposta ha velocizzato le spinte, grugnendo, sudando. Credevo sarebbe venuto subito, con quella foga, ma ha continuato a lungo, senza cambiare posizione. Poi ho sentito una mano afferrarmi il collo, mi sono girata per protestare ma lui mi ha avvicinata a sé e con l'altra mano mi ha tappato la bocca, poi ha cominciato a stringere, stringeva e spingeva, sempre più forte. Provavo a gridare di smettere, ma la sua mano premuta sulla mia bocca faceva uscire solo deboli mugugni, coperti dal rumore dei sui grugniti e del suo respiro affannato. Ha continuato a stringere sempre più forte, ero certa che volesse soffocarmi, ho pensato a mia madre, a come avrebbe fatto senza di me, a quanto avrebbe sofferto. Ho smesso di tentare di gridare, ho lasciato che finisse il lavoro, completamente inerme. È venuto dentro con le ultime, potenti spinte, poi mi ha lasciato la gola e ha tolto la mano dalla bocca. Ho avvertito il sapore della sua pelle sulla lingua, poi il dolore al collo, alle braccia e all'inguine, ho tossito come se fossi appena emersa dalla profondità dell'oceano, ho respirato forte, le mani appoggiate a terra, la gonna ancora alzata. Si è sollevato, rivestito, ha lasciato i soldi sul divano, è uscito di casa senza dire nulla.

Sono rimasta ferma per un po', distesa a terra, a riflettere su quello che era accaduto. Mi chiedevo da dove fosse scaturita quella violenza, se fossi stata io a scatenarla. Mi chiedevo cosa sarebbe successo se avesse tardato ancora un po', continuando a stringermi il collo. Ma soprattutto mi chiedevo come mai non mi sentivo sconvolta, non avvertivo alcun bisogno di correre al telefono e chiamare Cristina per avvertirla, lei che tanto si preoccupava che potesse capitarmi qualcosa di brutto.

Poi, dopo un tempo imprecisato, dovetti ammettere con timore che esisteva un lato oscuro di me stessa a cui quel trattamento, quella violenza senza senso e senza ragione, era piaciuta.

***

Fin da quando ero piccina, mia madre e io trascorrevamo le prime due settimane di giugno al mare, prendevamo in affitto un appartamento a Tagliata di Cervia, caricavamo la macchina di vestiti, cibo in scatola, giocattoli, salutavamo i vicini di casa e partivamo, e anche se si trattava di percorrere una trentina di chilometri soltanto a noi pareva di fare un viaggio vero, verso una meta lontana e ricordata con frasi sospirate per il resto dell'anno. Persino nel calendario di casa, quello ricevuto in omaggio dal macellaio con un piatto a base di carne per ogni mese, c'era un circoletto rosso sul giorno della partenza e su tutti quelli a seguire, con la scritta vacanze! di traverso, più vari faccini sorridenti tutto intorno. Una volta arrivate passavamo un'intera mattinata a sistemare le nostre cose, su e giù per la scala con le borse e le scatole di cartone, spalancavamo porte e finestre per far uscire l'odore di chiuso, pulivamo il bagno, rifacevamo i letti con le nostre lenzuola fresche di bucato, ci concedevamo un pranzo veloce, indossavamo i costumi e finalmente andavamo in spiaggia. Dall'appartamento c'era da percorrere a piedi un breve tratto di strada, poi si attraversava una striscia di pineta e si arrivava agli stabilimenti, tutti in fila uno accanto all'altro, con le insegne di legno dipinte a riportare il nome e il numero, bagno Corallo n.15, bagno Rocchi n.16, bagno Lara n.17. La nostra destinazione era il bagno Paradiso n.18 dove il gestore, un certo Sauro, ci accoglieva ogni anno con un sorriso e ci accompagnava all'ombrellone che ci aveva riservato, in prima fila, a pochi metri dal mare.

Era l'inizio della stagione turistica, la riviera si preparava all'arrivo di frotte di villeggianti italiani e stranieri, si respirava un'energia contagiosa, come al risveglio da un lungo sonno ristoratore. Noi eravamo tra i primi a calpestare la sabbia livellata dai grandi bulldozer, dopo che avevano abbattuto le dune erette l'autunno precedente per fronteggiare le mareggiate invernali, e a tuffarci in acqua dopo averne saggiato la temperatura immergendo timidamente i piedi sul bagnasciuga, facendo attenzione a non calpestare le conchiglie. Ogni anno ci si rivedeva tutti, i frequentatori del bagno Paradiso, sempre gli stessi, famiglie che venivano da città diverse, Bologna, Ferrara, Modena, Milano, gli adulti si stringevano la mano e si offrivano il caffè, chiacchierando di come avevano trascorso l'inverno, di com'era bello ritrovarsi ancora, noi bambini ci abbracciavamo dopo esserci corsi incontro, ebbri di gioia per una vacanza appena iniziata e che avremmo vissuto insieme, giorno dopo giorno, coi nostri genitori a sorvegliarci da lontano, sdraiati all'ombra a godersi la brezza marina o seduti ai tavolini del bar per concitate e interminabili partite a carte.

Del mio gruppo di amici ero l'unica senza padre, osservavo quelli degli altri con curiosità e immaginavo scene in cui l'uno o l'altro mi trattavano come se fossi loro figlia, cercando di capire quale preferissi. Capitava che fossi colta da una malinconia improvvisa che oramai avevo imparato a riconoscere e ad accogliere senza pianto, limitandomi ad appartarmi, di solito portando con me un libro o un fumetto, che leggevo distrattamente seduta sulla sabbia lontano da tutti, fino a quando qualcuno non si accorgeva della mia assenza e mi veniva a cercare, invitandomi a cominciare un nuovo gioco.

Quell'anno fu diverso, per la prima volta avevo un padre anch'io. Qualche giorno prima di partire Enrico disse a mia madre che sarebbe venuto con noi, forse non sarebbe rimasto per tutta la vacanza ma per almeno una settimana sì, di sicuro. La mamma me l'annunciò mentre cenavamo, una sera, e alla mia reazione di gioia non riuscì a trattenere una lacrima, che vidi scenderle dal viso prima che facesse in tempo a coprirsi con la mano, per poi alzarsi di scatto con la scusa di sparecchiare. E per la prima volta la vidi mettere in valigia alcuni abiti eleganti e biancheria nuova, di pizzo nero, che cercò di nascondere sul fondo. Enrico arrivò un giorno dopo di noi, verso sera. Eravamo rientrate dalla spiaggia prima del solito per accoglierlo, gli occhi puntati all'inizio della strada mentre ci dedicavamo a una partita a dama, sedute attorno a un tavolino di plastica posizionato sul terrazzo. La mamma faceva avanti e indietro dalla cucina con la scusa di controllare la cena, ma si capiva che era troppo nervosa per restare seduta. Finalmente udimmo il suono del clacson, due colpetti in rapida sequenza, e un attimo dopo avvistammo la sua macchina avanzare lentamente nel viottolo. Ci sbracciammo in piedi sul terrazzo, io gridai più volte il suo nome, poi mi avviai giù per le scale per ricomparire poco dopo trascinando una borsa troppo pesante per le mie forze. "Si è offerta di dare una mano" disse Enrico a mia madre, come se la fatica a cui mi ero sottoposta richiedesse una giustificazione. Il giorno dopo ci presentammo in spiaggia come una vera famiglia, mamma, babbo e figlia. Enrico fece la conoscenza dei nostri amici, partecipò alle varie attività degli adulti, le partite a carte, le chiacchierate, l'aperitivo prima di pranzo, passò del tempo sotto l'ombrellone a leggere il giornale, mi aiutò a scavare una grossa buca nella sabbia, facemmo il bagno insieme, schizzandoci l'acqua e nuotando fino alle boe. Gli altri bambini si rivolgevano a me con frasi del tipo: "Chiedi a tuo padre se..." oppure "potrebbe pensarci tuo babbo a...". Ogni volta che sentivo pronunciare quelle parole, padre o babbo o papà, mi sentivo svenire dalla gioia. Fu in quei giorni di vacanza, dentro l'appartamento di Tagliata di Cervia, durante le passeggiate lungo la pineta, nei momenti trascorsi in spiaggia e di sera, quando camminavamo fino alla piazzetta del centro commerciale, coi visi arrossati dalle prime scottature di stagione, che conobbi la vera felicità.

E promisi a me stessa che non me la sarei mai lasciata sfuggire.

16. Riccardo

Quando lo vedo apparire sull'uscio di casa quasi non lo riconosco. Si è dato una sistemata, niente da dire, capelli corti, barba fatta, vestiti nuovi. Temevo che si presentasse con indosso gli stracci del giorno prima e quell'orrido basco schiacciato sulla testa, Melissa sarebbe di certo scappata via, per il timore di contrarre chissà quale malattia contagiosa. Ha in mano una scatola di cartone, me la porge, dice che sono per noi, cioccolatini a forma di cuore, di certo un avanzo di San Valentino. Lo ringrazio, prendo la scatola e gli faccio cenno di entrare. Mi complimento per il suo aspetto, lui mi guarda imbarazzato, sembra quasi che debba riabituarsi a indossare vestiti decenti. Melissa esce dalla cucina, si toglie il grembiule e avanza verso di noi con la mano protesa in avanti, pronta per stringere quella di Valerio. Sfoggia il suo sorriso migliore, è bravissima a nascondere il fastidio che prova per questo invito a cena fatto senza consultarla prima, ma che ha deciso di sopportare in silenzio, recitando la parte della brava moglie. Le ho detto solo che Valerio è un vecchio amico che non vedevo da un sacco, che l'ho incontrato per caso e mi faceva piacere riallacciare i rapporti. In fondo non ho mentito, mi sono limitato a omettere alcuni dettagli, nella speranza che non venga fuori nulla nel corso della cena. Melissa di solito non fa domande personali, non perché abbia timore di sembrare scortese, semplicemente non gliene frega nulla di ciò che fanno o non fanno gli altri, per cui si limita quasi sempre a quelle due o tre domande superficiali che sono d'obbligo ogni volta che si conosce qualcuno e che consentono risposte concise, possibilmente un semplice sì o no, sei sposato? hai figli? e le pone con un distacco così evidente da scoraggiare chiunque ad approfondire troppo l'argomento. La cena prosegue senza problemi, Valerio combatte per un po' contro l'imbarazzo di trovarsi lì, in compagnia di due persone che fino al giorno prima avrebbe avvicinato solo per chiedere l'elemosina, poi sembra adattarsi, dice qualche parola di elogio sull'appartamento, sui mobili ipermoderni che Melissa ha voluto comprare a tutti i costi, sul televisore ultimo modello che teniamo acceso senza audio su un canale satellitare che trasmette un documentario sui felini, con un gruppo di leonesse intente a sbranare una zebra. Melissa partecipa a questa parte della conversazione con piacere, adora mettere in evidenza particolari nascosti dell'arredamento, si alza e prende in mano oggetti per sottoporli allo sguardo attento di Valerio, che annuisce convinto ed elogia tutto quello che vede. Io li osservo mentre mangio con calma, penso che una scena come quella non l'avrei mai immaginata qualche giorno fa, il mio amico d'infanzia raccattato da una strada e mia moglie che parlano di mobili di design, con Melissa che lo istruisce e lui che ascolta rapito. In realtà penso che non gliene importi nulla, che cerchi solo di sembrare interessato, un po' per educazione un po' perché fintanto che parla lei non è costretto a dire nulla. Poi lentamente il monologo di Melissa cala di ritmo, la cena è quasi finita, dalla finestra aperta sul terrazzo entra una brezza pungente, i rumori che provengono dalla strada sembrano attenuarsi, il buio avanza. Con la scusa di sparecchiare mia moglie ci lascia soli, le dico di lasciar stare che ci penso io più tardi, Valerio si offre di dare una mano ma lei fa cenno di no, ci sorride e prosegue imperterrita a impilare piatti sporchi uno sull'altro. Noi due andiamo sul terrazzo, mi porto dietro un bicchierino di grappa, Valerio dice no grazie, non ha toccato alcool per tutta la cena, questo mi fa pensare che abbia avuto seri problemi in passato. Decido di chiederglielo, al diavolo la discrezione, ho diritto di sapere qualcosa di lui, dopotutto.

"Eri alcolizzato?" chiedo così, a bruciapelo.

Lui sorride, si gratta la testa, distoglie lo sguardo. "Non direi, anche se ho passato fasi in cui bevevo molto, ma non al punto da non poterne fare a meno, tipo cominciare a bere di mattina e andare avanti per tutto il giorno, per capirci." Annuisco, come se mi aspettassi qualcosa del genere, poi lui sente il bisogno di aggiungere qualcosa. "Preferisco non bere perché in questi ultimi tempi, da quando vivo per strada, ho visto troppi alcolizzati, persone devastate che si trascinano da un posto all'altro come zombie, e non voglio diventare come loro." È forse la frase più lunga che ha pronunciato da quando l'ho incontrato, per cui non dico nulla e lascio che continui, ma lui sembra aver già esaurito lo slancio, per cui ce ne stiamo zitti entrambi a guardare davanti a noi, le case vicine e un piccolo parco poco più in là, e le colline in lontananza ridotte a un profilo sfumato dal residuo chiarore del tramonto.

"Quando ti sarai ripreso" dico dopo un po', "ti troverò un lavoro, non aspettarti granché, visto il periodo, ma qualcosa troverò, sto già chiedendo in giro, e poi ti trasferirai in un appartamento, magari non tanto grande, ce ne sono di belli qui vicino, costruiti da poco, di varie metrature."

Dice grazie, dice che vuole iniziare subito a lavorare, anche domani, che gli va bene qualsiasi cosa, anche pulire cessi, non vuole pesare su di me, vuole avere soldi suoi, mantenersi da solo. Ribatto che non deve preoccuparsi, che è meglio aspettare un po' prima di ributtarsi nella mischia, gli porgo altro denaro, dico che mi fa piacere aiutarlo, di accettarlo senza problemi. Poi rientriamo in casa, lui ringrazia Melissa e dice che deve andare via, si sente stanco. Lei lo saluta dalla cucina, alza la mano avvolta nel guanto rosa che usa per lavare i piatti, lo invita a tornare quando vuole, che ci farebbe piacere rivederlo, io lo accompagno di sotto. Nel garage tiro fuori una vecchia bici che ho preparato per lui, la guarda con meraviglia, mi ringrazia di nuovo e monta in sella.

"C'è un altro favore che devo chiederti" dice prima di partire. Sembra titubante ma gli faccio cenno di proseguire.

"Devo trovare una persona, una donna."

"Va bene… la cerchiamo, abita a Forlì?"

"Non lo so… un tempo sì, ora chissà."

"È da tanto che non la vedi?" chiedo, pensando che si tratti di una sua vecchia fidanzata.

"In realtà l'ho vista una volta soltanto, da lontano, quand'era bambina" sussurra, quasi facendo uno sforzo nel cercare di ricordare. Quella richiesta sta diventando piuttosto surreale, in circostanze diverse penserei che mi sta prendendo in giro.

"Almeno sai come si chiama?" chiedo, cercando di mantenere un tono di voce normale, come se quella fosse una conversazione normale. Lui annuisce.

"Marina" dice, "so solo che si chiama Marina."

***

Il mio primo appuntamento con una ragazza lo dovetti a Valerio, anche se lui si limitò a porre una semplice condizione nell'accettare di uscire con una certa Roberta, che lo assillava da settimane. "Usciamo in quattro" disse guardandola dall'alto, lei che a malapena gli arrivava alle spalle nonostante i tacchi alti che portava sempre e che la costringevano a camminare a zig zag. "Vengono anche Elisabetta e Riccardo, altrimenti non se ne fa niente." Lei lo aveva guardato di traverso, poi aveva guardato me, che me ne stavo seduto poco distante facendo finta di non aver sentito. "Devo chiederlo alla Eli, mica posso decidere per lei" disse infastidita da quell'intrusione di cui, ero certo, mi riteneva l'unico responsabile. In realtà era stata di Valerio l'idea, io all'inizio non ne volevo sapere, temevo di fare la figura dell'idiota. Però non era così strano uscire in quattro, un po' per farsi coraggio a vicenda, un po' per non dare l'impressione di essere una vera coppia, almeno all'inizio. Elisabetta era una bella ragazza di quattordici anni, l'amica del cuore di Roberta, di certo fuori dalla mia portata, e per un momento avevo pensato che fosse lei il vero obiettivo del mio amico.

"Ma a te chi ti piace delle due?" gli chiesi qualche giorno dopo mentre andavamo all'appuntamento, dopo che quel pomeriggio Roberta aveva telefonato a casa di Valerio per dirgli che non era stato facile ma alla fine aveva convinto l'amica.

"Nessuna delle due" rispose lui, accennando a un sorriso.

"Ma allora perché hai accettato di uscire?" chiesi confuso.

"Per farti conoscere la Eli. Non sei contento?"

"Vuoi dire che l'hai fatto per me? Che della Roby non te ne frega niente?"

Scosse la testa, adesso stava quasi ridendo, come se l'idea di trascorrere la serata con una che non gli piaceva fosse davvero divertente. Ci incontrammo in piazza, le ragazze erano già arrivate, ci stavano aspettando sedute su una panchina, strette nei loro giubbotti coi baveri rialzati per via del fresco di quella serata autunnale.

"Che si fa?" chiese Valerio allegro.

"Beviamo qualcosa?" propose Roberta, avviandosi verso un pub poco distante da cui proveniva una musica ritmata che la fece ancheggiare mentre camminava, seguita da Elisabetta che a malapena ci aveva salutato, teneva lo sguardo basso e restava più possibile vicina all'amica. Entrammo e ci sedemmo a un tavolo d'angolo, ordinammo da bere, birra per Valerio e me, succo di frutta per le ragazze. Trascorse un'ora senza che riuscissimo a creare quell'atmosfera di allegra intimità che potevamo scorgere in altri tavoli del locale, dove c'erano coppie affiatate che avevano già superato quelle fasi iniziali piene d'imbarazzo, di frasi poco spontanee buttate fuori solo per rompere silenzi divenuti insopportabili, poi Valerio disse che usciva cinque minuti, voleva prendere un po' d'aria. Roberta si offrì di accompagnarlo, subito crocifissa con lo sguardo da Elisabetta, che probabilmente tremava all'idea di rimanere sola con me. Allora dissi che potevamo andare tutti, e così fu.

Appena fuori Roberta passò all'attacco, si appiccicò a Valerio e non lo mollò più, d'altronde che gli morisse dietro non era una novità, lei stessa non cercava di nasconderlo, tutt'altro. Passeggiavamo per le strade del centro, loro due davanti e noi, Elisabetta e io, dietro. Loro ridevano, si prendevano in giro, noi stavamo zitti, sembravamo due ragazzi che parlano lingue diverse e che pertanto non hanno alcuna possibilità di comunicare tra loro. Pensavo che come primo appuntamento della mia vita era stato un vero disastro, ma non sapevo che il peggio doveva ancora arrivare. A un certo punto Valerio e Roberta cominciarono a correre, si allontanarono e poi sparirono dentro una stradina laterale; noi proseguimmo del nostro passo, convinti che li avremmo raggiunti di lì a poco, o che magari ci sarebbero venuti incontro non appena si fossero stufati di quel gioco infantile, ma quando giungemmo al viottolo ci accorgemmo che di loro non c'era traccia.

"Dove si sono cacciati" disse Elisabetta girando su sé stessa, come se potessero uscir fuori all'improvviso da qualche androne buio in una sorta di bizzarro nascondino. Cominciammo a chiamarli, fregandocene di disturbare i residenti, gridavamo i loro nomi e intanto camminavamo a passo accelerato nella direzione in cui ci sembrava fossero andati, anche se l'intrico di stradine aumentava a dismisura le possibilità. Dopo un quarto d'ora di ricerche vane decidemmo di tornare in piazza, mandandoli a quel paese. Mentre percorrevamo a ritroso quel tragitto di viottoli desolati avvistammo un gruppo di persone provenire verso di noi. Occupavano tutta la strada, avanzavano piano preceduti dagli schiamazzi delle loro voci dall'accento straniero, qualcuno beveva da una bottiglia di birra, qualcun altro ci indicava con la mano protesa in avanti, un paio di loro, poco più indietro, si stava accanendo contro un cassonetto dell'immondizia, prendendolo a calci. Ci bloccammo, impauriti, indecisi se fare marcia indietro e provare a dileguarci in una viuzza secondaria, sparire dalla vista di quei teppisti come i nostri amici avevano fatto con noi. Ma l'indecisione ci bloccò per troppo tempo, ormai erano vicini, conveniva far finta di niente e procedere lungo la strada. Elisabetta si aggrappò al mio braccio, la sentivo respirare velocemente, dissi un paio di parole per rassicurarla, ma io stesso non ero certo di ciò che sarebbe accaduto. Dal gruppo si staccarono un paio di personaggi, avranno avuto sui venticinque anni, con facce da Europa dell'Est, forse rumeni, e si avvicinarono a noi. Dissero qualcosa nella loro lingua, che non capii, la ripeterono in un italiano approssimativo, chiedevano se avevamo una sigaretta, risposi di no, continuando a camminare. Elisabetta mi stava stringendo il braccio, sembrava voler sparire negli anfratti della mia giacca a vento, probabilmente aveva immaginato scene di lei stesa per terra e violentata a turno da quella banda mentre io giacevo svenuto poco più in là con un occhio pesto e rivoli di sangue che mi colavano dal naso. Quando ci affiancarono fummo squadrati da capo a piedi da ognuno di quei brutti ceffi, uno di loro disse qualcosa e gli altri risero di gusto, qualcun altro scaraventò a terra una bottiglia vuota frantumandola, un altro ancora intonò una canzone nella loro lingua e tutti subito lo seguirono, dando vita a un grottesco coro di voci alterate dall'alcool, che riecheggiavano tra i muri delle case diminuendo d'intensità man mano che si allontanavano da noi fino a diventare un rumore di fondo dopo che avemmo svoltato l'angolo, consapevoli di averla scampata. Elisabetta allentò la presa ma non mi lasciò il braccio, continuammo a camminare così, come una coppia di fidanzatini. Arrivammo al punto in cui lei e Roberta avevano lasciato le bici, ci salutammo senza fare commenti su quanto era accaduto, la serata mal riuscita, la fuga dei nostri amici, l'incontro con la banda di rumeni. "Allora ciao" fu ciò che dissi io, "ciao" fu ciò che rispose lei. Avrei voluto aggiungere qualcosa, tipo "ci si vede in giro" oppure "la prossima volta usciamo da soli io e te" ma sia l'una che l'altra frase mi sembrarono quanto mai fuori luogo. La verità era che non le piacevo neanche un po' e che aveva accettato di uscire solo per fare un favore alla sua amica. Non avevo speranze con una così, idiota io a pensare per un attimo che le cose potessero andare diversamente.

"E grazie!" gridò Eli mentre si allontanava pedalando. Mi aveva ringraziato, non capii se fosse per averla protetta dalla banda di rumeni o per averle offerto da bere al pub. In ogni caso avevo incassato un ringraziamento da una ragazza. Anche quello poteva essere un piccolo passo in avanti.

Gironzolai per la piazza per un'oretta buona prima di avvistare Valerio. Stava salutando Roberta baciandola in bocca, aspettai che lei se ne andasse e gli andai incontro.

"Com'è andata?" chiese.

"Così così" risposi, "ma che fine avete fatto?"

"È stata una mia idea, quella di sparire, volevo lasciati campo libero con la Eli, te la sei lavorata?"

"Bé… c'è ancora da fare, però vediamo…"

"Non ci sta proprio, vero?"

Scossi la testa, ridendo, e allungai la mano per un cinque. "Te la sei fatta?" chiesi mentre ci incamminavamo verso i motorini.

"Solo lingua in bocca e toccate."

"Ma non avevi detto che non ti piaceva?"

"Infatti, ma qualche bacio non si nega a nessuna."

"E quindi adesso la Roby è la tua ragazza?"

"La mia che? Non esiste proprio."

"Quindi non ci esci più?"

"Non so, magari sì, dipende da come mi gira."

"Dimmi una cosa, Fonzie, cosa si prova a piacere alle ragazze?"

"Io non piaccio alle ragazze."

Mi accorsi che lo pensava davvero, davvero non si rendeva conto degli sguardi che gli calavano addosso, delle teste girate quando passava, degli ammiccamenti, i sospiri, le risatine. Avrebbe potuto avere ciascuna delle ragazze che conoscevamo, perfino certe di quarta o quinta che gli sbavavano dietro, ma lui non se ne accorgeva o forse, più semplicemente, non gliene fregava niente.

17. Valerio

Tutto perfetto.

Perfetta la casa, coi suoi due piani più mansarda, la facciata di mattoni a vista, il giardino curato sul retro, la siepe di alloro tagliata a regola d'arte, perfetto l'interno, coi mobili bianchi o neri dalle forme strane, il gioco di luci proiettate da lampade invisibili, il televisore a schermo piatto appeso alla parete, perfetta la moglie, nella sua eleganza informale e nel suo modo informale di presentarsi e di porgermi la mano, e perfetto anche lui, Riccardo, col vestito a giacca beige che probabilmente portava oggi in ufficio e che ha tenuto addosso anche per questa cena, e che mi accoglie col suo sorriso rassicurante, lo stesso di quando eravamo ragazzi. Appena entro mi chiedo cosa ci faccia uno come me in questo quadretto familiare da pubblicità televisiva, penso a cosa direbbe Catania se mi vedesse, probabilmente si limiterebbe a scuotere la testa e si accenderebbe una sigaretta girandosi dall'altra parte. Mi siedo a tavola, apparecchiata secondo le regole, due forchette e tre bicchieri a testa, e tovaglioli ricamati che mi dispiacerebbe imbrattare. Melissa serve gli aperitivi, me ne propone uno giallo chiaro, alcolico, e un altro rosso vivo, analcolico, decido per quest'ultimo, afferro il calice e imito Riccardo che se ne sta lì col suo bicchiere alzato, brindiamo senza dire a cosa. Durante la cena ascolto. Il rumore delle posate che raccolgono e tagliano il cibo, i sibili delle macchine che passano in strada, intervallati da lunghe pause silenziose, le voci dei padroni di casa che si accavallano nel dire frasi di circostanza, aneddoti sul loro matrimonio e sui mobili e sul gatto siamese che gironzola avanti e indietro in cerca di attenzioni finché non decide di acciambellarsi sul divano e lasciarsi cullare da quelle stesse voci. Ascolto e non dico nulla, rispondo alle domande con un sì o un no, se Melissa entra nel personale c'è Valerio che interviene, sposta il discorso su altri temi, ho il sospetto che sua moglie non sappia nulla di me, di dove mi ha trovato, del fatto che mi sta mantenendo lui. Mentre ascolto comincio a pensare. Penso a come fare per riannodare i fili della mia vita passata, da quale parte inizierò, presto o tardi, a fare i conti con le mie colpe, se deciderò di ignorare tutto, far finta di niente, guardare avanti, magari ricominciare daccapo, oppure rituffarmi nei ricordi e provare a comprendere, una volta per tutte, le ragioni di ciò che è accaduto. Mi viene in mente Marina. Un'immagine sbiadita, confusa, quella di una bambina sui dodici anni che salta la corda nel giardino di un palazzo di periferia, la sua voce che conta i salti e lo schioccare della corda ogni volta che tocca per terra. Dove sarà adesso? E se fosse lei la persona che devo cercare, quella che potrebbe aiutarmi a mettere ordine nel mio passato? Melissa continua a parlare, annuisco a intermittenza ma non ascolto veramente ciò che dice, in questo momento sono altrove, nascosto dietro una cancellata di ferro, al riparo di un cespuglio di rose, e mentre il profumo dei petali mi investe e mi fa pensare a casa mia, a quando la mamma portava fiori freschi dal giardino e li metteva dentro un vaso di terracotta, sul tavolo del soggiorno, i miei occhi seguono i movimenti di quella bambina e mi chiedo, adesso come allora, se avrò mai il coraggio di avvicinarmi a lei e di parlarle di mio padre, porle quelle domande che forse mi aiuterebbero a capire, finalmente.

***

Non capivo, mi sforzavo di farlo ma non c'era verso, non ci riuscivo proprio, li sentivo litigare chiusi nello studio o nella camera di letto, li vedevo uscire, i visi arrossati, e allontanarsi l'uno dall'altra, lui che quasi sempre se ne andava fuori e rientrava a notte fonda, lei che si rintanava in qualche stanza e rimaneva lì a singhiozzare piano, gridandomi da dietro la porta che non si sentiva bene e facendo venire la domestica per cucinarmi qualcosa di caldo per cena. Nessuno mi diceva nulla, quando mi avvicinavo col viso pieno di domande loro distoglievano lo sguardo, come quella volta che da piccolo avevo chiesto dove fosse finito Gastone, il nostro gatto, e avevo poi scoperto che era stato investito da una macchina. Ero pieno di paure, ogni volta che tornavo a casa temevo di trovare tracce di avvenimenti terribili, resti di litigate furiose come vasi rotti o addirittura macchie di sangue, oppure uno dei due o entrambi i miei genitori distesi a terra, morti, vittime della loro stessa violenza. La paura poi si trasformò in rabbia, nei loro confronti soprattutto, che mi tenevano all'oscuro di quanto stava succedendo; cominciai a evitarli, mi chiudevo in camera mia e restavo lì per ore, se cercavano di parlarmi mi tappavo le orecchie e non rispondevo, gridavo di lasciarmi in pace, e se mio padre si arrabbiava ascoltavo passivamente i suoi rimproveri e poi continuavo a comportarmi esattamente come prima. A scuola cercavo di non lasciar trapelare nulla, ostentavo un'allegria finta che consisteva nell'andare in giro con un sorriso sempre stampato in faccia e nel ridere alle battute di tutti. Persino Riccardo non si era accorto di niente, lui che mi seguiva ovunque andassi, che mi conosceva meglio di chiunque altro, che aveva nei miei confronti un'ammirazione sincera, limpida, esagerata.

In quel periodo le ragazze cominciarono a guardarmi in modo diverso, quando passavo le sentivo ridere e sussurrarsi cose alle orecchie, alcune mi venivano incontro oppure facevano in modo di trovarsi nel punto dove stavo andando, mi salutavano chiamandomi per nome nonostante non ci fossimo mai parlati prima, certe mi chiedevano di uscire. Un po' mi faceva piacere e un po' mi spaventava, quel trovarsi al centro delle attenzioni del mondo femminile della scuola. Avrei voluto condividere la cosa con i miei amici, Riccardo in particolare, ma le ragazze sembravano interessarsi solo a me, liquidavano le sue battute con alzate di spalle e risatine di scherno che lo facevano arrossire. Allora facevo finta di niente, invitavo il mio amico ad andarcene e quando eravamo un po' distanti gli dicevo di non farci caso, erano solo delle ragazzine sciocche. E lo pensavo davvero, non lo dicevo tanto per dire.

Col passare dei mesi quell'atteggiamento cominciò a stancarmi, smisi di rivolgere la parola a quasi tutte le ragazze, soprattutto a quelle che si truccavano e si mettevano il rossetto al solo di scopo di impressionarmi. Loro si avvicinavano e io non le degnavo neppure di uno sguardo, le lasciavo parlare e non rispondevo, poi me ne andavo e loro ci rimanevano male, ma non me ne fregava niente. L'unica con cui avrei voluto parlare era Giulia, la sorella di Max. La incontravo, a volte, nei ritrovi pomeridiani tra ragazzi del quartiere, la guardavo da lontano mentre parlava fitto fitto con le sue amiche, poi guardavo Riccardo e non c'era una volta che non lo scoprissi girato verso di lei, gli occhi fissi, le labbra semichiuse in una sorta di contemplazione che non lasciava dubbi, gli piaceva da morire. Una volta si confidò, disse che avrebbe voluto uscire con lei, ma aveva paura che Max potesse prenderla male. Io gli risposi che non erano affari suoi, quindi che si fottesse, Max. Ma poi non si decideva, pensavo che in realtà temesse di ricevere un rifiuto. Una delle amiche di Giulia, una certa Elena, mi guardava spesso, si era sparsa la voce che le piacessi, per cui Riccardo ipotizzò un'uscita a quattro. Di questa Elena non m'importava un fico secco e non era mia intenzione favorire l'avvicinamento tra lui e Giulia, per cui rifiutai, dissi che c'avevamo già provato, a uscire in quattro, e non era servito a niente. Lui ci restò male, si ammutolì ma non protestò. Il giorno dopo si era già dimenticato tutto.

Un pomeriggio stavamo girando in bicicletta senza meta, Riccardo e io, avevamo raggiunto gli altri in gelateria e dopo una mezz'ora di chiacchiere ce n'eravamo venuti via, passando dai giardini pubblici e puntando poi verso il quartiere della piscina, al solo scopo di provare il gusto di pedalare in libertà. A un certo punto Riccardo si fermò davanti all'entrata di un supermercato, disse che voleva comprare una bottiglia d'acqua, che stava morendo di sete. Gli dissi di andare pure, che l'avrei aspettato lì. Un minuto dopo vidi passare l'auto di mio padre, in lontananza, transitare lungo la strada e poi svoltare a sinistra in una via secondaria. Non riflettei, partii d'impulso, senza pensare che all'uscita Riccardo non mi avrebbe trovato, l'occasione di seguire mio padre senza essere visto non mi sarebbe più ricapitata. Imboccai la strada pedalando veloce, lo scorsi mentre girava a destra all'incrocio successivo entrando in un viottolo, una strada chiusa che finiva in un ampio parcheggio circondato da palazzi tutti intorno. Scese dall'auto e si avviò a piedi verso uno di questi, suonò un campanello, attese qualche secondo e poi entrò nel cortile. Lo guardavo da lontano, nascosto dietro altre macchine parcheggiate, immaginai che quello fosse il luogo dove andava a rifugiarsi dopo i litigi con la mamma, il palazzo dove abitava quella donna, l'amante di mio padre, perché nonostante avessi cercato di negarlo a me stesso, così come lui lo negava a mia madre, oramai non c'erano più dubbi, aveva una relazione, ero grande a sufficienza per capirlo senza che nessuno si disturbasse a spiegarmelo. Mi avvicinai a piedi, raggiunsi il cancelletto d'ingresso, non sapevo neppure io cosa cercassi di scoprire, sul muretto c'erano allineati una ventina di campanelli disposti su due file, coi cognomi stampati in bella mostra. Sentii la voce di mio padre, veniva dal cortile, poco più in là, non capivo cosa dicesse ma percepivo il tono allegro e gioviale, stava parlando con qualcuno, immaginai fosse lei. Mi accorsi che tra il palazzo e quello accanto c'era un piccolo passaggio pedonale, pensai che se l'avessi percorso sarei arrivato in un punto in cui potevo vederli e magari anche sentire cosa dicevano. Col cuore che mi batteva a mille mi introdussi nel sentiero, camminando a testa china, quasi a carponi. Nel punto che volevo raggiungere c'era un cespuglio di rose addossato alla recinzione, perfetto per nascondermi. Mi acquattai lì dietro, rimasi immobile per qualche secondo, poi sbirciai verso di loro. Vidi mio padre che stava parlando con una bambina, avrà avuto undici o dodici anni, che teneva una corda in mano, mentre con l'altra stava ammirando un braccialetto che lui le aveva appena chiuso attorno al polso. Le chiese se le piaceva e lei rispose di sì, moltissimo, poi lo abbracciò e lo baciò sulle guance, prima una e poi l'altra, quindi lui la invitò a continuare a giocare, che sarebbe salito per fare un saluto a sua madre. La bambina rimase per un po' ferma a guardare il braccialetto, muovendo il braccio per vedere come le stava, poi ricominciò a saltare. La osservai per un tempo che non saprei quantificare, forse pochi minuti, forse un'ora, la guardavo e mi chiedevo cosa rappresentasse per mio padre, di certo la considerava importante se le portava dei regali così, in un pomeriggio qualunque, senza che fosse Natale o Pasqua o il giorno del suo compleanno, perché gli auguri mica glieli aveva fatti. Quindi non si trattava semplicemente di un'amante ma di una vera famiglia, con una figlia di qualche anno più piccola di me. Forse li preferiva a noi, ci avrebbe abbandonati per stare con loro, era dunque questo che stava succedendo, il motivo dei litigi, dei pianti, delle furibonde fughe da casa. Provai un senso di smarrimento, sentivo di dovermi arrabbiare ma non ci riuscivo, ero solo capace di starmene lì fermo, nascosto dietro il cespuglio di rose, a guardare quella bambina che saltava e saltava, sembrava non stancarsi mai, ero come ipnotizzato dal ritmo di quei salti, tutti uguali tra loro, e dal suo sguardo fisso in avanti come se stesse ammirando il suo futuro, quello di nuova figlia dell'ingegner Enrico Mieli. Poi lui tornò, passò di fianco a lei per salutarla, mentre con passo affrettato si avviava verso l'uscita. "Ciao Marina" disse alzando la mano.

"Ciao Chicco" rispose lei, senza smettere di saltare.

18. Marina

Il tizio violento non è più venuto. Mi sono sorpresa ad aspettarlo, all'inizio con timore, poi con titubanza, infine con impazienza. Quando suonava il telefono speravo fosse l'annuncio di una sua prossima visita, o magari che potesse presentarsi alla porta senza preavviso, come capitava ogni tanto con i clienti più indisciplinati. Invece niente, non si è più fatto vivo. Ho ripensato spesso a quel giorno e ogni volta ho provato un'eccitazione sempre maggiore, come solo la fantasia associata a qualcosa di reale riesce a produrre. Dopo un po' ho cominciato a pensare a come rivivere quell'esperienza senza di lui, ho stilato un elenco mentale dei clienti che potevo spingere a comportarsi in modo violento, ho cercato di capire come fare, ho atteso che fosse il momento buono per provarci. Con alcuni ci sono riuscita, dopo aver superato le perplessità iniziali si sono lasciati andare, si sono calati con piacere nella parte del maschio violento che sottomette la donna indifesa, mi hanno picchiata, legata, posseduta con forza, hanno scaricato sul mio corpo la parte peggiore di sé stessi, hanno scoperto di desiderare di farmi del male, hanno goduto nel farmelo, hanno preteso di rifarlo le volte successive. Li ho visti perdere la testa, abbandonarsi ai loro istinti più selvaggi, ho detto loro di non porsi limiti, niente stronzate sadomaso sulla parola di sicurezza, niente finzioni, che se non se la sentivano andassero a farsi fottere. Ho quindi ottenuto ciò che desideravo, la sottomissione assoluta, l'ebbrezza del pericolo, la violenza fine a sé stessa, ma non ero ancora soddisfatta, nonostante il dolore che provavo ogni volta, nonostante i lividi, volevo andare sempre più avanti. Ho capito che dovevo uscire dal rapporto cliente-prostituta, che in qualche modo quel rispetto dei ruoli poteva rappresentare un limite. Così, questa sera, ho deciso di non lavorare, sono salita in macchina, ho percorso una cinquantina di chilometri e poco fa ho varcato la porta di questo pub nella periferia di Rimini. Ora me ne sto al bancone a bere una vodka, in attesa che qualcuno si avvicini. Un paio di uomini mi hanno notata, stanno rimuginando sul da farsi, se ne stanno seduti coi loro boccali di birra in mano e mi lanciano occhiate a ripetizione.

Mi basterebbe ammiccare e li avrei in pugno, inchiodati come scarafaggi nella bacheca. Decido di tenerli ancora un po' sulle spine, nel frattempo un tizio si avvicina, si siede sullo sgabello a fianco, ordina da bere, "quello che beve lei" dice al barista, e mi guarda con un sorriso da furbo. È troppo vecchio per me ma non è questo che mi disturba, piuttosto l'aria da bravo padre di famiglia che si porta dietro, non è un marito che sto cercando, vorrei dirgli, ma ricambio il sorriso, poi pago, mi alzo, e mentre mi avvio verso l'uscita passo accanto al tavolo dei due di prima, rallento e con la mano accarezzo la spalla di uno di loro, continuando a camminare. Rimane lì immobile per qualche istante, si guarda attorno, forse sta pensando che si tratti di uno scherzo, poi guarda il suo amico, gli dice qualcosa e si alza in piedi, mi segue verso l'uscita. Subito fuori gli chiedo se ha la macchina, lui risponde di sì, gli faccio segno di fare strada, camminiamo verso il parcheggio in silenzio, lui non sa cosa dire, io non ho voglia di parlare, sono solo ansiosa di capire se questa cosa può funzionare oppure no. Gli dico di guidare verso un posto tranquillo, lui obbedisce, ha il volto arrossato, guida in modo nervoso, cerca di attaccare discorso ma trova solo il mio silenzio. Forse sta pensando che lo voglia rapinare ma sono solo una donna, non potrei mai sopraffarlo e il posto dove stiamo andando l'ho fatto scegliere a lui quindi di certo non è un'imboscata, nessuna macchina ci sta seguendo, per cui decide che sono rimasta colpita dal suo fascino e si rilassa, un colpo di fortuna può capitare a tutti prima o poi. Ci fermiamo in uno spiazzo buio, dev'essere una specie di parcheggio per camion, vicino al casello autostradale. A parte qualche mezzo sparso non c'è nessuno, nessun rumore, nessuna luce. Gli dico di abbassare i sedili, poi lo faccio stendere e mi metto all'opera. Quando è eccitato per bene lo invito a colpirmi, gli dico che è una cosa che mi piace, lui mi guarda per capire se dico sul serio, io lo incito e lui lo fa, mi da una pacca sulla spalla con la mano aperta, emetto un gemito, gli dico di farlo ancora, ma un po' più forte, lui obbedisce, mentre sta per colpirmi mi giro di scatto e la sua mano finisce sul mio seno, grido di dolore, lui si scusa, dice che gli dispiace, gli prendo la mano con la mia e la uso per colpirmi il volto, adesso si spaventa, dice che non sa se gli va di fare questa cosa, lo rassicuro, è una mia trasgressione innocente, gli monto sopra, mi faccio penetrare, quando è di nuovo al massimo mi fermo, dico che non lo faccio venire se non mi picchia, comincia a stancarsi di questo giochetto, la tecnica funziona, gli mollo un pugno in faccia e finalmente reagisce, mi afferra la testa e mi costringe a prenderlo in bocca, mi tira per i capelli, mi alza la faccia e mi dà uno schiaffo, sento il bruciore sulla guancia, mi insulta, mi dice troia schifosa puttana, mi fa stendere sul sedile a pancia in sotto, mi penetra da dietro e mi tira i capelli, grido di dolore e di piacere, sento che è tutto più vero, che potrebbe decidere di farmi molto male, che sono preda indifesa della sua rabbia. Continua per poco, viene con un urlo liberatorio, poi si affloscia. È stato bello ma è durato troppo poco. Quando, dieci minuti dopo mi lascia al parcheggio del locale, risalgo in macchina e penso che un uomo solo per volta non è sufficiente.

Ce ne vogliono molti.

***

La prima volta che ho baciato un ragazzo avevo tredici anni. Lui era un mio compagno di classe, più basso di me, col viso pieno di brufoli che cercava di nascondere sotto una barba già evidente, i capelli biondi e lunghi che fuoriuscivano da un cappello a visiera rosso che toglieva solo durante le lezioni. Mi guardava sempre e arrossiva ogni volta che mi rivolgeva la parola. Le mie amiche mi dicevano di lasciarlo perdere, che tanto quello non si sarebbe mai fatto avanti, era uno sfigato. A me quella timidezza non dispiaceva, preferivo lui ai vari spacconi che ti si presentavano davanti con le mani in tasca e ti chiedevano di uscire senza smettere di masticare gomme, sempre con gli occhiali da sole e l'alito che puzzava di sigarette. Però era vero, che non si sarebbe mai fatto avanti, per cui un giorno decisi di incoraggiarlo, gli lasciai un biglietto sul banco, durante l'intervallo, con scritto che mi avrebbe fatto piacere vederlo quel pomeriggio, se poteva. Quando rientrò in classe lesse il biglietto, poi alzò subito lo sguardo verso di me, quindi lo lesse di nuovo, come se temesse una qualche fregatura. Io lo seguivo con la coda dell'occhio, facendo finta di sistemare l'astuccio, ma faticavo a trattenermi dal ridere. All'uscita da scuola mi si avvicinò, disse "allora ci vediamo dopo" e sparì verso il parcheggio dei motorini. Ci baciammo quel pomeriggio, davanti a casa mia, dopo che mi ebbe riaccompagnata. Anche in quel caso fui io a prendere l'iniziativa, mi allungai verso di lui, lo abbracciai sulla nuca e chiusi gli occhi. Ne uscì un bacio rapido e silenzioso, più un accostare le labbra e lasciarle attaccate così, per qualche secondo, con la paura che qualcuno dei condòmini potesse vederci. A quel bacio ne seguirono altri, nelle settimane successive, baci veri, prolungati, con le lingue che si cercavano e si attorcigliavano tra loro e le teste che si inclinavano ritmicamente, baci consumati sulle panchine più nascoste dei giardini pubblici o seduti nei tavoli appartati della gelateria dove ci incontravamo ogni giorno, a metà pomeriggio. Poi finì l'anno scolastico e con lui anche la nostra piccola storia, come se avessimo deciso che siccome l'anno seguente non saremmo più stati in classe insieme, tanto valeva non vederci più. Quella fu l'estate in cui mi resi conto che stavo lasciando il bozzolo dell'infanzia per approdare a una fase nuova della vita.

Ciò che ancora non sapevo era se mi sarei trasformata in una splendida farfalla.

19. Riccardo

Ha farfugliato qualcosa su una certa Marina, ha chiesto se l'aiutavo a trovarla, poi ha cambiato idea, ha detto "è una stronzata delle mie, non farci caso" e se n'è andato. Quando sono tornato di sopra ho chiesto a Melissa cosa ne pensasse di Valerio, mi ha risposto con un'alzata di spalle, come a dire "non saprei, né bene né male", come se non fosse tenuta ad avere un'opinione al riguardo.

Sono in ufficio e sto facendo alcune telefonate, chiamo i clienti che potrebbero avere un lavoro per lui, qualcosa di semplice, di manuale, per ripartire con calma. Parlo di Valerio, dico che si tratta di un mio amico, alto, bella presenza, ma alle domande sulle sue esperienze lavorative non so cosa rispondere, per cui rimango sul vago, dico che è stato fuori per parecchio tempo, senza specificare dove, e che avrebbe bisogno di un lavoro per reinserirsi qui in città. Alla fine ottengo qualcosa, un impiego come magazziniere in un piccolo supermarket, il titolare è un mio vecchio cliente, dice che l'ultimo che ha avuto era uno scansafatiche, di farlo andare lì a parlarne. Lo chiamo subito per dirglielo, in sottofondo sento un rumore di traffico, come se fosse in strada, gli chiedo cosa sta facendo di bello.

"Un giro, rivedo i posti della nostra infanzia" risponde.

Immagino sia davanti alla sua vecchia casa, quella di

via Conti, che fu venduta una ventina di anni fa. I miei genitori vivono ancora lì vicino, ci capito spesso, vado a pranzo da loro, ogni tanto ci porto Melissa, la guardo mentre interagisce coi suoceri, si sforza di mostrarsi cortese, soffoca gli sbadigli e trattiene le proprie opinioni sui meriti e i demeriti della loro generazione. A volte, quando l'atmosfera diventa troppo tesa, esco a fare due passi. È tutto diverso da allora, dei campi non c'è rimasta traccia, hanno costruito dappertutto, villette a schiera, condomini, il cemento ha risparmiato solo qualche esiguo spazio verde in cui sono stati installati gli scivoli e le altalene per i bambini. Mentre cammino lungo la strada osservo le case dove sono cresciuti i miei amici e che sono ancora abitate dai loro genitori, che se mi vedono passare mi fanno un cenno di saluto, mi chiedono come va. C'è la casa di Marchino che si è trasferito a Bologna, fa il programmatore in una grande azienda di software, quella di Gigi che si è sposato due volte, un figlio con ogni moglie, fa il rappresentante di materassi, la casa rossa di Veris, idraulico tuttofare, quando ho un problema in casa lo chiamo e dopo il lavoro si ferma a cena da me, e infine quella di Max, fiero dirigente di un'importante azienda di prefabbricati, moglie bellissima e due figlie femmine, è quello "arrivato" del gruppo. Ma quando passo davanti a casa sua distolgo lo sguardo, perché lì ci abitava anche Giulia, e ho sempre paura di vederla apparire all'improvviso, splendida come quando aveva diciotto anni. Di lei non ho saputo nulla, chissà se è sposata, se ha figli, quando vedo Max, di tanto in tanto, evito di chiedere. Per ultima c'è la casa di Valerio, i nuovi proprietari hanno fatto una ristrutturazione, ora ha una parte in più sul retro che ha ridotto il cortile a una striscia di terra stretta e ombrosa, mentre sul davanti è rimasto tutto uguale, il giardino con la grande magnolia al centro, un pino marittimo poco più in là, una piccola siepe. Hanno un cane, un piccolo bastardino nero che si affaccia alla recinzione e mi guarda senza abbaiare.

Oltre non vado, c'è un mondo che non mi appartiene, interi quartieri popolati da gente che non immagina neppure cosa ci fosse qui prima di loro. Insieme agli orti sono spariti anche gli anziani che li accudivano, quelli ancora in vita sono confinati a un'esistenza di clausura, chi nella propria casa con l'assistenza di badanti straniere, chi negli ospizi privati a trascinarsi lungo giornate tutte uguali. Del brusio allegro di un tempo, del rumore delle zappe che sgretolavano la terra, delle voci rauche da sigarette senza filtro che si sovrapponevano in discussioni infinite, non è rimasto nulla. Il tempo è trascorso e come un fiume in piena ha travolto tutto, cancellato i segni del nostro passaggio e lasciato che altri prendessero possesso di ciò che restava alla fine della tempesta. Ci sono rimasti solo i ricordi, ma anche quelli vanno selezionati con cura.

***

Accadde la sera del 14 agosto 1987.

Accadde a Lido di Classe, nella spiaggia libera, dove ci eravamo radunati fin dal pomeriggio a scavare una grande buca per il falò di ferragosto. C'eravamo tutti, coi nostri diciassette anni, con l'entusiasmo di chi sta cominciando a conoscere il mondo e a capire da che parte prenderlo per non farsi troppo male, con le nostre prime esperienze amorose con ragazze di due o tre anni più piccole, con l'energia di chi vuole godersi una serata da sballo nella spiaggia che di lì a breve sarebbe diventata una distesa infinita di fuochi, e soprattutto con una cassa di bottiglie di birra che Marchino aveva comprato alcuni giorni prima e tenuto nascosta nel garage di casa, dentro un vecchio baule della guerra che nessuno apriva da anni.

Ci eravamo incontrati da lui un'ora prima della partenza, avevamo messo le bottiglie negli zaini, tre per ciascuno, poi ci eravamo avviati alla fermata della corriera. Il viaggio fino a Lido di Classe era stato tutto un ridere e un fare progetti per la serata, respiravamo la libertà che ci era stata concessa, per lo meno fino a mezzanotte o giù di lì, quando i genitori di Max e Veris sarebbero venuti a prenderci per riportarci a casa. Giunti in spiaggia scegliemmo un posto che ci sembrasse adatto, ci spogliammo dei vestiti bagnati di sudore e poi cominciammo a scavare.

All'imbrunire furono accesi i primi falò, le fiamme cominciarono a crepitare nelle buche e colonne di fumo si alzarono in cielo, a pochi passi dalla battigia. Con l'avanzare del buio sembrò di entrare in un girone infernale man mano che i fuochi acquistavano vigore e consistenza, con gli stereo che pompavano musica a tutto volume e orde di ragazzi che ballavano e bevevano, alcuni che si tuffavano in acqua e altri appartati dietro le dune a fumare spinelli. Le birre cominciarono a fare effetto, ci sentivamo euforici, un po' brilli, facevamo gruppo con altri ragazzi dei falò vicini, ci scambiavamo sigarette e pacche sulle spalle, ridevamo alle reciproche battute, ballavamo al ritmo delle musiche che giungevano da varie parti e cantavamo a squarciagola le canzoni di Lucio Battisti e Vasco Rossi. Quando sentii pronunciare il mio nome non ci feci caso, era solo un suono tra i tanti che si sovrapponevano in quella bolgia, fu necessario ripeterlo una seconda e forse una terza volta prima che mi decidessi a voltarmi. E la vidi. Giulia era lì a due metri da me, mi guardava e mi stava dicendo qualcosa.

"Dov'è mio fratello?" gridò per farsi sentire. A fianco aveva Cristina, la sua amica del cuore; ricollegai il cervello e capii che erano venute col padre di Max, nascosi la birra dietro la schiena per timore di essere visto, lei mi rassicurò: "Papà non c'è, è rimasto in un bar poco lontano da qui, siamo d'accordo che lo raggiungiamo verso mezzanotte." Rimasi immobile a soppesare quelle parole, sapevo che potevano essere più o meno le dieci, quindi Giulia sarebbe rimasta lì per due ore, avrei potuto ammirarla per un sacco di tempo, magari avremmo anche chiacchierato un po', o addirittura ballato e cantato insieme.

"Dov'è mio fratello?" chiese di nuovo. Mi girai a cercarlo, ma non lo vidi, ricordavo che mezz'ora prima stava chiacchierando con un tipo vestito di nero e con la cresta azzurra, lo avevo guardato con sospetto ma poi ero stato travolto dall'euforia della serata e non ci avevo più fatto caso, ora erano scomparsi entrambi.

"Sarà andato a fare un giro, a vedere i falò, laggiù ce ne sono di enormi" dissi indicando col dito verso un punto lontano. Quando rigirai lo sguardo per poco non mi prese un colpo, Giulia era in costume davanti a me, i vestiti a terra, stava cercando di convincere Cristina a spogliarsi ma lei non ne voleva sapere.

"Mi accompagni tu, allora?" chiese rivolgendosi a me.

Lo stordimento mentale indotto dalla birra mi stava facendo chiedere dove la dovessi accompagnare, ma ebbi un sussulto e capii che voleva fare il bagno.

"Ma certo, a chi arriva primo!" gridai lanciando la maglietta in aria. Corremmo verso la riva, lasciai che mi precedesse di un paio di metri, un po' per cavalleria un po' perché volevo vederla mentre si tuffava in acqua, bellissima con quel due pezzi rosso. Il mare era una distesa nera e piatta su cui si rifletteva la luce sprigionata dai falò, a qualche decina di metri si intravedevano gli scogli, ombre scure simili a mostri marini addormentati, in lontananza brillavano deboli le luci intermittenti delle piattaforme petrolifere. Giulia nuotò per qualche metro, poi si fermò per darmi tempo di raggiungerla. Nuotammo insieme spostandoci verso gli scogli, finché il rumore della spiaggia non cessò quasi del tutto, ci voltammo a guardare ed era un vero spettacolo, decine di falò accesi lungo la costa le conferivano un aspetto primordiale, come se in quel luogo, in quel preciso istante, uomini primitivi stessero festeggiando la scoperta del fuoco, al riparo dall'attacco dei predatori. L'effetto della birra era tutt'altro che svanito ma quella nuotata mi aveva fatto ritrovare un po' di lucidità, e con essa l'imbarazzo di trovarmi in mare insieme alla ragazza per la quale avevo da sempre una cotta da paura. Cercavo di non guardarla troppo, facevo finta che quella situazione fosse del tutto normale, aspettavo che decidesse lei cosa fare, se continuare il bagno o tornare a riva, rituffarci nel paleolitico. Mi spremevo il cervello per trovare qualcosa di divertente da dire ma, come sempre mi capitava in quelle occasioni, trovai il vuoto compresso. Io, che quando si trattava di sparare cazzate ero il numero uno, di fronte alle ragazze mi ammutolivo, dicevo frasi fatte di una banalità esasperante e quasi sempre, inesorabilmente, facevo la figura dell'idiota. Quella volta, tuttavia, a trenta metri dalla riva di Lido di Classe, la sera di ferragosto del 1987, non ci fu bisogno di dire nulla, perché all'improvviso Giulia mi baciò.

Mi accorsi delle sue intenzioni un istante prima del contatto, quindi non ebbi il tempo di provare nulla, a parte una vaga incredulità; l'immagine di noi due abbracciati che ci baciavamo mi era frullata in testa centinaia di volte, l'avevo sognata di notte e di giorno, l'avevo inserita nei contesti più disparati, avevo persino pregato Dio perché facesse in modo che accadesse, ma non avevo mai davvero sperato in tanto, il nostro primo bacio stava superando in bellezza ogni mia immaginazione. E proseguì ancora meglio, quando lei insinuò la lingua e cominciò a muoverla contro la mia, movimenti rotatori di quel muscolo meraviglioso che sapeva di acqua di mare. Ero al settimo cielo, sentivo il cuore battermi forte nel petto, un'erezione impetuosa di cui mi vergognavo mi costringeva a tenere una leggera distanza da lei, anche se riuscivo comunque ad abbracciarla e ad accarezzarle i capelli bagnati. Continuammo a baciarci per un po', non saprei dire quanto, la mia concezione del tempo in quel contesto era andata a farsi benedire, poi lei disse che era meglio tornare alla spiaggia. Non ci furono spiegazioni, dichiarazioni d'amore, né fu stabilito che da quel momento stavamo insieme, anche se di solito succedeva così, il primo bacio segnava sempre l'inizio di una storia.

"Per adesso è meglio se la cosa rimane tra noi" bisbigliò lei mentre uscivamo dall'acqua. Annuii sorridendo, avrei annuito sorridendo a qualsiasi cosa mi avesse detto. Raggiungemmo gli altri, ci asciugammo davanti al falò che stava perdendo di intensità. I nostri amici erano tutti lì, tutti più o meno sballati, persino Max era tornato all'ovile dopo aver fumato chissà cosa in compagnia di quel tipo con la cresta azzurra. Nessuno fece caso a noi, a parte Valerio, che ci guardò in modo strano, dalla parte opposta del fuoco. La sua faccia, con quegli occhi neri che ci fissavano dritti e che sembravano volerci trapassare come lance da una parte all'altra, era piena di domande.

20. Valerio

Sono appostato da un'ora davanti al condominio dove ho visto Marina e mio padre, quel giorno di tanti anni fa. Ci sono arrivato con la bicicletta che mi ha dato Riccardo ieri sera, dopo la cena a casa sua, e ora me ne sto qui, seduto sul sellino con un giornale in mano, per non dare troppo nell'occhio. Dopo avergli chiesto di aiutarmi ho capito subito di aver sbagliato, la sua faccia stupita parlava chiaro, come dargli torto del resto. Ho detto di lasciar stare, che era una stronzata, di non farci caso. Però la decisione di cercarla l'avevo già presa e quindi eccomi qui, perché non saprei da dove altro cominciare.

Ci sono persone che entrano ed escono dal palazzo, madri con bambini piccoli, padri in tuta da lavoro, altri in giacca e cravatta, anziani dal passo flemmatico e la borsa della spesa in mano. Immagino come possa essere la persona che cerco, una donna sui trentacinque anni, capelli castani, occhi vispi. Lo scopo del mio appostamento è quello di individuarla, non ho alcuna intenzione di parlarle, almeno non oggi.

Però comincio a stufarmi di quest'attesa inconcludente, potrei passare giorni interi qui senza ottenere nulla. Mi avvicino al pannello dei campanelli, scorro nomi sconosciuti, ci saranno almeno trenta famiglie, nessuna Marina. Lancio un altro sguardo all'androne vuoto, il via vai di prima è diminuito notevolmente, chi doveva uscire l'ha già fatto e la pausa pranzo è ancora lontana. Immagino che se la madre di Marina abita ancora qui forse potrebbe essere in casa, magari è una vecchia pensionata che passa le giornate a rammendare i calzini rotti dei nipotini. Non l'ho mai vista, quindi se fosse uscita non l'avrei riconosciuta. Qualcosa mi dice che non sia sposata, quindi devo cercare un campanello con un solo nome, di donna. Ce ne sono tre, Castagnoli Elsa, Brunacci Maria e Giacomelli Barbara. Scarto Maria, pensando che nessuna madre darebbe a una figlia un nome quasi uguale al proprio, provo con Elsa. Dopo un po' sento una voce affannata, di anziana, chiedere chi è.

"Buongiorno signora, mi scusi il disturbo, sto cercando una persona, una donna di nome Marina, so per certo che abitava in questo palazzo, per caso la conosce?"

Resto in attesa per alcuni secondi, mi viene in mente che forse quella signora è un po' sorda e non ha capito un fico secco di quello che ho detto. Sto per ripetere la manfrina, quando sento la voce uscire dal microfono: "Non saprei proprio, non la conosco."

Ringrazio e mi scuso di nuovo, senza indugio suono il secondo campanello, quello di Giacomelli Barbara, la quale mi informa che abita lì da soli due anni e non ha mai sentito parlare di questa Marina. Comincio a scoraggiarmi, procedo con la terza donna, Brunacci Maria, ma non risponde nessuno. L'unica traccia che avevo non ha dato risultati, ora mi tocca suonare tutti gli altri campanelli, ci vorrebbe un block notes per annotare i nomi e cancellarli volta per volta. Decido che per oggi può bastare, che forse non ho speranze di trovarla. Sto per risalire sulla bici quando sento una voce, quasi un grido.

"Eccomi! Non se ne vada, sono qui!"

Una donna robusta mi sta venendo incontro, trafelata.

"Stava aspettando me, credo. Sono la Rosalba, quella del terzo piano, lei è il geometra, vero? Però è un po' in anticipo, dovevamo vederci alle undici, o sbaglio?"

"No, signora, non sono il geometra" spiego scendendo dalla bici. "Non ero qui per lei."

"A no? E chi cercava allora?" chiede. Dev'essere una di quelle persone che si impicciano degli affari di tutti, ne approfitto.

"Sto cercando una donna, Marina, di trentacinque anni, so per certo che abitava qui una trentina di anni fa, quand'era bambina."

Mi guarda strano, forse cerca di capire se ho tutte le rotelle a posto. "Marina come? Come fa di cognome?"

"Purtroppo non me lo ricordo, eravamo compagni di scuola ma è passato un sacco di tempo e... me lo sono dimenticato il cognome."

Ci pensa un po' su, forse sta valutando se darmi o no quello che cerco, se sono un tipo affidabile. "Eravate nella stessa classe a Geometri?" chiede. Annuisco.

"Cipressi" dice.

"Come scusi?"

"Si chiama Cipressi, Marina Cipressi, figlia di Daniela Cipressi, abitavano qui tanti anni fa, come ha detto lei."

"È proprio sicura che sia la persona che cerco?" chiedo.

"Abito in questo palazzo da quarant'anni, quella è l'unica Marina che ci abbia mai messo piede. E corrisponde all'età della sua amica."

"Sa dirmi dove potrei trovarla?"

"So dove abita la madre, Daniela. Eravamo molto amiche, loro stavano al piano sotto il mio, capitava spesso che scendessi per badare a Marina, un po' l'ho cresciuta anch'io, sa?"

Ho l'impressione che voglia raccontarmi altro, rimango in silenzio, in attesa, ma lei si riscuote, cambia tono, diventa più sbrigativa.

"Abita in via Gervasi 18, la madre intendo. Marina non ne ho idea, saranno dieci anni che non la vedo. Buona giornata."

"Grazie" dico mentre si allontana sul vialetto condominiale.

Mezz'ora dopo sono davanti al civico 18 di via Gervasi, abbastanza vicino a dove abitavo io; sono tentato di fare un giro a rivedere la nostra vecchia casa, però prima devo farmi forza e provare a incontrare la signora Daniela, quella che fu l'amante di mio padre. È un palazzo simile a quello di prima, solo un po' più grande e più vecchio, o forse solo tenuto peggio, con l'intonaco scrostato, le tapparelle sbiadite e i piccoli terrazzi dalle ringhiere arrugginite che danno l'impressione di potersi staccare da un momento all'altro. Il cortile è deserto, le finestre sono quasi tutte chiuse, si sente solo il pianto di un neonato che proviene dall'alto e una voce allegra di donna che tenta di consolarlo, canta una filastrocca. Passo in rassegna i nomi sui campanelli, trovo quello che cerco, scritto a penna in uno stampatello ordinato. Mi aspetto una voce che esce dal citofono, invece mi giunge un "chi è?" gridato da un terrazzino laterale. Una signora sulla sessantina mi guarda, tiene in mano una scopa e indossa un grembiule da cucina, faccio un passo in avanti come per accorciare la distanza.

"Mi scusi signora, mi chiamo Valerio, sono un amico di sua figlia Marina. Avrei bisogno di incontrarla ma non so dove abita. Me lo direbbe, per favore?"

La donna mi guarda, sposta la scopa da una mano all'altra, tentenna, alza e riabbassa lo sguardo. "Com'è che non lo chiede a lei, dove abita? Voglio dire, se siete amici…"

"Ha ragione, ma il fatto è che non ci vediamo da un sacco di tempo, eravamo a scuola insieme e sto cercando di organizzare una rimpatriata, ma nell'elenco telefonico non ho trovato nessun numero, sono andato nel palazzo dove abitavate e una signora mi ha detto che vi siete trasferite ma ha saputo indicarmi solo dove abita lei, così sono passato a chiedere."

"Che scuola?" chiede. Scorgo una specie di ghigno, come di chi è convinto di averti fregato. "Geometri" rispondo.

Sembra delusa, come se avesse sperato veramente che fossi un impostore, uno che cerca sua figlia per chissà quali reconditi motivi.

"Abita in centro, Corso Garibaldi 77, in un appartamento talmente piccolo che ogni volta che ci vado mi manca il respiro."

"Grazie mille signora, e buona giornata."

Lei si volta e saluta con la mano, borbotta qualcosa mentre rientra in casa. Vederla per la prima volta non mi ha fatto alcun effetto, mi ha dato l'impressione di essere una donna stanca che sta per avviarsi brontolando verso una vecchiaia fatta di solitudine e rassegnazione.

Riparto con la bici alla volta del centro. In pochi minuti raggiungo corso Garibaldi, mi fermo al civico 77. Proprio di fronte, dalla parte opposta della strada, c'è un piccolo bar. In una lavagnetta sistemata su un piedistallo, alla destra della porta di entrata, c'è scritto che si può mangiare un panino e bere una birra al prezzo speciale di tre euro e cinquanta. È quasi ora di pranzo, entro e mi siedo su uno sgabello in una posizione che mi consente di vedere fuori, ordino e afferro un giornale. Il palazzo dove abita Marina è uno di quelli tipici del centro, con un paio di negozi al piano terra, un compro oro e una sartoria, le finestre con gli scuri di legno dipinti di verde e il portone di ingresso ad arco con le grate a raggiera. Leggo distrattamente il giornale mentre avverto il profumo del panino che cuoce sulla piastra, al posto della birra ho chiesto dell'acqua minerale, il barista mi ha detto che il prezzo rimane uguale, gli ho fatto cenno che non c'è problema. Il portone del palazzo si apre, ne escono un uomo sui quaranta e una bambina, lui si raccomanda di non attraversare la strada, lei saltella in avanti rasentando il muro. Mi viene in mente che potrebbero essere il marito e la figlia di Marina, perché no, la piccola le assomiglia, per quanto abbia di lei solo un ricordo vago, i lunghi capelli castani raccolti in una coda di cavallo, il modo di saltare a piedi uniti, con le braccia tenute ferme lungo il corpo. Li guardo allontanarsi, anche dopo che sono spariti dalla mia visuale continuo a sentire le raccomandazioni dell'uomo che le dice di stare attenta, di smetterla di saltare che passano le macchine. Riporto l'attenzione sul giornale, mi viene servito il panino. Il barista è un ragazzo giovane, sui venticinque anni, indossa una casacca bianca da chef con il colletto alto e due file parallele di bottoni sul davanti, tiene un computer portatile sul bancone e dopo avermi augurato buon appetito torna a digitare sulla tastiera. Ci siamo solo noi due e all'interno del locale regna un silenzio assoluto, fatta eccezione per quel rumore di tasti pigiati e per la musica che arriva da uno stereo riposto su una mensola, ma a volume talmente basso da renderla un ronzio indistinguibile. Passano dieci minuti, poi la porta si apre. Entra una donna, irrompe nel bar tenendo un telefono attaccato all'orecchio, mentre continua a parlare si avvicina al bancone, il barista le porge un paio di buste, lei gli manda un bacio, si gira ed esce, lasciando nell'aria un profumo di colonia e l'eco dei suoi passi affrettati. Guardo il barista che mi lancia un'occhiata d'intesa.

"Bella eh?" mi fa con un accento toscano che prima non avevo notato. "Le faccio da cassetta della posta, abita qui di fronte. Di solito le preferisco bionde, ma per lei farei un'eccezione." Sorrido, non mi sottraggo alla complicità maschile nel fare commenti su una donna, poi rielaboro le sue parole, abita qui di fronte, ha detto. Mi giro verso il palazzo, ma faccio solo in tempo a vederla richiudere il portone.

***

Qualche mese dopo il nostro trasferimento in via Conti l'intera zona si riempì di cantieri. Fu come se la nostra casa avesse aperto gli occhi degli imprenditori edili di Forlì e tutti si fossero convinti che quello era il posto giusto per costruire. Nel giro di qualche settimana comparvero i paletti bianchi e rossi, poi i recinti, le ruspe, infine le gru, alte, gialle, possenti, a sovrastare gli spazi dove sarebbero sorti i palazzi, le case, le villette a schiera. Tra un cantiere e l'altro resistevano lotti sempre più stretti, a volte semplici sentieri di terra smossa dalle lavorazioni vicine che si riempivano di fango durante l'inverno e di sterpaglie in estate e che noi bambini percorrevamo correndo o a cavallo di biciclette dalle ruote rattoppate, in inseguimenti e gare che finivano sempre con qualche caduta, grida di dolore, scorticature, ginocchia incerottate. Nel giro di qualche anno il paesaggio cambiò completamente; la strada, che prima terminava davanti a casa mia, fu allungata per consentire l'accesso alle nuove abitazioni, poi confluì in altre strade contribuendo a creare una diramazione di incroci, viottoli e piste ciclabili che sembrarono apparire all'improvviso, dove prima c'era un sentiero di terra trovavamo una strada asfaltata con tanto di strisce bianche e marciapiedi e lampioni posizionati su pali di cemento disposti ai lati, a venti metri di distanza l'uno dall'altro. Nessuno di noi si avventurava nel nuovo quartiere, non eravamo interessati a conoscere chi lo abitava, al massimo potevamo arrivare fino alla casa abbandonata, poco più in là della mia, quella che per semplicità chiamavamo la casa. Era un cantiere lasciato a metà, allo stato grezzo, coi muri eretti ma non intonacati, in pratica la struttura era completa ma mancavano le finiture, le porte, le finestre, i pavimenti, ed era così da anni, senza che nessuno si fosse mai preoccupato di portare a termine i lavori. Si diceva che il committente fosse caduto in disgrazia e non avesse più soldi, oppure che l'impresa fosse fallita, oppure ancora che il proprietario fosse un ricco industriale del nord che a un certo punto aveva ordinato di sospendere tutto e poi se ne fosse completamente dimenticato. Di certo c'era soltanto che la casa era lì, vuota e silenziosa, col materiale edile accatastato per terra, le assi di legno marcite, i tondini di ferro arrugginiti, i teli di nylon lacerati, una vecchia carriola ormai sfondata e con la ruota a terra, un badile corroso dal tempo a cui era stato sottratto il manico, e che nessuno mai ci metteva piede, eccetto noi. All'inizio lo facevamo con timidezza, per paura che potesse arrivare qualcuno e cacciarci via, poi capimmo che non sarebbe successo. Qualcuno disse a voce alta: "mi sa che questa casa è stata abbondata" e da allora cominciammo a frequentarla senza più timori, come fosse roba nostra, una specie di risarcimento che il boom edilizio della zona ci riservava per averci tolto tutto il resto.

Nella casa abbandonata accaddero molte cose. Ci andavamo per giocare, per proteggerci dalla pioggia, per mangiare gelati al riparo dal sole cocente delle estati di quanto eravamo bambini e poi, una volta cresciuti, ci andavamo per fumare di nascosto, per confidarci segreti sulle ragazze che ci piacevano, per parlare di cosa avremmo voluto fare da grandi, di cosa ci spaventava di più in quel futuro ancora tutto da inventare. Era come se la casa avesse su di noi il potere di liberarci da tutti gli imbarazzi e le resistenze a raccontarci l'un l'altro, come se una volta varcata la soglia di ingresso ognuno volesse scaricarsi dei pesi di quell'adolescenza così difficile da vivere; ci si sedeva per terra, proteggendosi dal pavimento ruvido con lastre di polistirolo, e c'era sempre chi cominciava a dire qualcosa di personale, di solito riguardava una ragazza, giusto per essere sicuri di attirare l'attenzione, poi si introducevano altri argomenti, la musica, il rapporto coi genitori, le aspirazioni, le paure, i sogni. E finché si restava lì si continuava a parlare e ad ascoltare, si facevano commenti, si davano consigli. Poi, una volta usciti, cambiavano i toni di voce, si tornava a essere i maschi rudi e insensibili di prima, si ripensava a quelle confidenze con una punta di disagio, quasi un fastidio, e nessuno osava tornare sugli argomenti trattati quasi che fuori, senza la protezione della casa, si diventasse tutti più vulnerabili.

A me piaceva andarci anche da solo, amavo quel posto. Mi piaceva il silenzio che vi regnava, rotto solo dal fruscio del vento che si insinuava tra le aperture prive di infissi; mi portavo dietro un fumetto e restavo lì a leggere, per ore, con la segreta speranza che nessuno venisse a disturbarmi.

Fu all'interno della casa, nell'estate del 1987, che Giulia e io ci scambiammo il nostro primo bacio. Ero lì da un'ora, solo, quando sentii dei rumori. Gridai che c'ero io, che chiunque fosse mi poteva raggiungere in quella che chiamavamo la camera da letto e poco dopo la vidi apparire sull'uscio della stanza. Era bellissima, con quei suoi capelli biondi raccolti in una coda di cavallo, un vestito leggero che ne metteva in evidenza le forme, ancora acerbe ma cariche di promesse, le ciabatte ai piedi scalzi, alcuni braccialetti di plastica ai polsi che si scontravano tra loro a ogni movimento delle braccia generando un rumore soffice, quasi uno strofinio.

"Ciao" disse.

"Ciao" risposi. Non mi aspettavo che fosse lei. Fino a quel giorno ci eravamo parlati tre o quattro volte, saluti veloci quando passavamo a prendere suo fratello oppure occhiate furtive e accenno di sorrisi se capitava di incontrarsi in giro.

"Cerchi Max?" chiesi per rompere il silenzio, alzandomi in piedi. Lei fece cenno di no, disse arrossendo che mi aveva visto entrare e aveva deciso di venire a salutarmi. Quel rossore parlava chiaro, le piacevo. E lei piaceva a me, da un po', da quando aveva smesso di essere una bambina un po' piagnucolosa e si era trasformata in quella splendida ragazza che mi trovavo davanti, abbronzata e leggermente sudata, in quel pomeriggio torrido di luglio.

"Bé... ti va di leggere?" chiesi mostrandole il fumetto. Lei fece cenno di sì, si avvicinò e ci sedemmo accanto, sul polistirolo consumato e sporco. "Ti piace Zagor?" domandai, mentre il suo profumo alla fragola mi investiva; notai che aveva il rossetto, uno smalto rosa sulle unghie delle mani e dei piedi. Cominciai a leggere a voce alta, variando il tono a seconda che a parlare fosse Zagor, Cico o il cattivo di turno. Lei rideva, si avvicinava di più con la scusa di vedere meglio, conosceva già le tecniche di seduzione che avevo sperimentato con ragazze più grandi; nel giro di poco nacque tra noi una confidenza che ci portò a prenderci in giro a vicenda, lei imitava me che facevo la voce di Zagor, e poi cominciammo a imitare quelli che conoscevamo entrambi, senza risparmiare suo fratello, alcuni anziani mezzi matti che spesso gridavano fesserie in mezzo alla strada, il parroco del quartiere con la sua pancia prominente e uno sguardo perso nel vuoto, la barista di un caffè poco distante, che nonostante l'età avanzata si vestiva come una ragazzina. Le nostre risa echeggiarono nello spazio vuoto della stanza finché non fummo esausti, e allora ci guardammo di nuovo, ma stavolta in modo diverso, come se ci fossimo accorti che eravamo arrivati al momento più desiderato e più temuto. Fu lei a prendere l'iniziativa, si avvicinò piano, quasi temendo che potessi rifiutarla, e quando fu certa che non avrebbe incontrato resistenze mi gettò le braccia al collo e mi baciò. In quel momento pensai che non era la prima volta che baciava un ragazzo, lo si capiva subito, da come muoveva le labbra e la lingua, e mi stupii di provare una punta di gelosia verso colui che mi aveva preceduto.

Continuammo a baciarci seduti sul polistirolo, senza cambiare posizione, a muoversi erano solo le nostre teste, le nostre bocche, per il resto restavamo immobili, quasi che tutto potesse finire all'improvviso a causa di un gesto fuori luogo, di un impulso incontrollato. Con altre ragazze avrei tentato di mettere le mani sotto la maglietta, con lei no, non me la sentivo di rischiare. Volevo che tutto continuasse così, cibarmi dei suoi baci e del suo profumo alla fragola fino a non poterne più. Ma sentimmo un rumore provenire dal piano di sotto.

Ci staccammo e restammo in allerta, con le orecchie tese.

"Valerio ci sei? Sei qui?"

Era Riccardo, che mi stava cercando. Feci cenno a Giulia di non parlare, poi mi alzai, la presi per mano e la trascinai fuori dalla stanza.

"Sei di sopra?" sentimmo chiedere a voce alta, mentre i suoi passi rimbombavano nelle scale, sempre più vicini. Attraversammo il corridoio, entrammo in un'altra stanza dove c'era una scala a pioli appoggiata al bordo di un'apertura del soffitto. Da lì si accedeva al solaio, c'eravamo andati altre volte, era buio, basso, afoso, pieno di polvere. Feci cenno a Giulia di salire. Lei mi guardò dubbiosa, sembrava volesse chiedere spiegazioni ma la mia insistenza la fece desistere. Aspettai che fosse arrivata in cima poi la seguii, una volta dentro ci accovacciammo al buio, aspettammo immobili che Riccardo se ne andasse.

"Via libera" dissi cominciando a scendere.

Solo dopo che fummo ridiscesi e che da una finestra della stanza accanto mi fui accertato dello scampato pericolo, avvistando il mio amico che si allontanava a piedi lungo la strada, mi resi conto di quanto la mia reazione potesse essere apparsa esagerata agli occhi di Giulia. Sembrava volermelo dire, con quello sguardo quasi intimidito, come se avesse scoperto un lato del mio carattere che non immaginava, e dovesse decidere se averne paura.

"È solo che non mi andava che ci vedesse" dissi. Sentivo di dover dire qualcosa, ma non potevo andare oltre a questa frase un po' vaga, buttata lì come per riempire un vuoto. Lei non alzò lo sguardo, si limitò ad annuire, disse che doveva tornare a casa, che si era fatto tardi. "Ci si vede in giro" sussurrò con una voce stanca, delusa. Poi se ne andò. Avrei voluto fermarla, accarezzarla e confessarle tutto, dirle che non potevo permettere che Riccardo ci vedesse perché avrebbe sofferto troppo, e allora volevo prendere tempo, dirglielo con calma, io e la Giulia ci siamo messi insieme, lo so che ti piace ma è successo, queste cose succedono e non c'è verso di fermarle, è come voler fermare un treno in corsa o fargli cambiare direzione ma lui viaggia sui binari e quindi la direzione quella è, mica lo comandi a piacimento. Per questo ti ho spinta dentro quel solaio sudicio, avrei voluto dirle, non perché mi vergogno di te, come potrei vergognarmi di una come te. Ma non dissi nulla, sapevo che non avrebbe capito, che magari mi avrebbe chiesto di scegliere tra lei e il mio amico. E io sapevo che, in fondo, la mia scelta l'avevo già fatta.

Non la rividi più fino alla sera di ferragosto, circa un mese dopo, nella spiaggia di Lido di Classe. Mi accorsi di lei mentre stava uscendo dall'acqua insieme a Riccardo. Li guardai avvicinarsi al falò, unirsi al resto del gruppo, in apparenza come due amici che si erano limitati a fare un bagno assieme in quella notte di festa. Nessuno si accorse che tra loro c'era stato qualcosa. Nessuno aveva notato il modo in cui Riccardo sorrideva a tutti, la sua euforia, quella luce che emanava dagli occhi accesi di gioia. Nessuno capì che in quella spiaggia, mentre il fuoco scoppiettava dentro le buche e la gente ballava e cantava e beveva e fumava, era nata una nuova coppia.

Nessuno tranne me.

21. Marina

Ho imboccato una strada pericolosa, me ne rendo conto. Mi chiedo se ho già superato il limite di guardia o se posso spingermi oltre, se esista un punto in cui mi accorgerò che non sarà più possibile tornare indietro. Rifletto su questo mentre mi guardo allo specchio. È l'alba, sono appena rientrata a casa. I vestiti sporchi e strappati giacciono a terra, ammassati e pronti per essere gettati nell'immondizia. Penso che devo farmi una doccia, che magari possa servire a calmare il dolore, oltre che a togliermi di dosso i resti di questa notte che sembrava non sarebbe finita mai.

Ho incontrato un tizio, ieri sera, davanti all'entrata di un pub, dalle parti di Faenza. Siamo saliti sulla sua auto, un SUV nero enorme, come non ne avevo mai visti. Era abbastanza giovane, sulla quarantina, ho pensato che fosse il tipo giusto per tentare, "chiama i tuoi amici" gli ho detto mentre ci baciavamo.

Lui si è staccato, mi ha guardata, ha chiesto cosa intendessi dire.

"Dai, chiama qualcuno dei tuoi amici, lo facciamo in gruppo."

Ho notato un lampo nei suoi occhi, ho capito che non sbagliavo, l'idea lo stuzzicava alla grande.

"Sei sicura?" mi ha chiesto, mentre già stava tirando fuori il cellulare. Ho annuito e sorriso.

"È una cosa che fai di solito?"

"Mai fatta prima. Ma è da un po' che ci penso."

Ha preso accordi con un tipo che all'inizio non voleva crederci, pensava che si trattasse di uno scherzo. L'uomo del SUV ha giurato su sua madre che era tutto vero, l'altro alla fine ha accettato di organizzare la cosa, ha detto che era lì con altri tre, ha fatto i nomi, stavano giocando a biliardo in un bar poco distante, avrebbe portato loro. Si sono dati appuntamento presso l'officina di quel tipo, ci siamo diretti lì a tutta velocità. L'uomo del SUV ha continuato a parlare per tutto il tragitto, mi ha rassicurato sul fatto che era gente a posto, tipi tranquilli, ci saremmo divertiti e tutto sarebbe finito lì. Io ascoltavo senza dire niente, sentivo l'adrenalina salire, cercavo di non pensare a nient'altro, né a mia madre che era andata al negozio di abbigliamento per due volte e non mi aveva trovata ma nessuna delle ragazze aveva avuto il coraggio di dirle che non ci lavoravo più (neppure io c'ero riuscita, inventando scuse su ferie arretrate che andavano assolutamente fatte), né a Cristina che mi aveva lasciato numerosi messaggi in segreteria con la richiesta di richiamarla, chiedendo che fine avessi fatto e perché mai i clienti che mi mandava dicevano che non mi presentavo agli appuntamenti. "Così mi costringi a chiudere il rapporto" è stata la frase finale dell'ultimo messaggio, quello che ho ascoltato ieri sera prima di uscire di casa. Ho pensato che stavo per essere licenziata per la seconda volta in pochi mesi.

Siamo entrati nell'officina, subito ho avvertito un insieme di odori tipici, di olio, solventi, grasso, alle pareti c'erano i calendari con le ragazze nude, fotografate sulla

riva di qualche spiaggia esotica, dappertutto attrezzature di cui non conoscevo il nome ma che osservavo
con curiosità, quasi stessi valutandone lo stato di usura.
Gli altri erano già lì, sono usciti da un box interno, si
sono avvicinati senza dire nulla, con l'espressione di chi
crede ancora che si tratti di uno scherzo. Il tipo della
telefonata ha detto qualcosa sul fatto che l'officina era
sua, che a quell'ora non c'era pericolo di essere dis-
turbati, era basso e tarchiato, sui cinquant'anni, gli altri
tre erano più giovani, uno poco più che un ragazzo,
molto carino, coi capelli a spazzola e uno sguardo
spaventato, un altro era molto alto, magro, teneva le
mani incrociate dietro la nuca, mi guardava con aria di
sfida, l'ultimo era piuttosto grasso, indossava occhiali
da saldatore, forse li aveva trovati lì e aveva pensato di
indossarli per nascondere la faccia.

"Allora, eccoci qui, come hai chiesto tu" ha detto
l'uomo del SUV, poi si è avvicinato, attribuendosi il ruolo di apripista. Mi ha baciata, mentre le mani perlus-
travano il mio corpo, ha cominciato a sbottonarmi il
vestito, lo ha lasciato cadere a terra, il meccanico si è
fatto avanti, mi ha toccato il sedere, mi ha messo le mani
nelle mutande, aveva mani ruvide, callose, da lavora-
tore, sentivo gli altri tre bisbigliare poco distanti, ho
sentito la parola puttana, avrei voluto dirgli che una
puttana queste cose non le fa, neppure se paghi bene.
Mi sono chinata e ho lavorato di bocca sui primi due,
tanto per far capire che avevo intenzioni serie, in breve
mi sono trovata circondata da tutti e cinque, coi pantaloni calati alle caviglie. Li ho portati al massimo
dell'eccitazione, poi mi sono alzata, mi sono spogliata

del tutto, ho raccolto da terra la cintura del vestito, una cintura di pelle sottile con la fibbia in metallo, e l'ho messa in mano all'uomo del SUV.

"Adesso voglio essere frustata" ho detto.

Lui è rimasto imbambolato, non sapeva che fare, ha guardato gli altri. "Fallo!" ho gridato, la mia voce è rimbombata per tutto il capannone, l'uomo ha accennato a una debole frustata, mancandomi. Il meccanico gli ha strappato la cintura di mano e l'ha fatta schioccare per aria, guardandomi con aria di sfida, l'ho invitato a colpirmi dietro, piegandomi leggermente in avanti, poi ho sentito un bruciore lancinante sulla coscia, ho gridato, ho detto ancora, ancora, ancora, e ogni volta ho ricevuto una frustata sulla schiena, sul ventre, di nuovo sulla gamba. Gli altri erano indecisi se fermarlo o lasciarlo fare, percepivo il loro nervosismo, la paura che potesse farmi male sul serio. Ha gettato a terra la cintura, si è avvicinato minaccioso, gli ho detto che era un cagasotto, che di sicuro non mi avrebbe fatto godere per niente, mi ha spinto contro un tavolo di lavoro, mi ha schiacciato la faccia contro il piano e penetrata da dietro, sentivo le cosce strisciare contro il bordo metallico, la pelle lacerarsi, le spinte rapide e secche, il bruciore delle frustate che aumentava sempre di più. È venuto quasi subito, in silenzio. Gli altri sono passati all'azione, tutti tranne il giovane, che restava in un angolo, guardava preoccupato. Il meccanico ha lasciato spazio, ha detto di imparare da lui, che "questa troia vuole essere menata e sbattuta", hanno riso insieme a un'altra battuta volgare che non ho afferrato, mi sono girata di scatto e ho lanciato dei bulloni in faccia a chi capitava, qualcuno ha urlato, ho afferrato un cacciavite e l'ho mostrato a tutti, che si facessero sotto se avevano le palle per farlo. Senza sforzo mi hanno immobilizzato, tolto il cacciavite di mano, trascinato per alcuni metri e legata a un gancio che usciva dal muro, poco più in alto della mia testa, arrotolandomi i polsi col nastro adesivo. Gridavo che erano dei finocchi bastardi, allora mi hanno tappato la bocca con lo stesso nastro usato per legarmi, poi mi hanno lasciato lì, nuda e ferita, con un rivolo di sangue che mi colava giù per la coscia. Per un attimo ho pensato che non mi avrebbero fatto altro, fine dei giochi, un mezzo fallimento. Ero girata verso il muro quindi non riuscivo a vederli, li sentivo bisbigliare, percepivo che non erano d'accordo su qualcosa. Poi l'uomo del SUV mi è venuto accanto, mi ha girato la faccia verso di lui, che lo guardassi negli occhi, mi ha sorriso, poi mi ha bisbigliato qualcosa all'orecchio.

"Stai tranquilla, abbiamo deciso di scoparti per tutta la notte."

***

Capii di piacere ai ragazzi quando capitò che due di loro si menarono per me. Avevo quattordici anni, loro un paio in più, abitavano nel mio stesso palazzo, si chiamavano Lucio e Gianpiero. Con Lucio ci conoscevamo fin da piccoli, eravamo stati compagni di giochi quando ci si incontrava nel cortile; quell'amicizia infantile era poi sfociata in un rapporto fatto di saluti sbrigativi che testimoniavano una pressoché totale indifferenza reciproca fino a quando non era sopraggiunta l'età in cui si comincia a guardare gli esponenti dell'altro sesso con occhi diversi. Dai saluti si passò ai sorrisi e dai sorrisi alle quattro chiacchiere scambiate sulle scale del palazzo o nel giardinetto esterno, seduti su una panchina di ferro battuto. Avevo dodici anni quando lui mi dichiarò il suo amore e mi chiese solennemente di diventare la sua ragazza. Io reagii mettendomi a ridere, gli dissi che ero troppo piccola per essere la ragazza di qualcuno, lui si offese e scappò via, mi tolse il saluto per un po'. Qualche settimana dopo Gianpiero di trasferì nel nostro palazzo insieme alla sua famiglia. Aveva la stessa età di Lucio, divennero amici, fin da subito fu chiaro che piacevo a entrambi. All'inizio la cosa li rese ancora più complici, si appostavano all'ingresso per vedermi passare, mi salutavano lanciandomi sguardi ammiccanti e mentre mi allontanavo li sentivo ridere, immaginavo per qualche battuta sconcia di cui ero l'oggetto. Pur sentendomi gratificata non davo molto peso a tutto ciò e non credevo di piacergli veramente, qualunque ragazza avesse abitato lì sarebbe di certo diventata preda delle loro ossessioni erotiche. Passò un anno e li vidi crescere, mutò il loro tono di voce, comparve un accenno di barba sui loro visi, cambiarono le pettinature e il modo di vestire. Cambiò anche la loro attenzione nei miei confronti, notai che quando erano insieme si limitavano a saluti veloci, quando invece capitava che li incontrassi separatamente cercavano di trattenermi, dicevano che ero sempre più carina, facendomi arrossire e arrossendo loro stessi. Capii che qualcosa stava cambiando sia in loro che in me, che l'attrazione non era più un gioco ma stava diventando una cosa seria e che al posto dei commenti volgari e delle risatine di scherno erano subentrati il desiderio di farsi piacere e di conquistare. La richiesta di metterci insieme me la fece prima Gianpiero, dopo mesi di corteggiamento occasionale. Dissi che ci dovevo pensare, lui la prese bene, forse aveva temuto un rifiuto secco e inappellabile. Lasciai passare una settimana cercando di evitarlo, visto che non avevo idea di cosa rispondere. Se avessi detto sì sarei stata la sua ragazza, con tutte le conseguenze del caso. Ci saremmo baciati, avremmo trascorso del tempo insieme, avrei dovuto tenerlo informato di ciò che facevo, e via dicendo. Se avessi detto no l'avrebbe presa male, avrebbe pianto oppure no, forse ci avrebbe riso sopra. Un pomeriggio sentii delle grida provenire dal cortile, erano Lucio e Gianpiero che stavano facendo a botte. Mi precipitai di sotto, preoccupata e incuriosita e chiesi loro cos'era successo.

"È vero che state insieme?" chiese Lucio. Teneva fermo Gianpiero afferrandogli un braccio da dietro la schiena e mi guardava come se dalla mia risposta dipendesse la sua decisione di romperlo. Esitai per un attimo, avevo immaginato varie scene in cui dicevo a Gianpiero di no, che lo ringraziavo per la proposta ma avevo deciso di non accettare, magari se ne poteva riparlare più in là, oppure di sì, che ero felice di diventare la sua ragazza e poi ci abbracciavamo e ci baciavamo con passione stando attenti a non farci vedere. Ma non avrei mai creduto che la risposta l'avrei dovuta dare in quella circostanza, col mio pretendente immobilizzato da un altro ragazzo geloso, pronto a spezzargli un braccio per fargliela pagare.

"Ma cosa ti salta in testa!?" dissi. "Te l'ha detto lui?"

Lucio annuì, controllando il tentativo di Gianpiero di liberarsi con un paio di strattoni ben assestati.

"Bé, forse hai capito male. Io non sono la ragazza di nessuno. A dire la verità mi sembrate tutti e due un po' infantili, per farvi la ragazza. Forse è meglio se prima crescete."

Così dicendo mi girai e me ne andai. Con la coda dell'occhio vidi Lucio che lasciava andare Gianpiero. Con un guizzo mi infilai nell'androne delle scale, sparendo dalla loro vista, senza dargli il tempo di replicare.

22. Riccardo

È passato un mese da quando ho riportato a casa Valerio. Due giorni fa si è trasferito in un piccolo appartamento non lontano dal mio studio, in un palazzo di dieci piani nuovo di zecca, per la maggior parte ancora disabitato, con ampie vetrate al piano terra su cui sono stati attaccati i cartelli AFFITTASI NEGOZI.

Ho commissionato la ricerca a un agente immobiliare, ci ha proposto varie soluzioni, abbiamo deciso insieme, Valerio e io, che quello era il posto migliore. Ho pagato al proprietario tre mensilità di caparra più l'affitto del primo mese, Valerio ha tirato fuori il suo quaderno e annotato l'importo.

L'appartamento è arredato, i mobili sono economici ma di buona fattura, odorano di nuovo. Valerio li ha guardati con occhi stupiti, ci ha passato la mano sopra con delicatezza, quasi avesse paura di rovinarli. "Sono solo mobili" ho detto, "li puoi usare." Si è seduto sul letto, un matrimoniale con la testiera in legno che funge anche da vano contenitore, ha sobbalzato sul materasso come a volerne controllare la morbidezza, ha aperto l'armadio, si è guardato nello specchio posizionato nella parte interna dell'anta.

Ha insistito perché andassi a cena da lui, questa sera. "Porta anche Melissa" ha detto, gli ho risposto che era di turno all'ospedale, magari la prossima volta. Sono andato da lui dopo il lavoro, mi ha accolto con indosso un grembiule unto di sugo, un buon odore proveniva dal cucinotto. Mi ha detto di mettermi comodo, che era quasi pronto; mi sono offerto di dare una mano, ha detto no, non c'è bisogno. È arrivato con i piatti di pasta al tonno fumanti, si è scusato per la bassa qualità della sua cucina, gli ho detto di smetterla e ho versato del vino bianco nei bicchieri di entrambi.

"Alla tua nuova vita" dico alzando il mio. Sembra voler dire qualcosa, poi allunga il bicchiere in silenzio.

"Come va il lavoro?" chiedo.

"Bene, credo."

"Ho parlato con Tiziano, ha detto che ti dai da fare. Che se continui così ti aumenta la paga."

Sorride, dice qualcosa a proposito di quanto lo fa star bene lavorare, "quella stanchezza che hai addosso la sera, quando finisci, è diversa da quell'altra stanchezza, quella che avevo prima, quando passavo le giornate andando in giro, facendo cose inutili, cazzate."

Decido che è questo il momento buono, quello che aspettavo da tempo, gli faccio la domanda: "Com'è che sei finito sulla strada?" Ho cercato di farla passare come una domanda senza importanza, pronunciandola senza guardarlo, infilandomi in bocca una forchettata di spaghetti. Sta valutando se rispondermi o no, se dirmi o no la verità, o magari sta cercando di capirlo anche lui, in questo momento, come mai è finito sulla strada.

Alla fine fa un sospiro, appoggia la forchetta nel piatto, e comincia a raccontare.

"Dopo che mia madre se n'è andata, era il 1990, sono rimasto da solo. Avevo molti soldi, quelli della vendita della casa, e ho pensato che dovevo andarmene da qui, così mi sono trasferito a Bologna. Ho preso in affitto una stanza insieme ad altri due, studenti fuori corso che conoscevo da un po', più grandi di me, due cazzoni che pensavano solo a divertirsi, andare a donne, fumare erba, stare in giro di notte. All'inizio era tutto uno sballo, feste, ragazze che ci stavano subito, alcool a fiumi, mi dicevo che potevo fare quella vita per un po', godermi i soldi, poi avrei ricominciato a rigare dritto, mi sarei cercato un lavoro. Ma rimandavo sempre quel momento, ogni notte diventava l'ultima, ma poi ce n'era sempre un'altra, e un'altra ancora, fino a quando la mia vita divenne quella, passavo le giornate a letto, a dormire e a smaltire la sbornia della sera prima, mi svegliavo di pomeriggio, mi rimettevo in sesto e tutto ricominciava. Avevo un giro di amici e conoscenti sparsi per la città, gente di ogni categoria e classe sociale che era felice di vedermi, mi faceva sentire importante, uno che si deve invitare. Dopo un anno, più o meno, mi è stata offerta la prima striscia di cocaina, a casa di un riccone figlio di avvocati, uno che sniffava a tutto spiano. Cazzo se mi è piaciuta, quella roba, ho cominciato a comprarla, a regalarla alle ragazze che mi capitava di conoscere e che mi ritrovavo a fianco nel letto il giorno seguente. Per farla breve sono andato avanti così per quattro anni, finché non ho finito i soldi, e mi sono ritrovato senza niente, a parte il cervello mezzo bruciato dalla droga e dall'alcool e un sacco di cosiddetti amici che di giorno, alla luce del sole, faticavo a riconoscere. A quel punto avevo due possibilità, continuare a fare quella vita ma senza avere la possibilità di permettermela, e ciò significava trovare degli espedienti per pagarmi la roba, oppure farla finita, cambiare aria e darmi una raddrizzata. Non mi consideravo un vero drogato, né un alcolizzato cronico. Mi piaceva sniffare e bere e l'avevo fatto parecchio, ma potevo restare senza per giorni, diciamo che non avevo mai superato il limite di non ritorno, quel livello che ti fotte per sempre, o forse sono stato solo fortunato a finire i soldi prima di arrivarci. Comunque fosse, decisi di smettere, sia con la droga che con quella vita, e per riuscirci dovevo andare via da Bologna, sparire dal giro senza lasciare tracce. Con gli ultimi soldi che mi erano rimasti mi trasferii a Rimini, visto che stava iniziando la stagione estiva e di sicuro avrei trovato lavoro in riviera. Così fu, iniziai a fare il cameriere in un ristorante, mi ci vedi a girare tra i tavoli con vassoi pieni di piatti? Bé, ci riuscivo, e per un po' me la passai bene, facevo una vita tranquilla, di giorno andavo in spiaggia, la sera lavoravo, poi bevevo qualcosa coi colleghi; la mia vita di prima, fatta di eccessi, non mi mancava quasi mai. Poi una sera, in un pub, incontrai un tizio che giurava di conoscermi, in effetti mi chiamava per nome, diceva che insieme ci eravamo divertiti un sacco, che dovevamo riallacciare i rapporti. Mi offrì da bere, disse che lui e i suoi amici stavano andando in una discoteca molto alla moda di Riccione, che dovevo assolutamente andare con loro. Accettai, e poco dopo mi ritrovai in quel locale con in mano l'ennesimo bicchiere, la musica techno che mi rimbombava nel cervello, il tizio che mi indicava persone e mani da stringere, risentivo l'atmosfera delle feste passate, gli odori di corpi giovani pronti a trasgredire, il senso di onnipotenza che ci accomunava tutti.

Conobbi una ragazza, non ricordo se fu il tizio a presentarmela, ci appartammo in un divanetto, cominciammo a baciarci. Dopo un po' un amico del tizio ci venne a prendere, disse di seguirlo. Ci fece strada oltre una porta davanti alla quale sostava un buttafuori, percorremmo un corridoio dove la musica arrivava appena, dietro un'altra porta c'era una grande sala, quello che veniva chiamato privè, un locale dentro il locale, riservato ai clienti più importanti, quelli disposti a pagare bene. C'erano divani in pelle, tavolini di cristallo, una scala di marmo portava su un soppalco in cui si vedevano alcune persone appoggiate a una ringhiera che guardavano di sotto, c'era una piccola pista da ballo occupata da due sventole sudamericane che si strusciavano tra loro al ritmo di un pezzo dei Cure. Il tizio e la sua comitiva ci accolsero con grandi sorrisi e grida, ci sedemmo con loro mentre un cameriere ci serviva da bere; il tavolino di fronte a noi era imbandito di ogni ben di Dio, cibo raffinato che potevamo accompagnare con vini pregiati, frutta e birra e superalcolici, sul muro alla nostra destra c'era un maxi schermo televisivo che trasmetteva immagini mute di video musicali, in un tavolo poco distante altri avventori stavano facendo quello che facevamo noi, si sbronzavano godendosi quel lusso esclusivo. C'era qualcuno che entrava e qualcun altro che usciva, il flusso regolato alla porta da ragazzoni in giacca e cravatta saldi come statue di pietra, ma l'insieme dell'ambiente era molto tranquillo, niente a che vedere col caos dell'altro locale. Il tizio era molto allegro, raccontava storielle di cui mi arrivavano solo spezzoni confusi ma che a giudicare dalle risate dei suoi vicini di posto dovevano essere molto divertenti; mentre bevevo lo guardavo per cercare di capire dove ci fossimo incontrati, ma per quanto mi sforzassi la sua faccia mi era completamente estranea. Avevo finto di ricordarmi, avevo risposto all'abbraccio con entusiasmo, convinto che poi mi sarebbe tornato in mente, invece nulla. A quel punto della serata non aveva più importanza, tornai a dedicarmi alla ragazza che avevo conosciuto, la presi per mano e la invitai a ballare. Verso le tre di notte, quando nel privè eravamo rimasti soltanto noi, salimmo sul soppalco. Era uno spazio piuttosto ridotto, arredato come il resto del locale, con i soliti divanetti. Il tizio fece cenno di avvicinarci, ci accomodammo e lì per lì mi chiesi che bisogno c'era di salire di sopra, poi abbassai lo sguardo e vidi che sul tavolino di vetro ovale erano state sistemate una decina di piste di coca pronte per essere sniffate. Lui fu il primo, aspirò con un gesto rapido ed esperto, poi cedette la cannuccia. Quando arrivò il mio turno tentennai, speravo che le dosi finissero prima, ma ce n'erano ancora due, e nessun altro dei presenti sembrava interessato a fare il bis. Così, un po' per non fare la figura del coglione, un po' perché ne avevo voglia, accettai il regalo che mi veniva offerto. Quella notte capii che non sarebbe stato facile uscire da quel mondo. E che non ero affatto sicuro di volerlo fare."

Beve un sorso d'acqua, ha ancora il piatto pieno di spaghetti. Raccontare la sua storia deve avergli fatto passare la fame. Gli dico che non serve aggiungere altro, che non è obbligato a continuare, ma lui riprende con vigore, come se avesse bisogno di proseguire, come se non aspettasse altro.

***

I giorni seguenti alla notte di ferragosto, dopo che avevo baciato Giulia, camminavo a un metro da terra. Ripensavo a quella sera continuamente, rivivevo ogni istante passato con lei, desideravo rivederla e baciarla di nuovo, chiederle ufficialmente di diventare la mia ragazza. Aveva detto, subito dopo essere usciti dall'acqua, che era meglio far finta di niente, e così era stato, ci eravamo seduti davanti al falò, insieme a tutti gli altri. Ma mi ero accorto subito che qualcuno del gruppo aveva capito. Valerio mi guardava in modo strano, era come allarmato, avrei voluto andare da lui e raccontargli tutto. Lo feci il giorno dopo, nella casa abbandonata. Gli dissi che dovevo parlargli e decidemmo di andare lì, nella tavernetta semi interrata, dove il caldo si faceva sentire di meno. Ascoltò il mio racconto senza fiatare, si congratulò, mi diede il cinque, mi chiese se stavamo insieme e quando gli dissi che non lo sapevo mi suggerì di chiarirlo alla prima occasione, perché "ci sono ragazze che magari ti baciano ma non è detto che vogliano mettersi con te."

Provai a rivederla ma senza riuscirci, passai davanti a casa sua, che aveva le finestre sbarrate, non c'era alcun segno di vita. Chiesi a un vicino, mi disse che erano partiti per il Gargano, tutta la famiglia. Mi venne in mente che Max aveva accennato a qualcosa in proposito, aveva detto che di sicuro si sarebbe rotto le scatole, due settimane in vacanza coi suoi. Ci rimasi male, mi chiesi se

Giulia, al ritorno, si sarebbe ricordata di me, del nostro bagno insieme a Lido di Classe. Cercai di non pensarci, di godermi quell'ultimo scorcio di vacanze, anche se lei rimaneva sullo sfondo di qualunque cosa facessi.

A fine agosto vidi Max, abbronzato e pimpante, uscire di casa e venire da noi. Eravamo seduti sul muretto di recinzione della casa abbandonata, c'era Veris che fumava, Marchino e Gigi che palleggiavano con un pallone sgonfio che avevano trovato vicino alla pattumiera, Valerio e io che discutevamo sul fatto che il ritiro di Platini avrebbe segnato un duro colpo per la Juve.

"Ciao banda di froci" gridò avvicinandosi. Si fece dare una sigaretta, disse che non ne poteva più di quella merdosa vacanza e che non vedeva l'ora di tornare, chiese se si era perso qualcosa, se c'erano novità, Marchino rispose che non era successo niente, solo caldo e rottura di palle. Avrei voluto chiedere notizie su Giulia ma sarebbe apparso strano, una domanda fuori luogo, per cui mi limitai a sbirciare in direzione di casa sua nella speranza di vederla.

"Per non parlare di quella rompipalle di mia sorella" disse Max a un certo punto; mi resi conto che stava raccontando della vacanza, gli prestai attenzione sperando che continuasse.

"Mi stava addosso tutto il giorno, se ne usciva con domande su cosa piace ai ragazzi, come si fa a conquistarli, ma vi sembra che posso parlare di queste cose con mia sorella. Poi viene fuori che si è innamorata, dice lei, di uno che conosco. Allora gli chiedo di dirmi il nome, ma niente da fare, non lo dice quel cazzo di nome. Sarà uno del giro della piscina, uno di quei fighetti lì, di sicuro, conoscendola."

Il cuore mi pompava nel petto. Guardai Valerio, lui guardò me, ci capimmo al volo. Ero io il ragazzo di cui Giulia si era innamorata, ora tutto mi appariva chiaro come il sole. Sapendo di dover partire per il Gargano il giorno seguente non aveva voluto che si sapesse di noi, quella sera. Ma ora che era tornata, potevamo dirlo al mondo intero. Macché fighetti del giro della piscina, avrei voluto gridare a Max, sono io il ragazzo di cui Giulia si è innamorata, e già che ci siamo vedi di moderare i termini quando parli di lei, d'ora in avanti. Ma non dissi nulla. Mi limitai a sorridere.

La vita era meravigliosa.

23. Valerio

Guardo Riccardo negli occhi mentre mi dice che non devo per forza continuare a raccontare, possiamo finirla lì, goderci la cena e parlare d'altro, che il passato è passato. Ma ora che ho iniziato vorrei tanto arrivare alla fine, sento il bisogno di farlo, e vedo in quello sguardo il desiderio di conoscere il seguito. Inoltre glielo devo, tutto sommato, per quello che sta facendo per me.

"Il tizio si chiamava Maurizio Roccari, ci eravamo conosciuti nel giro delle serate di Bologna anche se lui era originario di Parma. Bazzicava per l'Emilia Romagna in lungo e in largo, lo trovavi spesso in riviera, Milano Marittima, Rimini, Riccione, frequentava i locali più alla moda, conosceva un sacco di gente. Mi aveva preso in simpatia, diceva che fisicamente gli sarebbe piaciuto essere come me, lui che a malapena arrivava al metro e settanta, aveva questa testa tonda, stempiato, nonostante i vestiti firmati e tutto il resto non faceva una grande impressione; forse per questo non mi ricordavo di lui, tra tutta la gente che avevo conosciuto nel periodo bolognese. Da quella sera cominciammo a frequentarci, ogni volta che veniva a Rimini mi telefonata e ci incontravamo, giravamo per locali, mi prendeva sotto braccio e mi faceva conoscere tutti, ci teneva che mi divertissi e che gliene fossi grato. La ragazza che avevo conosciuto la prima sera, Anita, e con la quale ebbi una relazione, era sua cugina, che lui si portava sempre dietro perché, diceva, era l'unica della famiglia che fosse riuscita bene. Un giorno, all'uscita da un locale, mentre ci salutavamo, Maurizio mi chiese se volevo andare a vivere da lui. "Sei più ubriaco del solito?" chiesi, pensando che stesse scherzando. "Dico sul serio" fece lui, "cosa ci stai a fare qui? A parte che fai un lavoro del cazzo, scusa se te lo dico, ma non hai nessuno che ti costringa a restare, figli, genitori, fidanzate, quindi che t'importa? Vieni a vivere a Parma, ho diversi appartamenti liberi, ti sistemi in uno di quelli, non mi devi neanche pagare l'affitto." Alla fine mi convinse, quando gli chiesi se poteva anche aiutarmi a trovare un lavoro, lì a Parma, mi rispose di non preoccuparmi, che mi avrebbe preso a lavorare con lui, e quando gli chiesi di cosa si occupasse disse solo che il suo mestiere consisteva nel far felice la gente. Il mestiere più bello e redditizio del mondo, perché tutti vogliono essere felici. Feci due più due, collegai quelle parole alla sua disponibilità illimitata di cocaina e al fatto che fosse ricco sfondato e capii che sotto l'apparenza di chissà quali attività di facciata il mio nuovo amico faceva lo spacciatore. E che in me aveva individuato un elemento da introdurre nel suo giro. Eppure non mi indignai, non gli dissi che non ne volevo sapere, che andassero a farsi fottere lui e i suoi sporchi traffici, che mi tenevo il mio lavoro del cazzo pur di non sporcarmi la coscienza, non dissi nulla di tutto questo. Mi sorpresi invece a valutare la cosa, come se ci fosse una remota possibilità di accettare la sua offerta, prendere i miei quattro stracci e partire per l'Emilia, a iniziare una nuova carriera nel campo della malavita organizzata. Lì per lì gli dissi che ci avrei pensato, gli chiesi di dirmi di più su quello che avrei fatto esattamente, lui rispose che i dettagli li avrei conosciuto solo quando fossi entrato, che la vita è fatta di rischi, e altre stronzate del genere. Una ventina di giorni dopo presi possesso di un bellissimo appartamento nel centro di Parma, subito dopo entrai nell'organizzazione. Mi affidarono la zona di Bologna, credo perché avevo bazzicato l'ambiente e conoscevo parecchia gente, di sicuro Maurizio contava di sfruttarmi per allargare gli affari in quella città. La droga arrivava da Milano, non ho mai saputo chi fosse a portarla o se qualcuno dei nostri si prendesse la briga di andare a prenderla, fatto sta che all'inizio di ogni mese ci si incontrava in un casale di campagna che Maurizio aveva fatto ristrutturare anni prima, un posto in mezzo al nulla da cui si aveva una visuale completa del circondario e che nascondeva un grande vano interrato da cui si accedeva attraverso una botola nascosta sul retro, sotto una pesante cisterna di cemento piena d'acqua che ogni volta dovevamo svuotare e spostare con grandi sforzi collettivi. Lì sotto c'era tutto l'occorrente per tagliare la droga e confezionare le dosi, che venivano poi distribuite a ognuno di noi. Avevamo un mese per piazzarle tutte, poi si ricominciava. Io me la cavavo piuttosto bene, nascondevo i pacchettini nell'appartamento, dentro barattoli di caffè o nei doppifondi che avevo ricavato all'interno di un armadio, mi spostavo con piccole quantità che scambiavo all'interno di luoghi affollati, per lo più bar nell'ora di punta, dove il cliente e io ci confondevamo in mezzo alla gente che consuma la colazione di mattina o l'aperitivo di sera, oppure nei centri commerciali di sabato pomeriggio, bastava un gesto rapido e lo scambio era fatto, nessun pericolo, rischio calcolato. A volte facevo avanti e indietro da Parma a Bologna due o tre volte al giorno, a seconda di quando mi arrivavano le telefonate dei clienti, col cellulare fornito dalla ditta sempre a portata di mano. Gli affari andavano a gonfie vele, Maurizio era contento, guadagnavo bene, mi scopavo sua cugina, tenevo una parte della roba per noi, per le nostre serate a base di sesso e coca. Furono anni veloci, in un certo senso eravamo felici, anche se può apparire strano. Non ho mai pensato che stavamo facendo del male a qualcuno, la roba che vendevamo era di buona qualità, non è mai successo che qualcuno dei nostri clienti ci restasse secco, eravamo spacciatori onesti, per così dire. Andò avanti per sette anni, ci furono alti e bassi ma nel complesso fu un bel periodo, dove tutto filò abbastanza liscio. Eravamo prudenti, prima di accettare un cliente nuovo lo facevamo seguire da gente che lavorava per noi, un gruppo di tunisini che usavamo per il lavori sporchi, tipo convincere i creditori a saldare i conti, ma sempre entro certi limiti. Ci fu un tizio, era un cliente storico, mai un problema, un professionista di Bologna, che a un certo punto aveva smesso di pagare, per cui gli avevamo fatto diverse forniture a credito. Il tizio aveva avuto non so che problemi in famiglia, tipo che la moglie e i figli lo avevano abbandonato, forse per colpa del vizio, e lui era andato fuori di testa, invece di mettersi in riga aveva raddoppiato le dosi, si era sputtanato tutti i soldi ed eravamo stati costretti a far intervenire i tunisini. Lo avevano aspettato fuori da casa sua, di notte, caricato in macchina e portato in un luogo tranquillo, dove gli avevano chiesto che intenzioni avesse, se avrebbe saldato i debiti oppure no. Lui li aveva mandati a farsi fottere, aveva sputato in faccia a uno di loro, facendolo incazzare di brutto. Ne era uscito malconcio, un braccio rotto, la faccia pesta, non so come era riuscito a tornare a casa a piedi, un po' strisciando un po' camminando. Era entrato dentro, aveva preso il telefono e con le ultime forze che gli erano rimaste aveva chiamato la Polizia. Col fatto che lo servivamo da anni conosceva diversi di noi, lo stesso Maurizio era stato suo ospite a cena nei migliori ristoranti di Bologna quando le cose andavano bene, e cioè prima che la dannata moglie e i dannati figli avessero deciso di piantarlo in asso. Fece i nomi di Maurizio, il mio, e quello di altri due, disse loro tutto quello che sapeva di noi e anche se non era granché fu sufficiente per permettere agli agenti di trovarci, pedinarci, preparare l'operazione. Agirono tre mesi dopo, quand'erano certi di inchiodarci per bene. Fecero irruzione nel casale mentre stavamo preparando le dosi, ci puntarono addosso le loro armi automatiche, ci gridarono di non muoverci, ci portarono via in manette. Nella perquisizione, oltre alla droga, vennero trovate due pistole e un mitra nascosti in un sottofondo del pavimento, io non ne sapevo nulla, in seguito ho immaginato che si trattasse di un'idea bizzarra di Maurizio, tenere delle armi senza avere la benché minima intenzione di usarle, fatto sta che ci accusarono tutti di associazione armata e traffico di droga, festa finita. Fui condannato a otto anni di carcere, ne feci sei, poi mi dissero che potevo uscire, avevo avuto uno sconto di pena.

La prima cosa che pensai una volta fuori fu di ammazzarmi, visto che dietro le sbarre non c'ero riuscito, e immaginai vari modi per farlo, ora che potevo disporre degli strumenti adatti. Ero depresso e impaurito, avevo vissuto nella depressione e nella paura gli ultimi sei anni ed ero stanco. Fuori non c'era nessuno ad aspettarmi, non possedevo nulla, dei soldi che avevo fatto con lo spaccio non era rimato niente, e mi mancavano le forze per reagire. Ma il coraggio di ammazzarmi veramente non l'ho mai trovato. Cominciai a vivere per strada, e da allora ci sono rimasto. Da quando sono uscito di prigione sono passati quattro anni, per tutto questo tempo ho vissuto dove capitava, ho cercato di tirare avanti, perché l'idea di farla finita m'è passata del tutto, almeno quella. Poi ci siamo incontrati a quel semaforo…"

Sono stanco di parlare, ho detto quello che dovevo dire, non aggiungerò una parola di più. Non risponderò a domande sulla vita in carcere, né a quelle sulla vita per strada. Voglio provare a dimenticarmi tutto, come facevo da bambino, e sentivo i miei genitori litigare. Chiudevo gli occhi, mi tappavo le orecchie e facevo finta di essere da un'altra parte, aspettavo che le grida finissero, che mio padre uscisse di casa, e il rumore della porta che sbatteva e che segnava la fine di tutto. Allora potevo riaprire gli occhi, ed era tutto dimenticato.

***

La situazione in casa era stabile, né alti né bassi, una specie di tregua armata. I litigi erano cessati ma si salutavano con freddezza e dormivano in stanze separate. Almeno mio padre era ancora lì, non ci aveva abbandonato come temevo. Qualche volta capitava che cenassimo insieme. In quelle occasioni si parlava solo di me, mi rivolgevano domande su tutto ciò che mi riguardava, la scuola, il calcio, le amicizie. Era chiaro che se stavano insieme era solo per causa mia, per farmi contento. Quelle cene mi mettevano in imbarazzo, rispondevo controvoglia, a monosillabi, mangiavo poco e mi alzavo da tavola appena finito. Odiavo quella finzione, quell'apparenza di famiglia che non aveva niente in comune con ciò che era stata in precedenza, avrei voluto dire loro che potevano separarsi, divorziare, l'avrei accettato, ero grande abbastanza per riuscirci, ma non lo feci mai, forse per vigliaccheria o magari nella segreta speranza che tutto potesse tornare come prima.

Così come il matrimonio dei miei genitori, anche la mia carriera di calciatore era destinata a finire; giocavo ancora bene ma col crescere dell'età il divario rispetto agli altri era diminuito moltissimo, difficilmente sarei stato notato da osservatori di squadre importanti. L'allenatore di quand'ero piccolo che ogni tanto ritrovavo a bordo campo e che salutavo con un cenno della mano, mi guardava con un'espressione mista di nostalgia e rimprovero, avevo buttato tutto alle ortiche, secondo lui.

Sul piano sentimentale, infine, le cose non andavano molto meglio. Giulia aveva confessato a Max di essere innamorata di un suo amico, ma non aveva detto chi.

Alla luce degli eventi recenti poteva trattarsi di Valerio o di me. Dopo quel giorno nella casa abbandonata non ci eravamo più parlati. Avevo deciso di non pensarci più, c'erano frotte di ragazze pronte a cadermi ai piedi, ma in ogni viso, in ogni bacio, in ogni momento che passavo con un'altra, mi ritrovavo a cercare qualcosa di lei e ogni volta, purtroppo, non riuscivo a trovare nulla. Un giorno la vidi passare in bicicletta, era un pomeriggio di fine settembre, mi trovavo nel giardino di casa, stavo falciando l'erba. Agii d'impulso, mi lanciai in strada e le corsi dietro. Non sapevo perché lo stavo facendo, né cosa le avrei detto una volta che l'avessi raggiunta, ma sentivo che non mi sarei fermato per niente al mondo, come se quella folle rincorsa fosse la cosa più importante che avessi fatto da sempre, come se tutti gli anni di allenamento avanti e indietro per un campo da calcio fossero serviti solo per darmi la forza di correre abbastanza veloce per riuscire ad arrivare da lei. Si accorse di me quando ero a dieci metri di distanza, rallentò e si fece raggiungere, mi chiese cosa stessi facendo.

"Ti sto inseguendo" dissi, affannato.

"E perché?"

"Voglio parlarti."

"Di cosa?"

"Di quella cosa che è successa a luglio, nella casa."

"Cioè di quando mi hai costretta a nascondermi perché ti vergognavi di me?"

Scossi la testa, stavamo ancora avanzando, seppur a bassa velocità, lei con la bici e io a piedi.

"Non è così. Non ci siamo nascosti per quel motivo."

"A no? E perché allora?"

"Possiamo parlarne con calma, seduti da qualche parte?"

Svoltò bruscamente verso un giardino pubblico, percorrendo il sentiero pedonale con la bici. Si fermò poco più in là, dove c'era una panchina di legno, la raggiunsi mentre si stava sedendo. Un residuo di abbronzatura e i capelli schiariti dal sole la rendevano ancora più bella, quando mi puntò addosso quegli occhi verdi smeraldo sentii che avrei potuto fare qualsiasi cosa per lei.

"Com'è andata al Gargano? Tuo fratello ha detto che si è annoiato a morte."

Alzò le spalle, come a dire che la cosa non la riguardava. "Mio fratello non è capace di godersi la vita" disse.

"È un bravo ragazzo, dopotutto, credo che..."

"Mi hai fermata per parlarmi di Max? Se è così dillo subito che me ne vado."

"No, scusa. Era solo per dire. Comunque, quel giorno sono stato colto di sorpresa, quando è arrivato Riccardo, non sapevo cosa avrei detto, ci avrebbe visto insieme e avrebbe capito che... insomma, che c'era stato qualcosa. Avevo paura che si potesse arrabbiare."

"Scusa, quando ti piace una chiedi a lui il permesso prima di provarci?" chiese sgranando i suoi bellissimi occhi.

"Di solito no. Ma con te è diverso. Tu gli piaci da sempre. È per questo che sono andato fuori di testa. Lui è il mio migliore amico, lì per lì l'idea che ci avrebbe visto insieme mi ha fatto sbroccare."

Ci fu un lungo silenzio. Un gruppo di bambini ci passò davanti, diretti alle altalene, seguiti da mamme che chiacchieravano tra loro.

"Ci siamo baciati. La sera di ferragosto. Te l'ha detto?"

Annuii.

"Credevo che tu fossi troppo in alto per me. Troppo in vista, troppo voluto dalle ragazze, troppo bello. Credevo che quello che era successo nella casa non poteva succedere più. Che ti eri vergognato di me, che non volevi che si sapesse. Così, per cercare di non pensarti, ho baciato Riccardo. Che avesse una cotta per me l'avevo capito da sola, mica sono scema. Mi guardava sempre con quello sguardo incantato. Ci sono ragazzi che mi dicono che sono bella, ci provano, ma nessun altro mi ha mai guardata come lui. E così, quella sera, quando ci siamo ritrovati in mare insieme, soli, ho pensato che mi sarebbe piaciuto baciarlo. E l'ho fatto. Se aspettavo lui stavo fresca, timido com'è. Comunque, da allora non ci siamo più visti, il giorno dopo sono partita e da quando sono tornata ho fatto di tutto per evitarlo. E sai perché? Perché non so neppure io cosa gli direi se mi chiedesse qualcosa riguardo a quella sera."

"Digli che è stato un errore. Che non vuoi essere la sua ragazza. Digli che ti piace un altro." Pronunciai quelle parole con voce dura, spigolosa, con un tono che io stesso non mi riconoscevo.

"Mettiamoci insieme, io e te, ora. Non sono troppo in vista o troppo bello per te, casomai è il contrario."

Mi guardò con sospetto, come se volesse scoprirmi

dentro, carpire i risvolti nascosti di quelle frasi così decise, quasi degli ordini.

"Diglielo tu" disse poi con un filo di voce.

"Come io?"

"Digli che stiamo insieme, al tuo amico. Dimostrami che mi vuoi per davvero. Dillo a tutti."

Uno dei bambini cadde dall'altalena, scoppiò in lacrime. La sua mamma accorse a soccorrerlo. Seguii la scena con distacco, mentre riflettevo su quella richiesta. Non sapevo come, ma lo avrei fatto. Avrei avuto Giulia, perché lei aveva scelto me. E sarebbe stata al mio fianco quando i miei genitori si fossero separati e quando il mio allenatore mi avesse ripetuto di aver sprecato il talento di calciatore.

"D'accordo" dissi. "Lo farò."

24. Marina

Guardo Cristina mentre se ne sta seduta nel soggiorno di casa mia con in mano un bicchiere d'acqua che non si decide a vuotare, beve piccoli sorsi come se dovesse prender tempo ed essere sicura di scegliere le parole giuste. Me l'aspettavo che sarebbe venuta, alla fine, dopo le minacce telefoniche in cui mi annunciava che avrebbe chiuso il nostro rapporto d'affari. Sono seduta all'altro lato della stanza e la guardo, aspetto che me lo dica.

"Ma cosa ti è successo?" chiede, e non capisco se si riferisca al fatto che non mi presento agli appuntamenti con i clienti oppure al livido sulla fronte che ho cercato inutilmente di mascherare con trucco e pettinatura. Nel dubbio non dico nulla.

"Senti" mi dice dopo un sospiro, "se c'è qualcuno che ti ha fatto del male me lo puoi dire, anzi me lo devi dire, senza paura, ho le conoscenze giuste per farlo smettere, devi credermi."

Dopo un lungo silenzio si alza in piedi, appoggia il bicchiere sul tavolo, raccoglie la sua borsetta e si prepara per uscire.

"Dimmi almeno se è stato un cliente, uno di quelli che ti ho mandato io" chiede mentre indossa il cappotto.

Faccio cenno di no con la testa. Sembra sollevata. Esce di casa accennando un saluto sottovoce. Io non dico nulla, non la guardo neppure, non ho mai sopportato gli addii.

C'è un uomo che mi controlla. L'ho visto già tre volte nel bar di fronte a casa e ieri sera me lo sono trovato vicino dentro l'enoteca di piazza del Duomo. È alto, magro, ha un viso regolare, uno di quei visi che piace alle ragazze giovani, con le mascelle squadrate e la barba incolta. Ogni volta mi accorgo di essere osservata in modo quasi morboso. Se mi giro distoglie lo sguardo ma poi torna a fissarmi, ho l'impressione che voglia parlarmi ma non trovi il coraggio di farlo, mi chiedo se sia per timidezza o per qualche altra ragione. Può darsi che sappia delle mie scappatelle notturne, forse mi ha visto mentre adescavo qualcuno e ha voglia di farsi una scopata. Ho chiesto informazioni a Dennis, il barista. Ha detto che non lo aveva mai visto, un giorno è entrato per mangiare e da allora si presenta lì quasi tutti i giorni. Secondo lui è rimasto colpito dei suoi panini. Gli ho chiesto se ha mai chiesto di me. Dennis mi ha guardato, si è fatta una risatina, ha detto che tutti quelli che entrano chiedono di me, che domande.

In ogni caso ho deciso che la prossima volta sarò io a passare all'azione. Il fatto che sappia dove abito mi infastidisce. Mi fa sentire indifesa.

***

Il rapporto tra mia madre ed Enrico iniziò a peggiorare l'anno in cui cominciai le scuole superiori. Da principio non me ne accorsi, presa com'ero a inserirmi in un ambiente nuovo, cercando ci capire cosa mi

dovessi aspettare dai compagni di classe, dagli insegnanti, da quell'edificio piuttosto austero che avrei frequentato per i successivi cinque anni, poi iniziai distrattamente a captare alcuni segnali, per lo più notai che
Enrico veniva a trovarci meno di frequente e mancò per
varie cene del mercoledì, la serata che da anni trascorreva a casa nostra. Chiesi a mia madre, che biascicò una
risposta evasiva: "Deve lavorare, per questo non viene."
Quella spiegazione mi parve plausibile, bastò a placare i
timidi segnali di allarme che forse erano affiorati in
qualche angolo della mia mente ma di cui non ero ancora perfettamente consapevole. Un giorno sorpresi la
mamma mentre piangeva. Lo faceva in silenzio, cercando di non farsi sentire, chissà quante altre volte lo aveva
fatto e non me n'ero accorta. Quella volta fu diverso, la
sentii tirar su col naso, la raggiunsi in bagno. Chiesi
cos'avesse, disse nulla, che non mi dovevo preoccupare.
Appurai che si sentisse bene, che non si trattasse di un
problema di salute, quando lei mi rassicurò capii che la
causa era Enrico.

"Vi siete lasciati?" chiesi, temendo la risposta.

"No, no. Sono cose di adulti, ora mi passa."

Feci finta di essermi tranquillizzata, le dissi che tutto
si sarebbe risolto, la invitai ad andare in salotto a
guardare la TV insieme; passammo la serata abbracciate, come quando ero piccola. Il giorno dopo, all'uscita
da scuola, mentre aspettavo l'autobus, chiamai Enrico al
cellulare. Mi rispose con una voce squillante, allegra, mi
chiese come stavo. Dissi che io stavo bene, ma la mamma no, che l'avevo sorpresa a piangere per colpa sua,
perché non veniva più a trovarci. Gli chiesi il motivo di

quel comportamento. Sentivo in sottofondo voci concitate, persone che lo chiamavano, rumori metallici. Mi disse che non poteva parlare ma che avevo fatto bene ad avvertirlo. Che si sarebbe chiarito tutto, lui ci voleva bene, a mia madre e a me. Promise che mi avrebbe richiamata più tardi. Verso sera si presentò a casa nostra con un mazzo di fiori per la mamma e un pacchettino per me. Dentro c'era un braccialetto d'argento ornato da tanti cuoricini rossi, lo ringraziai mentre mi aiutava a metterlo. La mamma lo rimproverò per non aver avvertito che sarebbe passato, che non aveva preparato niente di particolare per cena, poi si fiondò in cucina e cominciò a trafficare con pentole e fornelli. Enrico le disse di non preoccuparsi, che tanto lui non aveva fame, qualsiasi cosa andava bene. Si sedette sul divano, mentre apparecchiavo la tavola del salotto chiacchierammo un po', mi chiese della scuola, pretese di sapere tutto su compagni, professori, lezioni, ascoltava con attenzione e mi interrompeva facendo domande, chiedendomi di approfondire meglio certe cose, come se fosse davvero interessato a ogni singola parola. Ero contenta di parlare con lui della mia vita, chiedergli consigli, ascoltare le sue opinioni e raccomandazioni. Avrei voluto che fosse sempre lì con noi, come un vero padre, aggiornarlo quotidianamente sui progressi e sulle novità della mia carriera scolastica, confidarmi con lui. Sapevo che aveva un'altra famiglia, sebbene nessuno me l'avesse mai detto l'avevo capito. E avevo capito che finché non avesse chiesto il divorzio da sua moglie le cose non sarebbero cambiate, noi due saremmo state la seconda linea, la famiglia di serie b. Per questo mia madre piangeva, quel giorno, forse sapeva che non c'erano speranze.

"Perché non divorzi da tua moglie e non viene a stare da noi?"

Lo chiesi guardandolo negli occhi per cercare di carpire le sue emozioni, quanta verità ci fosse dietro la risposta che si apprestava a darmi, dopo aver superato lo stupore iniziale per quella domanda tanto inopportuna e che io stessa non credevo avrei avuto il coraggio di porre.

"È una situazione complicata, non riguarda solo noi, c'è anche un figlio, si chiama Valerio e..."

In quel momento entrò la mamma con in mano una fiamminga di tagliatelle al ragù. La frase di Enrico rimase sospesa, coi suoi molteplici significati, c'era un figlio quindi non potevano divorziare perché lui avrebbe sofferto, questo mi parve il senso di quello che stava dicendo. Avrei voluto chiedere altro, com'era suo figlio, quanti anni aveva, che scuola frequentava. Mi ripromisi di farlo in seguito, alla prima occasione.

25. Riccardo

Parcheggio davanti al ristorante con un quarto d'ora d'anticipo, come a volermi accertare che sia tutto a posto, forse perché mi sento responsabile della buona riuscita della serata essendo stato io a organizzarla. Valerio scende dall'auto, ha un'espressione preoccupata. Gli sorrido e gli dico di rilassarsi, siamo qui per mangiare e rivedere i vecchi amici. Era da parecchio che ci pensavo ma senza Valerio non avrebbe avuto senso, ritrovarci e chiederci che fine avesse fatto, presagendo scenari cupi. Dopo il suo ritorno ho creduto che fosse giunto il momento buono e la settimana scorsa ho fatto un giro di telefonate. Mi aspettavo di dover insistere per convincerli, invece non ce n'è stato bisogno, salvo imprevisti dell'ultimo momento dovremmo esserci tutti. Aspettiamo fuori, Valerio si accende una sigaretta, guarda le auto passare e non dice una parola. Gli dico di non preoccuparsi, che nessuno di loro farà domande indiscrete e se dovesse succedere lui non è tenuto a rispondere. Nessun altro saprà del carcere e della droga e della vita per strada. Lui annuisce e continua a fumare, stringe le spalle come se avesse freddo anche se è una serata tiepida.

Il primo ad arrivare è Veris, ci saluta con la mano mentre parcheggia, poi scende e ci viene incontro, abbraccia Valerio, a me dà una pacca sulle spalle. Ci sono frasi di circostanza, capisco subito che non sarà facile rompere il ghiaccio, chissà se ne saremo capaci. Mezz'ora dopo siamo tutti lì, c'è Marchino con la sua barba lunga e gli occhiali con le stanghette rosse, c'è Gigi in giacca e cravatta, capelli ingellati e macchina da rappresentante, c'è Max che arriva per ultimo a bordo di una Mercedes enorme, dopo aver parcheggiato rimane per qualche minuto in auto col telefono attaccato all'orecchio, poi esce e allarga le braccia, come a volerci benedire tutti.

Il tavolo è rotondo, in angolo a una grande sala occupata per lo più da coppie, ordiniamo e quando arriva il vino alziamo i bicchieri per un brindisi. Per lo più si parla dei vecchi tempi, di quando eravamo ragazzi, non vengono fatte domande personali e questo conforta Valerio. Al telefono ho detto a tutti che ha passato un periodo difficile per cui era meglio non chiedere nulla. Chi ha figli mostra le foto sui cellulari, chi non ne ha si limita a guardare e a fare i complimenti di rito. Nel complesso la serata procede tranquilla, il cibo è buono e il vino ci rilassa e ci mette allegria. Si creano dialoghi a due, col vicino di tavolo, si richiama l'attenzione di altri per avere conferma di fatti accaduti e non ricordati bene, si discute di calcio, qualcuno chiede a Valerio se gioca ancora e lui risponde che no, saranno dieci anni che non tocca un pallone, qualcun altro dice che dobbiamo organizzare una partita, a calcetto però, che si corre meno. A un certo punto sento Gigi rivolgersi a Max, chiedere notizie di Giulia, una frase buttata lì come tante, del tipo "e tua sorella come se la passa?". Tendo le orecchie, d'istinto, sento Max rispondere che non è un bel periodo per lei, ha appena divorziato, ha avuto un matrimonio difficile, il suo ex marito è una gran testa di cazzo, uno di quei tipi gelosi che non permettono alle mogli di uscire di casa truccate o vestite in un certo modo, davvero squallido. Dice che il bastardo è arrivato a picchiarla poi lei si è decisa a mollarlo, per un po' è andata a vivere con lui, dice che ora loro due sono molto legati, che Giulia è la migliore amica di sua moglie e che anche le sue figlie l'adorano.

"A proposito Ric, quasi dimenticavo" dice girandosi verso di me, non immaginando che lo stavo ascoltando, "Giulia mi ha chiesto di poterti incontrare, sta pensando di aprire un negozio, vorrebbe che la seguissi per le pratiche."

Fingo di non sembrare sorpreso da quella richiesta, "non c'è problema" dico, "quando vuole." Estrae una biro dal taschino della giacca e scrive qualcosa su un pezzo di carta. "Questo è il suo numero, chiamala e mettetevi d'accordo. Poi se serve fatemi sapere, per qualsiasi cosa sono a disposizione."

Prendo il foglietto, lo metto in tasca. Poi per il resto della cena cerco di non pensarci.

***

Quando Valerio mi disse che doveva parlarmi pensai che fosse successo qualcosa a casa sua visto che in un paio di occasioni mi aveva accennato al fatto che i suoi genitori non andavano più d'accordo, che stavano per separarsi.

"Si tratta di Giulia" disse invece, facendomi trasalire. Stavo giocando a pallacanestro nel cortile, vedendolo arrivare avevo lanciato la palla verso di lui, che si era limitato ad afferrarla passivamente, senza slancio. Eravamo a metà settembre, non avevo più parlato con Giulia dalla sera di ferragosto, quel bagno insieme mi appariva ormai come un ricordo lontano, quasi che non fosse successo veramente, magari me l'ero sognato. Le poche volte che l'avevo vista mentre usciva di casa in bicicletta non avevo avuto il coraggio di fare nulla, solo rapidi cenni di saluto quando i nostri sguardi si erano incrociati, mi ero limitato a restare lì, immobile, nella speranza che fosse lei a venire da me. Ma non era accaduto, ogni volta l'avevo guardata allontanarsi lungo la strada e più il tempo passava più mi convincevo che non ero io il ragazzo di cui si era dichiarata innamorata, confidandolo a suo fratello.

"Di Giulia?" chiesi, mentre afferravo la palla che mi aveva rilanciato. Sentii i battiti del cuore accelerare senza un motivo apparente, il solo nominarla mi faceva quell'effetto.

Si avvicinò e mi mise una mano sulla spalla. "Non ho buone notizie, amico." Disse che gli dispiaceva ma l'aveva vista con un altro, uno che non conosceva, forse del giro della piscina, erano ai giardini di piazzale della Vittoria, camminavano tenendosi per mano, si erano baciati varie volte. Disse che li aveva seguiti di nascosto per un po', giusto per capire cosa ci fosse tra loro, che gli dispiaceva un sacco dovermi raccontare queste cose, ma lo faceva per il mio bene, che dovevo metterci una pietra sopra.

"Senti, non te la devi prendere, sai quante ne trovi come lei. Facciamoci una partita, va" aggiunse poi, come a voler chiudere l'argomento. Giocammo per una mezz'ora, poi gli dissi che ero stanco, che me ne andavo in casa. Quella sera a cena non toccai nulla, mia madre si preoccupò, io la rassicurai, dissi che non era niente, poi andai in camera mia ad ascoltare musica con le cuffie.

Dopo una settimana, il giorno prima dell'inizio dell'anno scolastico (avremmo frequentato la quinta ragioneria, Valerio e io, compagni di banco fin dalle scuole medie), mentre camminavo per strada diretto alla casa abbandonata per vedere se ci trovavo qualcuno degli altri, vidi Giulia che usciva da casa sua. Girai lo sguardo dall'altra parte, feci finta di non averla vista, ma un attimo dopo me la trovai a fianco, e risposi al suo saluto.

"Che fai di bello?" chiese.

"Niente di che, una passeggiata."

"Posso farti compagnia?"

"Certo."

Scese dalla bici e la trascinò a mano, camminammo per un po' parlando del più e del meno, lei appariva contenta, sorrideva ed era uno schianto. Poi mi chiese di salire in sella, che avremmo fatto un giro, io avrei pedalato e lei si sarebbe sistemata dietro, nel portapacchi. Pensai che avremmo potuto rompere tutto, forse anche cadere e farci male, ma non volevo sembrarle uno che si preoccupa troppo, feci ciò che chiese, lei si sedette e partimmo con grandi sforzi. Andavo a zig zag, faticando a tenere la bici in equilibrio, lei rideva e mi gridava di stare attento, poi acquistammo velocità, sentivo le sue mani aggrapparsi a me, circondarmi il busto, ed era una sensazione stupenda. Impegnato com'ero a fare bella figura e a guidare non mi accorsi che stavamo passando davanti alla casa abbandonata e che Marchino, Veris, Max e Valerio ci stavano fissando. Gridai un ciao e lo stesso fece Giulia, ma non ci fermammo, li lasciammo lì con i loro sguardi stupiti, proseguimmo verso il nuovo quartiere, senza una meta precisa.

Per quanto mi riguardava, avrei pedalato fino alla fine del mondo.

26. Valerio

Ogni giorno vado al bar davanti a casa di Marina, mi siedo al solito posto, ordino un panino e una bottiglia d'acqua, afferro il giornale, scambio qualche parola col barista, un toscano trapiantato qui per seguire una donna; quella storia è finita da un pezzo ma lui ha deciso di rimanere perché Forlì, dice, è una città bellissima, che tutti dovrebbero venire a visitare. Rimango lì fino alle due, poi devo tornare al lavoro. Certe volte torno di pomeriggio, dopo aver staccato, bevo un bitter rosso con ghiaccio, se ho fame mangio qualcosa, faccio cena lì. A volte la vedo, entra o esce di casa, sempre con gli occhiali scuri, in un paio di occasioni è entrata nel bar per prendere la posta o bere un caffè. Ieri pomeriggio l'ho seguita, stavo uscendo dal bar nello stesso momento in cui lei usciva di casa, ho camminato tenendomi a distanza, lungo corso Garibaldi in direzione di piazza Saffi, si è fermata due o tre volte a guardare le vetrine, poi ha proseguito col suo passo deciso, è entrata dentro un'enoteca. Ho aspettato un paio di minuti poi sono entrato anch'io, l'ho vista guardare le bottiglie di vino rosso sistemate su uno scaffale, le afferrava e leggeva l'etichetta, poi le riponeva delicatamente. Mi sono avvicinato, volevo parlarle ma non sapevo cosa dire, di vino non ne so nulla, mentre lei aveva l'aria dell'intenditrice. Ho avvertito il suo profumo, deciso e delicato insieme, ho cercato di guardarla senza farmi vedere. Teneva gli occhiali scuri anche lì dentro, nonostante l'ambiente fosse piuttosto buio, si capiva che faticava a leggere. A un certo punto li ha sollevati sulla fronte, ho notato una macchia scura sotto l'occhio destro, una specie di ematoma. Si è accorta di me, ha riabbassato gli occhiali, ha appoggiato la bottiglia e si è avviata verso l'uscita. Sono rimasto sorpreso da quella reazione, ho pensato che avesse capito che la stavo seguendo. Avrei voluto raggiungerla e tranquillizzarla, dirle che volevo solo parlare, diventare suo amico, andare a bere qualcosa insieme. Quando sono uscito dall'enoteca di lei non c'era traccia, ovviamente. Sono tornato al bar, dove avevo lasciato la bici, ho guardato il portone di casa sua, indeciso. Mi sono avvicinato, ho provato ad aprire ma senza successo. Ho suonato un campanello a caso, mi ha risposto una voce di donna, ho detto che dovevo fare la lettura dei contatori, ho avvertito il rumore secco della serratura che si apriva. Sono entrato, c'era un corridoio che portava a una rampa di scale, il pavimento di marmo con disegni geometrici ripetuti all'infinito. Sulla destra c'erano le cassette della posta, in quella di Marina c'era un'etichetta con una scritta a penna: ho perso le chiavi vi prego di lasciare la posta al bar di fronte grazie. Ho lasciato la bottiglia per terra, poi me ne sono andato.

***

Quando Giulia mi chiese di dire a Riccardo che stavamo insieme ero certo che l'avrei fatto. In quel momento, davanti a lei, mi sentivo un leone, pronto a divorare ogni ostacolo che si frapponesse fra noi e la nostra storia. Poi cercai di pensare a quali parole usare, a come avrei introdotto l'argomento e soprattutto a come avrei reagito se lui si fosse arrabbiato o, peggio, se lì per lì avesse fatto finto di nulla e poi avesse smesso di essermi amico. E tutta la mia sicurezza svanì, più riflettevo e più capivo che sarebbe stata dura. Il giorno seguente andai a casa sua, non sapevo cosa avrei detto, sapevo solo che dovevo agire. Sentii il rumore del pallone da basket sul retro, entrai e lo raggiunsi, gli dissi che dovevo parlargli di Giulia. All'inizio mi guardò come se fossi un marziano, poi la sorpresa fu sostituita dalla speranza che avessi buone notizie. Quell'occhiata mi smontò, cominciai a raccontare la prima cosa che mi venne in mente, che l'avevo vista con un altro, gli dissi di dimenticarla. Accusò il colpo ma non lo diede a vedere. Restai lì una mezz'ora a giocare a basket, poi ci salutammo, senza più tornare sull'argomento.

Il giorno dopo vidi Giulia, venne a cercarmi a casa. La feci entrare e ci sedemmo su un vecchio dondolo sistemato in giardino.

"Ti ho visto ieri, dalla finestra, mentre andavi da Riccardo" disse. Speravo che avrei avuto più tempo per decidere il da farsi, dovetti improvvisare anche con lei. "Sì, ci sono andato" ammisi, "abbiamo parlato."

Rimase in silenzio ad aspettare che continuassi. "Gliel'hai detto?" chiese, siccome non proseguivo.

"No. Non ce l'ho fatta. Scusami."

Abbassò lo sguardo, "non ti devi scusare" disse senza guardarmi, "posso capirlo, davvero."

"Potremmo fare in modo che ci veda insieme e lo

capisca da solo, no?" chiesi, come se fosse l'idea più brillante che fosse mai stata concepita.

Lei si limitò ad annuire, poi si alzò in piedi. "Vedremo. Dai, non ci pensare. Tutto si sistemerà" disse mentre si allontanava.

Avrei voluto trattenerla, baciarla, dirle che l'amavo. Ma non feci nulla, mi limitai a pensare che l'avevo delusa.

Qualche giorno dopo la vidi passare in bici con Riccardo. Li sentii ridere, scherzare, prendersi in giro, ci salutarono e passarono oltre.

"Non è che quando tua sorella ti ha detto che le piaceva un tuo amico si riferiva a Ric?" chiese Marchino.

Max alzò le spalle. "Cazzi loro" disse poi chiudendo l'argomento.

Me ne andai via dicendo che non stavo bene, salutai tutti e camminai fino a casa. Mi chiesi cosa sarebbe successo ora, Riccardo e Giulia si sarebbero messi insieme? L'immagine di poco prima sembrava dire quello. Ero a terra, sarei potuto essere io al posto suo, avevo pagato un tributo troppo alto alla nostra amicizia. Poi mi persi in un via vai di pensieri sconnessi e un po' folli, prendere la bici e andare a cercarli, mettere in chiaro che a Giulia piacevo io, dire a Valerio che ci eravamo baciati nella casa abbandonata ben prima della notte di ferragosto. Chiedere a lei di scegliere lì, davanti a noi, con chi voleva stare.

Fui riportato alla realtà dalla voce di mia madre che mi chiamava dall'altra stanza. Siccome non rispondevo mi venne a cercare, mi chiese di andare di là che mi doveva parlare. Notai che aveva gli occhi arrossati, mi precipitai da lei chiedendo se stava bene. Non rispose, aprì la porta dello studio e mi fece accomodare, dentro c'era mio padre, seduto sul divanetto con a fianco una grossa valigia. Non c'era bisogno di dire niente, avevo già capito, e quando le parole della mamma mi arrivarono all'orecchio, tuo padre e io ci separiamo, lui va ad abitare da un'altra parte quasi non ci feci caso, rimasi a fissare la valigia e feci un cenno di assenso, come a dire che per me non c'era problema. Dissero altre cose, alternandosi, frasi consolatorie che ascoltai con distacco, dissero che per me non sarebbe cambiato niente, che avrei potuto contare su entrambi esattamente come prima.

"Vai a vivere con quell'altra famiglia?" chiesi solo, guardando mio padre per la prima volta da quando ero entrato.

Quella domanda li sorprese entrambi, forse in quel momento si resero conto dell'assurdità di litigare per anni a porte chiuse per tenermi all'oscuro di ciò che appariva evidente.

"Niente affatto" rispose lui. "Starò in un appartamento qui vicino, che ho preso in affitto. E tu potrai venire quando vorrai, c'è una stanza anche per te."

Annuii di nuovo, come se quella rivelazione fosse più che sufficiente a sistemare le cose.

"Ho dei compiti da finire" dissi, "domani ricomincia la scuola."

Andai in camera mia, mi distesi nel letto e restai in silenzio a fissare il soffitto, e a chiedermi perché mai niente andasse per il verso giusto.

27. Marina

Quando sono uscita di casa, stamattina, ho notato che c'era qualcosa nell'androne di ingresso, appoggiato sul pavimento. Era una bottiglia di Pinot Nero, la stessa che ho visto ieri pomeriggio in enoteca e che stavo per comprare prima di fuggire impaurita. Non so se riderci sopra o esserne preoccupata.

Sto entrando nel negozio della signora Dina che ieri sera mi ha telefonato chiedendomi di passare che aveva voglia di vedermi. L'ematoma sotto l'occhio destro è ancora evidente, di sicuro lei e le ragazze mi chiederanno come me lo sono fatto, dovrò mentire e non sono mai stata brava a farlo. Il negozio è identico all'ultima volta che ci sono stata, a parte un nuovo tappeto sistemato davanti alla cassa e un paio di quadri alle pareti che non ricordavo di aver visto; appena mi vedono mi vengono incontro, una cliente mi guarda chiedendosi chi possa essere per suscitare tanto clamore. Distribuisco baci e abbracci a tutte, lascio per ultima la signora Dina che mi prende sottobraccio e mi porta nel suo ufficio. L'ultima volta che mi ha condotta qui è stato per licenziarmi, ora mi sta dicendo che potrebbe riassumermi, una delle ragazze è incinta e il dottore le ha imposto riposo assoluto. A occhio e croce dovrebbe stare a casa per una decina di mesi, quindi si è liberato un posto, se la cosa mi interessa. "E chissà, magari potrò tenerti anche dopo, se passa la crisi" dice.

Ringrazio di cuore la signora Dina, accetto con gioia. Comincerò tra quindici giorni. Usciamo dall'ufficio e festeggiamo con le altre, faccio le congratulazioni alla futura mamma. Siccome nessuno mi chiede nulla dell'occhio mi prodigo io in spiegazioni, dico che sono caduta a casa e ho picchiato contro uno spigolo, da vera stupida. Tutte annuiscono con aria contrita, ho l'impressione che non ci credano. Chissà cosa pensano, possibile che una donna con un occhio nero debba essere per forza vittima di violenza? Decido di sorvolare sull'argomento, parliamo d'altro per qualche minuto poi approfitto dell'entrata di un paio di clienti per andarmene.

È quasi ora di pranzo, chissà se l'uomo del vino è al bar. Mi avvicino a piedi, vedo una bicicletta appoggiata al muro, qualcosa mi dice che sia sua. Decido di entrare, poi valuterò sul momento. Spalanco la porta con impeto, sembra quasi un'irruzione, Dennis mi guarda allarmato, dice che gli ho messo paura, mi allungo sul bancone per dargli un bacio sulla guancia, è il compenso che chiede per ritirare la posta. L'uomo è seduto al solito tavolino, fa finta di nulla ma è chiaro come il sole che sta seguendo ogni mia mossa. Mi intrattengo con Dennis per qualche minuto, gli chiedo di aggiornarmi sulle condizioni di salute del suo cane che da qualche giorno non fa altro che vomitare, poi lo saluto e mi dirigo verso la porta. Mentre apro guardo l'uomo, lui si gira, accenno un sorriso quasi impercettibile, sembra sorpreso ma non ho tempo di valutare bene, in un attimo sono fuori. Attraverso la strada e infilo le chiavi nel portone del palazzo, entro senza richiudere, disobbedendo alla disposizione scritta a caratteri cubitali nel cartello appeso all'interno. Salgo le scale di corsa e mi accorgo di provare una strana eccitazione, come quando sai che dovrà capitare qualcosa ma ignori come e quando. Mi chiudo dentro casa e aggancio la catenella. Aspetto.

***

Quando mia madre mi disse che c'erano novità importanti non immaginai che si riferisse a Enrico, pensai piuttosto che parlasse del suo lavoro all'ospedale, che finalmente avesse ottenuto di cambiare reparto, dopo tanti anni passati in geriatria. E anche dopo, quando disse che si era trasferito, non afferrai il motivo di tanta euforia, immaginando che avessero semplicemente cambiato casa, lui e la sua famiglia. "Da solo, solo lui" disse allora, e finalmente capii, anche se le conseguenze di quel gesto non mi furono chiare del tutto, significava forse che aveva lasciato sua moglie e che finalmente la storia tra lui e mia madre sarebbe divenuta normale? E che avrebbe trascorso più tempo con noi? Decisi di tenere quelle domande per me, lasciai che la mamma si godesse il momento e la abbracciai, anche se pensavo che la nostra gioia fosse in qualche modo la conseguenza del dispiacere di altri, quella moglie e quel figlio abbandonati. Quella sera Enrico cenò a casa nostra nonostante non fosse mercoledì, ma non si parlò del suo trasferimento, alla mia domanda su come fosse l'appartamento rispose in modo conciso e superficiale. Per la prima volta la sua presenza in casa nostra non fu vissuta come un qualcosa di provvisorio, c'era la consapevolezza che poteva restare lì fino a tarda notte, magari anche fermarsi a dormire nel letto matrimoniale che la mamma non aveva mai condiviso con nessun uomo. Iniziò così un periodo di serenità per la nostra famiglia, finalmente c'era una figura maschile, un marito e un padre, su cui potevamo contare, e che non dovevamo dividere con nessun altro.

Qualche giorno dopo, mentre eravamo seduti sul divano a guardare la TV, soli lui e io, mentre la mamma era in cucina a lavare i piatti, chiesi a Enrico di parlarmi di suo figlio, Valerio.

Sembrò sorpreso, fece una smorfia come se l'idea lo disturbasse, immaginai che preferisse tenere una distinzione netta tra noi e loro, come se parlarne in casa nostra potesse ingigantire i sensi di colpa nei confronti del figlio.

"Ha diciassette anni, è alto, molto bello, è pieno di ragazze che gli girano attorno" disse sorridendo, fissando un punto davanti a sé, quasi che volesse riportare alla mente un'immagine reale. "Gioca a calcio, studia, fa la quinta ragioneria, è un bravo ragazzo. Un giorno di questi te lo faccio conoscere, va bene?" disse col tono di chi vuol chiudere l'argomento. Risposi che andava bene, ma non credevo affatto che sarebbe successo. Comunque ora sapevo diverse cose su di lui.

Magari potevo provare a incontrarlo da sola.

28. Riccardo

Mi viene annunciata dalla segretaria col tono monocorde abituale, rispondo di farla accomodare in sala riunioni, di offrirle un caffè. Ripeto a me stesso che si tratta di un normale incontro di lavoro, per un attimo penso di portarmi dietro un collaboratore, forse renderebbe l'atmosfera più professionale, poi decido di no, vado da solo. Dopo una decina di minuti apro la porta sfoderando il mio miglior sorriso, lei si alza e mi viene incontro, mi bacia su entrambe le guance, restiamo per un po' in piedi a scambiarci convenevoli, farci reciproci complimenti sul fatto che non siamo cambiati anche se in realtà non è vero. È ancora attraente, niente da dire, ma il suo aspetto attuale non può competere col ricordo che avevo della ragazza di diciotto anni che ho fissato nella memoria, immagino che lo stesso valga per me, per tutti. Ci sediamo e affrontiamo il motivo di quell'incontro, per un'ora buona parliamo di pratiche da fare, regolamenti, autorizzazioni comunali, aspetti fiscali e contributivi della sua nuova attività di titolare di un negozio di abbigliamento, scopro che ha preso in affitto un locale qui vicino, in un piccolo centro commerciale, mi spiega che ora che ha divorziato si sente in dovere di fare qualcosa di concreto, dopo anni passati a fare la mantenuta. Non si addentra nelle vicende tristi del suo matrimonio fallito e io mi guardo bene dal chiedere, per lo più parlo solo per espletare il mio compito di consulente, rispondo alle sue domande e do consigli, compilo un elenco dei documenti che mi deve portare.

"Come si chiama tua moglie?" chiede a un certo punto, indicando col dito la mia fede nuziale. Rimango un po' sorpreso, lei interpreta male quell'indecisione e si scusa, dice che è la solita impicciona, rispondo che no, non c'è problema, ero solo sovrappensiero, si chiama Melissa, siamo sposati da otto anni, magari ci vado insieme a lei all'inaugurazione del negozio.

"Sarebbe bellissimo" dice alzandosi. La accompagno alla porta, le porgo il mio biglietto da visita, annoto il suo numero di cellulare e ci diamo un altro bacio.

"A presto" dice.

"A presto."

***

Quel pomeriggio di settembre segnò l'inizio della nostra storia. A essere precisi ci fu un momento esatto, quando ci ritrovammo seduti sull'erba, vicino al viottolo di terra battuta che costeggiava l'aeroporto, la bici distesa poco lontano, fermi lì da mezz'ora ad aspettare l'arrivo del primo aereo, quando finalmente comparve dapprima come un puntino lontano e poi via via più evidente, sempre più vicino, col rombo dei motori che aumentava secondo dopo secondo, quando sembrò che stesse per schiacciarci iniziando la procedura di atterraggio, passandoci sopra e sollevando un turbine di vento e di polvere, piegando le piante di erba medica nei campi tutto intorno, fu in quel preciso momento che tappandoci le orecchie a vicenda ci guardammo nello stesso modo in cui ci eravamo guardati un mese prima nel mare di Lido di Classe e come allora le nostre labbra si avvicinarono piano, si sfiorarono e poi si unirono l'una all'altra, e anche dopo che l'aereo fu atterrato e dalla pista continuava ad arrivarci il rumore delle turbine ma lieve, calante, noi continuammo a baciarci ancora e ancora, come a voler recuperare il tempo perduto da quella notte ormai lontana.

Quella volta volli chiarire le cose, chiesi se voleva diventare la mia ragazza, lei disse sì, poi nessuno parlò più fino a quando non fece buio, e risalimmo sulla bici per tornare a casa.

Il giorno seguente diedi la notizia a tutti. Max mi disse che ero pazzo a mettermi con sua sorella ma che se la cosa andava bene a noi per lui non c'era problema, Veris e Marchino mi diedero il cinque e non fecero commenti, Gigi mi chiese di nascosto se c'avevo già fatto sesso e dopo che lo avevo mandato a quel paese contestò la mia riservatezza chiamandomi fighetto. Valerio non disse nulla, si limitò a starsene un po' in disparte, gli occhi bassi, le mani in tasca, lo sguardo vuoto. Andai da lui, gli chiesi cosa c'era, mi disse niente. Insistetti, lo guardai male, lo accusai di non essere granché come amico, visto che per me quello era un momento magico e lui se ne stava lì zitto e con la faccia da funerale, poi aggiunsi altre cose che non ricordo, fino a quando non mi diede una spinta che mi fece quasi cadere a terra. Gli altri smisero di parlare, ci guardarono tutti, Valerio mi venne incontro minaccioso, cominciò a gridare.

"Cosa cazzo ne sai te di come mi sento io, eh? E cosa

vuoi che mi freghi di te e di Giulia e delle vostre stronzate, per me potete anche sposarvi domani e fare quattro figli uno dietro l'altro, io c'ho i miei problemi a cui pensare, c'ho mio padre che se n'è andato via di casa e mia madre che piange tutto il giorno, non esce più, non mangia, mi tocca imboccarla come se fosse una bambina dell'asilo, perciò smetti di rompermi le palle, prendi la tua fidanzatina e andatevene tutti e due affanculo."

Poi se ne andò via, borbottando frasi che non sentii, lasciandoci tutti di stucco, un po' impauriti e un po' preoccupati per lui. Solo Marchino fece un debole tentativo di calmarlo, gli chiese di tornare lì che ne avremmo parlato, ma lui continuò a tirare dritto.

Il giorno dopo ne parlai con Giulia, era passata a casa mia nel primo pomeriggio per un saluto veloce, le raccontai tutta la scena, lei rimase assorta per un po', poi disse di organizzare un'uscita a quattro, che magari lo avrebbe aiutato a distrarsi, feci presente che Valerio non aveva la ragazza, lei alzò le spalle e mi guardò come se fossi appena sbarcato da un altro pianeta, "uno come lui non avrà problemi a trovarne una" disse. Sapevo che era vero, ma quella frase mi lasciò uno strano sapore in bocca, come se contenesse un giudizio sul mio amico che non sapevo se positivo o negativo, voleva forse dire che lui era uno che cambiava ragazza spesso e quindi non si faceva problemi a invitarne una per uscire, magari farci qualcosa e poi far finta di non conoscerla il giorno dopo? Oppure che lui era talmente bello che di certo qualunque ragazza sarebbe stata disposta ad accettare un suo invito? In entrambi i casi non ero contento, il primo giudizio era offensivo, sapevo che Valerio non era così, aveva trattato sempre bene le ragazze con cui era stato, molte di loro lo salutavano con affetto quando lo incontravano in giro; il secondo era anche peggio perché presupponeva che lei, Giulia, trovasse bello Valerio e quest'ipotesi, benché verosimile, mi infastidiva parecchio. Comunque non indagai oltre, ci salutammo con un bacio e il sapore del suo rossetto bastò a farmi dimenticare tutto.

29. Valerio

Quello sguardo mentre usciva dal bar e il portone del palazzo lasciato socchiuso sono segnali chiari. Mi alzo, mi aggiusto la camicia, pago Dennis, mi chiedo cosa potrebbe pensare se mi vedesse entrare lì, immagino che non succederà visto che è impegnato col suo computer portatile, non stacca gli occhi dal monitor neppure mentre conta il resto che mi porge accompagnandolo con un ciao, grazie. L'androne ha lo stesso odore di ieri sera, di muffa e candeggina, lo percorro a passi lenti come se volessi fare meno rumore possibile, raggiungo le scale e comincio a salire, al primo pianerottolo incontro una signora con un sacchetto di spazzatura in mano, mi saluta e mi fissa, proseguo deciso verso il piano superiore dove trovo tre porte chiuse, nessun rumore dall'interno. Passo in rassegna i nomi scritti sui campanelli, trovo quello che cerco, combatto contro l'ultimo frammento di indecisione, poi suono.

Sento un rumore dall'interno di passi soffici, come di ciabatte di stoffa, poi silenzio. Immagino di essere guardato dallo spioncino, mi viene da alzare il busto come se dovessi mettermi in posa per una foto, provo a sorridere ma il risultato non dev'essere granché. Sento la serratura girare, la maniglia si abbassa, la porta si apre fino al massimo consentito dalla catenella. Mi guarda senza dire nulla, immagino che debba essere io a parlare, il problema è che non so cosa dire, vuoto totale, rimango lì in piedi come un idiota, una mano in tasca e l'altra in perenne movimento, "scusa, scusa se ti disturbo" dico, "ti ho vista al bar e… bé… mi chiedevo se ti andava di bere qualcosa insieme."

Mi aspetto che chiuda la porta e mi dica di sparire, magari che si precipiti a chiamare la polizia o forse l'ha già fatto e stanno per arrivare, forse circonderanno l'edificio come nei film. In effetti la porta si chiude, ma per riaprirsi subito dopo senza il blocco della catena, ora Marina mi appare per intero, indossa jeans attillati e una maglietta a maniche corte con il disegno di Minnie sul davanti, ai piedi porta le ciabatte che immaginavo, i capelli sono raccolti in un concio piuttosto ampio e irregolare, e porta ancora gli immancabili occhiali scuri. Mi fa cenno di entrare, la seguo lungo un corridoio e poi dentro un salotto piuttosto piccolo dove ci sono un divano e un paio di poltrone poste di fronte a un televisore acceso ma senza audio, si siede e mi dice di accomodarmi, lo faccio cercando di non sembrare troppo impacciato, mi guardo intorno, sbircio dalla finestra che dà sulla strada, riesco a vedere l'insegna del bar di Dennis.

"Allora, mi dici perché mi segui?"

Non mi aspettavo una domanda così diretta, anche se forse era prevedibile, tutto sommato.

"Te lo dico se tu mi dici chi ti ha fatto quello" rispondo indicando l'occhio pesto che tenta inutilmente di nascondere.

Accenna una risata ma mi pare più un gesto di scherno, come per dire non ci posso credere. "Non sono cazzi tuoi" dice. Poi sembra ripensarci, "è stata una semplice caduta, cosa credevi che fosse, non ho mariti o fidanzati violenti, se è questo che pensi." Fa una piccola pausa, poi aggiunge: "Nessuna fanciulla da salvare, da queste parti."

"Peccato" dico, e faccio per alzarmi. "Adoro salvare le fanciulle indifese." Mi avvio verso la porta, salutando con la mano. Qualcosa mi dice che con questa donna occorre fare cose che non si aspetta, prenderla in contropiede. "Ehi" dice. "Non mi hai risposto. Perché cazzo mi segui?"

"Perché volevo chiederti di uscire, ma adesso non mi interessa più. Non sopporto i bugiardi."

La sento bisbigliare qualcosa a sé stessa, sono quasi arrivato alla porta. Afferro la maniglia, immagino che se me ne vado non avrò altre possibilità, la prossima volta troverò il portone del palazzo chiuso.

"Ehi" dice. "Ci vediamo domani sera alle otto, aspettami di sotto."

Esco senza dire nulla, la lascio nel dubbio. Forse, dopo tanti anni, non ho ancora perso la mia capacità di capire le donne al volo.

***

Quando incontrai Riccardo, un paio di giorni dopo averlo mandato a quel paese, mi aspettavo che fosse arrabbiato, invece mi venne incontro e mi circondò il collo col braccio, e mentre camminavamo avvinghiati in quel modo mi disse che gli dispiaceva di avermi risposto male, che si era comportato da idiota e che di certo i miei genitori si sarebbero rimessi insieme, era solo questione di tempo, come se quell'unione fosse nell'ordine delle cose e niente al mondo potesse romperla, anche solo pensarlo era assurdo. Mi pareva molto euforico, attribuii quel suo stato al fatto che stava con Giulia ormai da una settimana, stava convincendosi che la loro storia sarebbe andata avanti, non era una bolla di sapone destinata a scoppiare nell'arco di poco tempo.

"Ascoltami, perché non usciamo in quattro, io, te, Giulia, e una ragazza che vuoi tu. Passiamo una serata tra amici, alla faccia delle preoccupazioni, eh?"

Lì per lì l'idea di uscire con lui e Giulia mi fece rabbrividire, dover assistere alle loro effusioni, sentirli raccontare di quanto stavano bene insieme e altri discorsi da coppia appena formata, dissi di no, che non mi andava. Lui non ci restò troppo male, disse che avrebbe riferito a Giulia che non ero d'accordo, d'altronde gliel'aveva già fatto presente che le uscite a quattro non mi erano mai piaciute. "Ma è stata lei a proporlo?" chiesi interpretando quelle parole. Lui annuì, ma sembrava aver già chiuso il discorso. Per il resto del pomeriggio non ne parlammo più, quando ci salutammo, verso sera, dissi che ci avevo ripensato, potevamo combinare un'uscita a quattro. "Okay" disse lui. "Chi pensi di portare?" Alzai le spalle, dissi che ci dovevo pensare, ma qualcuna di certo l'avrei trovata. Lui sghignazzò. "Sei sempre il numero uno" disse poi.

La scelta ricadde su Irene, la figlia di un vecchio amico di mio padre che frequentava casa nostra da sempre. Erano stati compagni di università, avevano condiviso un piccolo appartamento nel centro di Bologna e in seguito erano rimasti legati dal collante dell'aver vissuto insieme gli anni più belli della vita. Così capitava che almeno una volta al mese ci si incontrasse con l'intera famiglia per cene durante le quali a parlare erano solo loro due mentre le mogli si limitavano ad annuire sorridendo e noi figli, Irene per l'appunto e io, ci annoiavamo a morte. Da piccoli eravamo tenuti a distanza dalla differenza di sesso, crescendo ci eravamo sopportati per obbedire a ordini più o meno espliciti dei grandi, da ragazzi avevamo trovato vari interessi in comune, specie la musica e i videogames, che ci rendevano quasi piacevoli gli incontri periodici a cui i nostri genitori non permettevano di sottrarci. Negli ultimi tempi avevo notato un interesse crescente di Irene nei miei confronti, lo si capiva da come mi guardava, da una certa timidezza che sfiorava l'imbarazzo ogni volta che le chiedevo di seguirmi in camera per farle ascoltare qualcosa, e che divenne evidente il giorno in cui mia madre mi chiese di invitarla a uscire facendola apparire come un'idea sua, nata lì per lì, sul momento, giusto perché si stava parlando di lei, anche se in realtà io non parlavo affatto, mi limitavo ad ascoltare un suo monologo in cui mi elencava gli ultimi strabilianti risultati sportivi della cara Irene, che le erano stati comunicati poco prima da una telefonata di sua madre, talmente entusiasta che doveva dirlo a tutti che sua figlia, quel gioiello di figlia, aveva vinto le regionali di scherma nella specialità fioretto individuale e che a detta del suo allenatore aveva tutte le carte in regola per diventare una campionessa olimpica e chissà cos'altro. "Perché non la inviti a vedere un film" aveva detto la mamma, e poi era rimasta ad aspettare una risposta, diversamente dal solito, quando, dopo aver formulato una qualunque proposta, se ne andava prima che avessi tempo di dire alcunché, come se non fosse realmente interessata al mio parere in proposito. Quella volta no, era rimasta lì in piedi davanti a me, finalmente quieta, e aspettava. Ebbi l'impressione che dovesse riferire a qualcuno ciò che le avrei detto e ne rimasi colpito e infastidito insieme. Che con tutti i problemi che avevano lei e mio padre si stessero prendendo la briga di combinare le mie frequentazioni femminili mi sembrava davvero patetico. "Vedremo" dissi, e la piantai in asso senza darle tempo di replicare. In seguito non ci fu modo di tornare sull'argomento perché a causa dell'aggravarsi della crisi tra i miei e della successiva separazione le cene con la famiglia di Irene cessarono. All'inizio, dopo che mio padre se ne fu andato, ci furono telefonate tra le mogli, con mia madre che piangeva e annuiva a intermittenza a quelle che presumevo fossero parole di incoraggiamento pronunciate dalla madre di Irene; del resto in quel periodo la mamma passava gran parte del tempo attaccata alla cornetta, mostrandosi arrabbiata, sconsolata, speranzosa a seconda dell'interlocutore del momento. Col passare dei giorni il telefono squillò sempre meno, molte delle amiche cominciarono a stufarsi di sentire sempre le stesse cose, con un paio di loro chiuse i rapporti gridando insulti e riattaccando l'apparecchio con violenza e anche la madre di Irene sparì dal raggio di azione delle sue lagnose recriminazioni. Perciò, quando mi presentai a lei chiedendo come potevo fare per contattare Irene, la mamma mi guardò con aria smarrita, ignorando totalmente il motivo di quella richiesta. Le dissi che volevo invitarla a uscire e lei sorrise, forse il primo vero sorriso dopo settimane, frugò nella sua agenda e trascrisse il numero di telefono su un foglietto di carta. Me lo porse senza dire nulla, già da un po' aveva imparato a parlare solo quand'era strettamente necessario, pareva volersi chiudere al mondo estromettendo tutto e tutti, atteggiamento questo che cercavo di sconfiggere facendole domande. "Pensi che sia una buona idea?" chiesi, più per farla parlare che per un reale interesse alla risposta che, immaginavo, mi sarebbe arrivata solo dopo un lungo silenzio meditativo. "Ti ricordi quando ti proposi di invitarla a uscire?" chiese con la sua nuova voce impastata che ogni volta faticavo a riconoscere. Annuii, sollecitandola a continuare. "Fu tuo padre a dirmelo, perché non dici a Valerio di uscire con Irene, sarebbero una coppia perfetta, mi disse. Credo che sia stata l'ultima volta che siamo stati d'accordo su qualcosa." Afferrai il biglietto, ringraziai e andai nell'altra stanza per telefonare. Mentre componevo il numero mi venne in mente che magari aveva voglia di parlare con la mamma di Irene, glielo chiesi, dissi che se voleva gliel'avrei passata. Non ottenni risposta, si era già chiusa in camera da letto. Sola con i suoi silenzi.

30. Marina

Ieri ho incontrato il tipo che mi segue. L'ho fatto entrare in casa, dopo averlo guardato negli occhi mentre se ne stava fuori dalla porta a balbettare stronzate. Non mi è parso pericoloso, forse un po' strano, quello sì. Ha cominciato a chiedermi cos'avessi fatto all'occhio, come se fossero affari suoi. Gli ho risposto per le rime e l'avrei invitato ad andarsene se non fosse stato per quella sensazione di cui non riesco a liberarmi fin dalla prima volta che l'ho visto. Il fatto è che mi sembra di conoscerlo e voglio capire chi sia, per questo gli ho dato appuntamento per stasera. Mi affaccio alla finestra per vedere se è arrivato, scorgo un uomo che cammina avanti e indietro davanti al portone del palazzo, dev'essere lui, anche se dall'alto non lo vedo bene. Mi guardo allo specchio per l'ultima volta, inforco gli occhiali da sole e scendo. Mi saluta con un cenno del capo, gli dico di seguirmi, ci avviamo a piedi verso la piazza, senza dire nulla. Poiché il marciapiede è stretto non riusciamo neppure a camminare affiancati per cui sembriamo due sconosciuti che condividono la stessa direzione di marcia, uno più avanti dell'altro di mezzo metro. Svoltiamo in una stradina laterale dove c'è una pizzeria che frequento spesso, dico al cameriere di darci un tavolo per due, ci fa strada verso una saletta vuota e dice di sederci dove ci pare.

"Allora, direi di ricominciare daccapo. Io sono Marina" dico porgendo la mano. "Valerio" dice lui stringendomela, ha una presa flaccida, untuosa, mi lascia una sensazione sgradevole al palmo. Il cameriere ci serve gli aperitivi dentro calici allungati, brindiamo in modo sbrigativo, senza dire niente, sento il prosecco scendermi in gola e penso che devo stare attenta all'alcool, poso il bicchiere quasi pieno. Chiedo a Valerio di parlarmi di lui, dice che è nato qui e ci ha vissuto fino ai vent'anni passati, poi è stato parecchio in giro, Rimini, Parma, Bologna, è tornato da poco, saranno due mesi, vive da solo in un piccolo appartamento in affitto, lavora come tuttofare in un supermercato, niente di esaltante da raccontare, come posso capire. Dico che per me è la stessa cosa, conduco una vita tranquilla e monotona, lavoro in un negozio di abbigliamento, faccio notare che almeno lui è stato in giro per parecchi anni, io invece non me ne sono mai andata da qui, devo stare vicino a mia madre, è la mia palla al piede. Sembra riflettere su quella rivelazione, forse gli ha dato fastidio sentire che ho definito mia madre in quel modo, non ha capito che era solo una battuta. Glielo dico, "guarda che scherzavo, riguardo a mia madre, non lo penso affatto che sia una palla al piede". Mi racconta della sua, di madre, dice che non la vede da vent'anni, che non sa neppure se sia ancora viva, è tornata a vivere in Francia dove è nata e dove ha vissuto prima di conoscere suo padre e trasferirsi in Italia, conserva una foto in bianco e nero scattata il giorno in cui sono arrivati qui, con loro due seduti sul cofano di una cinquecento bianca col portapacchi carico di bagagli. Vorrei chiedergli perché se ne sia andata, come può riuscire una madre a staccarsi da un figlio in modo così definitivo, ma non ne ho il coraggio, lascio che valuti lui fin dove spingersi a raccontare. Ma si interrompe quasi subito come svuotato dal ricordo di quella foto, i suoi genitori giovani e pieni di speranze all'inizio della loro vita insieme, ne descrive i tratti, le pettinature e l'abbigliamento anni sessanta, ricorda di averli presi in giro ogni volta che saltava fuori da qualche scatola riempita di vecchi ricordi. E di quando l'ha cercata, prima di andarsene di casa, e di averla presa con sé, scelta tra molte altre, più recenti, dove c'erano tutti e tre, quella della prima comunione, quelle di compleanni festeggiati a casa coi parenti, o di lui quattordicenne seduto sulla vespa rossa appena comprata e loro di fianco, a sorridere all'obiettivo. Tra tutte ha scelto di prendere quella perché dice che secondo lui sprigiona una forza unica, che dai loro sorrisi e dalle loro pose si capisce quanto fossero determinati a essere felici insieme e a far sì che niente e nessuno glielo potesse impedire. Dice che in quella foto c'è l'essenza vera del loro rapporto.

Poi tace, nella saletta entrano alcune persone, restiamo zitti fino a quando non si sono seduti e diminuisce il brusio delle loro voci. Nonostante quelle confidenze mi mettano in imbarazzo, decido di incitarlo a continuare.

"E ci sono riusciti, a essere felici?" chiedo.

Lui mi guarda come se dovesse deciderlo in quel momento, se ci sono riusciti o no, come se fosse la prima volta che ci prova, a rispondere a quella domanda.

"Sono stati felici per molti anni, almeno questa è l'immagine che ho avuto di loro, fino a quando lui, mio padre, non ha conosciuto un'altra donna. All'epoca avrò avuto dieci anni, da quel momento è iniziato il declino, l'inizio della fine."

Sento i battiti del cuore accelerare nell'esatto istante in cui pronuncia quelle parole, sono come l'elemento mancante di un puzzle che consente di collegare tutti i pezzi e all'improvviso mi rendo conto di chi sia quell'uomo, il suo nome, la sua storia, quel viso che avevo già visto tanti anni fa, quella somiglianza con suo padre stampata nella genetica, persino il modo di parlare, così simile a quello di Enrico, con quella tendenza a trascinare la fine delle frasi come per non volersene separare. Riesco a non apparire turbata, mi viene in aiuto il cameriere che ci chiede se vogliamo ordinare, rispondo di sì, grazie, chiedo di portarmi una pizza margherita e una coca cola alla spina, Valerio chiede lo stesso per sé. Quando il cameriere si allontana nessuno dei due parla, mi chiedo se sappia chi sono, se mi abbia seguita per questo e quali siano i suoi scopi, dopo tutti questi anni. Fingo indifferenza per ciò che ha raccontato, dico qualcosa di banale per chiudere l'argomento, poi gli chiedo dove si trova il supermercato in cui lavora. Mentre risponde penso ad altro, paragono il suo viso di adesso a quello di quand'era un ragazzo, torno con la memoria a quel giorno lontano, quando c'era ancora la speranza che tutto andasse per il meglio e immaginavo che noi due potessimo diventare amici.

***

Il piano consisteva nell'andare a Ragioneria durante

l'intervallo, cercare la classe di Valerio, avvicinarsi facendo finta di niente, capire chi fosse e guardarlo da lontano. Non prevedevo di riuscire a parlarci, anche perché non avrei saputo cosa dire; magari un giorno ci saremmo incontrati in giro e avrei saputo che era lui, e avrei trovato il coraggio di chiedergli di diventare amici. Per sapere quale fosse la sua classe chiesi l'intervento di una mia amica che aveva una sorella più grande a Ragioneria. L'avevo istruita bene, "chiedi a tua sorella qual è la classe di Valerio Mieli, e già che ci sei chiedi anche com'è fatto, se è alto o basso, biondo o bruno, e come posso fare a riconoscerlo." Due giorni dopo la mia amica mi aveva riferito che sua sorella era scattata al solo sentirlo nominare, "Valerio Mieli? Ma hai idea di chi parli? È il ragazzo più bello della scuola!" e le aveva detto tutto quello che c'era da sapere su di lui, frequentava la quinta C, lo si riconosceva subito perché c'erano sempre un sacco di gallinelle che gli scodinzolavano dietro, era alto e bruno, portava i capelli piuttosto lunghi ma non era un capellone, aveva questi occhi verdi che ti lasciavano senza fiato, una volta ci aveva parlato anche lei, mentre aspettavano di essere serviti al bar della scuola durante l'intervallo, lui le aveva ceduto il posto nella fila e lei lo aveva ringraziato e per un attimo si erano guardati negli occhi e, porca miseria, le era sembrato che ci fosse stato qualcosa tra di loro. Decisi di muovermi l'indomani, dall'Istituto per Geometri, la scuola che frequentavo io, a Ragioneria c'erano sì e no cinquanta metri di strada, in pratica le due scuole erano inserite nello stesso complesso immobiliare, stessi orari per l'inizio e la fine delle lezioni e anche per l'intervallo, che durava venti minuti. Appena suonò la campanella corsi fuori, presi la bici, dopo due minuti ero all'ingresso di Ragioneria, salii le scale, scorsi le classi lungo un corridoio stipato da studenti chiassosi, chiesi informazioni e finalmente giunsi davanti alla porta della quinta C. Fuori dalla classe c'erano alcune ragazze che ridevano guardando delle foto, se le passavano l'una con l'altra e facevano commenti sguaiati e osceni, mi avvicinai alla porta per guardare dentro, Valerio poteva essere lì o chissà dove, di sotto al bar, in giro per i corridoi, in bagno. L'interno della classe era quasi deserto, difficile che qualcuno preferisse restare lì a respirare l'aria viziata anche durante l'intervallo, comunque nessuno di quelli che vidi corrispondeva alla sua descrizione.

Decisi che mi sarei seduta da qualche parte ad aspettare, sperando che nessuno mi chiedesse chi fossi e cosa ci facessi lì, quando sentii un ragazzo gridare: "Mieli, testa di cazzo, ti decidi a venire o devo andare da solo?!"

Era un tipo piuttosto basso e massiccio, con i capelli ricci e un'abbronzatura artificiale che lo faceva apparire giallognolo, indossava una maglietta a maniche corte che ne metteva in risalto i muscoli delle braccia e un grande tatuaggio a forma di unicorno localizzato sulla spalla destra. Seguii la direzione delle sue imprecazioni e vidi un gruppetto di ragazzi in piedi davanti alla porta della quarta C, la classe adiacente a quella di Valerio, lui era in mezzo a loro, lo sentii gridare che stava arrivando, poi lo vidi salutare tutti con gesti ampi delle braccia e avviarsi verso il tipo basso, che lo aspettava con le mani sui fianchi come se dovesse decidere la punizione da infliggergli per averlo fatto aspettare. Nel raggiungere il suo amico mi passò davanti, potei guardarlo per alcuni secondi, era davvero bello come aveva detto la sorella della mia amica, camminava con una lentezza che addosso ad altri mi sarebbe parsa esasperante mentre a lui si addiceva, come se fosse uno strumento per permettere al pubblico femminile della scuola di osservarlo meglio, con quei capelli scompigliati che gli ricadevano sulle spalle, lo sguardo fisso in avanti deciso a ignorare tutto e tutti, l'espressione un po' sbruffona di chi sa di piacere e può permettersi di dispensare sorrisi col contagocce. I due si avviarono lungo il corridoio, per un attimo pensai di seguirli, poi ci ripensai, mi incamminai a passo svelto verso le scale, calcolando che forse sarei tornata in classe in tempo per la ripresa delle lezioni.

In seguito immaginai spesso di incontrarlo, mi sorprendevo a cercarlo in mezzo alla gente quando mi trovavo in posti affollati e a paragonarlo ad altri ragazzi molto belli che mi capitava di vedere dal vivo o in televisione. Ma non lo rividi più, né riuscii a convincere Enrico a farmelo conoscere. A dire il vero dopo qualche mese smisi completamente di pensarci.

31. Riccardo

Oggi è il giorno dell'inaugurazione del negozio di Giulia, ci stiamo andando insieme, Valerio e io, dopo che con grande fatica sono riuscito a convincerlo ad accompagnarmi.

Dal nostro primo incontro in studio non ci siamo più visti, abbiamo parlato molto al telefono, lunghe conversazioni tra commercialista e cliente, e ci siamo scambiati varie e-mail di lavoro che si chiudevano tutte con saluti affettuosi. Ieri sera le ho mandato un sms con cui annunciavo che Melissa non poteva venire all'inaugurazione a causa di un impegno di lavoro, che però avevo reclutato Valerio, inoltre le auguravo in bocca al lupo e le scrivevo che mi aveva fatto molto piacere rivederla, dopo tutti questi anni. Avevo poi aggiunto "sei bella come allora" ma poi ho cancellato e ho inviato il messaggio senza questa parte. Lei mi ha risposto con un semplice "grazie, un bacio" che mi ha lasciato un vago senso di delusione.

Entriamo nel negozio accolti da un paio di bambine che ci consegnano un opuscolo plastificato, è una specie di brochure che ha fatto fare Giulia e di cui mi aveva parlato; nonostante le avessi sconsigliato di spendere soldi in quel modo, poiché a mio parere nessuno l'avrebbe letta, vedo che ha fatto di testa sua. Ci metto un po' a capire che le bambine sono le figlie di Max, chiedo loro se sono venute a dare una mano alla zia, fanno sì con la testa. Dentro c'è poca gente, qualche curioso capitato per caso, un paio di amiche di Giulia che la stanno riempiendo di complimenti per il gusto con cui ha arredato gli interni, lei ci ha visto e sta aspettando il momento buono per sganciarsi, alla fine chiede scusa e ci viene incontro. Ci bacia entrambi, dice che è felice di vederci, si sofferma un po' di più su Valerio che non vede da una vita, per alcuni minuti portano avanti una conversazione piena di imbarazzo e frasi spezzate, finché un uomo molto distinto non cattura l'attenzione di lei che ci chiede scusa e si dedica al nuovo arrivato, invitandoci a mangiare qualcosa. Ci avviciniamo al tavolo imbandito, poiché non ho fame mi limito a bere coca cola in un bicchiere di carta, Valerio si sofferma a osservare e non prende nulla, ho notato che ha uno strano rapporto col cibo, esserne rimasto privo così a lungo deve avergli inculcato una sorta di rispetto, come se temesse di sprecarlo, o forse di non esserne degno.

Per un paio di ore c'è un via vai di persone che, nel complesso, sembrano più interessate a nutrirsi che ai vestiti, qualcuno vince gli indugi e compra qualcosa, Giulia pasticcia col registratore di cassa e mi chiama in soccorso, festeggiamo il suo primo scontrino con un brindisi a base di succo di frutta. Poi la sera incombe, se ne sono andati quasi tutti, è passato Max a prendere le bambine, ne abbiamo approfittato per fumarci una sigaretta fuori dal negozio, ha detto che sua sorella, ora che si è liberata di quello stronzo di suo marito, avrebbe bisogno di un uomo perbene, uno come voi due, ha precisato indicandoci, a Valerio e a me, e non ho capito se ci credesse davvero o fosse una delle sue battute decisamente fuori luogo.

***

Ci incontrammo in un pub del centro, Giulia e io eravamo arrivati da un quarto d'ora quando si presentaro-
no loro due, Valerio e la sua ragazza, una che non avevo
mai visto. Si sedettero al nostro tavolo, ci furono
presentazioni, scoprimmo che lei si chiamava Irene, era
una sua "amica di vecchia data", e non smetteva mai di
sorridere, si capiva al volo che era felice di essere lì, che
aveva una cotta per Valerio. Siccome la conversazione
non decollava si continuò per un po' a parlare di quella
loro amicizia, fui io a sollecitare i dettagli, anche perché
ero curioso, venne fuori la storia dei loro genitori che
avevano studiato insieme, degli incontri a casa dell'uno
o dell'altra fin da quando erano piccini, del fatto che
ultimamente avevano scoperto di avere molto in comune, soprattutto in fatto di gusti musicali, e siccome
non si vedevano da un po' lui aveva deciso di invitarla
a uscire.

"Chissà..." disse poi alzando il braccio per chiamare
il cameriere, "magari prima di mezzanotte ci saremo
messi insieme."

A quelle parole le guance di Irene diventarono rosso
fuoco, io feci finta di nulla, poi siccome nessun altro
parlava dissi che mi sembrava una buona idea, che secondo me potevano essere una bella coppia. Giulia non
aveva ancora fiatato da quando erano arrivati, la sol-
lecitai a essere d'accordo con me, lei si limitò ad annuire
poco convinta, prese in mano il menù come se dovesse

decidere cosa ordinare anche se in realtà prendeva sempre il solito succo di frutta alla pera. Anche Irene se ne stava muta e pensierosa, probabilmente era preoccupata per come sarebbe finita la serata, per quella sorta di promessa di Valerio, ipotizzava scenari e parole da dire e gesti da compiere. Quindi eravamo noi, Valerio e io, a monopolizzare la conversazione, e lo facevamo senza problemi, felici di rivangare episodi della nostra infanzia, colorandoli con varianti pensate sul momento allo scopo di renderli più interessanti, ghignando di gusto al ricordo delle battute che erano state fatte allora e che venivano ripetute col tono giusto, con la mimica adatta. Andammo avanti per tutta la sera, indifferenti agli sguardi neutri delle ragazze che, dopo i nostri vaghi tentativi di coinvolgimento, soprattutto verso Giulia che ad alcuni di quegli episodi era stata presente, seppur da bambinetta piagnucolosa e tenuta in disparte, erano sprofondate in un'apatia senza ritorno che solo la conclusione della serata avrebbe potuto alleviare. Giulia, in particolare, non faceva nulla per nascondere la noia, giocava con la cannuccia rovistando sul fondo del bicchiere semivuoto, faceva ampi e prolungati sbadigli e si guardava frequentemente attorno come se cercasse qualche volto amico a cui aggrapparsi per un saluto che la liberasse, anche per poco, dal supplizio della nostra compagnia. Se le chiedevo se fosse tutto ok lei rispondeva con un sorriso e un'alzata di spalle, come per dire "ma certo, perché non dovrebbe" e poi tornava a eclissarsi, inerme. Irene, dopo essersi mostrata a lungo interessata ai nostri racconti, aveva finito per stufarsi, si era rivolta a Giulia cercando di coinvolgerla in argomenti alternativi ma otteneva solo risposte a monosillabi, peraltro pronunciate con evidente sforzo, facendo procedere la conversazione in modo così stentato da indurre l'altra a desistere. Io continuavo a parlare, indifferente a tutto, sopraffatto dalla felicità di essere lì, a condividere quella serata con la ragazza dei miei sogni e il mio migliore amico, immune a qualsiasi muso lungo o espressione insoddisfatta, deciso a far passare il tempo senza preoccuparmi troppo, godendomi ogni istante. Fu Giulia a tapparmi la bocca e lo fece in senso letterale, con un lungo e appassionato bacio che mi sorprese quasi quanto quello di ferragosto, un bacio al sapore di succo di frutta a cui risposi con l'immutato entusiasmo e la solita erezione istantanea. Pur non guardandoli percepivo la sorpresa e la perplessità di Valerio e Irene, probabilmente si chiedevano se fosse il caso di dire o fare qualcosa, magari alzarsi e lasciarci soli, andare a decidere se fosse il caso di mettersi insieme sull'onda di quella manifestazione di passione così evidente e prolungata.

"Scusate, non resistevo alla voglia di farlo" disse Giulia dopo aver posto fine a quello che forse era stato il bacio più lungo che ci eravamo scambiati fin lì.

"Non c'è bisogno di scusarsi" disse Valerio, "ogni nuova coppia dovrebbe baciarsi con quella passione, si vede che siete destinati a durare."

Stavo per dire che ero d'accordo con lui e ringraziarlo per quello che avevo percepito come un complimento, ma venni preceduto da Giulia, che parlò con un tono insolitamente alto, sfottente, senza guardare nessuno di noi ma riprendendo il giochino della cannuccia. "Ma certo che siamo destinati a durare, lo sappiamo da noi, non c'è bisogno che ce lo dici tu."

Seguì un silenzio che sembrò amplificare i rumori del locale, il chiacchiericcio degli altri tavoli, la musica di sottofondo, il lavorio di bicchieri e bottiglie dietro il bancone del bar. Sentivo di dover dire qualcosa in difesa di Valerio, farfugliai parole confuse sul senso di quello che aveva detto, provai a spiegare a tutti che forse c'era stata un'incomprensione, e per cambiare argomento chiesi a Irene di parlarci della sua carriera di schermitrice. Lei attaccò timidamente a raccontarci di come avesse iniziato, da piccola, e di quanto si fosse appassionata a quello sport, ma non poté proseguire oltre perché Giulia si alzò in piedi e mi disse che era ora di andare, si era fatto tardi e lei moriva di sonno. Ci salutammo velocemente mentre venivo trascinato fuori, avrei voluto scusarmi con loro per il comportamento poco educato di Giulia, mi ripromisi di farlo alla prima occasione. Fuori dal locale, mentre salivamo sulla mia vespa, le dissi che mi dispiaceva che la serata fosse andata male, che avrebbe fatto meglio a dirmelo se non aveva voglia di uscire, avrei telefonato a Valerio e rimandato a un'altra volta, poi rimasi in attesa di una sua risposta, una giustificazione capace di farmi comprendere il motivo di quell'atteggiamento così sgarbato. Ma non ottenni nulla, solo un rapido bacio scambiato davanti al cancello di casa sua e un saluto sbrigativo prima di svicolare rapida lungo il vialetto di accesso, aprire e poi richiudere il portone di ingresso dietro di sé, sfuggente come un animale braccato che riesce a nascondersi nella propria tana, finalmente al sicuro.

32. Valerio

Rivedere Giulia dopo tutti questi anni mi ha fatto un effetto strano, piacevole senz'altro ma con una punta di malinconia, come sempre mi succede con le cose del passato. È ancora bella, anche se il suo viso ombrato lascia trasparire le pene sofferte negli ultimi tempi. Riccardo mi ha raccontato del suo matrimonio fallito, mentre ascoltavo non ho potuto fare a meno di pensare che se uno di noi due si fosse preso cura di lei forse avrebbe sofferto meno. È un'idea folle ma mi lascia l'amaro in bocca, un vago senso di colpa che mi mette a disagio, che quasi mi induce a chiederle scusa quando me la trovo davanti e la guardo mentre mi viene incontro e mi abbraccia, e percepisco un'emozione autentica nei suoi occhi, è davvero felice di vedermi. Parliamo un po' ma non può dedicarci troppo tempo, la chiamano da varie parti del negozio, ci invita a mangiare qualcosa. Valerio e io ci guardiamo intorno, un po' spaesati, quasi gli unici maschi in un ambiente di donne e ragazze che guardano gli abiti e gli accessori sistemati negli scaffali, fanno commenti a bassa voce, chiedono informazioni su prezzi e marche. Sarà per colpa di quello o per la presenza di Giulia ma non riusciamo a far decollare alcun dialogo, lanciamo spezzoni di frasi e le lasciamo sospese sperando che sia l'altro a continuare e a prendersi la briga di superare quella sorta di imbarazzo tardivo che ci ha colti di sorpresa a quasi tre mesi dal nostro incontro per le strade di Rimini. Forse stanno emergendo ricordi sopiti fino a oggi, forse ha fatto male Riccardo a dirmi di venire qui, a incontrare la donna che ci ha divisi allora, o forse ho fatto male io ad accettare di farlo. Per cui ci trasciniamo per un paio d'ore lungo questo pomeriggio autunnale pieno di vento e di foglie secche, fino a quando ci sembra di poter salutare e tornarcene a casa. Giulia è alle prese con una coppia di mezz'età composta da una moglie impellicciata e da un marito logorroico che non accenna a interrompere un inutile monologo sull'opportunità di sviluppare un commercio eco sostenibile, Riccardo le fa un cenno che significa che stiamo per andare, lei si scusa con la coppia e ci viene incontro, sembra esausta, ha l'aria di non poterne più di sorrisi e saluti e discorsi ripetuti all'infinito con ogni faccia che le si è presentata innanzi per tutto il pomeriggio.

"Ragazzi, non siamo riusciti a parlare per niente" dice con voce delusa, "perché non ci vediamo una sera di queste, così facciamo quattro chiacchiere con calma?"

Mentre dico che per me va bene, Riccardo guarda l'orologio, sembra valutare qualcosa, dice che potremmo aspettarla, andare a farci una pizza dopo la chiusura del negozio. Lei sembra sorpresa ma reagisce subito, dice che sarebbe fantastico, entrambi guardano me, mi limito a dire okay, anche se mi sembra una pessima idea, il protrarsi di una situazione strana. Aspettiamo una mezz'ora fuori, poi Giulia esce insieme agli ultimi clienti, li saluta e si avvicina, Riccardo fa cenno che andiamo con la sua auto e un attimo dopo siamo a bordo, lui al volante, lei al suo fianco, io dietro.

Dopo un breve tragitto durante il quale facciamo commenti positivi sull'inaugurazione, entriamo in un ristorante del centro, ci sediamo a un tavolo d'angolo, brindiamo al negozio di Giulia sollevando calici pieni di un ottimo champagne scelto e ordinato da Riccardo dopo un lungo esame della lista dei vini. "Ma non dovevamo farci una pizza?" chiede lei sorridendo, Riccardo risponde che l'occasione è più da ristorante di classe, che bisogna festeggiare per bene, non capita tutti i giorni di inaugurare un negozio. Per sottolineare quelle parole facciamo un altro brindisi, io aggiungo che brindiamo anche al fatto di esserci rivisti dopo tanto tempo, loro annuiscono e mandano giù lo champagne.

"Allora, ragazzi…" dice Giulia, "come ve la passate? Parlatemi un po' di voi, cosa avete fatto in tutto questo tempo?"

Sento come una fitta allo stomaco, è la classica domanda a cui non voglio rispondere, Riccardo mi precede e comincia a raccontare di come abbia fatto esattamente quello che ci si aspettava da lui e questa cosa a volte lo tormenta. Lo dice sorridendo ma credo che succeda davvero, una parte di lui vorrebbe uscire dai binari di quella vita perfetta, ordinata, concedersi qualche pazzia. Racconta degli anni passati all'università, del praticantato presso lo studio del padre e del successivo passaggio di consegne, dell'incontro con Melissa a casa di amici comuni, del matrimonio, del loro prodigarsi per avere un figlio senza risultati, unico neo di un percorso limpido verso la beatificazione, dice ridendo, anche se questa cosa del figlio che non riescono ad avere ho il sospetto che gli pesi parecchio, e che sotto sotto stia erodendo la serenità della coppia. Giulia prende la parola, nel frattempo sono arrivati gli antipasti, ha ordinato Riccardo per tutti dando sfoggio di una conoscenza non comune di cibi e abbinamenti.

"Dopo il diploma ho cominciato a lavorare come impiegata in un'agenzia di viaggi, mi piaceva, aiutavo le persone a realizzare i loro desideri, ogni tanto mi spedivano a visitare i luoghi splendidi che poi dovevo consigliare ai clienti, qualcuno mi mandava cartoline di ringraziamento che conservavo in bella vista nella mia postazione e che usavo come argomento di vendita. Un giorno mi capita davanti questa coppia, cercano un posto romantico dove trascorrere una settimana di vacanza, lei vorrebbe una città d'arte mentre lui è più orientato verso l'isola tropicale, cerco di metterli d'accordo consigliando località di mare in cui ci siano anche dei siti culturali, alla fine decidono per Barcellona, compiliamo le carte e ci salutiamo, il viaggio è per la settimana seguente, rimaniamo che lui passa il giorno dopo a saldare e a ritirare i documenti. Il tipo si presenta verso l'ora di chiusura, mi dice che la sera prima, dopo essere usciti dall'agenzia, lui e la sua ragazza hanno litigato di brutto, non ricorda neppure il motivo ma il fatto è che sull'onda degli insulti hanno finito per lasciarsi, gli dico che forse potranno fare pace, che il viaggio sarebbe il modo migliore per riuscirci, ma lui ribatte che non c'è verso, che il rapporto era logorato da tempo e hanno deciso di metterci una pietra sopra. Dico che non c'è problema, disdico la prenotazione. Lui sembra pensarci un po' su, poi mi chiede di non farlo, di limitarmi a sostituire il nome della sua ragazza con quello di un'altra. Va bene, dico, guardare avanti è un'ottima cosa, e lo invito a dirmi il nome della fortunata. Lui fissa il cartellino che ho appuntato al petto con su scritto il mio nome e cognome e lo scandisce come se fosse uno straniero che sta imparando l'italiano. Lo guardo con un mezzo sorriso, penso che a quell'ora della sera, con la saracinesca dell'agenzia mezza abbassata, non ho proprio voglia di scherzare.

"Facciamo così" dico armandomi di pazienza, "io adesso disdico la prenotazione, mentre tu vai dal fiorista qui vicino e compri un bel mazzo di rose rosse, le porti alla tua ragazza e poi fate pace. Se decidete di fare il viaggio tornate qui e ne parliamo. Che ti sembra?"

Lui scuote la testa, dice qualcosa che ha a che fare con il mio assurdo rispetto per le convenzioni, per la mia mancanza di coraggio, io lo ascolto distrattamente, ho voglia di chiudere e andare a casa, farmi una doccia e guardare la TV, addormentarmi sul divano. Finalmente se ne va, mi chiede di pensarci, di non annullare la prenotazione fino all'indomani, che se cambio idea non devo neppure chiamarlo, ci incontriamo all'aeroporto il giorno della partenza.

Non so cosa mi sia successo, forse quella sera trasmettevano un film romantico alla TV, forse mi sono sentita gratificata da quella proposta assurda, di certo ha giocato il fatto che lui, Fabrizio, era ed è tutt'ora un bell'uomo; fatto sta che quella notte mi sono rigirata nel letto per ore e mi sono sorpresa a valutare l'idea di partire. Il mattino dopo avevo deciso che sì, l'avrei fatto, mi sarei concessa quella pazzia. Ho smesso di pensarci forse temendo di cambiare idea, che la mia parte razionale tornasse a prendere il sopravvento, ho chiesto una settimana di ferie al mio capo e ho sperato che mi dicesse di no, quando ha detto non c'è problema gli ho chiesto se era proprio sicuro, come aggrappandomi a quell'ultimo ostacolo, ma lui ha annuito e si è messo a fare qualcos'altro, argomento chiuso, ferie concesse. Ho pensato che se poi cambiavo idea mi sarei chiusa in casa per sette giorni con una pila di libri da leggere e il telefono staccato. Poi è arrivato il giorno della partenza, mi sono svegliata all'alba, ho messo le ultime cose in valigia e ho guidato verso Bologna lungo l'autostrada deserta del primo mattino. Mentre entravo in aeroporto ho immaginato che fosse lui ad aver cambiato idea, che non sarebbe venuto o magari che si fosse presentato insieme alla sua fidanzata, che avessero fatto pace e si fosse dimenticato di dirmelo. Mi sono diretta verso il check-in col cuore che mi batteva forte, c'erano solo poche persone, il grosso dei passeggeri doveva ancora arrivare, mi sono messa da una parte per non intralciare la fila, ho puntato lo sguardo verso il corridoio da dove sarebbe entrato lui, il mio compagno di viaggio di cui conoscevo il nome e poco più, ho visto arrivare perfetti sconosciuti, comitive, famiglie con bambini assonnati, uomini d'affari, a tutti ho ceduto il posto facendo cenni e sorrisi, sto aspettando qualcuno, andate avanti voi. Poi l'ho visto, avvicinarsi con passo affrettato, portava uno zaino in spalla, gli occhiali da sole, l'ho osservato mentre mi cercava tra la folla, ho colto l'attimo in cui mi ha vista, ha sorriso, ha detto qualcosa tra sé, muovendo leggermente le labbra, mi è venuto incontro, mi ha dato un bacio sulla guancia, ha detto grazie di essere venuta. Io mi sono limitata ad annuire, nervosa com'ero non riuscivo a fare altro, mi ha fatto cenno di precederlo lungo la fila dei passeggeri, abbiamo fatto il check-in senza dire nulla, siamo saliti sull'aereo scambiando poche frasi di circostanza, come fossimo colleghi di lavoro che devono condividere una missione all'estero. Poi c'è stato il decollo ed è stato come entrare in un altro mondo, lassù, lontano dalle nostre case e dalle nostre famiglie e dalle nostre vite, c'eravamo solo noi e non importava se ci conoscessimo poco o quasi per niente, eravamo giovani e stavamo andando in un posto bellissimo e lo stavamo facendo insieme. In quel momento ho capito che avevo fatto la scelta giusta."

Mentre Giulia racconta guardo l'espressione di Riccardo, le mani incrociate coi gomiti appoggiati al tavolo, lo sguardo fisso su di lei, l'espressione assorta, le sopracciglia leggermente incurvate a suggerire un certo fastidio per ciò che sta sentendo. Lei, Giulia, parla tenendo gli occhi bassi, sembra quasi ignorare la nostra presenza, se ce ne andassimo continuerebbe a raccontare quella storia fino alla fine, un atto liberatorio di cui sente la necessità.

Per quanto mi riguarda ascolto tutto con un certo distacco.

Non riesco a smettere di pensare a Marina.

***

La sera dell'uscita a quattro con Riccardo e Giulia,

dopo che loro due se ne andarono dal locale, Irene e io decidemmo di metterci insieme. Fu proprio così, una decisione presa dopo averne parlato davanti a una birra per me e una coca cola per lei, nessuna dichiarazione d'amore e nessun bacio appassionato, solo la constatazione che ci piacevamo a vicenda e che sarebbe stata una buona idea, quindi perché non farlo? Suppongo che fu per il fatto che ci conoscevamo da sempre, ci sarebbe sembrato strano cominciare a baciarci senza aver prima chiarito le cose, da quel giorno non saremmo più stati amici ma qualcosa di più, avremmo avuto una storia.

In circostanze normali non mi sarei neppure sognato di raccontare a mia madre che mi ero messo insieme a una ragazza ma in quel caso, dato che la ragazza in questione era Irene e dato che lei, mia madre, non usciva da giorni dalla sua stanza da letto, mi ritrovai al mattino presto a bussare alla sua porta gridando che c'erano novità importanti. Una voce flebile mi invitò a entrare, "solo non accendere la luce, ti prego" disse con tono leggermente più alto e non ci fu bisogno di spiegare il motivo di quella richiesta, il solito mal di testa, lo stesso che l'aveva colpita settimane prima, quando mio padre aveva fatto le valigie e se n'era andato di casa. Lasciai la porta socchiusa per avere un po' di luce, orientarmi fino al letto schivando gli oggetti sparsi sul pavimento, i vasi di terracotta, le sculture di legno africane, altri arnesi che mio padre aveva raccattato in varie parti del mondo e che, non avendo trovato posto in altri angoli della casa, erano finiti esposti in mensole e ripiani della camera da letto e che ora giacevano inerti sul parquet in conseguenza di uno scatto d'ira di mia madre che, sospettavo, non ne aveva mai sopportato la presenza. Mi sedetti a bordo letto, allungai una mano per accarezzarle una gamba ma subito la ritrassi imbarazzato, lei continuava e restare ferma, distesa, il viso girato dall'altra parte come se anche lo spiffero di luce generato dall'apertura della porta le risultasse insopportabile.

"Mamma" sussurrai, "devo dirti una cosa, io e Irene ci siamo messi insieme."

Restai in attesa di una sua reazione che non arrivava, "non sei contenta?" chiesi avvicinandomi, pronto a ripetere la notizia pensando che forse non aveva sentito.

"Tu e Irene? Ma certo, ma certo, sono molto contenta, devi dirlo a tuo padre, lui insisteva che ti dicessi di frequentarla, che sareste stati una bella coppia. Va a trovarlo e diglielo." Dissi che ci avrei pensato, "magari uno di questi giorni ci vado" aggiunsi. La invitai ad alzarsi, le chiesi se volesse qualcosa da mangiare, rispose scuotendo la testa, poi mi chiese di chiudere la porta, uscendo. Quand'ero sull'uscio sentii che aveva detto qualcosa, chiesi di ripetere che non avevo capito.

"Andateci insieme, da tuo padre. Tu e Irene. Ditegli che deve tornare a casa." Capii che stava piangendo, mi affrettai a rispondere che l'avrei fatto e richiusi la porta, quasi sbattendola. Sentivo una rabbia incontenibile crescermi dentro e non capivo se era indirizzata verso mio padre che ci aveva lasciati o verso la donna con cui aveva iniziato una relazione o verso mia madre che si stava lasciando morire di dolore. Poi mi resi conto che, seppure in modi diversi, stavo cominciando a odiarli tutti.

33. Marina

Mi domando cosa abbia spinto Valerio Mieli a cercarmi, cosa voglia da me, ma non ho avuto il coraggio di chiederglielo, non quella sera in pizzeria, quando ci siamo conosciuti, e neppure nelle tre o quattro volte che ci siamo rivisti al bar di fronte a casa mia. Praticamente ci vive, dentro quel bar, e non capisco se ci vada sperando di incontrarmi o perché gli piacciono i panini di Dennis. Comunque ora che siamo amici non posso certo far finta di non vederlo quando entro a ritirare la posta, ogni tanto mi siedo con lui e mi offre da bere, parliamo del più e del meno, forse si aspetta che lo inviti a casa, magari gli piaccio. Ogni volta mi chiede di togliere gli occhiali da sole ma anche se l'ematoma è quasi sparito continuo a portarli e gli dico che non ci penso proprio, che se la cosa gli crea fastidio può andare a farsi fottere, ma lui capisce che scherzo e ci ride sopra. A ogni modo ho deciso che devo scoprire che intenzioni ha, quindi oggi gli farò alcune domande. Entro nel bar subito dopo essere tornata dal negozio, dentro ci sono Valerio e altri due clienti, una coppia di anziani che si divide una bottiglia d'acqua, appoggiate alle sedie vuote del loro tavolo ci sono vari opuscoli che sbucano da cartellette di plastica, mi fanno pensare ai testimoni di Geova. Saluto Dennis con un cenno del capo, poi rivolgo l'attenzione a Valerio, gli chiedo se ha impegni per pranzo. Lui alza il panino che ha già mor-

sicato per metà e neppure mi risponde, gli chiedo se per
una volta non gli andrebbe un pranzo vero, che potremmo andare su da me, potrei cucinare qualcosa io.
Lui mi guarda stupito, ci pensa un po' poi chiede a
Dennis un pezzo di alluminio per alimenti, ci avvolge
ciò che resta del panino e se lo porta via, insieme alla
bottiglietta d'acqua mezza vuota. Un minuto dopo siamo a casa mia, gli dico di mettersi comodo, di accendere
la TV, dalla cucina gli chiedo se gli piace la pasta al po-
modoro, lui risponde che è il suo piatto preferito, "dopo
i panini di Dennis" aggiunge.

Apparecchio il tavolo in salotto, lui insiste per
aiutarmi, gli dico che in frigo c'è una bottiglia di vino,
può aprire quella mentre finisco di preparare. Prende la
bottiglia, mi passa accanto mentre controllo la cottura
della pasta, si ferma dietro di me, mi giro di scatto allarmata, lui arretra, poi allunga una mano verso il cassetto delle posate, "il cavatappi" dice frugando, finché
lo trova e lo tira fuori, mostrandomelo come se fosse un
trofeo. Gli sorrido e scuoto la testa, "è quasi pronto" dico assaggiando gli spaghetti. Ci sediamo a tavola, lui
dice buon appetito e versa il vino nei bicchieri, io dico
cin cin e butto giù un sorso, poi iniziamo a mangiare.
Per un po' mangiamo in silenzio, lui dice che sono buo-
nissimi, io ribatto che sono solo spaghetti, che magari
un'altra volta mi organizzo per tempo e gli preparo
qualcosa di serio e per un po' parliamo di cibo, di cosa
ci piace e di cosa non sopportiamo. Dopo aver finito la
pasta sembriamo aver esaurito anche gli argomenti,
verso altro vino nei bicchieri, lui mi fa cenno che non ne
vuole, decido che è arrivato il momento.

"Parlami un po' della tua famiglia" dico senza guardarlo, lui si ferma a fissarmi, lo percepisco quello sguardo anche se faccio finta di pulire una macchia di sugo nella tovaglia.

"Cosa vuoi sapere?" chiede.

"Hai detto che sono stati felici fino a quando tuo padre si è innamorato di un'altra donna, dimmi di più."

"Non c'è molto da dire, è successo e basta. I miei hanno cominciato a litigare, poi lui se n'è andato di casa, mia madre non ha sopportato la situazione e si è ammalata, io sono andato a pregarlo di tornare e lui ha accettato, ma la nostra vita non è mai più stata la stessa, solo una fotocopia sbiadita di quella di prima. Perché ti interessa?"

"Perché anche a me è successa una cosa simile, molti anni fa mia madre si è innamorata di un uomo sposato, lei non aveva marito quindi niente scene di gelosia, solo la segreta speranza che lui lasciasse la famiglia per stare con noi, che facesse una scelta definitiva."

"E com'è finita. Ha scelto?"

"No. Non ce l'ha fatta."

Mi guarda come se volesse che dicessi altro, sembriamo due giocatori di poker che cercano di scoprirsi le carte a vicenda.

"Devo andare al lavoro" dice, "grazie per il pranzo."

Poi si alza e se ne va. Io rimango seduta per un po', a guardare due piccioni appollaiati sulla ringhiera del balcone, penso che di sicuro imbratteranno tutto come al solito. Poi mi alzo e comincio a sparecchiare.

***

"Mia moglie non sta bene, devo tornare a vivere con lei."

Disse così, dopo che mi aveva chiesto di sedermi accanto a lui sul divano, e immaginai che avesse usato quelle stesse parole per annunciare la notizia a mia madre, pochi minuti prima, dopo averla invitata a seguirlo nella stanza da letto, dove lei certamente si era limitata ad annuire, magari aveva biascicato anche qualche parola di comprensione, lei che era sempre disposta ad accettare tutto, che per l'ennesima volta si ritrovava a subire le scelte degli altri.

"E a noi non ci pensi?" gridai in lacrime, poi mi alzai in piedi e corsi via, non volevo sentire risposte vuote, vaghe promesse che non sarebbero state mantenute, corsi fuori, presi la bici e pedalai più forte che potevo fino a non poterne più, pedalavo e maledicevo quell'uomo per averci tradite, maledicevo sua moglie perché stava male e maledicevo pure mia madre perché non era stata capace di darmi un padre, solo illusioni e nient'altro. Passai il resto della giornata da sola, vagando per strade di campagna polverose, fermandomi a bere alle fontane e sdraiandomi su prati erbosi a bordo di campi coltivati, nelle vicinanze di case coloniche da dove sentivo provenire le voci di uomini e donne impegnati nelle attività lavorative. In testa avevo solo idee confuse, un vago desiderio di rivalsa che un po' mi spaventava perché sapevo essere indirizzato all'uomo che fino a poche ore prima avevo considerato il mio papà adottivo. Cercavo di convincere me stessa che non era colpa sua, come tutti gli adulti era obbligato a fare delle scelte, anche mia madre doveva accettare di essere innamorata di un uomo che non avrebbe mai avuto solo per sé. Al tramonto rimontai sulla bici e mi diressi verso casa. Giunta nei pressi dell'entrata del parco urbano mi venne in mente che lì ci abitava un certo Ettore, mio compagno di scuola ripetente, un tipo assurdo che passava tutto il tempo in classe a mandare messaggi erotici alle ragazze, un vero fissato. Nessuna di noi lo prendeva sul serio, ci limitavamo ad appallottolare i biglietti senza neppure leggerli, salvo poi sentirli ripetuti a gran voce da altri compagni maschi che li avevano raccolti dal cestino e imparati a memoria e che si esibivano in squallide interpretazioni fatte di sconcezze mimate mentre altri maschi ghignavano divertiti. Un giorno ci aveva invitati a casa sua per una festicciola in giardino, era una bella casa situata proprio di fronte all'entrata del parco, una vasta area verde localizzata nel cuore della città che nella bella stagione si riempiva di famiglie che vi trascorrevano i pomeriggi domenicali mentre nel resto della settimana era frequentato per lo più da anziani e mamme con bambini piccoli, e coppie di innamorati che si baciavano nascosti nell'ombra di alberi secolari. Senza pensarci indirizzai la bici verso la casa di Ettore, sbirciai in giardino sperando di avvistarlo ma non c'era anima viva, rimasi per qualche secondo a riflettere sul da farsi, valutai di suonare il campanello ma poi decisi di andarmene. Stavo facendo inversione di marcia quando me lo trovai di fronte, a cavallo del suo Malaguti che pur essendo un cinquantino pareva enorme, spense il motore e mi guardò con un sorrisetto da furbo.

"Marina Cipressi, che ci fai da queste parti?" chiese aggiustandosi i capelli. Non era brutto, anche se un'acne invadente gli deformava la faccia rendendola asimmetrica, e neppure una barba abbozzata serviva a nasconderne gli effetti, chiazze rosse in rilievo sparse sulle guance e sul collo, più marcate sulla parte sinistra, come se in un impeto di sofferenza avesse deciso di grattarsi quel lato accrescendone l'infiammazione.

"Ti cercavo" dissi, poi mi guardai intorno per accertarmi che fossimo soli. "Volevo vedere se eri capace di farmi quelle cose che hai scritto."

Ettore cambiò espressione, sembrò allarmato, poi tornò a sorridere e mi puntò il dito contro.

"Sì, bello scherzo, dove sono gli altri, eh? Ragazzi venite fuori, non ci casco."

Scossi la testa, dissi che non c'era nessun altro, eravamo solo io e lui, era la sua occasione per dimostrare di non essere un cagasotto. Sembrò valutare la cosa, spostò il peso da un piede all'altro sostenendo la moto, guardò in direzione del parco come se stesse preparando un piano, "aspettami qui" disse, ed entrò nel cortile di casa. Lo sentii sul retro mentre parlava con qualcuno, diceva che avrebbe fatto una passeggiata, che sarebbe tornato entro un'ora, poi lo vidi riapparire, camminava impettito verso di me, percepivo un'ombra di nervosismo dietro quel sorriso ostentato. Avevo scelto lui perché si diceva che avesse fatto sesso più di una volta con un paio di ragazze della sua vecchia classe, prima di venire bocciato, e prima che l'acne lo rendesse molto meno attraente, costringendolo a un'esistenza di fantasie lanciate sotto forma di biglietti. In realtà non ci avevo riflettuto molto, ero andata lì spinta da un desiderio di trasgressione che, immaginavo, sarebbe servita a placare la mia rabbia, in una sorta di vendetta verso il mondo degli adulti, volevo smettere di essere la brava ragazza diligente e composta, sarei stata una delusione per loro come loro lo erano stati per me, la figlia problematica a cui dedicare le attenzioni, a cui serviva la presenza di un padre. Ettore mi prese per mano, "andiamo, conosco un posto fantastico" disse. Ci incamminammo verso l'entrata del parco, sembravamo una coppia di fidanzatini. Capii che quella cosa stava accadendo per davvero, Ettore non s'era tirato indietro come forse avevo immaginato e sperato. Mentre camminavamo verso il posto fantastico che lui conosceva sentivo il cuore battermi forte nel petto. E speravo che tutto finisse prima possibile.

34. Riccardo

Mentre ascoltavo il racconto di Giulia sentivo una crescente irritazione che non riuscivo a spiegare. Cosa avrebbe dovuto importarmi delle disavventure sentimentali di quella donna che da tanti anni era uscita definitivamente dalla mia vita? Eppure sentendola descrivere il modo bizzarro in cui aveva conosciuto il suo futuro marito, immaginandola persa nella passione di quella vacanza a Barcellona, mi sorpresi a provare un fastidio pungente che mi costringeva a movimenti continui sulla sedia, ad aggredire il cibo quasi con violenza, a riempirmi troppe volte il bicchiere di vino. Valerio sembrava impassibile, quasi distaccato, avrei voluto scuoterlo, chiedergli come facesse a non mostrare alcun segno di disapprovazione, ma ti sembra possibile che la nostra ragazza abbia fatto questo? Speravo che si fermasse ma lei sembrava intenzionata a proseguire, raccontarci tutto fino alla fine.

"Al ritorno da Barcellona sembravamo una coppia di vecchia data, sapevamo tutto l'uno dell'altra, in breve decidemmo di andare a vivere insieme, volevamo che la magia di quella vacanza continuasse. Fabrizio mi appariva come l'uomo ideale, bello, divertente, colto, era uno di quelli che ti sorprendono sempre, magari presentandosi a casa con un mazzo di rose o venendomi a prendere in agenzia all'ora di chiusura per portarmi fuori a cena senza preavviso, piccole cose tutto sommato, ma sufficienti a rendere felice una donna innamorata, perché io lo ero, innamorata di lui. Qualche mese dopo la società per cui lavorava lo spedì a Torino per aprire una filiale, sarebbe dovuto rimanere lì per il tempo necessario, forse un anno, non erano ammessi rifiuti. Mi chiese di seguirlo, disse che senza di me non ce l'avrebbe fatta, io tentennai perché andare con lui significava rinunciare al mio lavoro ma alla fine cedetti, ci trasferimmo in un piccolo appartamento nella periferia di Torino da dove lui usciva tutte le mattine per rientrare la sera e dove io rimanevo da sola per tutto il giorno a fare la casalinga e a chiedermi se avessi fatto la scelta giusta. Cercavo di farmi bastare le serate che trascorrevamo insieme in giro per la città o chiusi in casa a guardare la TV e sebbene sentissi una crescente insofferenza mi sforzavo di nasconderla dietro sorrisi forzati e la convinzione che al termine di quel periodo torinese tutto sarebbe cambiato. Qualche giorno prima del ritorno a casa Fabrizio mi chiese di sposarlo. Io gli gettai le braccia al collo e dissi che sarei stata felice di farlo. E fissammo la data delle nozze per un paio di mesi dopo. Tornammo a vivere nel suo appartamento come marito e moglie, facemmo un breve viaggio di nozze alle Canarie, nel corso del quale ci giurammo amore eterno, ricordando il nostro primo incontro all'agenzia viaggi e raccontandolo a tutti, gonfiando le frasi con espressioni tipo carpe diem e amore a prima vista. Una settimana dopo il ritorno dissi a Fabrizio che il giorno seguente sarei andata all'agenzia per chiedere di essere riassunta, lui mi lasciò parlare per un po' del fatto che il titolare aveva una buona opinione di me e che forse c'era una possibilità, magari part-time, poi mi interruppe con un gesto della mano, come se all'improvviso si fosse ricordato di una cosa importante, e con un tono di voce che avrebbe potuto usare per dirmi di comprare un litro di latte al supermercato chiese: "C'hai scopato?"

Lo guardai perplessa, convinta di aver capito male.

"Col tuo capo, all'agenzia di viaggi, ci scopavi?"

Siccome non rispondevo si sentì in dovere di precisare meglio la domanda.

"Hai detto che forse sarebbe disposto a riprenderti, così ho pensato che forse scopavate. Puoi dirmelo, è successo prima di conoscermi."

"No che non scopavamo, ma come ti è venuta in mente un'idea del genere?" dissi, ma la mia voce non esprimeva affatto l'indignazione che avrei dovuto provare, mi accorsi che desideravo solo essere creduta. Rimase a fissarmi per un po', leggermente imbronciato, mi sentivo come uno studente che sta per ricevere il voto, pensavo a cosa avrei potuto dire per dimostrare la mia innocenza, col mio capo avevamo un rapporto di cordialità e rispetto reciproco, nient'altro.

"Va bene, non scopavate. Ti credo. Non comincerete a farlo adesso, vero?"

Lo fissai, cercando di capire se scherzava, ma il suo viso era severo e serio. Mi avvicinai e gli toccai una spalla. "Fabrizio, ma cosa dici, certo che no, come ti viene in mente?" A quel contatto sembrò calmarsi, il suo volto si distese, fu come se si stesse svegliando da uno stato di trance. "D'accordo, va pure a vedere se ti riassume" bisbigliò.

Il giorno seguente andai all'agenzia, ma quando stavo

per entrare mi fermai, rimasi ferma a guardare la vetrina, i volantini colorati con stampati i prezzi dei viaggi da sogno che tanto mi divertivo a vendere. Non entrai. Tornai a casa e quella sera, quando Fabrizio arrivò dissi che non mi avrebbero riassunta perché non c'era abbastanza lavoro. Dal suo sorriso capii che solo in quel momento si era convinto che avessi detto la verità sul mio capo, e anziché pormi domande su che razza di bastardo avessi sposato, mi sentii sollevata.

La prima scenata me la fece circa un mese dopo, al ritorno da un addio al nubilato di un'amica. Mi aveva aspettato sveglio, lo trovai seduto sul divano del soggiorno con gli occhi sbarrati e fissati sul televisore acceso, gli chiesi se si sentisse bene, lui non rispose, mi guardò con un'espressione di disprezzo, mi chiese se mi fossi divertita, ma lo fece con un tono carico si sarcasmo, decisi che fosse meglio evitarlo, mi diressi in camera da letto, lui mi seguì e ripeté la domanda, "ti sei divertita?" Continuai a non rispondere.

Avvertii il tocco della sua mano su un fianco, dapprima lieve, quasi una carezza, poi sempre più deciso, trasformarsi in una presa e poi in un abbraccio da dietro, una stretta da cui, anche avessi tentato, non sarei riuscita a liberarmi. Avvertii il suo alito caldo e l'umido della sua lingua diffondersi sul collo, ero stanca ma non ebbi la forza di fermarlo e pensai che in quel modo mi sarei fatta perdonare. In un attimo ci ritrovammo sul letto, lui in preda a un evidente desiderio che sfiorava la voracità e io che cercavo di vincere la stanchezza e assecondare le sue voglie più per dovere che per piacere. Quella notte mi prese con forza, costringendomi a ribellarmi più volte, a chiedere di fare più piano, e mi sembrava di farlo con un estraneo, qualcuno che aveva assunto le sembianze del mio Fabrizio e si era sostituito a lui e poi aveva preteso che mi concedessi in quel modo rude, quasi volesse esplorare il mio corpo e accertarsi che nessun altro, quella sera, si fosse impossessato di lui. Faticai a prendere sonno, rivedevo quegli occhi sbarrati da pazzo, risentivo i suoi gemiti ritmati e cercavo di convincermi che non sarebbe accaduto di nuovo, e mentre mi rigiravo nel letto in preda alla sensazione di essere stata violata, coi muscoli delle gambe doloranti, mi chiesi per la prima volta chi fosse veramente quell'uomo che dormiva al mio fianco ed ebbi la sensazione che una parte di lui mi fosse completamente estranea."

Giulia fa una pausa, beve un sorso di vino, alza lo sguardo per la prima volta da quando ha iniziato a raccontare, abbozza un sorriso triste, dice che quella è stata la prima di una lunga serie di violenze più o meno esplicite, che ci sono voluti quattro anni prima che si decidesse a mandarlo al diavolo, e che ancora oggi le capita di svegliarsi di notte a causa degli incubi che la perseguitano, scene in cui lei è la vittima inerme di quel bastardo. Poi si ammutolisce. Dico che mi dispiace molto per quello che è successo, elogio il suo coraggio, faccio presente che molte donne rimangono intrappolate per tutta la vita dentro rapporti simili, alcune ci lasciano la pelle, la invito a lasciarsi il passato alle spalle. "Hai tutto il tempo per ricostruirti una vita" dico, poi cerco l'approvazione di Valerio che annuisce convinto. Lei ci guarda entrambi, ci ringrazia, si asciuga una lacrima.

"Mi siete mancati" dice.

***

Giulia e io stavamo insieme da circa sei mesi. Se avessi dovuto riassumere quel periodo con una parola, anzi con due, avrei detto montagne russe. C'erano giorni in cui tutto filava liscio, lei era affettuosa, ci scambiavamo promesse di amore eterno e passavamo ore a baciarci, altre volte mi appariva distante, scontrosa, se non litigavamo era perché io sopportavo con pazienza e la assecondavo in tutto. Ne parlai con Veris, un giorno che mi chiese come andava, risposi che non lo sapevo, che c'erano giornate sì e giornate no, che faticavo a capirla.

"Avete scopato?" chiese. Quella domanda mi infastidì, forse per il modo in cui era stata posta, per la volgarità del termine che, in qualche modo, veniva associato a Giulia, ma capii che non lo chiedeva per una sorta di curiosità morbosa, per cui decisi di rispondere.

"No, non ancora" dissi, abbassando gli occhi.

"È questo il motivo. Finché non lo fate lei non può considerarti come l'uomo della sua vita. Le femmine ragionano così."

Nonostante avessi molti dubbi sulla competenza di Veris a giudicare un rapporto di coppia, pensai che potesse avere ragione. E cominciai a immaginare scene in cui le chiedevo di farlo, e reazioni alle possibili risposte. Pensai che dovevo avere un piano, se lei avesse detto sì non potevo improvvisare, dovevo sapere esattamente dove andare, cosa fare, essere quello che prende in mano la situazione. Lasciai passare qualche giorno poi, un sabato pomeriggio in cui lei era particolarmente allegra, fregandomene dei discorsi che avevo preparato, dissi semplicemente: "Voglio fare l'amore con te." Mi guardò con un'espressione che mi parve di stupore e curiosità insieme, nei secondi che seguirono nessuno dei due disse nulla, io la mia parte l'avevo fatta, non avevo intenzione di aggiungere altro, lei forse stava cercando le parole giuste per dirmi che no, non voleva fare l'amore con me, che il nostro rapporto sarebbe continuato così, saremmo stati per sempre due adolescenti che si sbaciucchiano sulle panchine.

"Dove? Quando?" chiese. L'idea di fissare un giorno e un luogo mi pareva strana, avrei voluto che succedesse così, all'improvviso, come nei film, che ci saremmo trovati nel posto giusto al momento giusto. Non si trattava di un rifiuto, comunque, era come se, per decidere meglio, avesse bisogno di altri dettagli.

"La prossima settimana mia madre passerà un pomeriggio intero a casa di sua zia, in campagna. Avremo la casa vuota, se vuoi."

"E tuo padre?"

"Lavora tutto il giorno, non è mai successo che ritorni a casa prima delle otto di sera."

"E se capita?"

"Non capiterà."

Mi piaceva il tono deciso che stavo usando, snocciolavo dettagli e soluzioni senza tentennamenti, sentivo che stava per dirmi di sì, che non avrebbe potuto fare altro.

"Va bene, ci vengo."

Le accarezzai il viso, la baciai. Avrei voluto dirle che

sarebbe stato fantastico ma non lo feci, anche perché non ne ero affatto sicuro.

35. Valerio

Non saprei definire il mio rapporto con Marina. Potrei dire che siamo amici ma sarebbe troppo, oppure che siamo conoscenti ma sarebbe troppo poco. Forse siamo due conoscenti che stanno cercando di diventare amici. E poi c'è la storia di mio padre e sua madre che molti anni fa hanno avuto una relazione, e questo complica parecchio le cose. Ha capito quasi subito di chi sono figlio, anche se si è limitata a sgranare gli occhi e poi ha finto indifferenza. Abbiamo tenuto questa cosa in sospeso, come una presenza costante che staziona vicino a noi ogni volta che siamo insieme, un terzo incomodo opprimente che aspetta di essere chiamato in causa, ben sapendo che prima o poi succederà. Per ora ci limitiamo a timidi accenni, lei mi racconta di quand'era una ragazzina, di quell'uomo che è entrato nella sua vita dove prima non ce n'erano altri, di come avesse desiderato un papà e di quanto fosse contenta di averne uno. Io racconto dei litigi a casa, della serenità frantumata per sempre, del tradimento compiuto non solo nei confronti di mia madre, ma di tutta la famiglia. Lei prende le sue difese, dice "forse il loro matrimonio era finito da un pezzo" e cerco di capire se siano state parole sue, di mio padre, confessioni da salotto rivolte alla figlia dell'amante e un po' mi arrabbio, dico che questa mi sembra una frase fatta, che non significa nulla, allora lei cambia argomento, deponiamo le armi. Forse non riusciamo a parlarne per paura che questa cosa ci metta l'uno contro l'altra, che spezzi ogni speranza di avvicinarci e conoscerci meglio. Forse prima di farlo vogliamo aspettare di capire cosa diventeremo, e quanto tempo ci vorrà.

Sono trascorse tre settimane dall'incontro con Riccardo e Giulia, non ho più visto nessuno dei due, ho solo sentito Riccardo al telefono un paio di volte, mi chiama ogni tanto per sapere come va, come si fa con le persone guarite da poco, nel timore di ricadute. Anche ieri sera, quando è squillato il cellulare, pensavo fosse lui, invece sul display è comparso un numero che non conoscevo. Ho risposto, era Giulia, ha detto ciao, ha chiesto se disturbava, che si era fatta dare il numero da Riccardo, ho detto che mi faceva piacere sentirla, ho chiesto come andava il negozio, ha risposto con un verso che non sono riuscito a interpretare.

"Ti va di uscire?" ha chiesto lei.

"Ma certo" ho detto. "Se vuoi avverto Ric, gli chiedo quando gli va bene, che lui è sempre incasinato."

"Solo noi due" ha detto lei, "senza Riccardo."

Ho riflettuto per qualche secondo su quella precisazione, ho immaginato che non fosse una buona idea, poi ho pensato se desideravo farlo, ho concluso che non c'era niente di male. Ci siamo dati appuntamento per oggi pomeriggio, domenica, a casa dei suoi genitori, nella vecchia via Conti, dove lei si è trasferita dopo la separazione.

Ci arrivo con una decina di minuti di anticipo che passo davanti a quella che un tempo era casa mia. Cerco di rivedere particolari nascosti dietro il trascorrere del tempo e sopravvissuti alle ristrutturazioni fatte dai nuovi proprietari, mi appoggio alla cancellata riverniciata da poco, afferro una foglia della magnolia che è diventata enorme, la tiro verso di me e poi la lascio generando un leggero fruscio. Poco più in là hanno messo una fontana di cemento, uno zampillo d'acqua esce dalla sommità di un fiore e cade a cascata tutto intorno, non è grande ma fa un bell'effetto, ci sono anche un paio di faretti per illuminarla di sera. Il prato è tenuto bene, da l'idea di un proprietario attento, zelante, a cui piace l'ordine e la precisione. Questo pensiero mi rassicura, penso che questa casa abbia bisogno di gente così.

Riprendo a camminare, ripenso a quante volte, da ragazzo, ho percorso questo tratto di strada, a tutte le volte che ho alzato lo sguardo verso la finestra della stanza di Giulia sperando di vederla apparire. Lo faccio anche ora ma più per non dover suonare il campanello, vorrei che fosse già fuori ad aspettarmi. In effetti la vedo, seduta sui gradini delle scale a vista che mostrano tutti i segni dell'usura del tempo. Mi fa un cenno di saluto, finisce di legarsi i capelli fissandoli con un elastico e mi raggiunge in strada. Mi dice che è contenta che abbia accettato il suo invito, mi dà un bacio sulla guancia, risento lo stesso profumo del giorno dell'inaugurazione, dico che per lei farei qualsiasi cosa quindi cosa vuole che sia una passeggiata.

"È da tanto che non vieni qui? In questa strada, intendo."

Sento riemergere il timore di domande a cui non voglio rispondere, cerco di stare sul vago, "è da molto tempo che manco da Forlì, sono stato parecchio in giro. Rivedo con piacere questi luoghi, la mia casa, o meglio ciò che ne è rimasto, considerando i lavori che ci hanno fatto."

"I miei dicono che chi ci abita è brava gente, molto riservata, sono entrambi medici, hanno due figli adolescenti."

Annuisco, come se fossero esattamente il tipo di persone che immaginavo, faccio domande sugli altri residenti della strada, chi è morto, chi si è trasferito, Giulia è informata su tutti, riferisce fatti e nomi ed eventi con una precisione da cronista.

Arriviamo davanti alla casa abbandonata, nel guardarla non riesco a trattenere un verso di stupore. "Porca puttana, è ancora così. Dopo tutto questo tempo."

"Solo più fatiscente. Ne ha viste di tutti i colori, adesso ci vanno i clandestini e i senzatetto, ai nostri tempi era il covo dei drogati, te lo ricordi? È come se questa casa avesse ingurgitato tutte le devianze sociali degli ultimi decenni, tutto ciò che la gente non vuole vedere si rifugia qui, dentro queste mura incompiute."

Quasi senza pensarci mi ritrovo al di là del muretto di recinzione, quello dove stavamo seduti per ore a chiacchierare e a guardare la gente che passava, Giulia mi chiede che intenzioni ho, dico che voglio dare un'occhiata dentro, mi dirigo verso l'apertura di ingresso. È davvero più fatiscente, come ha detto lei, ci sono i segni di bivacchi negli angoli più nascosti, cenere che si innalza da cumuli residui di fuochi recenti, rifiuti di ogni genere, cibo decomposto, escrementi, l'odore è pungente e induce Giulia a tapparsi il naso, io quasi non lo sento, sono abituato a spettacoli del genere, ci ho vissuto per anni in posti come questo. "Che schifo" dice, "andiamo via."

"Solo un secondo" rispondo, perlustro altre stanze che mostrano gli stessi segni di occupazione, materassi rotti, coperte bucate, altri oggetti recuperati dai cassonetti, bottiglie vuote, una rivista aperta appoggiata a terra con le pagine che si muovono al vento.

"Ehi Valerio, vieni qui."

Raggiungo Giulia, è in piedi nella "stanza da letto", come la chiamavamo noi.

"Ti ricordi? È qui che è successo, la prima volta."

Sorrido. Ripenso a quel giorno, dico "certo che mi ricordo, è stato qui che ci siamo baciati."

Sto per dire che è passato troppo tempo, che ripensare a quegli anni potrebbe farci male, quando lei comincia a scuotere la testa, come si fa con un ragazzino distratto che dimentica tutto, e si avvicina. "Non mi riferivo a quello" dice, mentre mi abbraccia, "non ci posso credere che ti sei dimenticato" mi sussurra all'orecchio. Cerco di trovare la forza per respingerla ma non voglio ferirla, accetto il suo abbraccio in modo passivo, no, non mi sono dimenticato, vorrei dirle, è in questa stanza che abbiamo fatto l'amore, è qui che hai scelto di perdere la verginità, e hai scelto di farlo con me. Ma non dico nulla, rimango immobile per farle capire che non voglio andare oltre, quando un rumore proveniente da fuori ci separa all'istante, la prendo per mano e ci avviamo verso l'uscita, dove ci accorgiamo che si tratta di un gatto, un bel gattone nero che ci guarda stupito, ci punta addosso i suoi occhi verdi prima di sparire con un balzo oltre la siepe della casa accanto.

Ci incamminiamo silenziosi lungo la strada, nessuno dei due commenta l'episodio, quell'abbraccio è come se non ci fosse mai stato, dopo un po' ricominciamo a parlare del più e del meno, rivediamo un vecchio amico che abita ancora lì e scambiamo due parole con lui, quella presenza serve a stemperare la tensione residua, torniamo a sorridere citando nomi e fatti del passato, arriviamo alla nuova zona residenziale, ci sediamo su una panchina all'interno di un piccolo parco pubblico.

"Mi dispiace per quello che ti è successo, che il tuo matrimonio sia andato male" dico. Sembra voler dire qualcosa, tipo grazie, è acqua passata, ma poi ci ripensa e capisco che sta cercando di trattenere le lacrime che, inarrestabili, le scendono sul viso. "Siamo stati due idioti, io e Riccardo, a lasciarti andare. È anche colpa nostra."

A quelle parole sembra riprendere vigore, dice "possiamo sempre riprovarci, ti sembrerò una ragazzina ma... In questi anni ti ho pensato molto, mi chiedevo che fine avessi fatto, e quando ti ho visto il giorno dell'inaugurazione... Cos'abbiamo da perdere, a riprovarci?"

Lascio che quella domanda rimanga sospesa, dico che non è così semplice, due si rivedono dopo vent'anni e si mettono insieme, è roba che succede nelle favole, forse. Dico che lei mi è molto cara e che saperla felice è ciò che desidero, ma che ci sono cose di me che non conosce, che ho avuto grossi problemi in passato e che solo di recente mi sono rimesso in sesto, che per me è troppo presto per pensare a una relazione, dico questo e altre cose che mi escono di bocca senza che quasi me ne accorga, e lei annuisce a tutto, dice va bene, dice ti capisco, dice che è d'accordo con me, non dobbiamo avere fretta, dice che non devo preoccuparmi, che tutto si sistemerà.

La riaccompagno a casa, la guardo entrare rimanendo in strada, facendo ciao con la mano. Abbiamo aspettato che i segni del pianto sparissero, per evitare domande da parte di sua madre. Ci siamo ripromessi di vederci di nuovo, per un'altra passeggiata, un secondo appuntamento. Un altro tuffo nel passato.

***

Il messaggio mi fu consegnato a scuola da una ragazza che non conoscevo, una brunetta piuttosto bassa e rotonda che si presentò come amica di Giulia, disse che doveva darmi un biglietto da parte sua. Ero fuori dalla classe ad aspettare che finisse l'intervallo, mi ritrovai con quel pezzo di carta arrotolato in mano, d'istinto lo nascosi dentro il palmo, poi entrai in classe con l'intenzione di leggerlo subito.

C'erano poche parole scritte in corsivo, con una calligrafia veloce, quasi illeggibile. Quelle lettere allungate esprimevano un'urgenza che andava al di là del testo, vediamoci oggi pomeriggio alla casa abbandonata, ti devo parlare. G. Strappai il biglietto in molti pezzettini e lo gettai nel cestino. Poi pregai che il tempo che mi separava da quell'appuntamento passasse più in fretta possibile.

Arrivai alla casa verso le tre, Giulia non c'era, mi sedetti ad aspettare dopo aver ispezionato tutti gli ambienti, nel timore che ci potesse essere qualcuno. Nelle ultime settimane la casa era stata presa di mira dai drogati che col calar della sera si nascondevano tra quelle mura a iniettarsi l'eroina, li vedevi entrare di soppiatto a gruppetti di tre o quattro. Erano quegli stessi ragazzi più grandi di noi di qualche anno che tante volte ci avevano preso di mira coi loro atti di bullismo, uno di loro c'era caduto dentro e li aveva tirati dietro tutti, come alpinisti in cordata. Quando erano fatti li vedevi passare con lo sguardo perso nel vuoto, le mani a penzoloni lungo i fianchi; gli anziani gli gridavano contro, li insultavano, gli dicevano di andare via, loro a volte reagivano, minacciavano di bruciargli le case di notte mentre dormivano. A noi mettevano paura, facevamo finta di non vederli e quando capitava che ci venissero vicino, di solito per chiederci una sigaretta, ci limitavamo a scuotere la testa e andavamo via, in silenzio. I nostri genitori ci ripetevano in continuazione di non accettare nulla da loro, di non dargli confidenza, di stare alla larga dalla casa abbandonata. Ma noi continuavamo ad andarci, ostinati, decisi a non dargliela vinta, la casa abbandonata era sempre stata nostra, il nostro rifugio, la nostra tana.

Mentre aspettavo che arrivasse Giulia girai per le stanze, notai i segni di quelle presenze notturne, bottiglie di birra vuote e frantumate, resti di cibo, preservativi usati, lacci emostatici, siringhe. Pensai che fosse questione di poco e l'avremmo persa per sempre, la casa. Magari ci sarebbe morto qualcuno di loro, per overdose o chissà cos'altro, allora sarebbero venuti i carabinieri e l'avrebbero messa sotto sequestro; il proprietario, chiunque fosse, sarebbe stato avvertito, si sarebbe finalmente ricordato di possederla e una volta ottenuto il dissequestro avrebbe ultimato i lavori, oppure l'avrebbe demolita, chissà.

La vidi arrivare affacciandomi alla finestra, le andai incontro, la aiutai a scavalcare dei materiali edili accatastati sul terreno davanti alla porta di ingresso, lei mi ringraziò ed entrammo.

"Saranno mesi che non entro qui dentro, non mi ricordavo che puzzasse in questo modo" disse guardandosi intorno. Dissi qualcosa a proposito dei drogati e della loro indifferenza nei confronti della pulizia e dell'ordine, che se voleva vedere lo schifo vero doveva scendere nel seminterrato, ma non le consigliavo di farlo.

"Come te la passi?" chiese.

"Bene" risposi.

"Irene?"

"Tutto okay."

Era chiaro che le mie risposte a monosillabi non l'avevano soddisfatta, ma non avevo intenzione di raccontare nulla del mio rapporto con Irene, inoltre ero troppo curioso di sapere il motivo di quell'incontro.

"Ti ho fatto venire perché avevo bisogno di parlarti" disse. Poi abbassò lo sguardo, come se cercasse il coraggio di pronunciare le parole a cui, immaginavo, aveva pensato prima di scrivere quel biglietto.

"Riccardo mi ha detto che vuole fare l'amore con me" buttò fuori d'un fiato, tenendo lo sguardo basso e colorandosi il viso di un rossore che cercò di mascherare inutilmente passandosi una mano sulla guancia. Non credevo alle mie orecchie, mi aveva fatto andare lì per dirmi che avrebbe fatto l'amore con Riccardo, stavo per esplodere di rabbia, quando lei continuò. "Il fatto è che... io immaginavo che saresti stato tu a... cioè, che la mia prima volta sarebbe stato con te."

Fu come una bomba gettata su un'altra esplosione in corso, con un mescolarsi di schegge e di rimbombi da non riuscire a capire se causati dalla prima o dalla seconda deflagrazione, con l'unica certezza che il punto colpito non sarebbe mai più tornato come prima.

"Che ne dici?" sussurrò avvicinandosi e allungando una mano verso il mio viso, pensai che quel contatto era il primo da tanto, troppo tempo.

"D'accordo" dissi, "facciamolo."

Sorrise, mi baciò, disse "vediamoci qui domani mattina, penso io a tutto." Poi se ne andò lasciando solo il suo profumo aleggiare nell'aria, in una battaglia senza speranza contro gli odori delle occupazioni notturne.

La mattina seguente uscii di casa alla solita ora con lo zaino come se dovessi andare a scuola, feci il giro dell'isolato e imboccai un sentiero sterrato che mi avrebbe portato davanti alla casa abbandonata senza dare troppo nell'occhio, percorsi l'ultimo tratto e mi infilai dentro, nascosi la bicicletta ed entrai. Giulia era già arrivata, la trovai nella stanza da letto seduta su un materassino da mare giallo, con accanto una coperta; per un attimo ebbi la sensazione che avesse trascorso la notte lì, dormendo su quel materassino, poi realizzai che servisse per consentirci di farlo senza doverci sdraiare sul pavimento.

"Hai fatto colazione?" chiese rimanendo seduta, mostrandomi un pacchetto di biscotti aperto. Ne presi uno, lei fece lo stesso e cominciammo a sgranocchiare, incapaci di guardarci negli occhi, schiacciati da un imbarazzo che difficilmente avremmo sopito del tutto. Ci furono vari tentativi di chiacchierare ma le voci uscivano roche, artefatte, le frasi erano prive di spontaneità, gli argomenti banali, più adatti a due che condividono un viaggio in treno. A un certo punto decisi di farla finita, mi avvicinai di più e le accarezzai i capelli.

"Se non te la senti non c'è problema, vorrà dire che avremo fatto colazione insieme, seduti su un materassino giallo dentro una casa abbandonata piena di siringhe usate."

Lei rise, disse che non desiderava altro che fare l'amore con me, e mi baciò. Fu tutto molto intenso, visto da dentro. Per un ipotetico osservatore immagino che si trattò di una scena piuttosto goffa, a tratti comica, consumata tra gemiti artificiosi e poche parole di incoraggiamento e di istruzione che pronunciai quasi sempre io, forte delle mie precedenti esperienze con ragazze più grandi senza le quali probabilmente avremmo lasciato perdere. Quando tutto finì fu un sollievo, lei appariva contenta, sorrideva e si copriva con la coperta. Io continuai per un po' a baciarla in vari punti, sulla pancia, sul seno, sulle spalle, scoprendo di volta in volta la zona su cui concentravo il mio interesse e che lei si affrettava a ricoprire non appena passavo oltre. Capii in quei momenti che non sarei più riuscito a fare a meno di quel corpo, lo immaginai cresciuto, più maturo, gli attribuii le forme che avevo trovato nelle stesse ragazze più grandi che mi avevano iniziato al sesso.

"Quando lo dirai a Riccardo?" chiesi, continuando a esplorarla con lievi e ripetuti baci.

"Mai" rispose, inducendomi ad alzare la testa.

"Come mai?"

"Non ho nessuna intenzione di dirglielo. Perché dovrei farlo?"

"Bé, in effetti hai ragione. Non c'è motivo. Gli dirai solo che vuoi lasciarlo per stare con me. Giusto?"

Lei mi guardò con un'espressione nuova, come se avesse scoperto qualcosa nel mio viso che fino a quel momento le era rimasto oscuro. "Ci sto bene con Riccardo. Non voglio lasciarlo. La prossima settimana faremo l'amore, gliel'ho promesso. Volevo solo che la prima volta fosse con te. Tutto qui."

Fu come se la casa abbandonata mi crollasse addosso, o mi fagocitasse dentro di sé in una sorta di buco nero, ripensai alle sue parole del giorno prima, lei immaginava che la prima volta fosse con me, nient'altro che questo, non il preludio di una storia d'amore destinata a durare per sempre, nessuna promessa, solo quella richiesta specifica, quel desiderio fine a sé stesso, che fossi io ad amarla per primo. Mi alzai, mi rivestii, dissi qualcosa tipo "ci si vede in giro" facendo trapelare tutto il disprezzo di cui ero capace, ma solo attraverso i gesti, sbrigativi, e quelle poche parole, che di arrabbiarmi e gridare proprio non me la sentivo. Lei non provò a calmarmi, rimase seduta mezza nuda sul materassino, mi guardò con un'espressione che mi parve di curiosità, come se volesse studiarmi, capirmi, e questo mi rese ancora più furioso. Corsi via, afferrai la bici, cominciai a pedalare verso la campagna, pedalai fino a sfinirmi, volevo andare più lontano possibile da lei, da quello che avevamo fatto, volevo cancellarne il ricordo fin tanto che era ancora fresco, per non dover ripensare a ciò che avevo avuto per una volta sola e passare il resto della vita a dannarmi per non poterlo avere di nuovo. Poi, esausto, crollai sdraiato sull'erba tra due filari di viti, e rimasi così, immobile, a fissare il cielo azzurro di quella bella mattina di aprile. Rimasi lì per il tempo necessario poi mi avviai verso casa, in modo da arrivarci alla solita ora, come se rientrassi da scuola. Nell'avvicinarmi passai davanti alla casa abbandonata. D'istinto girai lo sguardo verso quelle mura, verso il ricordo del segreto che avevano nascosto.

E non seppi trattenere un sorriso.

36. Marina

Ho percepito in Valerio una certa ostilità, sebbene si sforzi di non mostrarla. Non saprei dire da cosa trapeli, se dal suo sguardo dal quale a volte mi sento trafiggere o dal tono che usa per parlare della sua famiglia, quando capita che lo faccia. Sento che basterebbe poco per farlo esplodere, che se parlassimo di noi in modo più esplicito, senza fingere di non sapere chi siamo, finiremmo per litigare. Immagino la scena, lui che mi accusa di avergli rubato il padre, io che ribatto che non ne poteva più di loro, recriminazioni inutili e tardive che servirebbero solo ad allontanarci e a farci rivangare un passato che sarebbe meglio seppellire per sempre. Per qualche motivo voglio evitare che succeda, di litigare intendo. Voglio continuare a incontrarlo, entrare nel bar e vederlo seduto, invitarlo a casa, prolungare l'attesa del giorno in cui, forse, scopriremo le carte.

Ho ripreso la mia vita notturna, i miei raid nei locali. Solita procedura, ho rimorchiato un paio di uomini, ho fatto sesso con loro, ho riportato qualche livido, ho accettato dei soldi che mi hanno offerto perché convinti che fossi una puttana oppure perché dopo si sono sentiti in colpa per avermi picchiata. Poi ho convissuto con il senso di colpa, ho giurato di non farlo più, sono stata brava per qualche giorno poi ho ricominciato. Ieri sera ho incontrato il tizio dell'officina, mi ha riconosciuta subito, è venuto vicino, mi ha offerto da bere, ha detto che ripensa sempre a quella notte, che gli diventa duro ogni volta. Mi ha chiesto perché lo faccio, ho risposto che sono fatti miei, lui ha alzato le spalle, ha detto che se ne frega del motivo, ma che ce ne vorrebbero tante di donne come me, troie fino al midollo. Mi ha chiesto se voglio rifarlo, ho riposto può darsi, ha detto di presentarmi lì il giorno successivo, che sarebbe oggi, che avrebbe avvertito i ragazzi, di certo sarebbero stati contenti di rivedermi.

Esco di casa che è già buio, indosso un vestito corto, un paio di passanti mi guardano e fanno un commento a bassa voce, in effetti mi sento bella, seducente senza essere volgare. Arrivo al pub in ritardo di mezz'ora, non ho dubbi che mi stiano aspettando, aspetterebbero tutta la notte se fosse necessario. Il tizio è fuori dal locale, mi saluta, mi chiede se voglio bere qualcosa, tiene una birra mezza vuota in mano e per un attimo penso che voglia offrirmi quella, poi indica col dito l'entrata del pub ma dico no, grazie, non ho sete, chiedo se andiamo con la sua macchina, finisce la birra e la getta per terra, risponde sì, poi mi fa cenno di seguirlo. Guida veloce, non dice nulla, forse ha capito che non ho nessuna voglia di fare conversazione, in pochi minuti arriviamo all'officina, da fuori si vedono le luci accese dell'interno, mi tornano in mente i particolari della notte trascorsa lì dentro, gli odori di grasso, solventi, olio, mi chiedo se ho fatto bene ad accettare di tornarci, se sia ancora in tempo per cambiare idea. Lui sembra percepire la mia indecisione e mi prende per un braccio mentre camminiamo verso l'entrata, non stringe ma non ho dubbi che lo farebbe se solo provassi a scappare.

"Vedrai che ci divertiremo un sacco" dice, ha un ghigno che mette paura, si guarda attorno come se temesse una retata della polizia da un momento all'altro, poi apre la porta, grida che siamo arrivati, qualcuno da un angolo dice era ora, qualcun altro sghignazza, poi nessuno parla più, c'è un rumore di sottofondo di corpi che si muovono, di piedi trascinati lungo il pavimento sporco, si avvicinano a me, resto ferma e tento di apparire disinvolta, mi guardo attorno ma non fisso nessuno di loro, mi appaiono come ombre, figure indefinite e non completamente reali fino a quando non sento il contatto con la prima mano a cui ne seguono altre, mani che mi passano sui fianchi, sul seno, sulle spalle, mi palpano con vigore, mi slacciano il vestito che cade inerte ai miei piedi, mi alzano di peso e mi portano su un divanetto, la volta scorsa non c'era nessun divanetto, penso che forse l'hanno portato apposta, che hanno avuto tempo per organizzarsi. Saranno sei o sette, non riesco a contarli, non ci provo nemmeno, alcuni sono completamente nudi, altri no, solo con la cerniera abbassata. Il tizio che mi ha portato lì sbuca da dietro e mi afferra la testa, dice agli altri che voglio essere menata, di non dimenticarlo, poi mi schiaffeggia tre, quattro volte, prima sulle guance poi sul seno, grido di dolore, lui sembra voler spiegare agli altri come devono fare, ripete i movimenti con lentezza, dice di fare così, colpisce di nuovo a mano aperta, così e così, sento le guance in fiamme, sento colpi su tutto il corpo, sento qualcuno penetrarmi con forza e venire quasi subito, hanno asciugamani e salviette che usano per pulirsi, si danno il cambio senza litigare, come se avessero stabilito in precedenza un ordine preciso, forse hanno tirato i dadi. Chi finisce si sposta in un'altra zona dove c'è un tavolo con sopra delle bottiglie, li sento tracannare e bisbigliare fitti, recuperano le forze per un'altra sessione, si eccitano di nuovo guardando i loro amici mentre mi scopano. Quando tornano sento i loro aliti pieni di birra, l'alcol li rende più voraci, mi spostano, vogliono provare altre posizioni, come hanno visto nei film porno, vogliono da me ciò che a casa non avranno mai, che neppure si sognano di chiedere alle loro mogli indaffarate.

Andiamo avanti per tre ore, poi qualcuno se ne va, rimangono solo i più resistenti, quelli che non devono dare spiegazioni a nessuno sul perché hanno fatto così tardi. Poi si stancano pure loro, mi do una ripulita, chiedo se possono riaccompagnarmi. Dopo un'ora sono nel mio letto, i muscoli tesi e doloranti, gli odori di quegli uomini ancora nelle narici, mi lascio andare a un sonno disturbato, mi sveglio e mi riaddormento, scaccio ogni pensiero dalla testa, ogni sensazione, voglio annullarmi completamente.

Quando finalmente riesco a rilassarmi comincio a sognare. Sogno di quand'ero bambina, di quando saltavo la corda nel cortile di casa, aspettando che la mamma tornasse dal lavoro e sogno di quando lei, mia madre, arrivava di corsa e mi prendeva in braccio, a fatica, e mi chiedeva com'era andata la giornata. Sogno di quando ero felice e convinta che tutto sarebbe andato per il meglio, e che la vita fosse piena di opportunità.

***

Il giorno dopo aver fatto sesso con Ettore mi accorsi che tutti, a scuola, mi guardavano e ridevano. Pensai subito che quel coglione l'avesse detto in giro, pensai che dovevo immaginarlo, e che comunque non me ne fregava nulla. Un paio di ragazzi più grandi mi vennero vicino, mi rivolsero un saluto allusivo, dissero che ero molto carina e che se volevo potevo andare a una festa che avevano organizzato a casa di uno di loro, quel pomeriggio. Chiesi chi ci fosse, alla festa, si guardarono con un sorrisetto da furbi e risposero che c'erano solo loro due, che io ero l'unica ragazza invitata e che per questo dovevo sentirmi lusingata ed essere pronta ad allargare le gambe. Li mandai a farsi fottere ma neanche mi sentirono, se ne stavano già andando ridendo e battendosi il cinque. Andò avanti per qualche giorno poi la cosa venne dimenticata. Ettore, in un vano tentativo di chiedermi un bis, si scusò per la "fuga di notizie" come la chiamò, disse che si era confidato con un amico e non immaginava che lui lo dicesse a tutti, gli risposi di non preoccuparsi, che non me ne fregava niente, e alla sua richiesta di rivederci risposi "neanche morta, senza offesa."

A distanza di un mese, di quel pomeriggio mi era rimasto solo un vago ricordo, come se fosse un fatto accaduto molto tempo prima, a volte ci ripensavo con una punta di rimorso, avrei voluto che la mia prima volta fosse stata più bella, ma ero felice di aver superato quello che consideravo un ostacolo, una sorta di ponte levatoio che bisognava attraversare per arrivare al mondo vero, quello dove si smette di essere bambini e si diventa grandi. E mi ci sentivo, grande, e capace di qualsiasi cosa. Come avvicinare un ragazzo di quinta, uno che mi piaceva molto, e chiedergli di uscire, accettare il suo "sì, volentieri" come se fosse la cosa più ovvia del mondo, aspettare il momento buono, la sera dell'appuntamento, per mettergli la lingua in bocca, e a distanza di qualche settimana, dopo averlo portato al limite, fare sesso con lui. E poi scaricarlo alla fine dell'anno scolastico dicendogli che per le vacanze volevo tenermi libera, godermi l'estate e le opportunità che mi potevano capitare senza rischiare di sentirmi in colpa, e gustarmi l'espressione da cane bastonato che aveva quando rigettavo ogni suo tentativo di farmi cambiare idea. O come sedurre il ragazzo più carino della scuola al solo scopo di fare un dispetto alla sua fidanzata storica, una smorfiosetta che mi guardava dall'alto come fosse chissà chi, e poi mettere in giro la voce con tanto di particolari piccanti.

Ero libera di fare ciò che volevo, di prendere quello che mi piaceva, di passare oltre quando non ne avevo più voglia. Quel tipo di vita mi stava bene, mi rendeva felice, e mi permetteva di non pensare a mia madre e agli uomini che l'avevano abbandonata.

37. Riccardo

Ripenso alla scena, la analizzo, vengo distratto da una telefonata, mi torna in mente un'ora dopo, decido di fregarmene ma è sempre lì, pronta a riemergere, come un maledetto tarlo.

Eravamo nel mio studio per un incontro di lavoro quando Giulia mi ha chiesto se le davo il numero di cellulare di Valerio. Ho alzato lo sguardo dai documenti che stavo esaminando, l'ho guardata forse con troppa insistenza, lei si è sentita in dovere di dare spiegazioni, ha detto che il giorno dell'inaugurazione si è scordata di chiederlo e che magari poteva servirle in futuro. Ho detto "ma certo, te lo do subito" e ho afferrato il cellulare per cercarlo tra quelli in memoria. Mi è venuto in mente che potevo cambiare un numero, che se fosse tornata a chiedere era perché aveva provato a contattarlo. Poi le ho dato quello corretto, ho pensato chissenefrega. Ma ora questa cosa mi tormenta. Mi chiedo se l'abbia chiamato e in quel caso per quale motivo.

È quasi ora di pranzo quando decido di agire, pigio un paio di tasti del telefono e parte la chiamata, Valerio risponde quasi subito.

"Disturbo?" chiedo.

"Macché. Tu non disturbi mai, lo sai."

"Senti, volevo chiederti, non è che ti ha chiamato Giulia in questi giorni, che la sto cercando e non riesco a trovarla."

Silenzio. Troppo prolungato.

"No, fammi pensare, no, non mi ha chiamato. Hai provato in negozio?"

"In negozio? Forse hai ragione, dovrei provare lì, non ci avevo pensato."

"Non credo abbia neppure il mio numero, a pensarci bene. Cioè, io non gliel'ho dato."

"Bé, quello può darsi che l'abbia avuto da me, mi sembra di ricordare, un giorno che ci siamo visti per lavoro."

"Ah, allora se mi dovesse chiamare dirò che la stai cercando, di farsi viva con te."

"No, non serve, grazie. La chiamerò in negozio."

"D'accordo. Ci si vede."

"A presto."

Dopo questa telefonata non ho dubbi che si siano sentiti. Quello che non so è perché. Ma ho intenzione di scoprirlo.

Faccio venire in studio un cliente che di mestiere fa l'investigatore privato. Si chiama Matteo, è giovane ma ha già una buona esperienza, gli spiego che ho raccattato un amico dalla strada, qualche mese fa, un ex drogato e alcolizzato, e voglio essere sicuro che non abbia delle ricadute. Gli chiedo di controllare dove va, chi frequenta, se ha relazioni amorose, tutto. Lui prende nota, dice sarà fatto.

"È solo per il suo bene, sia chiaro" dico alla fine. E un po' mi sembra di crederci anch'io.

***

Giulia arrivò a casa mia in perfetto orario. Mia madre era già uscita, l'avevo rassicurata dicendole di non preoccuparsi, che avrei passato il pomeriggio in casa a studiare. Poi avevo controllato che fosse tutto a posto, avevo spruzzato del profumo per ambienti nella mia stanza e riordinato i vestiti, mi ero lavato i denti fin quasi a consumarli, avevo indossato un paio di jeans al posto della solita tuta da ginnastica, mi ero seduto sul divano a guardare la TV, per tentare di rilassarmi. Ma al suono del campanello scattai in piedi come se si fosse trattato dell'allarme antincendio, corsi alla porta, aprii il cancelletto e la guardai entrare.

"Sei splendida, come al solito" dissi.

"Anche tu stai bene" disse lei.

Ci scambiammo un rapido bacio, ci accomodammo in salotto, chiesi se aveva sete, andai in cucina a preparare due bicchieri di coca cola.

"C'è una cosa che devo dirti, prima che lo facciamo."

Era in piedi sulla soglia della cucina, mi aveva colto di sorpresa tanto da farmi rovesciare un po' di coca sul tavolo e da lì sul pavimento, dove si stava creando una piccola pozza scura.

"Che cosa?" chiesi.

"Non sono vergine. Ti dispiace?"

Per qualche secondo rimasi immobile, incapace di reagire, se mi dispiaceva? Ma certo che mi dispiaceva, avrei voluto dire, mi dispiaceva un casino, non mi era mai neppure passato per la testa che non fosse vergine, io ero vergine, quasi tutti i miei amici lo erano, perché diavolo lei non avrebbe dovuto esserlo?

"No, non c'è problema" dissi invece. E tornai a occuparmi della bibita.

Nonostante l'impaccio e il nervosismo e il pensiero di lei che veniva sverginata da un altro riuscimmo nell'intento. La mia prima volta fu con la ragazza che avevo sempre sognato e tanto mi bastava, unitamente al fatto che ero durato abbastanza a lungo da non fare brutta figura. Dopo, distesi sul mio letto, con la sua mano a cingermi il busto, trovai il coraggio di porle la domanda che mi ronzava in testa da prima.

"Con chi l'hai fatto? La prima volta intendo."

Lei sembrò pensarci, come se fosse una cosa che non ricordava bene, "un ragazzo che non conosci, uno che abita al sud, in Sicilia, è stata una cosa di una sera, l'estate scorsa al mare, probabilmente un errore."

Fu un sollievo, avevo immaginato che potesse trattarsi di uno della zona, uno con cui poteva anche decidere di rifarlo. Per qualche motivo sapere che era stato con un siciliano, un villeggiante, mi liberò da ogni paura, come se quel rapporto non potesse neppure essere paragonato a quello che avevamo appena consumato, come se quella con me fosse stata la sua vera prima volta. Forte di quella convinzione mi lanciai in domande che altrimenti non avrei mai fatto. "Dove eravate? Stavate insieme? Quanti anni aveva il siciliano?" Lei rispose in modo conciso, disse che non ricordava bene, che preferiva non pensarci. Anche quando buttai fuori l'ultima domanda, "ma ti è piaciuto?" mi aspettavo che dicesse macché, non è stato niente di speciale, molto meglio con te. Invece disse: "Moltissimo." La guardai per cercare di capire se mi stava prendendo in giro. Ma aveva gli occhi chiusi. Sembrava stesse sognando.

38. Valerio

Da un po' di giorni Marina non si fa vedere, chiedo a Dennis se ne sa qualcosa, lui alza le spalle e mi mostra un plico di posta non ancora ritirata, dice che dovrebbe cominciare a farsi pagare per il servizio. Decido di suonare il campanello, mi risponde una voce stanca, roca, che fatico a riconoscere.

"Sono Valerio, quello del bar, ti ricordi di me? È da un po' che non ti vedo, mi chiedevo se stavi bene."

"Solo un po' di influenza, niente di grave. Grazie di essere passato."

Il rumore del citofono che viene riappeso mi lascia di stucco. Non mi aspettavo che mi avrebbe liquidato così. Sono tentato di entrare col primo residente che apre il portone e di salire da lei, chiedere di poterle parlare, poi decido di no, magari domani. Stasera ho appuntamento con Giulia, andiamo al cinema. Sono un po' teso perché non so bene come gestire la situazione. Forse ne avrei parlato con Marina, per chiederle cosa ne pensa, ricevere qualche consiglio. Sono preoccupato anche che Riccardo lo venga a sapere, qualche giorno fa mi ha telefonato, mi ha chiesto se Giulia mi aveva chiamato. Ho mentito, ho detto di no, non sono sicuro di essere stato convincente.

Mi passa a prendere con la sua macchina. Entro un paio di mesi dovrei riavere la patente anch'io, sto studiando per l'esame, Riccardo mi ha dato una mano anche in questo. Giulia ha una Polo grigia abbastanza nuova, la vedo arrivare da lontano, sono già sceso di sotto. Riparte sfrecciando, dice che a Forlimpopoli hanno aperto questo Multisala davvero bello, che il film lo decidiamo quando siamo lì. Ci arriviamo in pochi minuti, il parcheggio è quasi vuoto, ci avviamo a piedi verso l'ingresso. Su un pannello campeggiano le locandine dei film in programmazione, ce n'è per tutti i gusti, commedie, drammatici, animazione, il grosso del pubblico è rappresentato da famiglie con bambini che indicano col dito l'immagine di Spiderman che ammicca dalla cima di un grattacielo. Dopo averne discusso decidiamo per un film d'autore con protagonista Riccardo Scamarcio, Giulia dice che le piace da morire, che scapperebbe con lui anche subito, se potesse. Sto per dirle che di fughe d'amore dovrebbe averne abbastanza ma lascio perdere, mi sembra una battuta fuori luogo. Ci sediamo nella sala semideserta, dico che Scarmarcio attira meno gente di Spiderman, lei ribatte che la gente non ha buon gusto, condividiamo una confezione gigante di pop corn, dalla quale peschiamo entrambi in modo che le nostre dita si toccano di continuo poi lei comincia a imboccarmi, presumo che dovrei fare altrettanto ma nel dubbio dico che non mi vanno, mi fanno venire sete. Dopo una mezz'ora lei mi afferra la mano con la sua, incrociamo le dita come due fidanzatini, compie quel gesto senza scomporsi, continuando a seguire il film, ogni tanto fa qualche commento a bassa voce, giudica i protagonisti con parole brevi e affilate, "stronzo", "puttana", "carogna", le sibila avvicinandosi a me, per non dover alzare la voce, senza aspettarsi commenti da parte mia.

Alla fine del film ci alziamo, sono indolenzito come non mi capitava da tempo, forse dall'ultima volta che sono stato al cinema. "Che si fa ora?" dice mentre attraversiamo la porta e ci accorgiamo che nel frattempo fuori è diventato buio. "Ti va una pizza?" chiedo. Lei annuisce, mi prende il braccio e camminiamo verso la macchina.

Dieci minuti dopo siamo seduti a un tavolo di una piccola pizzeria sulla via Emilia, il locale è semivuoto, senza pretese, ci ha accolti un cameriere con la faccia larga, molto gentile. Ordiniamo in fretta, parliamo del film che abbiamo appena visto, analizziamo i rapporti tra i protagonisti, l'assurdità di certi comportamenti, concordiamo sul fatto che la vita reale è tutt'altra cosa.

"Ma cosa hai fatto in questi anni?" chiede lei. La guardo come se dovesse specificare meglio la domanda, come se non fosse di una semplicità sconcertante. "Hai detto che ti sei rimesso in sesto da poco, cosa ti è capitato?" precisa.

Sto per dirle che preferirei non parlarne, che magari potrei farlo in seguito, se per lei non è un problema, insomma la solita manfrina che sono abituato a ripetere ogni volta che qualcuno mi chiede del mio passato, come capitava con i volontari della Caritas quando andavo nelle mense o coi preti che venivano da noi, nei nostri rifugi, per indurci a confessare i nostri peccati. Sto per dire questo ma poi, d'impulso, decido che voglio raccontare la verità a questa donna che in passato ha rappresentato tanto per me e che magari potrà tornare a significare qualcosa.

"Sono stato in carcere per alcuni anni, condannato per spaccio di droga" dico tenendo il capo abbassato, senza guardarla. Non percepisco alcun movimento, presumo stia valutando se la sto prendendo in giro, o forse si sta aggrappando a questa speranza, che alzi lo sguardo e le dica: scherzo! Ma non lo faccio, tengo gli occhi bassi e continuo a raccontare, parlo delle feste, dei locali, del trasferimento a Parma, della decisione di entrare nel giro, di commettere reati in maniera sistematica per pagarmi uno stile di vita vuoto e superficiale, dell'arresto, della detenzione, della vita per strada nei sobborghi di Rimini. Parlo del giorno in cui ho chiesto a Riccardo di lavargli il vetro dell'auto, di lui che mi ha messo in mano alcuni spiccioli, del momento in cui l'ho guardato in faccia e l'ho riconosciuto, e non sono riuscito a muovermi. Di quando mi è venuto a cercare per sottrarmi a quella vita di merda e mi ha portato qui, di quanto gli sono grato, e debitore.

Mi prende una mano con la sua, dice che non immaginava una cosa del genere, che le dispiace moltissimo per tutto quello che mi è successo, ribatto che tutto quello che mi è successo me lo sono cercato, quindi non deve dispiacersi, casomai deve dirmi che sono un dannato stronzo.

"No che non lo sei, io ti conosco da sempre, sei una brava persona" dice, quasi in lacrime.

"Tu mi conoscevi quand'ero un ragazzo, le persone crescono, e cambiano. Ho fatto cose brutte, credimi, e nessuno mi ha costretto."

"Non me ne importa, non m'importa se eri uno spacciatore o… il boss della mafia del Brenta. Io ti ho sempre voluto bene, e te ne vorrò sempre. Queste cose che mi hai raccontato non cambiano nulla."

"Anch'io ti voglio bene Giulia, ma non posso avere una storia con te, lo capisci?"

"Perché no, scusa?"

"Te l'ho appena detto. Ho incasinato la mia vita e sto cercando di mettere ordine, tu saresti vittima di questo processo che, ti posso assicurare, certi giorni è molto incasinato. Inoltre sono debitore nei confronti di Riccardo. Se ci mettessimo insieme lui non me lo perdonerebbe mai."

"Scherzi? Riccardo è sposato. Non credo pensi più a me in quel senso."

La guardo come se fosse una bambina a cui un genitore premuroso deve spiegare le cose della vita. "Riccardo non ha smesso un istante di pensare a te in quel senso" dico, e nel farlo lascio andare la sua mano.

***

Quella mattina, a scuola, vedendo Riccardo, capii subito che aveva fatto sesso con Giulia. Aveva l'espressione un po' ascetica di certi religiosi in pace col mondo, di coloro che alla vita non hanno bisogno di chiedere altro. Questo, insieme al sorriso che non accennava a smorzarsi, la dicevano lunga sul suo stato d'animo del momento, di pura gioia. Si confidò all'intervallo, prendendomi da parte, disse che doveva dirmi una cosa, anzi due, e che si trattava di cose segretissime, che avrebbe confidato solo a me, il suo migliore amico. Lo seguii di buon grado, cercando di nascondere il malumore che quella rivelazione ero certo avrebbe contribuito ad aggravare, dissi di sbrigarsi, che volevo andare al bar a prendermi un panino prima che ricominciassero le lezioni.

"Ieri pomeriggio io e Giulia l'abbiamo fatto."

Finsi indifferenza, proprio non ce la facevo a complimentarmi con lui, come forse avrebbe voluto.

"E com'è andata?" riuscii a dire, pensando che qualcosa dovevo comunque dire.

"Bene, direi. Mi è parsa contenta. Non è che abbia tutta questa esperienza per sapere se le sia piaciuto o no. Ha detto che le è piaciuto, io ci credo."

Annuii con convinzione, volevo solo porre fine a quella conversazione, "se ha detto che le è piaciuto è senz'altro vero, le ragazze non mentono mai su queste cose" dissi pur sapendo che non era affatto così.

"C'è un'altra cosa. Prima di farlo mi ha detto che non era vergine. Ci sono rimasto di merda, anche se ho fatto finta di niente. In seguito le ho chiesto con chi l'avesse fatto, mi ha accennato a un ragazzo della Sicilia che era in vacanza qua. Te lo immagini? A parte che, mi chiedo, cosa cazzo ci viene a fare un siciliano in vacanza da noi, col mare che hanno laggiù..."

Mi stupì che Giulia avesse deciso di confessare quella cosa. Appoggiai una mano sulla spalla del mio amico. "Non te la prendere, dai. Sono sicuro che di quella cosa col siciliano non gliene frega niente. Con te è stato diverso."

"L'ho pensato anch'io. Poi però le ho chiesto se le era piaciuto farlo col siciliano. E lei sai cosa mi ha risposto? Moltissimo. Proprio così, moltissimo, e dovevi vedere che faccia aveva mentre lo diceva."

"Avrà voluto prenderti in giro" dissi. "Magari scherzava."

"No, non scherzava. Non scherzava affatto."

Decisi che ne avevo abbastanza, salutai Riccardo con una pacca sulla spalla e mi avviai verso il bar della scuola, lasciandolo solo a combattere contro il fantasma di un ragazzo siciliano che aveva scopato la sua ragazza prima di lui. Immaginai che quel "moltissimo" fosse diretto a me, che forse Giulia immaginava che questa cosa mi sarebbe stata riferita e che mi avrebbe fatto piacere. Ma non fu così, non me ne fregava niente. Ero arrabbiato e basta.

Mio padre era tornato a casa ma lo aveva fatto solo per un senso del dovere che ai miei occhi appariva falso e tardivo. Comunque mia madre sembrava riprendersi, trascorreva perfino qualche ora del giorno fuori dalla sua stanza, anche se prima bisognava chiudere bene porte e finestre per non fare entrare la luce, col risultato che la nostra casa diventava una specie di casa dei vampiri. Quel gesto di andare da lui con Irene per chiedergli di tornare mi era costato un sacco, l'avevo fatto solo per evitare di dover dire a mia madre che non me l'ero sentita, per chiudere la questione facendo la mia parte, andasse come andasse. A Irene dissi solo che saremmo andati a trovarlo, che volevo dargli la notizia di noi due prima che lo venisse a sapere da altri. Lei ribatté che ci veniva volentieri, che mio padre le era sempre stato simpatico. Gli avevo telefonato per preannunciargli la visita, quindi ero certo di trovarlo in casa quando suonai il campanello dell'appartamento che aveva preso in affitto, uno dei tanti di un condominio della prima periferia, nella zona residenziale più bella della città. Ci accolse con l'entusiasmo energico di sempre, disse che aveva saputo la notizia dalla mamma, si erano sentiti al telefono qualche giorno prima, era molto contento, lo aveva sempre detto lui che saremmo stati una gran bella coppia. Poi cambiò argomento temendo di imbarazzarci, mostrò l'appartamento a Irene, io rimasi in soggiorno ad aspettare, accesi la TV, feci un po' di zapping a volume spento. Quando tornarono mi parve che in mia presenza cercassero di smorzare la confidenza che si era creata tra loro in quel giro dell'appartamento, con lei che si complimentava per il gusto mostrato nella scelta dell'arredo e lui che declinava le caratteristiche di ogni oggetto che aveva acquistato o che si era portato dietro da casa nostra, col risultato che il brusio che li aveva accompagnati fino a quel momento si spense di colpo lasciando spazio a un silenzio carico di attesa che nessuno osava rompere.

"Come sta la mamma?" chiese infine lui, senza guardarmi. Aspettai qualche secondo prima di rispondere, soppesai alcune frasi che mi vennero in mente, cercai di ripensare a qualche episodio capace di rappresentare il suo stato di salute più di qualunque aggettivo, ma l'unica immagine che mi venne in mente era lei distesa nel letto al buio che rispondeva apatica alle mie domande, se aveva fame, se voleva alzarsi, se gradiva un po' di compagnia.

"Credo che se andrà avanti così morirà di dolore" dissi poi, col tono di un medico che preannuncia l'inevitabile ai familiari di un malato terminale. Alzò gli occhi, quasi un riflesso incondizionato, il mio volto se ne stava lì, immobile, tetro, a negare ogni possibile ridimensionamento delle parole appena pronunciate, le cose stavano così, punto e basta.

"Che dovrei fare?" chiese.

"Tornare a casa."

"I matrimoni finiscono, dannazione, nessuno è mai morto per questo."

"Devo dire così, alla mamma?"

Si alzò. Andò nell'altra stanza. Irene era chiaramente in imbarazzo, le mani in movimento sui jeans firmati, come alla ricerca di un invisibile filo da tirare per evitare che si scucisse tutto.

Tornò dopo qualche minuto, disse che ci avrebbe pensato, che non prometteva nulla, che mia madre era troppo debole, che la sua incapacità di reagire di fronte agli imprevisti era uno dei motivi per cui il loro matrimonio era finito, che se fosse tornato sarebbe stato solo per una questione di coscienza, si scusò con Irene per le parole dure che stava usando nei confronti della moglie ma lui era abituato a dire la verità senza girarci intorno.

A quel punto saltai su, gridai che se voleva dire la verità doveva dirla fino in fondo, specificare quale ruolo avesse la sua amante nella fine del matrimonio, da quanto tempo andava avanti quella storia e spiegare per quale motivo non lo aveva ammesso da subito ma solo dopo che la mamma lo aveva scoperto. Irene disse che forse sarebbe stato meglio se ci lasciava soli, io la trattenni, dissi che non c'era altro da dire, ce ne potevamo andare. Lasciammo la casa così, con Irene che salutava a testa bassa come se volesse scusarsi di essere lì e mio padre che cercava di ribattere, anche se non ascoltai nulla di quello che stava dicendo, le sue ultime parole mi arrivarono confuse sulla soglia di casa e furono troncate dal rumore della porta che si richiudeva alle nostre spalle.

Immaginavo che quella spedizione non avrebbe sortito alcun effetto, a mia madre dissi che papà era molto preoccupato per la sua salute, e avrebbe riflettuto sul da farsi. Un paio di giorni dopo lo vidi entrare con le valigie, si fermò oltre l'ingresso, respirò a fondo e disse che aveva deciso di tornare a casa, ma anche se si stava rivolgendo a me, che lo guardavo con aria stranita dal divano del soggiorno, mi parve che quella notizia la stesse comunicando a sé stesso.

39. Marina

Mi guardo allo specchio per l'ennesima volta, non so neppure io perché, come se nel giro di qualche minuto, o qualche ora, potesse sparire tutto. Invece l'ematoma è ancora lì, forse più scuro e più esteso di prima, un ricordo della notte trascorsa in officina, di un pugno o uno schiaffo o di entrambe le cose insieme. Sono rintanata in casa da giorni, non voglio farmi vedere in queste condizioni; alla signora Dina ho chiesto le ferie, le ho detto che avevo bisogno di assistere mia madre che non sta bene, spero solo che non le venga in mente di passare in negozio. Suonano alla porta, distolgo lo sguardo dalla mia immagine riflessa e resto immobile, chiunque sia penserà che non c'è nessuno in casa.

"Marina, sono Valerio, lo so che ci sei. Apri."

Sospiro. Ha suonato anche ieri, l'ho liquidato con due parole dal citofono. Oggi è riuscito a salire, non vuole darsi per vinto.

"Vattene. Non sto bene. Non ti apro."

"Per favore, resto solo due minuti. Voglio solo vedere come stai."

Penso che ha la stessa voce di suo padre. Che sentendolo parlare da dietro una porta chiusa potrei benissimo pensare che sia lui, Enrico, tornato da chissà dove per regolare i conti sospesi. Questo pensiero mi mette addosso un brivido di paura, la trasmetto nella voce e grido di andare via, di smetterla di importunarmi.

"Credevo fossimo amici" dice lui dopo un po'. Mi avvicino alla porta, apro lo spioncino, lo vedo dritto in piedi sul pianerottolo, l'immagine deformata dalla lente.

"Noi due non potremo mai essere amici" sussurro, ma abbastanza forte perché mi senta. "E lo sai benissimo."

"Quello che è successo tra i nostri genitori non c'entra con noi. Noi siamo stati solo vittime delle loro decisioni. Non lo credi anche tu?"

Dunque il momento è arrivato. Ci stiamo scoprendo così, parlando a voce bassa da una parte all'altra di una porta chiusa.

"Vattene Valerio. Ti prego."

"Aspetta, non dobbiamo parlare di questo, possiamo non parlarne mai, facciamo finta di essere due che si sono incontrati per caso, magari perché frequentano lo stesso bar."

"Ma sei stato tu a cercarmi, sapevi chi ero, no? Perché l'hai fatto?"

"Perché... a parte tua madre, tu eri l'unica persona con cui avrei potuto parlare di lui, ma se non vuoi farlo è lo stesso, ora mi interessa solo esserti amico. E come tuo amico sento che c'è qualcosa che mi stai nascondendo. Qualcosa di brutto."

Mi allontano dalla porta senza dire nulla, vado in camera da letto, mi chiudo dentro, mi sdraio, metto le cuffie e accendo lo stereo. Penso che prima o poi si stancherà di aspettare. E se ne andrà via.

***

297

Ci fu un momento, un momento preciso, in cui capii che Enrico non sarebbe mai potuto essere veramente il padre che avevo sempre sognato di avere. Fu quando, una sera che si trovava a casa nostra, vedendomi uscire dalla mia stanza in reggiseno e mutande, mi guardò nel modo che hanno i maschi di guardare le femmine. Si trattò di un istante, avrei potuto benissimo non notarlo, poi si era girato dall'altra parte, fingendo di interessarsi a una rivista che giaceva aperta sul tavolino. Più tardi, dopo che se n'era andato, mia madre mi disse di non girare mezza nuda per casa, io dissi che lo avevo sempre fatto, lei ribatté che non ero più una bambina, che poteva essere imbarazzante per Enrico. Ma in quello sguardo, che probabilmente a lei era sfuggito, non avevo visto neppure l'ombra dell'imbarazzo. C'era il desiderio che un padre non proverebbe mai per sua figlia. C'era la dimostrazione che il mio ruolo nella sua vita non sarebbe mai stato quello.

Quel modo di guardare lo conoscevo bene, lo ritrovavo spesso nei corridoi della scuola, sull'autobus, lungo i marciapiedi affollati del centro di sabato pomeriggio, c'erano gli sguardi ostentati e allusivi dei ragazzi, a volte accompagnati da battute che avevano la pretesa di sembrare divertenti e che non lo erano quasi mai, c'erano quelli impercettibili di certi adulti, anche anziani, timorosi di farsi sorprendere, e quelli freddi e calcolatori di taluni maschi dall'età indefinita che valutavano se fosse il caso o meno di passare all'azione, tipo analisi costi e benefici, senza sprecare tempo ed energie. Non che mi dispiacesse riceverli, sono certa che avrei sofferto il contrario, così come soffrivano un paio di mie amiche con cui trascorrevo il tempo e che nessuno si filava, e a cui elargivo consigli di bellezza non richiesti che pretendevano di insegnare come acconciarsi i capelli, come vestirsi, quale atteggiamento tenere nei confronti dei ragazzi. E quando loro obiettavano che le mie indicazioni andavano bene per me perché ero bella mentre loro sarebbero sembrate ridicole con certi vestiti attillati e con i capelli raccolti in disordinati chignon che non avrebbero fatto altro che mettere in risalto i loro visi paffuti, io rispondevo che non era affatto vero, che agli uomini piace quello che una donna trasmette, non certo quello che è, dicevo che dovevano smetterla di piangersi addosso e puntare dritto all'obiettivo, che fosse un ragazzo o uno stile di vita.

Cambiavo spesso moroso, di solito ogni due o tre mesi, come le stagioni. Facevo sesso con ognuno di loro, mi incuriosivano le diversità, i modi di approcciare il mio corpo, in qualche modo li studiavo, uno dopo l'altro, mettevo in relazione il carattere con le attitudini sessuali al punto che conoscendo qualcuno sarei stata in grado di prevedere come sarebbe stato a letto. Non frequentavo mai due ragazzi nello stesso periodo e respingevo molti pretendenti, per questo forse nessuno mi considerava una puttana. Ero solo una che voleva divertirsi, che stimolava le fantasie di tutti quelli che gravitavano intorno al mio mondo, principalmente la scuola, che generava sguardi pieni di desiderio nei ragazzi a cui le rispettive fidanzate spesso concedevano solo baci appassionati e qualche palpatina, e la promessa che il gran giorno sarebbe arrivato presto, ma che poi veniva sempre rimandato per colpa di timori e paure imprecisati.

Enrico si faceva vedere sempre meno a casa nostra. A volte passavano due o tre settimane senza che si degnasse di farsi vivo, magari telefonava a mia madre per dire che non riusciva a passare per via del lavoro, di scusarlo e di salutarmi tanto. Ogni volta prometteva di farsi perdonare, che ci avrebbe portato a cena fuori o da qualche altra parte e in effetti capitava che ci ritrovassimo tutti e tre seduti attorno a un tavolo di qualche ristorante alla moda dove lui ordinava per tutti e dove si intratteneva col sommelier a discutere di etichette e retrogusti, mentre mia madre e io cercavamo di capire quali fossero le posate giuste da usare e in quale dei tre bicchieri che avevamo in dotazione dovesse essere versata l'acqua. Quando tornavamo a casa, con ancora in bocca il sapore di cibi raffinati, facevo di tutto per lasciarli soli, dicevo che dovevo passare da un'amica per questo o quel motivo, loro si raccomandavano di non fare tardi e poi si infilavano dentro casa dove li immaginavo proiettarsi in camera da letto a consumare veloci amplessi, e poi rimanere distesi a chiacchierare fino a quando non mi sentivano rientrare, allorché mia madre usciva dalla stanza e mi chiedeva se era tutto okay, io rispondevo con un cenno del capo e andavo a dormire.

Mi dispiaceva per lei, mia madre, perché immaginavo che volesse qualcosa di più, e sapevo per certo che lo avrebbe meritato. Ma il giorno in cui Enrico le disse che la loro storia era finita, e la sentii piangere lacrime silenziose nascosta dietro la porta chiusa della sua camera da letto, compresi anch'io ciò che a lei era chiaro da tempo, che da quell'uomo, e forse dalla vita in generale, quegli

incontri saltuari erano il massimo che poteva pretendere.

40. Riccardo

Ho passato in rassegna le foto ostentando un certo distacco, come se fosse una questione che non mi interessava veramente, qualcosa che dovevo fare per forza. Matteo mi ha detto che per il momento non c'è molto da segnalare, due settimane di appostamenti hanno prodotto solo una decina di foto di Valerio insieme a una donna con cui è uscito una sola volta, non sembrava facessero coppia, sono andati al cinema e poi a mangiare una pizza, nessun incontro con spacciatori né bevute degne di nota. L'ho ringraziato, ho detto di continuare il lavoro, ho pagato un acconto per i suoi servizi. Ora che sono solo riprendo la busta marrone che ho riposto nel cassetto, tiro fuori le foto e le riguardo con maggior attenzione. Noto che Giulia sorride sempre, sembra contenta, Valerio mi sembra più distaccato, nel complesso ho l'impressione che si tratti di un primo appuntamento, forse per capire se si piacciono ancora. Ce n'è una che attira la mia attenzione, è stata scattata dentro la pizzeria, si vede Giulia di faccia e Valerio di spalle, lei gli tiene la mano e ha l'aria preoccupata, forse lui le sta raccontando qualcosa del suo passato, lei non sembra sconvolta, pare piuttosto che lo stia consolando. Butto sul tavolo la busta con un gesto di stizza. Mi chiedo cosa mi spinga a interessarmi delle faccende di queste due persone, con i loro patetici problemi, questi che nella vita non hanno combinato niente di buono, per quale motivo dedico a loro parte del mio tempo prezioso di giovane professionista in carriera. Mi viene in mente che sono io la causa di quell'incontro, che se non avessi tirato fuori Valerio dalla merda adesso lui sarebbe ancora laggiù, in quel capannone puzzolente a contare le monetine ricevute ai semafori. Quasi d'istinto alzo la cornetta del telefono, compongo il numero del supermarket dove l'ho mandato a lavorare, mi risponde una commessa a cui chiedo di passarmi il titolare, un mio vecchio cliente, dopo i soliti convenevoli lo informo che ho fatto una scoperta davvero sconcertante, che non so come dirglielo perché mi sento davvero in colpa, si tratta di Valerio, quello che gli ho chiesto di assumere qualche mese fa, per caso ho scoperto che è stato in carcere, spaccio di droga e altri reati minori, gli dico di tenere gli occhi aperti e che sono davvero dispiaciuto, che mai e poi mai avrei immaginato una cosa del genere, lui incassa il colpo, dice che a vederlo sembra un tipo a posto, mai un problema, mai un ritardo, lo sento sfogliare alcune carte mentre parla, poi resta un po' in silenzio, sembra intento a leggere qualcosa, mi informa che il contratto è a termine, che finisce tra un mese e, date le circostanze, forse deciderà di non rinnovarlo, mi chiede cosa ne penso.

"Se fossi nei tuoi panni farei la stessa cosa" dico.

Poi riattacco, metto via le foto, vado in bagno, mi lavo la faccia con l'acqua fredda. Mi guardo allo specchio, vedo un uomo determinato a riprendersi ciò che gli spetta.

E mi accorgo di sentirmi meglio.

***

L'avvicinarsi dell'esame di maturità portò a un incremento deciso delle ore di studio e a un drastico ridimensionamento del tempo passato con Giulia, che mi incitava a darmi da fare perché, diceva, il diploma non si prende mica da solo. A me del diploma non me ne fregava nulla, volevo stare con lei, soprattutto ora che avevamo cominciato a fare sesso, sfruttando ogni occasione, ogni spiraglio di tempo senza nessuno in casa. Erano rapporti ancora acerbi, consumati in silenzio e frettolosamente per paura di venire interrotti, consumati nella penombra della mia stanza con le tapparelle abbassate perché lei si vergognava a farsi vedere nuda e ogni volta pretendeva che fossimo sotto le coperte per spogliarsi, e dopo correva in bagno con i vestiti in mano. Mentre trascorrevo i pomeriggi chino sui libri ripensavo a quei momenti, ne immaginavo altri che sarebbero arrivati in seguito, sognavo il nostro futuro insieme, una casa solo per noi, la libertà di fare ciò che ci pareva. Anche i miei amici li vedevo meno, a parte Valerio che era il mio compagno di banco e al quale confidavo i progressi della mia vita amorosa, chiedendogli consigli che mi rifilava controvoglia, quasi con fastidio. Per controbilanciare gli chiedevo come andasse con Irene, se lo facevano pure loro, ma lui mi rispondeva che non erano cose da dire agli amici, che anch'io avrei dovuto tenere per me le cose intime che facevo con Giulia, io mi mettevo a ridere, dicevo che mica lo andavo a raccontare a tutti, dicevo "con te non mi sento in imbarazzo, sei Valerio…" A quel punto lui mi abbracciava, non un abbraccio da femmine ma uno di quelli rudi, col suo braccio che mi passava attorno al collo e mi stringeva forte al punto che dopo un po' dovevo dirgli di lasciarmi andare, e ridevamo insieme.

Poi arrivò il dannato esame, ci furono giornate frenetiche fatte di attese fuori dalla scuola, crisi di pianto delle ragazze che scaricavano la tensione, ultime giornate di studio compulsivo nel tentativo di memorizzare nomi e luoghi e date che avremmo dimenticato nel giro di una settimana, ci furono le prove scritte e a distanza di qualche giorno iniziarono gli orali, i nostri nomi comparirono in liste appese fuori dalla porta a decretare i turni con cui avremmo messo fine a quella pagliacciata. Uno dopo l'altro ci presentavamo davanti a una commissione di professori annoiati che, come noi, non vedevano l'ora che tutto finisse, esibivamo la nostra preparazione, salutavamo con garbo e poi ci fiondavamo fuori dove venivamo festeggiati dai nostri compagni già maturi e da quelli che non lo erano ancora (gli uni e gli altri li distinguevi subito perché formavano gruppi ben distinti, i primi a far casino e i secondi a dare l'ultima ripassata, i primi vestiti male e i secondi fasciati dentro abiti eleganti imposti dalle madri). Nel giro di un paio di settimane, comunque, era tutto finito, i giochi erano fatti, uscirono i voti, ci fu chi pianse e chi rise, e chi se ne sbatteva del voto ed era contento di poter iniziare le vacanze. Io ero tra quelli.

I giorni seguenti mi sentivo strano, diverso, forse percepivo che da quel momento in avanti ci sarebbero stati molti cambiamenti nella mia vita, nella vita di tutti noi, al termine delle vacanze estive non saremmo tornati a chiuderci dentro il bozzolo di un nuovo anno scolastico, ci sarebbero state nuove sfide all'orizzonte, e non sapevo ancora se fossi stato in grado di affrontarle. Scacciavo questi pensieri, raccoglievo i complimenti di tutti nella mia veste di neo diplomato, e soprattutto tentavo di recuperare il tempo perduto sui libri e sottratto a Giulia, a cui manifestavo una devozione che a volte sorprendeva anche me. Lo zio di Gigi aveva dato il permesso di farci trascorrere tre giorni nella sua casa di montagna, sull'Appennino. Io dissi che andavo solo se ci veniva anche Giulia, Max ribatté che se veniva Giulia bisognava invitare anche le ragazze degli altri, Irene e Caterina, la morosa di Veris, che la vacanza avrebbe perso quel senso di appartenenza al gruppo che solo l'assenza di femmine poteva garantire. Usò proprio queste parole, io lo fissai per qualche istante, poi dissi che del senso di appartenenza al gruppo non me ne fregava un fico secco, volevo stare con la mia ragazza. Così l'invito fu esteso anche a loro e un paio di giorni dopo ci ritrovammo tutti a bordo dell'autobus che da Forlì portava a Rocca San Casciano e poi a Portico, chiedemmo all'autista di farci scendere un po' prima del paese, percorremmo a piedi un breve sentiero fino alla meta. Era una casa coi muri di pietra costruita poco sopra il ciglio del fiume, che in quel punto era quasi secco, qualcuno lasciò i bagagli a terra e si avventurò subito a ispezionare i dintorni, qualcun altro entrò dentro e cominciò a darsi da fare poiché, come ci aveva avvertito lo zio di Gigi, la casa era vuota da parecchi mesi e aveva bisogno di una sistemata. Ci mettemmo al lavoro con l'entusiasmo di chi ha a disposizione tutto il

tempo del mondo e non si preoccupa di usarne un po'
per ripulire una vecchia casa di montagna, io approfittavo di ogni momento per stabilire un contatto con Giulia, darle un bacio, dichiararle il mio amore. Lei si sot-
traeva ai miei attacchi con malizia e faceva in modo di
ritrovarsi in seguito nelle vicinanze in un gioco di
seduzione di cui ero una povera vittima indifesa. Valerio e Irene apparivano più seri, avevano un diverso
modo di approcciarsi, parevano due amici di vecchia
data come in effetti era, non li si coglieva mai in atteggiamenti da coppia. Di lì a poco anche quelli che
erano andati in giro, Max, Gigi e Marchino, fecero ritorno alla base, si misero ai fornelli e all'ora di pranzo ci
servirono un'abbondante porzione di spaghetti al po-
modoro che mangiammo seduti a un tavolo di cemento
con annesse panchine. Dopo pranzo saltò fuori un pallone, qualcuno accese uno stereo e qualcun altro si
sdraiò sull'amaca legata tra i fusti di due cedri, in
posizione appartata. Avevo sperato di poterla condividere con Giulia ma ero stato preceduto da Veris che poi
aveva gridato a Caterina di andare lì a fargli compagnia. Poco male, pensai, c'è tutto il tempo del mondo.
La palla rotolò vicino a me, la sollevai col piede, feci un
paio di palleggi e la calciai in direzione di Max, che stava cercando di convincere gli altri a fare una partita,
proprio come quando eravamo piccoli e lo vedevi af-
fannarsi nel tentativo di formare le squadre conciliando
i desideri di tutti. Li guardai, i miei amici, la mia ragazza, e pensai di essere nel posto giusto.

Poi Gigi dette il calcio d'inizio.

41. Valerio

Giulia insiste per rivederci, mi ha chiamato diverse volte, ho detto che non potevo, ho rimandato, lei ha promesso che non avrebbe tentato di sedurmi, abbiamo riso insieme.

Non ho più parlato con Marina, dopo che mi ha lasciato sulla porta di casa ignorando le mie suppliche. Poco fa ho chiesto a Dennis se si era fatta viva ma lui ha scosso la testa, senza commentare. Poi, a scoppio ritardato, ha detto di averla vista stamattina mentre usciva di casa, non è entrata nel bar però, si è incamminata a piedi verso il centro, probabilmente andava al lavoro. Quindi sta meglio, ho pensato, qualunque cosa abbia avuto è passata. Sono deciso a parlarle, rimarrò qui finché non torna, se faccio tardi al supermarket li chiamo e mi prendo un pomeriggio di permesso. Inganno il tempo mangiando qualcosa, chiacchiero un po' con Dennis che mi parla della nostalgia che ha della sua terra, la Toscana, mi dice che sta pensando di tornarci, di mollare il bar. Pronuncio qualche parola che ha il vago scopo di consolarlo, anche se non sono mai stato bravo in questo, poi con la coda dell'occhio vedo una sagoma familiare passare lungo il marciapiede. Mi precipito fuori, dico a Dennis che torno subito, grido a Marina di fermarsi, di aspettare, lei si gira di scatto, sembra indecisa sul da farsi, è già quasi dentro l'androne, se volesse potrebbe chiudermi il portone in faccia. Ma ha un'indecisione di troppo, la raggiungo, le chiedo come va, dice bene, ma lo capisco subito che non è vero, lo capisco dal fatto che indossa gli occhiali da sole nonostante oggi sia una grigia giornata d'autunno, con nuvoloni neri che minacciano pioggia e un vento insistente che mi procura un brivido di freddo. Incrocio le braccia scoperte da una maglietta a maniche corte totalmente fuori stagione, chiedo se mi fa entrare un attimo, lei indietreggia lasciando aperto, ci ritroviamo uno di fronte all'altra nel corridoio semibuio.

"Che ti è successo all'occhio?" chiedo.

"Cazzi miei" risponde.

"Chi è che ti picchia?"

"Nessuno mi picchia, sono solo sbadata, dormo poco e di giorno sbatto dappertutto, è così strano?"

"Ti posso aiutare. Ti voglio aiutare. Permettimi di farlo."

"Senti, sei un uomo simpatico, e mi è piaciuto parlare con te, mangiare insieme, ma ora basta, non mi cercare più, senza rancore, ognuno per la sua strada. È meglio per tutti."

Si allontana, tento di fermarla prendendola per un braccio, si mette a gridare come un'ossessa, urla di lasciarla andare, chiama aiuto, sento qualcuno accorrere dalle scale, scappo via, impaurito. Non torno neppure al bar, prendo la bici e pedalo a tutta velocità, mi fermo solo quando sono lontano, penso che forse avrei potuto spiegare che non avevo cattive intenzioni, in questo modo ho dato l'impressione di essere una specie di rapinatore in fuga, l'ex detenuto che non riesce a reinserirsi in società. Penso che devo lasciarla perdere, quella donna. Pensare alla mia vita, fregarmene. Ignorare quel senso di protezione che provo nei suoi confronti, come se fosse una specie di sorellastra.

Ma c'è quella sensazione che non riesco a scrollarmi di dosso, mi perseguita, è come se mio padre mi parlasse, mi chiedesse di aiutarla, che lei ha bisogno di me. Come se un'ombra nera aleggiasse sulla sua testa e io avessi il potere di scacciarla, una sorta di paladino del bene da quattro soldi. Eppure sento che non lascerò che le accada nulla di male. Che non permetterò a nessuno di spezzare il filo che ci unisce, per quanto sottile e sfilacciato sia.

**

Dei tre giorni trascorsi in montagna subito dopo il diploma ricordo soprattutto le risate. Ridevamo tutti, di continuo, senza ragione, ridevamo a battute che non facevano ridere, alle imitazioni scadenti fatte da Max, al ricordo di aneddoti vissuti insieme e raccontati con enfasi da Gigi, ridevamo all'idea che forse nella vita non avremmo mai più riso di gusto come in quei momenti.

Capitava che qualcuno cominciasse un discorso serio sulle aspettative della vita adulta, e subito dopo qualcun altro cominciava a sghignazzare contagiando tutti, una sorta di virus delle risate altamente infettivo.

Con Giulia ci scambiavamo occhiate di continuo, senza parlarci. Riccardo le stava sempre intorno, appiccicato come una sanguisuga, lei accettava di buon grado le sue moine, ma si vedeva che avrebbe gradito di essere lasciata in pace, almeno per un po'.

Irene era molto riservata, non avrebbe mai accettato un bacio da me davanti a tutti, né io avevo alcuna intenzione di darglielo. A distanza di qualche mese dall'inizio del nostro rapporto non era scoccata alcuna scintilla, come forse avevo sperato.

La vacanza si trascinò tra risate, giochi, pranzi e cene e notti insonni e passeggiate nei boschi, Marchino e Veris si cimentarono anche in un paio di sedute di pesca, dopo aver risalito il fiume per qualche centinaio di metri alla ricerca di un punto dove l'acqua era più alta. La mattina del terzo giorno Caterina, la morosa di Veris, tirò fuori un quadernetto, disse che se volevamo potevamo scrivere delle frasi per ricordo, di passarcelo l'un l'altro. Cominciò Max che scrisse qualcosa di volgare che venne subito censurato con relativo strappo della pagina, proseguì Marchino, l'unico di noi maschi non ancora diplomato, che scrisse che a vedere come eravamo ridotti noi gli veniva voglia di lasciare la scuola finché era ancora in tempo, poi fu la volta di Irene che buttò giù una frase a sfondo filosofico che nessun altro comprese, nel giro di un'ora avevamo tutti fatto la nostra parte e il quadernetto era completo, pronto per diventare una reliquia della nostra vacanza da diplomati. Fu lasciato sul tavolo, nel caso qualcuno volesse aggiungere qualcosa, un'impressione dell'ultimo momento, una stupidaggine, ma nessuna parolaccia, aveva chiarito Caterina, come se quella cosa avesse delle regole universali da rispettare.

Nessuno pensò più al quaderno per tutta la giornata, che fu trascorsa come le altre, a parte quella punta di malinconia che sempre accompagna la fine delle cose belle. Verso sera, quando eravamo pronti per partire, Caterina lo riprese per infilarlo nella borsa, stava dicendo che ne avrebbe fatto delle copie per chi le avesse volute quando si interruppe, disse che qualcuno aveva aggiunto una frase, ma non era firmata. Ci avvicinammo tutti a lei, pensando che l'avrebbe letta, pronti per l'ennesima, forse ultima risata, ma Caterina non parlava, sembrava cercare di capire il senso di quelle parole, anche se erano le parole più semplici del mondo, solo inserite in un contesto sbagliato.

Valerio ti amo, ti ho sempre amato e ti amerò per sempre.

Ci misi un secondo a riconoscere la calligrafia di Giulia, quella stessa del biglietto che mi aveva fatto consegnare a scuola, quegli stessi caratteri allungati, veloci, sfuggenti. Guardai Riccardo, forse temendo una sua reazione, ma aveva lo sguardo spento di chi non si è accorto di nulla, finché non incrociò il mio, di sguardo, e sorridendomi disse "ehi, amico, che bella dichiarazione d'amore, Irene lascia che te lo dica, ti sei superata." A quelle parole tutti si volsero verso di lei che si limitò a scrollare le spalle, alzò da terra il suo borsone e si incamminò verso la fermata dell'autobus. L'episodio finì lì, Giulia fece finta di niente, l'unico che mi fissava era Max, che di sicuro aveva riconosciuto l'autrice della frase. Sembrava volesse dire qualcosa ma poi restò zitto. Io seguii Irene in silenzio, Gigi propose di fare un minuto di raccoglimento tenendoci per mano in cerchio in memoria di quella bella vacanza ma l'unico che si degnò di rispondergli fu Marchino, che lo mandò a quel paese. Il viaggio di ritorno a bordo del bus fu l'unico momento in cui nessuno rise. Per lo più restammo in silenzio, che di cose in tre giorni ne avevamo già dette in abbondanza. Ci fu chi dormì, che di sonno arretrato ne avevamo da vendere. Ci fu anche chi pianse, di nascosto, girata verso il finestrino, coi capelli tirati di lato a fare da scudo. "Irene…" sussurrai, incerto, toccandole una spalla. Lei respinse la mia mano. Non dissi e non feci altro. Chiusi gli occhi, fingendo di addormentarmi. E pensai a Giulia.

42. Marina

Con Valerio ho chiuso i ponti. Gli ho detto chiaro e tondo di non farsi più vedere. Non sopportavo più quella sua faccia così simile a quella di Enrico, che si fotta lui e il suo istinto di protezione, io non ho bisogno di nessuno. Anzi, per la precisione, ho bisogno di uomini che mi facciano del male, sempre di più, è come una droga, ogni volta ne vorrei una dose maggiore. L'unico problema sono questi segni che mi lasciano sul corpo, ematomi, lividi, tagli, che mi costringono a vestirmi troppo e a indossare sempre gli occhiali da sole. Qualcuno fa domande, al negozio. Mi guardano strano, mi chiedono se voglio parlare di qualcosa, io sorrido, dico che non è niente, invento scuse sempre meno credibili. Se insistono troppo dovrò lasciare il lavoro, mi dispiacerebbe solo per la signora Dina, e per mia madre, a cui non riuscirei a spiegare da dove vengono i soldi. Ho ricominciato a farmi pagare, dagli uomini che incontro, e ho ristretto il cerchio, vedo sempre gli stessi, a rotazione, in luoghi concordati. Sanno come comportarsi, sanno quello che voglio, non hanno problemi a darmelo. Di loro non so nulla, neppure il nome, conosco le loro auto, il loro profumo, a volte mi parlano dei loro fottuti problemi, mentre torniamo al punto di ritrovo, lo fanno forse per giustificarsi o per rompere il silenzio degli abitacoli, c'è uno che non sopporta più sua moglie, un altro che ha la figlia drogata e dice che solo quando sta insieme a me riesce a non pensarci, e capisco che entrambi sfogano sul mio corpo la rabbia che provano nei confronti della moglie e della figlia. Non stabilisco un prezzo, mi danno quello che vogliono, ho detto loro che per colpa di questo vizio non riesco più a lavorare e quindi se vogliono continuare a incontrarmi devono darmi qualcosa per tirare avanti, così lo fanno di buon grado, un tizio è ricco e mi sgancia trecento euro a botta, un altro non si può permettere di pagare perché ha perso il lavoro. Di tutti ho il numero di telefono ma loro non hanno il mio, sono io a contattarli, li chiamo da un telefono pubblico che si trova in piazza Saffi, uno dei pochi rimasti e ancora funzionante. Comunico un orario e poi metto giù, non c'è margine di contrattazione, su questo sono stata chiara, chi salta un incontro verrà cancellato dalla mia lista. Ma finora non è mai successo, li immagino inventare scuse per assentarsi da casa, balbettare spiegazioni improvvisate davanti agli sguardi sospettosi delle mogli. Questo modo che ho di tenerli sulle spine è forse uno degli inneschi delle loro violenze, quando poi sono liberi di farmi quello che voglio, mi hai fatto fare la figura del coglione con mia moglie, brutta troia, quindi beccati questo e questo e quest'altro.

Stasera incontro un uomo piuttosto in là con gli anni, sarà sulla sessantina, nella mia lista compare col nome di vecchietto. Da quello che ho capito è stato lasciato dalla moglie perché la menava, forse si è fatto anche un po' di galera per questo, anni fa. Ora con me si prende le sue piccole vendette, finalmente può trattare una donna nel modo che ritiene più giusto. È basso ma piuttosto muscoloso, dimostra meno della sua età, completamente glabro, senza le ciglia e pelato, deve avere quella malattia dal nome strano, ci incontriamo nel parcheggio di una ex discoteca trasformata in sala Bingo sulla strada per Castrocaro Terme, quando arrivo è già lì, distinguo il rosso della sigaretta accesa nel posto di guida del suo furgone da imbianchino. Parcheggio di fianco, scendo dalla mia auto e salgo sul furgone, avverto subito l'odore dell'alcool mescolato a quello del fumo e della vernice, deve aver pensato che una bella bevuta prima lo farà divertire di più, parte senza dire nulla, percorre la statale fino alla curva per Terra del Sole, entra nel paese, svolta in una strada laterale che porta a una specie di zona artigianale, si ferma in un largo parcheggio vuoto in mezzo a capannoni prefabbricati. Scendiamo entrambi e rientriamo da dietro, dentro il furgone tiene gli strumenti da lavoro, secchi, pennelli, rulli, assi di legno, stracci, teli di nylon, cavalletti, c'è un odore di vernice che impregna tutto. Tira fuori una lastra di polistirolo e la posiziona nel mezzo, sposta qualche oggetto, è un rituale che conosco bene, l'ho già visto fare tutte le altre volte, poi si stende, mi lascia l'iniziativa, vuole che gli tolga i pantaloni, che lo prenda in mano. Comincia a gemere che in pratica non ho ancora fatto nulla, se ne sta sdraiato a occhi chiusi e geme, sembra quasi che stia sognando, oppure l'alcool l'ha stordito al punto che sta per addormentarsi, sto per cominciare a fare sul serio quando sento un dolore lancinante alla testa, mi ritrovo sdraiata a faccia in su e non ho neppure capito cosa sia successo, poi mi rendo conto che mi ha appena dato una ginocchiata, lo vedo alzarsi in piedi e ricadere su di me, mi afferra la faccia con le mani, mi affonda le dita negli occhi, grido a squarciagola, forse il mio destino è diventare cieca sotto i colpi di un vecchio ubriaco, dentro un furgone da imbianchino puzzolente. Passa un tempo imprecisato che a me pare lunghissimo ma forse di tratta di secondi, continua a premere le dita sugli occhi, dice qualcosa a proposito di un segno indelebile della sua potenza su di me, vuole davvero accecarmi, il bastardo, non sono sicura di poterlo accettare, eppure sento che la mia reazione non è proporzionata al pericolo che sto correndo. Dice che prima mi cava gli occhi e poi mi scopa, e poi mi abbandona lì sulla strada, come un cazzo di animale, è davvero fuori di testa, mi rendo conto che siamo all'ultimo capitolo di una storia che forse non poteva finire in modo diverso. Nel tentativo di strapparmi le mutande mi concede un margine di reazione, lo colpisco in faccia con un pugno, mi accorgo di avergli fatto male dal grugnito che emette ma non è sufficiente a fermarlo, continua a premere sugli occhi con una mano mentre con l'altra mi immobilizza, sento le forze mancarmi, gli occhi mi fanno un male cane, forse sono già cieca, siamo arrivati al punto di non ritorno, vorrei piangere ma non sono sicura che i ciechi possano farlo, è una domanda che non mi sono mai posta prima. Poi sento dei rumori, la portiera si apre, l'uomo dice qualcosa ma non si rivolge a me, c'è qualcun altro, qualcuno che mi toglie l'uomo di dosso, lo scaraventa fuori, li sento gridare, provo ad alzarmi ma mi mancano le forze, la testa mi scoppia, a fatica riesco ad aprire gli occhi ma vedo solo immagini sfuocate, sento i colpi della lotta provenire da fuori, qualcuno viene sbattuto contro la portiera del furgone, altre grida, altri colpi, poi d'improvviso il silenzio. Mi rannicchio su me stessa, vedo entrare una sagoma, riconosco la figura alta di un uomo, forse un poliziotto, o qualcuno che vuole prendere il posto del vecchio. Poi la sagoma si china su di me, mi dice qualcosa, di farmi forza, ha la voce affannata per lo sforzo. Lo riconosco solo quando si avvicina per sollevarmi, quasi mi prende di peso quando vede che non ce la faccio.

"Andiamo a casa, ti aiuto io. Non ti devi preoccupare" mi dice.

Scoppio in lacrime, come non mi succedeva da un sacco di tempo. Se posso piangere forse non sono cieca, penso.

Forse c'è ancora speranza.

***

Sapevo vagamente dove si trovasse l'azienda di Enrico, c'ero passata davanti una volta in macchina con la mamma che me l'aveva indicata, c'eravamo anche fermate nei pressi per vedere se per caso lo vedevamo uscire e fargli un saluto al volo. A tornarci da sola però in quella zona industriale piena di capannoni tutti uguali, mi resi conto che avrei faticato a ritrovarla. Ci riuscii solo dopo aver vagato per oltre un'ora e dopo che mi fui decisa a chiedere indicazioni a un edicolante che, come disse, conosceva bene l'ingegnere perché gli teneva da parte il giornale tutti i santi giorni. Giunta a destinazione seguii l'indicazione di un cartello con la scritta UFFICI, mi presentai a una reception e chiesi di poter incontrare il dottor Mieli. Una signora piuttosto grassa e dalla voce poderosa mi chiese come mi chiamassi, per poterlo riferire, snocciolai il mio nome a bassa voce come se fosse un segreto, tanto che dovetti ripeterlo perché la signora non aveva sentito. Alzò la cornetta e avvertì della mia presenza, poi disse che l'ingegnere sarebbe arrivato subito, potevo accomodarmi. Indicò col dito una saletta poco distante dove avrei potuto trovare da sedermi e qualche rivista. Enrico arrivò dopo qualche minuto col passo trafelato di chi ha troppe cose da fare, mi sorrise e mi disse che gli faceva piacere vedermi, sedette accanto a me, mi propose qualcosa da bere, era tutto un prodigarsi per essere certo che non mi mancasse nulla.

"Senti, sono venuta perché ho saputo che tu e la mamma vi siete lasciati" dissi. Avevo preparato la frase con cura, mi era parsa un buon modo per aprire l'argomento. In realtà sapevo bene che i termini della questione erano ben diversi, lui aveva lasciato la mamma, che si era limitata ad annuire come sempre e aveva atteso con pazienza di rimanere sola per scoppiare in lacrime.

"Purtroppo sì, mi dispiace. Sono contento che sei venuta qui perché avrei voluto parlartene ma non c'è stata l'occasione. Alla fine ho dovuto farlo, non sai quanto mi è costato, e non sai quanto avrei voluto decidere in maniera diversa..." Mentre parlava fissava un punto indefinito oltre quella stanzetta, al di là delle pareti di plexiglass trasparente, "ho dovuto far fronte alle mie responsabilità di padre e di marito, mia moglie ci sarebbe morta, credo. Ho detto a tua madre che se fosse successa una cosa del genere non me lo sarei mai perdonato, e a quel punto la nostra storia sarebbe finita comunque."

Si alzò in piedi, si avvicinò al distributore dell'acqua e riempì un bicchiere di plastica. Prima di bere si girò verso di me, che ero rimasta seduta. "Se sei venuta a chiedermi di ripensarci devo dirti di no. Mi dispiace."

"Non sono venuta per questo. Sono venuta perché volevo dirti che mi dispiace, per tutto. E che non ce l'ho con te, nel caso lo pensassi. È andata così, non è colpa di nessuno. Però c'è una cosa che ti devo chiedere. Un'ultima cena, noi tre insieme. Per dirci addio come si deve. Ti prego."

Scosse la testa, vuotò il bicchiere, lo gettò nel cestino dopo averlo stritolato con la mano. "Non credo sia una buona idea. Prolungare gli addii è sempre doloroso, sarebbe una cena tristissima, credimi."

"Può essere. Ma vorrei tanto farlo. Il giorno del mio compleanno, il 15 luglio. Ci tengo davvero tanto."

Enrico sembrò imbarazzato, si vedeva che avrebbe voluto dirmi di no, chiedermi di smetterla di tormentarlo, ma alla fine cedette. Ci accordammo per una cena nel suo appartamento, quello che aveva preso in affitto quando era andato via di casa, il contratto era stato disdetto ma ne aveva ancora la disponibilità per alcuni mesi, quelli di preavviso che spettavano al proprietario. Alla data stabilita mancavano due settimane. C'era tempo per organizzarmi. Uscendo dall'azienda cominciai subito a pensare a cosa avrei detto a mia madre. Non sarebbe stato facile, lo sapevo. Per la prima volta non avremmo trascorso insieme la sera del mio compleanno.

43. Riccardo

L'investigatore privato dice che Valerio ha modificato completamente le proprie abitudini, esce solo per andare al lavoro e quando finisce torna dritto a casa, come se avesse urgenza di arrivarci. Sembra quasi che ci sia qualcuno che lo aspetta ma non ha mai visto uscire nessun altro, chiunque sia ci vive, nell'appartamento, oppure se ne va di notte e arriva di mattina presto. Dice che dentro casa non riesce ad andare, potrebbe fingere un furto ma non se la sente, se lo beccano gli tolgono la licenza. A parte questo non ci sono problemi di droga e alcool, il soggetto non mostra nessuno dei sintomi tipici, sguardo perso, prurito, dimagrimento, andatura incerta. Chiede se deve continuare a pedinarlo, rispondo che per il momento può bastare, poi vedremo.

Questa cosa mi ha incuriosito, mi chiedo chi sia la persona che vive con lui, se mai esiste. Ho deciso di andare a trovarlo, con la scusa che non ci vediamo da un po'. È ora di cena, sono appena uscito dallo studio, di sicuro lo troverò in casa. Noto che nel parcheggio condominiale c'è la Panda usata che ha comprato subito dopo aver preso la patente e le finestre dell'appartamento sono aperte, vado a colpo sicuro. Suono il campanello, mi risponde subito, chiede chi è.

"Sono Riccardo. Sono venuto a trovarti."

"Ehi, ciao. Vieni su."

Oltrepasso il cancelletto, attraverso il cortile, entro nel

palazzo, percorro due rampe di scale e sono davanti alla porta del suo appartamento, semiaperta. Entro dicendo permesso, Valerio mi viene incontro, indossa una tuta grigia, porta ai piedi un paio di ciabatte di stoffa, mi stringe la mano, mi chiede come va, rispondo tutto bene, mi chiede di Melissa e gli dico che la storia del figlio che non arriva la sta facendo uscire di testa, poi mi pento di aver toccato un tasto tanto personale, cambio subito argomento. Mi siedo sul divano, mi guardo intorno, non ci sono segni di presenze oltre a lui, è tutto molto ordinato, forse troppo.

"Vuoi bere qualcosa?"

"No, grazie, resto solo cinque minuti, devo tornare a casa. Volevo solo essere sicuro che stessi bene, visto che non ci vediamo da un po' di tempo. Non è che stavi cenando, che ti ho disturbato?"

"Macché, devo ancora preparare, mi sa che stasera mi faccio un'insalata."

Restiamo zitti tutti e due, mi accorgo che c'è tra di noi un imbarazzo palpabile, è come se fossi capitato nella casa di un perfetto sconosciuto che si sforza di essere gentile, nella speranza che me ne vada prima possibile. Forse ora che la fase del suo reinserimento è conclusa abbiamo perso il collante che ci ha tenuti insieme per questi mesi, torniamo a essere due persone che non hanno più niente da dirsi. Mi alzo in piedi, chiedo se prima di andare posso usare il bagno, Valerio tentenna e poi dice che non c'è problema, mi accompagna. Percorro il corridoio utilizzando quei tre o quattro secondi per lanciare sguardi ovunque, la porta della camera da letto è chiusa, quella della cucina pure, ma essendo una porta vetro riesco comunque a vedere dentro, noto che il tavolo è apparecchiato per due, mi chiudo in bagno, frugo nei cassetti e trovo cosmetici da donna, assorbenti, rossetti, due spazzolini da denti. Spingo il pulsante dello sciacquone, mi lavo le mani ed esco.

"Mi ha fatto piacere rivederti, amico, stammi bene, eh" dico toccandogli un braccio. "Anche a me ha fatto piacere" dice lui.

Sto per girargli le spalle ma poi ci ripenso, come se mi fossi ricordato di una cosa importante, "ti volevo chiedere" dico, "ora che ti sei messo in sesto, perché non ti trovi una ragazza? Voglio dire, eri o non eri il numero uno in fatto di donne?"

Ci pensa su, accenna un mezzo sorriso, come se gli avessi fatto ricordare qualcosa di piacevole.

"Ci puoi scommettere il culo che lo ero" dice, poi ci salutiamo di nuovo.

***

"Proprio non hai capito un cazzo di quello che è successo, vero?"

La voce di Max mi colse di sorpresa mentre gonfiavo la mountain bike, regalo dei miei genitori per il diploma. Alzai lo sguardo verso di lui, che se ne stava piantato sulla soglia del garage col sole di spalle, sembrava una visione mistica.

"Di cosa parli?" chiesi, continuando a spingere sulla pompa, un occhio al manometro.

"Parlo di quella scritta che è comparsa sul fottuto

quaderno di Caterina, l'ultimo giorno che eravamo nella casa."

Era trascorsa una settimana da quando eravamo tornati, avevo relegato quei tre giorni nel cassetto dei ricordi, quelli belli, da conservare.

"Embè?"

"Qualcuno ha scritto una frase smielosa su Valerio, ti amo e ti amerò per sempre e via dicendo, hai presente?"

Feci cenno di sì, ora aveva la mia attenzione, anche se non capivo dove volesse andare a parare.

"Bé, io te lo dico perché sei mio amico, se fosse un altro lo terrei per me, anche perché c'è di mezzo mia sorella e... anche se non andiamo d'accordo è pur sempre mia sorella..."

"Ma che cazzo stai dicendo, si può sapere? Che c'entra tua sorella?"

"È stata lei a scrivere quella frase."

"Cazzate..."

"Pensi che non riconosca la sua calligrafia? Ti dico che è stata lei."

"È stata Irene, pezzo di stronzo. Le ho anche fatto i complimenti, non ti ricordi?"

"Sì, mi ricordo che le hai fatto i complimenti, ma lei non ha ammesso nulla, è stata zitta. E poi ha pianto per tutto il viaggio di ritorno."

"Sei un coglione, stai sempre a sparare cazzate."

Fece un respiro profondo, come se volesse dominare una rabbia crescente. Con Max non avevo quasi mai litigato, a differenza di Valerio col quale si beccava in continuazione.

"Vabbé, io ti ho avvertito, c'ho la coscienza a posto.

Vedi tu..."

Rimasi a guardarlo mentre se ne andava, borbottai qualcosa sul fatto che non si faceva mai i cazzi suoi, e tornai a occuparmi della bici. Ma le sue parole mi rimasero in testa per tutto il giorno, perforandomi il cervello. Non potevo immaginare che Giulia avesse scritto quella cosa, a quale scopo poi? Forse l'aveva fatto per scherzo, e quando poi nessuno aveva riso si era rifiutata di rivelare di esserne l'autrice. Spiegazione poco plausibile. Avrei voluto chiederlo a lei, il motivo. Ma non ne avevo il coraggio. Forse temevo la risposta che avrebbe potuto darmi.

44. Valerio

Finalmente ho la patente. È stato facile, tutto sommato. Guidare è come andare in bicicletta, non te lo scordi mai come si fa. Ho comprato una Panda in un piccolo negozio di auto usate, i primi giorni ci ho girato parecchio, è stata una bella sensazione, mi sentivo libero, sono andato a Cervia, ho parcheggiato sul lungomare e ho camminato lungo la spiaggia deserta, con gli stabilimenti chiusi e le dune erette a protezione dalle mareggiate. Ora la uso poco, preferisco muovermi in bici, la lascio parcheggiata nel cortile del condominio e ogni due settimane la pulisco dentro e fuori, come se fosse una Ferrari. Qualche giorno fa l'ho presa per mettere in pratica ciò che avevo in mente da tempo, seguire Marina. Siccome si rifiutava di parlarmi non mi ha lasciato altra scelta, mi sono appostato in un parcheggio poco distante da casa sua, ho aspettato che uscisse. Sapevo che l'avrebbe fatto, Dennis me lo aveva detto che usciva tutte le sere, sempre alla stessa ora. L'ho vista incamminarsi verso la sua macchina, parcheggiata poco distante dalla mia, ho messo in moto e l'ho seguita. Siamo usciti dal centro, ci siamo diretti verso l'ospedale, poi abbiamo preso la statale per Castrocaro, a un certo punto ha messo la freccia, è entrata nel parcheggio deserto di un locale chiuso. C'era solo un furgone, si è fermata lì vicino, io ho tirato dritto lungo la strada, avevo paura che mi vedesse. Poco dopo ho fatto inversione e mentre tornavo indietro ho visto il furgone partire mentre la macchina di Marina era ancora lì, ho dedotto che ci fosse salita sopra, mi sono rimesso in marcia. Li ho seguiti da lontano fino a quando non hanno parcheggiato in un piazzale deserto, in una zona buia e isolata. Ho spento le luci della macchina e mi sono fermato a una certa distanza, li ho visti scendere dall'abitacolo e salire sul retro, poi richiudere le portiere. Con lei c'era un uomo, non avevo dubbi su cosa stessero facendo lì dentro, e mi faceva male pensarlo. Era forse il suo amante? Perché lo incontrava così, in modo tanto clandestino? Era giusto che stessi lì a spiarli? Dopotutto non erano affari miei. Si facesse scopare da chi voleva, forse non era il tipo di persona che pensavo, meglio lasciarla perdere. Sono sceso dall'auto, tutto intorno c'era un silenzio assoluto, si percepiva solo un lontano fruscio provocato dalle macchine di passaggio lungo la statale, anche dal furgone non giungeva nessun rumore, forse ero troppo distante per sentirli. Ho pensato a quanto bizzarra fosse la situazione, due adulti che si imboscano per fare sesso in un parcheggio, roba da ragazzini che vivono coi genitori. Stavo per risalire in auto quando ho sentito un grido, era Marina di sicuro, poi alcuni colpi e altre grida. Ho immaginato che la stesse picchiando, sono corso verso il furgone, mi sono fermato lì in attesa di altri rumori, mi ha colto il pensiero che forse quelle grida facevano parte di un loro rituale erotico, poi ho sentito lui che la minacciava, le diceva che l'avrebbe accecata e non ho più avuto dubbi, ho spalancato la portiera, sono entrato dentro e l'ho preso per il collo, tirandolo fuori, poi ho cominciato a colpirlo, l'ho sbattuto contro il furgone, senza dargli il tempo di reagire, l'ho lasciato mezzo svenuto per terra, il sangue che gli colava dal naso e dalla testa, sono andato a prendere Marina, era tutta rannicchiata su sé stessa, gli occhi chiusi, mezza nuda, l'ho coperta con la mia giacca, l'ho aiutata ad alzarsi, ho cercato di rassicurarla. L'ho presa in braccio e l'ho portata fino alla mia auto, siamo partiti e ci siamo diretti verso casa mia. Per tutto il tragitto non ha fatto che piangere, io sono rimasto zitto, a parte qualche parola di conforto con cui ho cercato di calmarla.

Da quella sera sono trascorsi dieci giorni. Marina è ancora qui, sto cercando di curarla, anche se non sono affatto sicuro di quello che faccio. Gli occhi sono ancora gonfi, applichiamo garze e colliri, dice che va meglio, che riesce a vedere abbastanza bene, io insisto per accompagnarla da un dottore ma lei non ne vuole sapere, dice che fanno troppe domande.

Non parliamo di quella sera, io non ho chiesto nulla, lei in un paio di occasioni se n'è uscita con frasi tipo chissà cosa penserai di me dopo quello che hai visto, io mi limito a scuotere le spalle e cambio argomento, forse ho paura di offenderla, che finirebbe con l'andarsene da casa mia. Mi piace che stia qui, ora che sembra essersi ambientata, mi piace ritrovarla quando torno dopo il lavoro, cenare con lei, guardare la TV e commentare le schifezze che trasmettono. Una volta gliel'ho anche detto, che ero contento di averla lì, lei mi ha sorriso, ha detto che anche lei era contenta di starci, ha detto che sono una brava persona, che però non appena starà meglio tornerà a casa sua. "Come vuoi" ho risposto, "ma non c'è fretta."

Poco fa abbiamo avuto una visita. Era Riccardo. Con Marina abbiamo concordato sul fatto che era meglio se lei andava in camera da letto, per evitare di essere vista. Mentre saliva mi sono guardato intorno, ho fatto sparire tutte le cose che potevano svelare la presenza di un'altra persona, un paio di ciabatte, un foulard, l'ho accolto sulla soglia, gli ho detto di accomodarsi, abbiamo chiacchierato per qualche minuto, poi mi ha chiesto se poteva andare in bagno, sono stato colto di sorpresa, lì ci sono diverse cose di lei, cose che mi ha chiesto di andare a prendere nel suo appartamento. Ho detto che non c'era problema, per non farlo insospettire, ma forse ha capito qualcosa, l'ho notato da come si guardava attorno, curioso. Ci siamo salutati, ha scherzato sul fatto che devo trovarmi una fidanzata. Non credo l'abbia detto per caso.

Riccardo non dice mai nulla per caso.

**

Con Irene ci lasciammo il giorno dopo essere tornati dalla montagna. Disse che siccome non ero innamorato di lei non aveva senso continuare, disse che ci augurava di essere felici, a Giulia e a me, che la nostra era un'attrazione troppo forte per continuare a ignorarla. Le chiesi come avesse fatto a capirlo, si mise a ridere, rispose che non le avevo tolto gli occhi di dosso per tutto il tempo e che lei, Giulia, aveva fatto lo stesso con me. E poi quella frase parlava chiaro, no? Era come se Giulia volesse farmelo sapere da tempo e non avesse mai trovato il modo giusto per riuscirci, così aveva colto al

331

volo l'occasione del quaderno di memorie. "Bella idea" commentò prima di darmi un ultimo bacio e salutarmi. "Ti auguro di essere felice."

Qualche giorno dopo incrociai Giulia per strada, non ci fu bisogno di dire nulla, la presi per mano e la condussi verso casa mia, ci appartammo nel garage e cominciammo a baciarci. Avrei voluto portarla su nella mia stanza, farci l'amore subito, quello stesso pomeriggio, riappropriarmi del suo corpo che mi era stato sottratto per troppo tempo, riprendere da dove eravamo rimasti quel giorno nella casa abbandonata e far finta che da allora non ci fosse stato altro. Ma in casa c'era mia madre così dovemmo accontentarci di restare lì, senza fare rumore, a mangiarci le labbra e a reprimere un desiderio troppo forte per riuscire a sopirlo con dei semplici baci.

"Che faremo?" chiese lei dopo un po'.

"È semplice, ci mettiamo insieme, ci sposiamo, facciamo dei figli, invecchiamo, moriamo."

Rise. "Dai, scemo, dico sul serio. Come facciamo a dirglielo?"

Avrei voluto avere una risposta pronta, le idee chiare, ma non era così. "Digli che non lo ami più. Che ti dispiace ma hai deciso di lasciarlo. Lasciamo passare un po' di tempo, ci vediamo di nascosto, e poi ci mettiamo insieme. Facciamo finta che sia successo dopo che la vostra storia è finita."

Sembrò riflettere su quelle parole, forse immaginava la scena, la disperazione di Riccardo, il senso di colpa.

"Credevo che mi sarei innamorata di lui, che sarebbe stata solo questione di tempo. Invece non è successo.

Peccato. Sento che con lui sarei stata felice."

La abbracciai, le dissi che io l'avrei resa felice, glielo promisi. Lei annuì, come se volesse convincersi che fosse vero, mi accarezzò la testa. "Tu mi farai morire" disse poi.

Siccome mia madre aveva iniziato ad andare da un terapista tre volte a settimana, in quelle occasioni avevamo la casa libera. Ci chiudevamo in camera e facevamo quello che ci pareva, ne uscivamo quasi due ore dopo rossi in viso e felici, ci scambiavamo un ultimo bacio sulla soglia di casa e poi lei sgattaiolava fuori giusto in tempo per il rientro della mamma. Tra i miei genitori le cose erano migliorate. Dal ritorno di mio padre era iniziato un lento ma progressivo percorso verso una normalizzazione che, sebbene fosse ancora lontana, pareva raggiungibile. La mamma aveva smesso di essere una specie di vegetale, si era rimessa in moto, aveva persino ripreso a dipingere. Sentivo che le cose stavano andando per il verso giusto, ero ottimista e felice. Quello scorcio di estate subito dopo la fine della scuola fu forse il momento più bello della mia giovinezza.

Poi arrivammo al 15 luglio. E tutto finì.

45. Marina

Stavolta me la sono vista brutta. Se non fosse intervenuto Valerio chissà come sarebbe finita.

Lo guardo affaccendarsi in casa e mi fa tenerezza, mi accudisce come se fossimo parenti. Fratello e sorella.

Dividiamo il suo appartamento da un mese, sono quasi guarita, perlomeno esteriormente, ho un viso presentabile, senza ematomi, gli occhi sono tornati normali, la vista anche. Trascorro le giornate chiusa qui dentro, aspetto che torni dal lavoro, mi tengo occupata facendo i lavori domestici, guardo la TV e ascolto la radio, da qualche giorno vado a fare la spesa al supermarket del piano terra dove tutti pensano che sia la sua fidanzata, lo danno per scontato e io non ho mai smentito, le commesse più anziane da dietro il bancone mi danno consigli di cucina, dicono che devo farlo ingrassare un po', che è troppo sciupato. In realtà cuciniamo sempre insieme, ci diverte condividere quel poco spazio, siamo entrambi negati per cui i risultati sono pessimi, in compenso ridiamo molto.

Non mi ha chiesto nulla, forse pensa che gliene parlerò io, di quello che è successo. Ma non è facile, per me. Posso raccontare i fatti, posso parlare delle serate che trascorro in compagnia di sconosciuti, del mio passato da prostituta, dell'impulso che mi spinge a cercare la violenza, ma non posso dirgli da cosa nasce quello stesso impulso, qual è stato il catalizzatore che ha innescato tutto questo. Per farlo dovrei tornare indietro nel tempo e raccontare fatti che ho cercato, invano, di dimenticare. E che riguardano suo padre. Dovrei parlare di quello che accadde il 15 luglio del 1989, dei sensi di colpa che mi svegliano di notte ancora oggi, a distanza di oltre vent'anni. E non ho intenzione di farlo. Perché sarebbe come rivivere tutto. E finirei per perdere anche lui.

***

Ero diventata brava a sedurre i ragazzi della mia età ma non avevo mai provato con un adulto. Mi chiedevo se fosse la stessa cosa, se poteva spaventarli l'idea di andare con una sedicenne. Pensai che dovevo fare delle prove, affinare le tecniche in vista dell'appuntamento con Enrico. L'occasione capitò un giorno, mentre ero nella sala d'attesa del mio medico, c'ero andata per conto di mia madre, dovevo ritirare una ricetta. C'eravamo io, una donna sui cinquant'anni e un uomo della stessa età, poi la donna fu chiamata dentro e rimanemmo solo l'uomo e io. Era un signore piuttosto distinto, ben vestito, che ingannava il tempo leggendo una rivista scientifica, nel complesso poteva essere paragonato a Enrico. Cominciai a fissarlo e a distogliere lo sguardo, quando lo facevo con i ragazzi li vedevo agitarsi, muoversi nervosamente e combattere contro l'indecisione di venire a parlarmi, l'uomo all'inizio fece finta di nulla, poi cominciò a restituirmi occhiate furtive, tolsi il maglione e sbottonai la camicia, dissi qualcosa a proposito del caldo che faceva lì dentro, lui annuì poco convinto, accavallai le gambe, lo guardai con maggior insistenza, finché non ci ritrovammo a fissarci entrambi. Mi avvicinai e mi sedetti nella sedia a fianco, chiese se c'era qualche problema, dissi di no, dissi che gli uomini maturi mi erano sempre piaciuti, appoggiai una mano sui pantaloni rigonfi e gli misi la lingua in bocca. Reagì dopo qualche secondo, si lasciò andare timidamente, e ci baciammo con passione, finché la porta dell'ambulatorio si aprì e fui invitata a entrare. All'uscita lo guardai con sufficienza, lui fece finta di nulla, forse pensava che fossi mezza matta. Però non si era tirato indietro quindi considerai la prova superata a pieni voti. Uscendo dallo studio medico, con in bocca il sapore di quell'uomo, sentivo di avere un potere immenso, una forza di attrazione che mi avrebbe consentito di fare ciò che mi pareva e questa consapevolezza mi riempiva d'orgoglio. Neppure mi sfiorò l'idea che un tale potere potesse nascondere risvolti terribilmente pericolosi.

46. Riccardo

Ufficialmente ho chiesto di vederla per discutere di lavoro, esaminare alcuni aspetti fiscali della sua nuova attività di commerciante e fare il punto su come va il negozio a tre mesi dall'apertura. In realtà voglio capire se c'è la possibilità di iniziare a frequentarci, anche se l'idea di tradire Melissa mi fa torcere lo stomaco. Eppure siamo qui, uno di fronte all'altra, chiusi nel mio ufficio, e mentre parlo di imposte dai nomi strani non riesco a non apparire indifeso di fronte a quegli occhi azzurri che mi fissano sconfortati.

"È tutto così complicato, mamma mia" dice riferendosi a un aspetto che ho appena messo in evidenza.

"Le tasse sono come la vita, non sai mai da che parte prenderle."

"Tu hai saputo come prenderla, la vita. Sei un professionista stimato, hai una bella moglie, una bella casa..."

"Come sai che mia moglie è bella se non l'hai mai vista?"

"Me l'ha detto Valerio."

"Ah sì? Vi frequentate quindi, voi due?"

"Non direi, ci siamo visti un paio di volte. Giusto per farci compagnia, un cinema e una pizza. Tutto qui."

Allargo le braccia, "non sei tenuta a spiegare, potete uscire insieme se volete, siete adulti, liberi di scegliere, ci mancherebbe."

Mi guarda storto, "non stavo affatto spiegando, ti

stavo dicendo solo che ci siamo visti, mica ti volevo chiedere il permesso."

"E saresti disposta a uscire anche con me, se te lo chiedessi?"

Si blocca, non se l'aspettava, per qualche ragione da quando ci siamo rivisti mi ha sempre considerato un essere asessuato, buono solo per risolvere questioni fiscali.

"Ric, credevo fossi felice con tua moglie."

"Lo sono, lo sono. Era solo una domanda, un'ipotesi."

"Mettiamola così, se tu non fossi sposato e mi chiedessi di uscire, sarei lieta di farlo. Contento?"

Scuoto la testa e rido. "Valerio ti ha detto del suo passato?"

"Sì, me l'ha detto."

"E ti ha detto che l'ho trovato per strada che chiedeva l'elemosina?"

Annuisce, capisco che quelle domande la mettono a disagio.

"Mi ha detto che ti deve tanto. E ti è riconoscente. Dice che sei una persona davvero…"

"E ti ha detto che ora vive con una donna?" la interrompo, alzandomi in piedi.

Rimane in silenzio. Sembra che stia mettendo a fuoco quelle poche, semplici parole.

"Non la conosco, so solo che vive con lui da circa un mese" aggiungo.

"Bé, buon per lui. Non mi stupisco, le donne gli sono sempre corse dietro."

Mi avvicino a lei, le accarezzo una spalla, nel farlo sento un fremito, capisco che per questa donna sarei disposto a fare qualsiasi cosa, ora come allora, questi venti anni non hanno cambiato niente. Sento di doverglielo dire, ciò che provo per lei.

"Se fossimo rimasti insieme tutto sarebbe stato diverso. Era quello il nostro destino, ma non è troppo tardi. Mi basta un tuo gesto e sono pronto a lasciare mia moglie anche oggi."

Sembra impaurita, indietreggia, balbetta qualcosa, dice che non so quello che dico, che non immaginava una cosa simile, che forse è meglio se va via, magari ne riparliamo con più calma, a mente fredda.

"Va bene, come vuoi. Possiamo riparlarne anche fra altri vent'anni, ma non cambierebbe niente lo stesso. Ti amo, ti ho sempre amata e ti amerò per sempre" dico, e mi torna in mente quella frase scritta da lei all'indirizzo di Valerio, nel quaderno di memorie.

Esce quasi correndo, neanche risponde al saluto della mia segretaria che la guarda sfrecciare verso l'ingresso dello studio.

"Tutto bene dottore?" mi chiede allarmata.

Annuisco. "Tutto quel parlare di tasse deve averla spaventata."

***

Per un paio di settimane non feci nulla. Mi sforzavo di ignorare le parole di Max, di sembrare felice e sereno, anche se il sospetto mi stava rodendo il fegato, cercavo invano segnali che in qualche modo smentissero quella rivelazione e rimandai il più possibile l'unica cosa che potessi veramente fare per accertarmi di come fossero andate le cose, chiedere a Irene. Quando mi decisi a incontrarla era preparato a tutto, sapevo che lei e Valerio si erano lasciati e immaginai che ciò avvalorasse l'ipotesi che a scrivere quel messaggio fosse stato qualcun altro.

La intercettai mentre usciva da casa sua, vedendomi si fermò e accennò un sorriso che mi parve di compassione.

"Posso immaginare perché sei qui" disse.

"Volevo chiederti se hai scritto tu quel messaggio, su in montagna."

"Mi piacerebbe dirti di sì, ma sappiamo bene che sarebbe una bugia."

Sentii le lacrime scendermi sul viso, mi resi conto che lo avevo sperato fino all'ultimo.

"Senti" disse, "faresti bene a lasciarla andare, come ho fatto io con Valerio. Restare insieme non serve a nessuno, è questione di tempo e poi ti lascia lei, è inevitabile."

"Quando è successo? Cosa sai di loro?"

"So solo che si piacciono, non credo ci sia mai stato nulla, almeno fino a oggi, ma non ne sono sicura. È proprio per questo che ti consiglio di lasciarla andare, per evitare che ci siano tradimenti, cose che lasciano cicatrici enormi. Io la penso così e ho fatto quello che mi sembrava meglio per tutti, anche per me."

"Non troverò mai più una ragazza come lei. Dannazione, lo sapevo che sarebbe finita così."

"Giulia non è l'unica ragazza del mondo, vedrai che ti passerà."

Mi asciugai gli occhi con le mani, la ringraziai per essere stata sincera con me, la salutai.

Per una settimana non mi feci vedere. Giulia non mi cercò, né lo fece Valerio. Vennero gli altri a casa mia, mi dissero che li avevano visti insieme, non stavano facendo niente ma sembravano... intimi, usarono questa parola. Io restai in silenzio, non commentai le notizie né mi dichiarai d'accordo nel considerare Valerio un pezzo di merda perché mi stava soffiando la ragazza. Semplicemente attesi con pazienza che se ne andassero per restare solo e soffrire in silenzio, sdraiato sul letto della mia stanza, quello stesso letto in cui avevamo fatto l'amore, e affondare il naso nelle pieghe delle lenzuola alla ricerca del suo profumo, solo per rendermi conto che non ce n'era traccia. Di lei non era rimasto nulla.

47. Valerio

Sono stato licenziato. Anzi, a essere precisi, sono arrivato alla fine del contratto a termine e il titolare del supermarket ha detto che non intende rinnovarlo. Ha detto che c'è poco lavoro, che gli dispiace, ma ho il sospetto che abbia saputo del mio passato e che non voglia avere niente a che fare con tipi come me. Torno a casa deluso e preoccupato, avere un lavoro mi dava sicurezza, ora dovrò inventarmi qualcosa.

Decido di fare una deviazione verso il negozio di Giulia, è un po' che non la vedo. La guardo da fuori, è indaffarata con un cliente, saluto con la mano e faccio cenno che aspetto lì. Dopo dieci minuti esce il cliente e subito dopo lei, mi dice di entrare, che è contenta di vedermi. Dice che sta per chiudere, che dobbiamo andare a cena assieme, è troppo che rimandiamo. Penso a Marina che mi sta aspettando a casa, vorrei avvertirla ma non mi va di farlo da lì, con Giulia che ascolta. Provo a dire che avrei da fare ma lei non sente ragioni, si affretta a sbrigare le ultime cose, mi prende per mano e usciamo dal negozio in fretta e furia, saliamo sulla sua auto e partiamo. C'è un ristorante molto carino lungo la strada per Rocca delle Caminate, mi informa. Ci arriviamo dopo un quarto d'ora, l'ultimo pezzo di strada è in salita e la sua macchina sembra arrancare, quando siamo dentro dico che devo fare una telefonata e torno fuori, estraggo il cellulare e compongo il numero di casa. Marina mi risponde subito.

"Ciao, sono io. C'è un problema. Ho incontrato un'amica e mi ha praticamente costretto a cenare con lei. Farò un po' tardi."

"Un'amica? Che amica?"

"Una che conosco da una vita. Si chiama Giulia. Ti dispiace se non ceniamo insieme?"

"No, non c'è problema. Divertiti."

È la prima volta che non stiamo insieme di sera da quando vive a casa mia. All'inizio non l'avrei mai lasciata sola, ora sta meglio, è praticamente guarita, mi sento tranquillo. Rientro e mi siedo al tavolo, voglio dedicarmi a Giulia, dimenticare i miei problemi per il tempo della cena. Il ristorante è piccolo, grazioso, siamo in una terrazza coperta che ci concede una vista panoramica sulla città, sulla Pianura Padana che trova in quella collinetta e nelle altre adiacenti una sorta di sbarramento dopo essersi estesa per centinaia di chilometri.

"L'hai avvertita?" chiede Giulia.

"Chi?"

"La donna che vive con te. L'hai avvertita che ceni fuori?"

"Come sai che c'è una donna che vive con me?"

"Me l'ha detto Riccardo. Come faccia a saperlo lui non lo so."

"Sì, è venuto a casa mia, avrà visto qualcosa, l'avrà dedotto immagino. A lui non sfugge niente."

"Non più. Da ragazzo gli era sfuggito il fatto che noi due ci amavamo. Tu e io intendo. Forse ora ha sviluppato un sesto senso, un meccanismo di difesa."

"Può darsi. Comunque Marina è solo un'amica a cui

sto dando una mano."

"Una delle tue fidanzate passate?"

"Non ho avuto tutte queste fidanzate."

Giulia non replica. Sembra stizzita da questa storia della donna che vive a casa mia. Forse si aspetta che dica qualcosa a proposito di noi due, della possibilità di rimetterci insieme, forse ha sperato in questa possibilità, l'ha immaginata, desiderata, come una sorta di destinazione finale del percorso tortuoso che ha preso la sua vita.

"Che altro ti ha detto Riccardo?" chiedo.

"Che lascerebbe sua moglie per me. Ma ci pensi? È come hai detto tu, non mi ha mai dimenticata."

"E tu che hai risposto?"

"Sono scappata. Cos'altro potevo fare?"

Restiamo zitti entrambi per un po'. Arriva il cameriere e ordiniamo. Trasciniamo discorsi stanchi e impacciati, ricordiamo quell'inizio di estate del 1989, le poche settimane in cui siamo stati felici insieme. Anche nel ricordo però manca l'entusiasmo di chi vorrebbe che quei momenti potessero tornare, forse sappiamo che non è possibile, forse ce ne stiamo rendendo conto in questo momento, davanti a un piatto di tagliatelle ai porcini. Alla fine della serata ci salutiamo con un bacio sulle labbra, e mi sembra di percepire il sapore di quei baci antichi, come se nel corso degli anni fosse rimasto lo stesso a dispetto dei cambiamenti che hanno subito i nostri corpi, le nostre menti, il nostro modo di concepire la vita.

La guardo allontanarsi con la sua auto e ho la sensazione, nitida, che non ci rivedremo mai più.

***

Alla fine del rapporto tra Giulia e Riccardo mancava solo l'ufficialità, nei fatti era storia passata. Le voci su noi due erano corse, qualcuno ci aveva visto insieme e l'aveva detto a qualcun altro e via di seguito, Max aveva chiesto spiegazioni a Giulia, neanche fosse il suo tutore legale, e lei lo aveva gentilmente mandato a quel paese. Continuavamo a vederci a casa mia durante le sedute terapeutiche di mia madre, preferendo limitarci a quegli incontri semi clandestini, aspettare che succedesse qualcosa che spingesse Riccardo ad accettare la realtà, anche se non sapevamo bene cosa sarebbe potuto accadere. Quando mi capitava di incontrare qualcuno del gruppo avvertivo tutto il disappunto dipinto sui loro volti o espresso attraverso saluti appena accennati, erano tutti convinti che stessi facendo un torto a Ric. Con Marchino avevo provato a spiegare, un giorno che a testa bassa mi si era avvicinato per chiedermi cosa stessi combinando, avevo detto che Giulia e io volevamo stare insieme, che mi dispiaceva un sacco per Riccardo, ci stavo proprio male, ma era successo e non si poteva tornare indietro, lui mi aveva guardato con aria afflitta, come se stesse valutando lo stato d'animo di un malato terminale, e mi aveva augurato buona fortuna, poi aveva aggiunto che comunque ci sono cose che non si fanno punto e basta, il resto sono chiacchiere.

Tutto quell'astio nei miei confronti non intaccò l'euforia di quei giorni, gli incontri con Giulia bastavano e avanzavano a ripagarmi. Ero felice.

Finché un giorno mio padre disse che non avrebbe cenato con noi quella sera. Eravamo a tavola a fare colazione, lo disse ponendo fine a un interminabile silenzio che quasi sempre caratterizzava quel momento della giornata, dovuto sia all'imbarazzo residuo conseguente alla crisi familiare appena conclusa sia alla mancanza di argomenti ora che io, essendo cresciuto, non concentravo più su di me le domande e le considerazioni sulla scuola, il campionato di calcio, gli amici. Disse "a proposito, stasera non ci sono, uno dei ragazzi dell'officina si sposa e mi hanno invitato all'addio al celibato. Hanno detto che se rifiuto la prendono come un affronto personale." Mia madre rispose che non c'era problema, nella sua nuova veste di moglie che ha ritrovato l'amore del marito era troppo miope per accorgersi della leggera incrinatura nella sua voce. A noi aveva giurato di non avere più rapporti con l'altra famiglia, "sono tutto per voi" aveva detto forse pensando di farci ridere. Mia madre aveva accettato di metterci una pietra sopra, con mio grande stupore aveva riaccolto quell'uomo nella nostra casa come se fosse tornato da un lungo viaggio di lavoro, ricollocandosi nel suo ruolo di moglie nullafacente che si limita a trascinare le proprie giornate tra un passatempo e l'altro, facendomi pensare che forse il vero motivo del suo malessere quando mio padre l'aveva lasciata fosse riconducibile alla paura di dover rinunciare a quel modo di vivere. Per quanto mi riguardava ero grande abbastanza per fregarmene delle loro questioni ma temevo che ci potessero essere delle ricadute, per cui tenevo gli occhi bene aperti e i sensi sempre allerta, ne avevo avuto abbastanza delle crisi depressive della mamma e del ruolo di badante che ero stato costretto a ricoprire durante i mesi di separazione. Così annusai la puzza nascosta dietro quelle parole e decisi di vederci chiaro.

Aspettai la metà della mattinata e mi recai alla fabbrica. Mancavo da un po', notai che c'erano stati dei cambiamenti, l'area della reception era stata ampliata e abbellita, erano stati aggiunti degli uffici subito dietro, utilizzando pareti di plexiglass trasparente che rivelavano ogni genere di attività vi si svolgesse dentro, con lo stesso sistema era stata realizzata una sala d'attesa sulla destra piena di piante e ornamenti vari. Venni accolto da una signora che ricordavo di avere già visto e che infatti mi riconobbe subito, mi chiamò per nome, chiese come andava. Risposi in fretta e dissi di non avvertire mio padre che ero lì, volevo fargli una sorpresa, poi mi fiondai verso l'officina troncando sul nascere le proteste di un'altra impiegata che alzandosi in piedi accennò a un qualche protocollo da rispettare per accedere a quell'area dell'azienda.

Avvicinai uno degli operai e chiesi di indicarmi chi fosse quello che stava per sposarsi.

"Che sappia io non c'è nessuno qui che sta per sposarsi" rispose.

"Quindi non è previsto nessun addio al celibato per stasera?"

"No, direi di no."

Ripetei le domande ad altri due operai, che mi risposero nello stesso modo, guardandomi strano. Ringraziai e corsi fuori, mi precipitai nell'ufficio di mio padre, spalancai la porta facendolo sobbalzare sulla sedia, cominciai a gridare che era un bugiardo, che non c'era nessun addio al celibato, mi fermai di fronte a lui in attesa di spiegazioni, volevo vedere cosa si inventava.

"Mi hanno chiesto di incontrarci un'ultima volta, ho accettato perché mi sembrava di doverglielo, dopotutto."

"Sei un bastardo, avevi giurato che non le avresti mai più viste."

"Hai ragione, l'avevo giurato. Ma ora ti dico che è l'ultima volta. Un'ultima cena di addio, Valerio, si tratta solo di questo."

"Non ti credo. Sei solo un bugiardo. Con me hai chiuso. Puoi prendere in giro la mamma ma non ti aspettare nulla da me."

"Aspetta Valerio. Per Dio, vieni qui, parliamone un attimo. Voglio solo uscire da questa storia con dignità. Lo capisci?"

Sulla porta dell'ufficio, un attimo prima di richiudermela alle spalle, gli rivolsi uno sguardo carico d'odio.

"Mi auguro che tu muoia" sibilai.

Quella fu l'ultima volta che vidi mio padre.

Quelle furono le ultime parole che gli rivolsi.

48. Marina

Mi ha chiamata per dirmi che non viene a casa per cena, ha detto che è con un'amica, una che conosce da un sacco di tempo.

Penso che non c'è niente di male in questo, che dovrei essere contenta per lui, infatti gli auguro di divertirsi, lo rassicuro sul fatto che non mi pesa cenare da sola. Perché dovrebbe? È una vita che lo faccio.

Eppure appena riattacco mi rendo conto che questa cosa non l'avevo proprio messa in conto, lui che si vede con un'altra, mi lascia sola. In questo mese sono stata bene qui, ho provato nei suoi confronti sentimenti mutabili, all'inizio si trattava senza dubbio di gratitudine, per avermi salvata innanzitutto, e poi per avermi curata e sostenuta, in seguito è successo qualcosa, mi sono accorta che aspettavo con ansia che tornasse a casa dal lavoro, avevo voglia di stare con lui, di toccarlo, di condividere le cose da fare, gli spazi, l'aria, e ho capito che stavo prolungando il mio soggiorno a casa sua ben oltre il tempo che sarebbe stato necessario. Non ho mai cercato di comprendere la natura di queste sensazioni, forse per paura di scoprire che ero attratta da lui, e non ho mai fatto nulla per sedurlo, abbiamo condiviso questo appartamento come farebbero fratello e sorella.

Poi c'è stata questa telefonata. E tutto il castello di carte è crollato in un secondo.

Mi rendo conto di avere il respiro affannato e il cuore

che mi batte forte, sono combattuta tra il desiderio di chiamarlo e di chiedergli di venire a casa e la tentazione di prendere le mie cose e andarmene, liberarlo della mia presenza, restituirgli la libertà di vivere senza il peso dei miei problemi.

Poi mi accorgo che sto già riempiendo la borsa, vestiti, spazzolino, scarpe, butto tutto dentro come fossi un ladro che sta svaligiando la casa, lascio le chiavi sul tavolo ed esco, nel parcheggio condominiale trovo la mia Lancia Y, getto la borsa nel bagagliaio e parto. Sono le otto di sera quando arrivo davanti all'officina, è tutto chiuso, buio all'interno, parcheggio e mi avvicino alla porta, c'è un cartello con scritto un numero di cellulare da chiamare per le emergenze. La mia è senza dubbio un'emergenza, compongo il numero, riconosco la voce del tizio, c'è un forte rumore di sottofondo, sembra un televisore acceso che trasmette cartoni animati.

"Sono quella degli incontri notturni nella tua officina. Hai presente?"

Rimane in silenzio per un po'. "Ho capito. Che vuoi?"

"Sono qui davanti. Vorrei che venissi. Subito."

Una voce infantile sembra lamentarsi di qualcosa, l'uomo dice al bambino di chiamare la mamma. "Devo avvertire gli altri?" chiede.

"Come vuoi. Ma fa presto."

"Arrivo subito."

Lo immagino mentre inventa una scusa per uscire, magari dà un bacio a suo figlio, uno alla moglie, con le stesse labbra che tra qualche minuto affonderà in ogni piega del mio corpo, magari li abbraccia con le stesse mani che userà per colpirmi, facendomi dimenticare per un po' che stasera Valerio ha preferito cenare con quella Giulia, che forse dopo andrà a casa sua e faranno l'amore, in modo diverso però, con le carezze e le parole dolci, con i baci appassionati e i preliminari e l'attenzione reciproca per il piacere dell'altro.

Quel tipo di amore che a me sarà negato per sempre.

***

Ero già lì da un po' quando lo vidi arrivare. Avevo ricontrollato la mia borsetta, mi ero messa il rossetto, avevo preso in mano il walkman rosso della Sony che mia madre mi aveva regalato esattamente un anno prima, il giorno del mio sedicesimo compleanno, avevo provato ad accenderlo e avevo ascoltato la mia voce registrata pronunciare una sequenza numerica da uno a dieci. La cassetta era da 240 minuti, il massimo possibile, al negoziante avevo detto che dovevo fare una registrazione importante, che non volevo correre rischi, volevo la marca migliore.

Uscì dall'auto e si avvicinò tenendo un pacchetto in una mano e una bottiglia di vino nell'altra, mi salutò baciandomi sulla guancia, disse buon compleanno, chiese dove fosse la mamma.

"Tarda una mezz'ora. Ha avuto problemi al lavoro. Intanto andiamo su che comincio a preparare."

Mi fece strada fino all'entrata dell'appartamento, disse che nel pomeriggio aveva mandato una persona a dare una pulita e a mettere qualcosa in dispensa, che però non aveva avuto il tempo di venire a controllare quindi lo avremmo fatto insieme e se mancava qualcosa poteva sempre andare al supermarket, chiese cosa avessi in mente di cucinare. Risposi che pensavo a qualcosa di semplice, con le cose che c'erano, aprii la dispensa e tirai fuori varie scatole che appoggiai sul tavolo, decidemmo un menù che richiedesse uno sforzo non eccessivo e cominciammo a preparare, dividendoci i compiti.

"Sei stato proprio gentile ad accettare di venire" dissi.

"È un piacere. Vorrei tanto che le cose fossero andate diversamente. Tu e tua madre mi siete molto care."

Per un po' ci concentrammo sui compiti che ci eravamo assegnati commentando la riuscita dei vari passaggi, in breve la cucina si riempì di aromi e vapori, Enrico propose di farci un aperitivo a base di succo d'arancia e prosecco, ne preparò tre, uno lo lasciò da parte per la mamma, per quando fosse arrivata.

Mezz'ora dopo era tutto pronto, Enrico continuava a guardare l'orologio e a chiedersi a voce alta dove fosse finita, disse che non poteva neppure telefonare da lì perché aveva fatto staccare la linea, ipotizzò di cercare un telefono pubblico nelle vicinanze, anche se non ricordava di averne visti. Cercai di tranquillizzarlo, dissi che ultimamente veniva trattenuta spesso in ospedale, inventai storie di ritardi che si erano protratti per quasi tutta la notte con lei che rientrava sfiancata poco prima dell'alba e si buttava a letto vestita. Ci fu anche un breve dibattito sull'importanza delle professioni mediche, sul fatto che le infermiere non erano meno indispensabili dei dottori, sul senso di responsabilità che impediva loro di abbandonare i posti di lavoro prima del cessare delle emergenze. In realtà sapevo bene che mia madre in quel preciso istante se ne stava seduta sul divano di casa a guardare la TV pensandomi insieme ad un'amica a cui avevo chiesto di reggermi il gioco. Secondo la versione ufficiale eravamo uscite per mangiare una pizza e poi saremmo andate in un pub dove ci aspettavano altri amici, quattro chiacchiere in compagnia e ritorno a casa verso mezzanotte.

Proposi a Enrico di iniziare a mangiare, che lei si sarebbe di certo arrabbiata se avesse scoperto che avevamo fatto raffreddare tutto per colpa sua, una cosa del genere poteva rovinare l'intera serata. A malincuore disse che forse avevo ragione, conoscendola avrebbe piantato una grana colossale, ci sedemmo a tavola e ci augurammo buon appetito.

Mangiammo in silenzio, per lo più. Enrico e io avevamo sempre avuto qualcosa da dirci ma quella era la prima volta che rimanevamo soli così a lungo, di solito c'era anche la mamma e la conversazione a tre era più facile, i dialoghi tra noi due fino ad allora si erano limitati ai pochi minuti di attesa quando veniva a prenderla a casa o alle chiacchierate prima che venisse servita la cena quando il mercoledì sera si fermava da noi e mi impediva di dare una mano in cucina perché, diceva, voleva parlare un po' con me. Si trattava di domande standard sulla scuola, i compagni, gli insegnanti, a cui rispondevo con sufficienza, forse per fargli capire che quelli erano argomenti che avrei potuto affrontare con un visitatore occasionale, un lontano cugino, un nuovo vicino di casa, che da lui mi aspettavo qualcosa di più, fino a quando avevo smesso di sperarlo e avevo capito che tra noi due non ci sarebbe mai stata l'intimità tipica di un rapporto padre-figlia.

"C'è una cosa che devo dirti" mormorai quando mi parve fosse venuto il momento giusto, "la mamma non verrà."

"Non verrà?"

"Non sa nulla di questa cena. Non gliel'ho detto."

Appoggiò il bicchiere sul tavolo, con un gesto lento che mi parve studiato apposta per prendere tempo, ricollocarsi nella nuova situazione creata dalle mie parole.

"Spiegami" disse.

"Non c'è molto da spiegare. Avevo voglia di fare questa cena con te, da soli. E siccome sapevo che non avresti accettato ho detto che ci sarebbe stata anche lei. Pensavo che lo avrei confessato subito, appena arrivata, ma poi ho avuto paura che te ne saresti andato."

"D'accordo ma… che motivo c'era… voglio dire, pensi che a tua madre non avrebbe fatto piacere?"

"La vostra storia è finita, inutile fare cene con chi sai di dover dimenticare."

"E tu allora? Tu non ti devi dimenticare di me?"

"Io non sono come mia madre. Lei è una donna troppo debole, nei rapporti con gli uomini intendo. Io sono l'opposto."

Rise. Scosse la testa, sembrava davvero divertito.

"Senti Marina, non credo che tua madre sia debole come hai detto tu, e non credo che tu sia l'opposto di lei, sei ancora troppo giovane per capire certe…"

Coprii la distanza tra noi in un secondo, lo colsi di sorpresa, si ritrovò con le mie braccia attorno al collo e la mia bocca sulla sua, reagì spingendomi via, chiese se fossi impazzita, disse "cosa ti salta in mente ragazzina?"

Mi ritrassi, mi scusai, corsi su per le scale, fino alla camera da letto, singhiozzando, chiusi la porta, mi rannicchiai sul materasso privo di lenzuola. Dopo qualche minuto, quando sentii i suoi passi avvicinarsi, afferrai il walkman che avevo nascosto in precedenza sotto il letto, e azionai il pulsante di registrazione, generando un leggero ronzio, appena percettibile, dovuto al lento avvolgersi del nastro.

Aprì la porta della stanza da letto chiedendo permesso. Rimase qualche istante sulla soglia, guardandomi mentre me ne stavo rannicchiata sul letto, le ginocchia al petto, la faccia affondata dentro un cuscino senza federa.

"Scusa" disse. "Ho avuto una reazione esagerata."

"Scusami tu. Sono stata una stupida. Ci sono cose che non devono essere rivelate."

"A quali cose ti riferisci?"

"Al fatto che tu mi piaci, come uomo intendo. Cioè, fisicamente. Sono attratta da te. E lo so che è sbagliato, ma non posso farci niente."

Sospirò. Si avvicinò e si sedette sul letto. "Forse ti sembra che sia così, ma credo si tratti solo si una... reazione al fatto che purtroppo non potremo più vederci. Voglio dire, non sono certo uno psicologo ma mi sembra probabile che…"

"Non hai capito! Tu mi piaci da molto tempo, da quando tu e la mamma stavate ancora insieme, da quando ho cominciato a pensare ai maschi in quel senso. Per un po' ho represso questa cosa, mi vergognavo anche solo a pensarci ma poi, quando la vostra storia è finita, ho pensato che magari potevamo... e così ti ho fatto venire qui."

Allungò una mano per accarezzarmi la testa. "Marina, Dio santo, io ti ho sempre considerato come una specie di figlia."

"Questo non è vero e lo sai. Credi che non mi accorgessi dei tuoi sguardi, quando capitava che girassi mezza nuda per casa?"

"Ma quali sguardi? Hai frainteso, io non ti guardavo affatto e di certo non in quel modo. Ma per chi mi hai preso?"

"Non c'è niente di male. Tanti uomini mi guardano così. Non sei mica l'unico. A me piacciono gli uomini più grandi."

"Hai solo diciassette anni, dovresti pensare ai ragazzi della tua età, non agli uomini della mia. Forse dovrei parlare di questo con tua madre."

"Sì, come no, e così le daresti il colpo di grazia. Già sta soffrendo per colpa tua, faresti meglio a stare lontano da lei."

"Hai ragione. Senti è meglio se vado. Tu se vuoi puoi restare, quando esci tirati dietro la porta."

Si alzò, disse che gli aveva fatto piacere cenare con me, ribadì che era dispiaciuto per come erano andate le cose, ma era certo che tutto si sarebbe sistemato, mia madre avrebbe di certo incontrato un compagno adatto a lei, e io sarei diventata una splendida donna. Fu su quell'ultimo passaggio che allargai le gambe mostrandomi a lui, senza mutande.

"Non sai cosa ti perdi" sussurrai. Si era immobilizzato, rimasi in quella posizione e continuai a fissarlo, lui spostava lo sguardo tra il mio volto e le mie gambe aperte, qualche parola senza senso gli usciva di bocca, spezzoni di frasi, sentivo che dentro di lui era in corso una battaglia senza precedenti tra il desiderio di cedere e la consapevolezza che sarebbe stato un errore terribile.

"Non sono vergine, se è questo che ti spaventa" dissi, "anzi, sono sicura che potrei insegnarti qualcosa."

Riconobbi l'istante esatto in cui cessò di essere l'Enrico che conoscevo, quello che si sforzava di apparire paterno e premuroso, e divenne qualcos'altro, l'amante che forse mia madre aveva conosciuto nel suo letto da single o qualcosa che neppure lei aveva mai visto, un uomo sospinto dai propri istinti che decide di mettere tutto in gioco per obbedire a una sete di desiderio troppo grande, forse insaziabile.

Si gettò su di me con l'ardore che avevo trovato nei ragazzi con cui ero stata ma superato l'impatto iniziale, dopo che si fu cibato a sufficienza della mia carne, venne fuori l'esperienza dell'uomo maturo, capace di trovare i ritmi giusti per entrambi, di lasciare spazio anche al piacere dell'altra. Lo facemmo in silenzio, per lo più, a parte l'ansimare di entrambi, qualche secca indicazione sua su come dovevo mettermi, su cosa dovevo fare, e io che ripetevo il suo nome, ancora e ancora, a beneficio del registratore che continuava a ronzare, ignorato, in sottofondo.

49. Riccardo

Si è presentata in studio senza avvertire, dopo la chiusura del negozio. Ho detto alla segretaria di farla aspettare, dovevo finire con un altro cliente, quando lo accompagno alla porta la trovo lì seduta, nella penombra della sala d'attesa.

"Ehi. Tutto bene?"

"Sì, scusa se sono piombata qui così, ti volevo chiedere un paio di cose."

Faccio cenno di seguirmi nel mio ufficio, ci accomodiamo uno di fronte all'altra, separati da una scrivania di legno pregiato stracolma di carta e libri e appunti volanti. Capisco subito che non è qui per lavoro anche se non saprei dire da cosa, forse per come è vestita, con una gonna a ginocchio molto aderente, una camicetta sbottonata, i capelli sciolti, forse per quel rossetto vivo che le mette in risalto la bocca, mi fa pensare che l'abbia passato pochi minuti fa, apposta per incontrarmi.

"Ho pensato a quello che ci siamo detti l'altro giorno, cioè a quello che hai detto tu... hai presente?"

Annuisco. Sento il cuore accelerare, ho il presentimento che stia per accadere qualcosa tra noi, non ero preparato.

"Ci ho riflettuto e credo che tu abbia detto una cosa giusta, che se noi due fossimo rimasti insieme ora le cose sarebbero diverse, migliori. Poi hai detto che non è troppo tardi, e su questo ho qualche dubbio. Insomma, sei sposato, state cercando di avere un bambino, cosa posso c'entrare io in questo?"

Mi alzo e mi avvicino, le accarezzo il viso, passo le dita sugli occhi, sulla bocca, "mi sono adattato a vivere senza di te, ma ciò non significa che sia felice. Se torniamo insieme lascio mia moglie, forse potremmo farlo noi due, un figlio. Ti piacerebbe fare un figlio con me?"

La vedo indecisa, combattuta, vorrei sapere se ha visto Valerio, se io rappresento una sorta di seconda scelta, ma sono disposto a essere anche questo. Mi abbraccia, ci baciamo, mi rendo conto che aspettavo questo momento da vent'anni.

"Aspettami di là, sbrigo le ultime cose e poi usciamo."

Chiamo Melissa, dico che farò tardi, esco a cena con un cliente, chiedo com'è andata la sua giornata, lei è di poche parole come al solito, soprattutto al telefono, sento in sottofondo il pianto di un neonato, capisco che sta di nuovo guardando un video che ha scaricato da internet e che insegna a cambiare il pannolino. All'inizio lo guardavamo insieme, dicevamo che bisognava portarsi avanti col lavoro, poi abbiamo capito che di tempo per imparare ne avremmo avuto sin troppo e vedere quel bambino dimenarsi nel fasciatoio era diventato troppo doloroso. Cerco di reprimere i sensi di colpa per quello che sto per fare, sistemo alcuni documenti ed esco dall'ufficio. Le impiegate sono andate via tutte, Giulia è seduta ad aspettarmi, ha il viso contratto in cui sorriso e pianto convivono in un'espressione interrogativa, stiamo davvero facendo la cosa giusta? sembra chiedere mentre si alza in piedi. Non ne ho idea vorrei dirle, so solo che voglio farlo.

***

Incontrai Giulia per caso in un negozio del centro, stavo misurando un paio di scarpe da ginnastica e la vidi entrare, da sola, con una sportina in mano. Non si era accorta di me, avanzava piano lungo gli scaffali, guardava la merce esposta soffermandosi di tanto in tanto. Non sapevo che fare, valutai di andarmene prima che mi vedesse, prolungare quel periodo di silenzio reciproco che stava chiudendo la nostra relazione, forse perché in quel vuoto di parole riuscivo a intravedere una flebile speranza che tutto potesse tornare come prima. Poi lei si girò, sgranò gli occhi, mi venne incontro.

"Ciao."

"Ciao."

"Che fai di bello?"

"Sto cercando un paio di scarpe nuove. Ti piacciono queste?"

"Abbastanza. Fa un po' vedere."

Si piegò a toccarle, ne prese una in mano e la piegò, sembrava valutarne la morbidezza, la comodità. Poi si avvicinò allo scaffale e ne prese un'altra. "Prova un po' questa. Numero 41, vero?"

Mi stupì che conoscesse il mio numero di scarpe, era un argomento che non avevamo mai trattato e per qualche motivo ne fui felice, come se quella semplice informazione potesse conferire maggior profondità al nostro rapporto.

"Meglio, vero?"

Annuii. Le scarpe che aveva scelto lei erano più belle, più comode e più alla moda di quelle che stavo per comprare.

"Dai pagale che usciamo e facciamo due passi."

Ci avviammo lungo il corso camminando fianco a fianco, quella mattina una pioggia insistente aveva abbassato di qualche grado la temperatura e ora, col ritorno del sole, l'aria tiepida del pomeriggio rendeva gradevole andarsene in giro. Chiesi a Giulia se volesse un gelato, rispose di sì e ci sedemmo a mangiarlo su una panchina di Piazza Saffi, con i piccioni che si avvicinavano timidamente alla ricerca di qualche briciola.

"Cosa hai saputo?" chiese.

"Di cosa?"

Sospirò. "Non me la vuoi rendere facile, vero?"

"So solo che io e te non ci vediamo da due settimane. Che ti hanno vista con Valerio, qualcuno dice che state insieme, ma io non ci credo."

"Perché non ci credi?"

"Perché tu sei la mia ragazza. Perché noi due stiamo bene insieme. Quindi come può essere che sia vero?"

"Le cose possono cambiare."

"Non questa. Questa cosa non cambierà mai."

"Ric, siamo dei ragazzi, tu hai diciott'anni, io due di meno. Come puoi sapere che la nostra storia durerà per sempre?"

"Lo sento. Non ti capita mai di sentire le cose?"

"Parli come un matto. Se fai così mi fai sentire un verme."

"Credimi. Questa cosa che c'è tra voi due è solo una bolla di sapone. Valerio non va bene per te. Sono io quello giusto."

"Perché lui non va bene? E come sai che sei tu quello giusto? E non dirmi che è una cosa che senti."

"Nessun altro al mondo può amarti come ti amo io. E Valerio meno di tutti. Lui non è capace di amare. Non perché sia una persona cattiva. Tutt'altro. Solo che non è capace."

"Guarda Ric che te lo devo dire. Stai sparando un mucchio di cazzate."

"Vedremo."

"Non c'è molto da vedere. Ti lascio. Mi dispiace molto ma è così. Accettalo. E guarda avanti."

Si alzò, aveva il viso arrossato, sembrava turbata ma allo stesso tempo si capiva che si era tolta un peso. Mi salutò, disse che se volevo potevamo essere amici, che se avevo bisogno di lei l'avrei trovata. Io annuii, in silenzio.

"Ti aspetterò per sempre!" gridai, prima che fosse troppo lontana per sentirmi.

50. Valerio

Dopo la cena con Giulia vado dritto a casa, quando arrivo sono le dieci e mezza. Mi aspetto di sentire il rumore del televisore acceso ma vengo accolto da un silenzio totale, immagino che Marina sia andata a dormire. Mi affaccio nella sua stanza per controllare, un cono di luce dal corridoio si infiltra fino a raggiungere la base del letto, stringo gli occhi per scorgere il rigonfiamento delle coperte, faccio un passo in avanti e mi accorgo che è vuoto. La chiamo, accendo la luce, controllo il bagno, torno in camera e vedo che manca la sua borsa. Se n'è andata. Esco di corsa, riprendo la macchina e mi dirigo verso casa sua. Ci arrivo in fretta, parcheggio davanti al bar di Dennis che a quell'ora è chiuso, con l'interno fiocamente illuminato da una debole luce notturna, mi precipito al portone del palazzo e suono il campanello. Nessuna risposta. Faccio ipotesi terribili su dove potrebbe essere. Mi sento impotente di fronte all'impossibilità di trovarla, mi chiedo cosa l'abbia spinta ad andarsene, possibile che sia stata una reazione al fatto che non sono tornato per cena? O forse ha colto l'occasione per fare ciò che aveva in mente da tempo? Risalgo in macchina e aspetto. Prima o poi dovrà tornare a casa.

Passa un'ora e la vedo arrivare. Ha parcheggiato e sta andando verso il palazzo. Scendo e le corro incontro, la chiamo.

"Che ci fai qui?" chiede.

"Ti sono venuto a cercare. Perché sei andata via?"

"Ho approfittato anche troppo della tua pazienza. Era arrivato il momento di andarmene."

"Dove sei stata?"

"In giro. Non avevo voglia di stare in casa. È una bella serata."

"Tutto bene quindi?"

Mi guarda di traverso. Si è accorta che sto cercando i segni di una qualche violenza. Ma per fortuna non ne trovo.

"Tutto bene. Scusa se non ti chiedo di salire ma sono molto stanca. Penso che andrò a dormire. Magari ci sentiamo nei prossimi giorni."

Apre il portone e mi lancia un bacio.

"Non mi davi fastidio, potevi restare" dico prima che richiuda.

***

Mio padre non era tornato a casa. La mamma, che era convinta fosse andato all'addio al celibato con gli operai della sua azienda, ipotizzò che si fossero fermati tutti a dormire da qualche parte, magari perché erano lontani e avevano alzato il gomito, e mi guardava con aria interrogativa come se cercasse conferma da me, che di addii al celibato non ne avevo visto neppure uno.

"Sarà senz'altro così, vedrai che tra un po' chiama" dissi, immaginandolo tra le braccia della sua amante. Aveva detto che sarebbe stata l'ultima volta, era lecito pensare che volessero farla durare il più a lungo possibile.

Nel primo pomeriggio non avevamo ancora avuto alcuna notizia, chiamai in azienda dove mi dissero che non si era visto per niente. No, non aveva neppure telefonato, specificarono, anzi se avessi avuto modo di sentirlo che gli dicessi di contattarli subito perché c'erano alcune urgenze da gestire.

Verso sera cominciammo a preoccuparci sul serio. Non era mai successo, non era da lui. Avrebbe considerato quel silenzio prolungato da parte di un altro un atto di sciatteria ingiustificata. La mamma optò per l'incidente d'auto, disse che forse era uscito di strada e nessuno l'aveva ancora trovato, o che l'avevano portato in ospedale ma nella frenesia del momento gli era caduto il portafogli e non erano riusciti a identificarlo. Propose di chiamare in azienda per chiedere a qualcuno dei ragazzi dell'officina dove si trovava il posto in cui erano andati, e già che c'ero di sentire se per caso mancava qualcun altro. Rimasi per qualche istante in sospeso, combattuto tra le due opzioni possibili, fingere una telefonata in azienda in cui mi veniva riferito che l'addio al celibato si era tenuto nel tal locale dal quale tutti si erano allontanati alla tal ora senza problemi, oppure dire alla mamma la verità. Pensai che se avessi mentito mi sarei reso complice del suo ulteriore tradimento e che ciò non ci avrebbe certo aiutati nella ricerca, quindi le chiesi di sedersi, che c'era una cosa che dovevo dirle.

"Non c'era nessun addio al celibato."

"Che stai dicendo? Certo che c'era. Uno dei ragazzi dell'officina si sposa, tuo padre è amico dei suoi dipendenti e quindi loro l'hanno invitato a..."

"Tutte stronzate. Sono andato in azienda, ho chiesto agli operai, hanno detto che non ne sapevano niente. Se l'è inventato."

D'improvviso perse ogni energia, si lasciò cadere su una sedia, continuando a guardarmi, come in attesa di un seguito che non sapevo come fare a raccontare.

"Ha detto che le doveva incontrare un'ultima volta. Una specie di cena d'addio. Mi dispiace mamma."

L'aveva già capito, naturalmente. Ed era passata oltre la bugia, oltre al tradimento della promessa fatta, stava pensando che forse il motivo per cui non era tornato a casa risiedeva nella decisione di andarsene per sempre con l'altra famiglia.

Suo marito, mio padre, ci aveva abbandonati.

51. Marina

Mentre saluto Valerio cerco di ignorare il dolore, mi sforzo di sembrare allegra, di non pensare al rivolo di sangue che mi sta colando giù per la schiena, lo sento muoversi sotto i vestiti come fosse un insetto.

Giunta in casa controllo i danni, le ferite sono aperte, ce ne sono diverse nella schiena e nelle gambe, disinfetto tutto con l'acqua ossigenata, applico bende servendomi dello specchio. Quando il tizio ha tirato fuori la frusta dicendo che l'aveva comprata apposta per me gli ho chiesto solo di non colpirmi in faccia. Il dolore poi è stato indicibile, ho dovuto supplicarlo di smettere.

Trascorro qualche giorno chiusa in casa, mi sposto da una stanza all'altra, dal letto al divano, mangio poco e male, guardo programmi insulsi alla TV, cerco di non pensare al bruciore delle ferite, quelle visibili e quelle interiori. Valerio ricompare dopo una settimana, suona il campanello a intermittenza componendo un famoso motivetto. Mentre sale le scale mi guardo intorno, l'appartamento è sporco e disordinato, ci sono rifiuti sparsi ovunque, odore di chiuso, di cibo ammuffito che fermenta nella pattumiera. Il mio aspetto non è migliore, ho le occhiaie perché dormo poco, non faccio una doccia da parecchio, i capelli sono unti, li faccio sparire in un concio improvvisato.

"Ehi, come te la passi?" chiede gioviale entrando. "Hai dato una festa per caso?" aggiunge vedendo il disordine.

"Scusa il casino, è che non sono stata tanto bene in questi giorni. Però ora va meglio, stavo giusto per mettermi a pulire."

Si tira su le maniche della camicia. "Allora sono arrivato al momento giusto" dice.

"No, ma che fai. Tu siediti. Vuoi un caffè? Ma non sei al lavoro a quest'ora?"

"No. È finito il contratto. Sono disoccupato. Ti serve un maggiordomo?"

Lo guardo per un istante. Cerco di capire se dietro le sue battute si celi la preoccupazione per aver perso il lavoro.

"Mi dispiace. Come farai?"

Alza le spalle. Comincia a spazzare per terra, poi il manico della scopa gli rimane in mano. Lo riavvita alla base e ricomincia.

"Mi andrebbe quel caffè" dice.

Passiamo la giornata a pulire e riordinare, a pranzo cuciniamo spaghetti in bianco poi ci concediamo una mezz'ora di riposo davanti alla TV, commentiamo le notizie del telegiornale. Nessuno dei due parla del mio allontanamento da casa sua, ho il sospetto che si senta in colpa per avermi lasciata sola quella sera, che tema di avermi ferita. Decido di entrare in argomento.

"Com'è andata poi quella cena con la tua amica?"

Ci pensa un po', forse se lo sta chiedendo anche lui.

"Bene. Abbiamo chiarito alcune cose."

"Cosa?"

"Vedi, è una lunga storia. Io e lei siamo stati insieme moltissimi anni fa, eravamo adolescenti. Secondo lei potremmo ricominciare a vederci."

Mi sento mancare, è come se le ferite che ho nella schiena si stessero riaprendo, è una reazione che mi spaventa.

"Ma io le ho detto che non è possibile. La cena è servita a chiarire questo. Pietra sopra."

"E come mai? Non ti piace più?"

"Bé, è ancora bella, ma è storia passata, forse se le cose fossero andate diversamente, chissà..."

"Quindi non hai una donna fissa in questo momento?"

Mi guarda, sento che vorrebbe dirmi qualcosa che si tiene dentro da un po' ma tentenna, borbotta che sta bene così, senza legami, ma lo dice con scarsa convinzione, solo per chiudere l'argomento. Poi si alza, si rimette i guanti di lattice.

"Al lavoro" esclama con enfasi.

Lo seguo senza fiatare, ci aspetta un pomeriggio di strofinii e stracci sporchi. Vorrei che non finisse mai.

ⱭⱭⱭ

Si rivestì in fretta, come se si fosse ricordato di qualcosa di urgente da fare, lo guardavo alle prese con bottoni e cerniere, goffo e impacciato nella fretta di andarsene.

"Quando ci rivediamo?" chiesi.

Si fermò. Rallentò i gesti, come per prendere tempo, probabilmente non aveva pensato che ci potesse essere un seguito.

"Non lo so. È una cosa sbagliata. Forse non dovremmo vederci più."

Fu quel forse a tradirlo, a rivelare il suo desiderio di rifarlo, di farmi prendere il posto di mia madre nel suo ruolo di amante, la ragazzina che soddisfa i desideri dell'importante uomo d'affari. Provai pena e rabbia nei suoi confronti.

"Tu mi vuoi rivedere o no?"

"Ma certo. Come potrei non volerlo, solo che…"

"Allora smettila con le stronzate. Dimmi dove e quando."

Mostrò sorpresa per quel tono, forse si aspettava che lo supplicassi in ginocchio.

"Direi che qui è perfetto. Potrei annullare la disdetta del contratto di affitto, non lo saprebbe nessuno. Perché questa cosa deve rimanere segreta, naturalmente."

Mi guardò negli occhi come forse non aveva ancora fatto in tutta la sera, sembrava volermi scrutare dentro per capire se poteva fidarsi. "Naturalmente" dissi. Mi rivestii, infilai le scarpe, poi col cuore che mi batteva a mille mi piegai e tirai fuori il walkman da sotto il letto. Fermai la registrazione, tenendolo in bella mostra, anche se lui non ci aveva fatto caso, preso com'era a finire di vestirsi e a pensare ai dettagli logistici dei nostri futuri incontri.

"Ora ascoltami" dissi. "Ho registrato tutto in questo nastro. Tutto quanto. Le cose stanno così: tu vai da tua moglie e le dici che è finita per sempre, non me ne frega un cazzo se piange e si dispera o muore di dolore, poi vai da mia madre e la informi che non puoi vivere senza di lei e che hai lasciato tua moglie per sempre, e poi voi due, tu e mia madre, vivete felici e contenti. E questa cosa che è successa tra noi verrà dimenticata. Se non fai questo entro una settimana porto il nastro a tuo figlio e glielo faccio sentire, poi lo porto a mia madre e lo faccio sentire anche a lei, così magari capisce che razza di figlio di puttana sei. È tutto chiaro?"

Per un attimo pensai che le gambe gli cedessero. Sbiancò di colpo, rimase zitto, sembrava che volesse dire qualcosa ma non ci riuscì, non subito. "Ti ho chiesto se è tutto chiaro" ripetei.

Si mise la mano sulla faccia, cominciò a scuoterla, ripeteva no no no no a voce sempre più alta, gridai che era quello che si meritava per come aveva trattato mia madre, che aveva approfittato della sua debolezza ma che da quel momento in avanti avrebbe dovuto fare i conti con me, sarei stato il suo incubo peggiore. Mi accorsi della sua mano solo dopo che mi aveva afferrato la gola spezzandomi la voce in un grugnito, mi resi conto in quell'istante di quanto fossi stata stupida, non avevo considerato che poteva facilmente sovrastarmi in forza sottraendomi in un secondo l'unica arma che possedevo, la cassetta con la registrazione. Mi ritrassi cercando di liberarmi dalla sua presa, ma lui aggiunse la seconda mano alla prima, mi immobilizzò e mi tolse il walkman dalla mano, poi mi lasciò andare con uno spintone. Caddi all'indietro, picchiai la testa contro qualcosa, persi conoscenza.

Mi risvegliai dopo un tempo indefinito, forse pochi secondi, forse di più, sentii dei rumori provenire dalla cucina, mi alzai a fatica, camminai a stento verso quella direzione, lo vidi seduto con la testa tra le mani, piangeva. Alzò lo sguardo, quando mi vide sembrò sollevato, forse pensava che fossi morta, mi venne incontro, disse che gli dispiaceva, che non voleva farmi del male, mi supplicò di perdonarlo. Il walkman era sul tavolo. Avvertivo un forte dolore alla testa, ci appoggiai una mano e sentii che era umida, perdevo sangue. Nel vedere la mano insanguinata mi disse che dovevo curarmi, si offrì di accompagnarmi al pronto soccorso. Dissi che non era niente, lui insisteva, mi faceva cenno di andare, ipotizzò che potessero darmi un paio di punti, parlava e parlava, capii che stava reagendo a tutta quella situazione in modo bizzarro, dando voce a pensieri sconnessi. Cercavo un modo per riprendermi il walkman e scappare ma non era semplice, avrei dovuto passargli davanti, ci sarebbe stata una nuova colluttazione e ora quell'uomo che diceva frasi senza senso mi faceva paura, mi sembrava capace di qualsiasi cosa. Aprii un cassetto dove mi ricordavo di aver visto i coltelli, ne presi uno piuttosto grande, dissi che doveva farmi andare via, lo minacciai di ucciderlo, lui mi fissò, ora sembrava annoiato, svuotato da ogni emozione, presi il walkman e mi diressi verso la porta, continuando a fissarlo. Appena fuori corsi a perdifiato verso il cancello dove avevo appoggiato la bici, ci montai sopra e pedalai a tutta velocità, continuando a guardarmi indietro, col terrore di veder sbucare i fari della sua grossa auto da un momento all'altro. In pochi minuti arrivai a casa, mia madre era già a letto, mi tolsi le scarpe per fare meno rumore possibile, mi chiusi in bagno, cercai di valutare la gravità della ferita alla testa. Sembrava superficiale, un piccolo taglio, tamponai la residua perdita di sangue e applicai una garza, l'indomani mi sarei

fatta vedere da mia madre, avrei inventato di essere caduta e avremmo valutato insieme l'opportunità di ulte-
riori medicazioni, poi mi distesi sul letto, esausta,
ripensai alla sequela di avvenimenti della serata, la
cena, il rapporto sessuale, lo scontro, la fuga. Il walkman giaceva sul comodino, sporco di sangue. Quando
valutai di essermi calmata lo presi in mano, digitai il
tasto di riavvolgimento del nastro, ma non successe
nulla. Aprii lo sportellino e mi accorsi che era vuoto.

52. Riccardo

Matteo, l'investigatore privato, è seduto davanti a me, ha un sorriso che gli deborda dalle labbra, nonostante si sforzi di mantenere un atteggiamento professionale, immagino che sia per momenti come questo che gli piace il suo lavoro.

"Hai accennato al telefono che ci sono novità importanti" dico, sempre più incuriosito.

"Esatto." Estrae una cartelletta dalla sua ventiquattrore, dentro ci sono le foto che ha scattato da quando, due settimane fa, gli ho commissionato il compito di scoprire l'identità della donna che vive a casa di Valerio.

"Queste le abbiamo fatte nei primi dieci giorni di appostamento, cogliendo i rari momenti in cui si è affacciata alla finestra. Non è stato possibile fare di più perché non ha mai messo il naso fuori."

Le foto mostrano il viso di una donna bruna dai capelli lunghi, di bell'aspetto, anche se il riflesso del vetro riduce la limpidezza dell'immagine. Le scorro velocemente, cerco di capire se l'ho mai vista prima ma finisco con l'escluderlo.

"Poi tre giorni fa è successo qualcosa. Verso le otto di sera è uscita, finalmente. Aveva con sé una valigia, l'ha caricata in macchina, lui non era ancora tornato a casa. Qui si può vedere a figura intera. Il mio uomo l'ha seguita, si è fermata davanti a un'officina meccanica, la…

Nuova Carrozzeria di Naldini Otello" dice dopo aver consultato un appunto nella sua agenda.

"È scesa dalla macchina, foto 11 e 12, ha telefonato, dando l'impressione di chiamare il numero scritto sulla porta dell'officina. Poi è risalita in macchina ad aspettare. Mezz'ora dopo è arrivato il titolare, sono andati dentro, foto 13, 14 e 15.

Il mio uomo si è messo a cercare un punto per vedere dentro ma non è stato facile, le aperture sul portone di ingresso erano state chiuse con del cartone messo apposta, le finestre erano tutte localizzate nella parte alta del capannone, a quattro metri da terra, stava per rinunciare quando si è accorto di un buco nella parete laterale, forse una presa d'aria che in precedenza era servita a qualcosa, non saprei, comunque si è appostato lì, e ha visto tutto." Matteo fa pause a effetto, crea una specie di suspense, dice che non crederò mai a quello che sta per dirmi.

"Hanno cominciato a fare sesso, ma non sesso normale, estremo. Lui ha tirato fuori una frusta e l'ha usata su di lei, diverse nerbate nella schiena, la poveretta gridava come un'ossessa, ha cominciato a sanguinare, uno spettacolo davvero orribile. Saranno andati avanti un'ora buona, sesso e violenza, e lei era consenziente, anzi spesso lo incitava a continuare. Dal buco non era facile scattare delle foto, qualcosa comunque abbiamo." Si vedono frammenti di corpi nudi, si intuiscono le posizioni, si percepisce la perversione della scena.

"Accidenti..." dico.

"Roba dell'altro mondo" dice lui.

"Poi cos'è successo?"

"Quando hanno finito sono usciti, ognuno se n'è andato per la sua strada. Abbiamo seguito la donna, naturalmente, l'abbiamo vista entrare nel suo appartamento, a questo indirizzo" dice mostrandomi un appunto. "Abbiamo fatto delle ricerche e abbiamo scoperto il suo nome, Marina Cipressi, trentotto anni, nata e vissuta a Forlì, ha lavorato per un po' in un negozio di abbigliamento del centro storico, attualmente è disoccupata."

"Mi chiedo cosa possa c'entrare con Valerio."

"Quando è arrivata a casa, quella sera, ha trovato lui ad aspettarla. Hanno parlato per un paio di minuti e poi lei è andata dentro, lui no."

"Cosa si sono detti?"

"Non è stato possibile sentire. Tenga presente che era sera tardi, non c'era nessuno in giro, il mio uomo sarebbe stato notato subito se si fosse avvicinato troppo. Comunque non sembravano arrabbiati."

Ringrazio Matteo, gli stringo la mano e gli faccio i complimenti.

"Ottimo lavoro."

Quando rimango solo riguardo le foto, come se da quella sequenza di immagini possa emergere una chiave di lettura per capire il senso delle azioni che rappresentano. Mi torna in mente quella sua richiesta bizzarra, la sera della cena a casa mia, di aiutarlo a cercare una certa Marina, che poi si è rimangiato subito. Infilo tutto in cassaforte. Per ora decido di non pensarci più.

**

Il padre di Valerio era sparito. Ce lo aveva detto Max

che lo aveva saputo da Giulia. Si era confidata con lui piangendo, gli aveva detto che Valerio era fuori di sé, quella cosa lo stava annientando. Decidemmo di andare a casa sua. Nonostante gli ultimi eventi ci avessero allontanato, eravamo pur sempre amici, volevamo offrirgli il nostro sostegno e chiedere se potevamo essere utili in qualcosa. Ci accolse con un broncio che non prometteva niente di buono, disse che non c'era nessun problema e che suo padre sarebbe certamente riapparso di lì a pochi giorni, "magari non tornasse" si lasciò scappare a denti stretti dopo che ci eravamo salutati e dopo che ci aveva ringraziato per essere andati a trovarlo nonostante lo considerassimo un appestato, pronunciò quelle esatte parole in tono palesemente polemico. Max lo mandò a quel paese, disse che non appena si fosse risolta la questione del padre lo avrebbe affrontato a quattr'occhi, voleva sapere che intenzioni aveva con sua sorella e dirgli di non fare troppo il furbetto. Sapevo bene che quell'ipotetico incontro sarebbe finito con una rissa, da troppo tempo si trascinava la loro antipatia reciproca, ma non me ne curavo, per quanto mi riguardava potevano benissimo cambiarsi i connotati a vicenda. Mi accorsi che il mio legame con Valerio era destinato a crollare, che la vicenda di Giulia lo aveva intaccato in modo irreversibile, facendo da catalizzatore a un declino che forse ci sarebbe stato comunque. Ero ansioso di guardare avanti, di lì a qualche mese sarebbe iniziato l'anno accademico, ero già stato a Bologna diverse volte, stavo valutando coi miei di prendere una stanza in affitto. Pensavo che forse tutto accade per una ragione, la fine della storia con Giulia, la fine dell'amicizia con Valerio, avrebbero lasciato vuoti che avrei potuto colmare con nuove amicizie, nuovi amori, nuovi ambienti da frequentare. Non c'era rabbia, quindi, né verso Valerio né verso Giulia, né verso la loro storia che stava nascendo sulle ceneri della nostra. Solo indifferenza, me ne accorsi quel giorno, andando a offrire aiuto a quel ragazzo pallido di sofferenza che cercava inutilmente di nascondere dietro una scorza di finta arroganza. Là fuori c'è un mondo intero che mi aspetta, pensavo, devo solo aprire la porta e chiedere di essere accolto.

53. Valerio

Sento che tra Marina e me sta nascendo qualcosa. È stato il suo allontanamento da casa mia a farmelo capire, quel senso di vuoto che ha lasciato, quell'abitudine che ho di cercare le sue tracce, il suo profumo, in ogni angolo.

Ieri sono andato a trovarla, abbiamo passato la giornata a pulire. Di sera ci siamo accoccolati nel divano, lei si è addormentata quasi subito, stanca com'era. L'ho aiutata ad andare a letto, ci siamo augurati la buona notte, ma nell'uscire ho provato un desiderio di rimanere con lei, dormirci accanto, baciarla e perché no, anche farci l'amore. Non mi succedeva da tanto tempo, di provare desiderio sessuale nei confronti di una donna. È stato come se la vita del carcere e quella della strada mi avessero reso impotente, in questi anni ho liquidato ogni occasione che mi si è presentata con una girata di spalle, proprio come ho fatto con Giulia. Ora c'è questo sentimento per Marina che sta prendendo forma, giorno dopo giorno. Forse ci sono strade segnate che finiamo per percorrere a prescindere dalla nostra volontà, qualunque direzione prendiamo veniamo rispediti in quella giusta.

La perdita del lavoro mi ha messo nei guai, non ho molti soldi da parte, ho calcolato di poter andare avanti per un paio di mesi, poi non riuscirò più a pagare l'affitto. Non posso chiedere aiuto a Riccardo, ha già fatto tanto. Guardo gli annunci esposti nella vetrina di un'agenzia interinale, cercano agenti e saldatori, non so fare nessuna delle due cose, entro dentro per la registrazione, compilo moduli e li passo a un'impiegata grassoccia che mi sorride cordiale, mi spiega come funziona, mi chiamano se c'è richiesta per una figura professionale simile alla mia, vorrei dirle che non ho nessuna figura professionale, l'unica cosa in cui ero davvero bravo era spacciare cocaina. Finito lì passo a un'altra agenzia, ce ne sono parecchie, per fortuna tutte dislocate in un raggio di pochi chilometri, posso finire il giro nell'arco di una mattinata. Le frasi che sento dire sono pressappoco le stesse, le chiamate sono di solito per brevi periodi ma è tutta esperienza che si aggiunge alla precedente e se faccio bella figura può essere che mi tengano. "Ci vuole anche un po' di fortuna" dice il titolare dell'ultima agenzia, un uomo che avrà più o meno la mia età, mi guarda con occhi pieni di compassione dall'alto del suo vestito firmato, e mi sembra di rivedere gli stessi sguardi dei conducenti a cui elemosinavo gli spiccioli ai semafori. Ho sempre saputo che il mio ritorno nel mondo è stato possibile solo grazie a Riccardo, ora mi chiedo se posso continuare a restare anche senza il suo aiuto. O se verrò risputato come un nocciolo indigeribile, buono solo per concimare il terreno.

***

Tre giorni dopo la scomparsa di mio padre la situazione era fuori controllo. La mamma piangeva di continuo, ripeteva che di sicuro era successo qualcosa, diceva che la sua amante l'aveva assassinato, pretendeva che chiamassi la Polizia e raccontassi di come lei non avesse accettato la sua decisione di lasciarla e che indagassero su questa pista, chiedessero a quella donna dove fosse finito, faceva sembrare mio padre la povera vittima dei soprusi dell'amante abbandonata. Io ripetevo che di certo sarebbe tornato presto, che non c'era nulla di cui preoccuparsi, ma col passare delle ore apparivo sempre meno credibile, perfino a me stesso. Che avesse deciso di prolungare di un po' quell'ultima cena era probabile, forse anche comprensibile, ma far passare tre giorni senza dare notizie appariva davvero troppo, di certo un tale comportamento non lo rispecchiava affatto.

Il pomeriggio del quarto giorno decisi che ne avevo abbastanza di starmene lì ad aspettare, presi la bici e cominciai la ricerca. Per prima cosa mi recai al palazzo dove abitava la sua amante, quello dove l'avevo visto entrare anni prima. Percorsi in lungo e in largo il piazzale davanti all'entrata e le strade adiacenti alla ricerca della sua macchina, ma non ce n'era traccia. Girai per la città senza una meta precisa, guardandomi attorno, nella vaga speranza di vederlo apparire lungo i marciapiedi del centro o nelle piste ciclabili della prima periferia, o forse nei viottoli pedonali che attraversavano il parco urbano. Solo verso sera mi venne in mente di andare a vedere nell'appartamento che aveva preso in affitto nel periodo in cui se n'era andato di casa. Un giorno aveva detto di aver inviato la disdetta del contratto ma che avrebbe comunque dovuto pagare l'affitto per altri sei mesi e che quindi se volevo potevo andarci con i miei amici, o con una ragazza se preferivo, aveva aggiunto strizzandomi l'occhio. I sei mesi non erano ancora passati quindi immaginai che potesse aver deciso di trascorrere lì la sua ultima scappatella extra coniugale. Vidi la macchina parcheggiata poco lontano, ebbi una stretta al cuore, non saprei dire se dovuta al sollievo per averlo ritrovato o alla delusione per dover constatare che se n'era beatamente fregato di noi per tutto quel tempo. Fui tentato di andarmene, ma non avrei saputo cosa raccontare a mia madre, perciò decisi di affrontarlo. Suonai il campanello ma nessuno rispose. Pensai che fossero usciti, in effetti le luci erano spente, frugai tra le chiavi e trovai quelle del portoncino di ingresso, le usai per entrare, in fondo era stato lui a dirmi che avevo libero accesso all'appartamento. Notai subito un gran disordine ovunque, spazzatura sparsa sul pavimento, sedie rovesciate, piatti sporchi, odore di cibo andato a male. Sembrava la scena di un litigio coi fiocchi, immaginai che ci fossero stati problemi e incomprensioni, forse una lotta, ripensai alle parole di mia madre, chiama la Polizia, dì loro di chiedere a quella donna e fui colto da un'ansia insopportabile. Volevo capire cos'era successo, perlustrai le altre stanze, ma a parte il disordine non c'era alcun elemento di chiarezza, solo un appartamento vuoto dal quale sembrava che fossero scappati.

Decisi che sarei tornato a casa, ne avrei parlato a mia madre e in seguito avrei fatto una denuncia di scomparsa, mi chiusi il portone alle spalle e mi avviai alla bici. Stavo per partire quando mi ricordai del garage seminterrato, lì non avevo controllato. Ci andai a passo svelto, come per sbrigare una formalità che sarebbe servita solo a farmi perdere tempo, non avevo con me neppure le chiavi ma provai ugualmente a girare la maniglia. Era aperto. C'ero stato una volta sola, quando avevo visitato l'appartamento insieme a mio padre, la prima volta. Allora era praticamente vuoto, ma lui aveva dichiarato di volerci mettere alcuni degli oggetti che si divertiva a collezionare. In effetti nel buio potevo scorgere varie sagome di diversa altezza e forma che di sicuro appartenevano a sculture africane, più in fondo qualcosa di grosso sembrava sospeso a mezz'aria e si muoveva lentamente sospinto dalla corrente d'aria provocata dall'apertura della porta. Non ricordavo bene dove fosse l'interruttore della luce, procedetti a tastoni lungo il muro finché lo trovai, un vecchio neon impiegò qualche secondo per accendersi, lanciando prima due o tre lampi intermittenti, dal buio apparve l'immagine di mio padre appeso per il collo a un gancio fissato nel muro, le mani penzolanti e la testa inclinata di lato, sembrava assorto a guardare un punto imprecisato del pavimento. Gridai a squarciagola, mi gettai su di lui, lo afferrai per le gambe, lo sospinsi in alto mentre continuavo a urlare, lo abbracciavo e urlavo e lo sollevavo per consentirgli di respirare, finché dopo un tempo indefinito fui trascinato fuori da braccia possenti che mi costrinsero a mollare la presa.

Fui portato in ospedale, mi furono somministrati farmaci che mi indussero un sonno pesante e agitato, popolato da incubi e visioni. Qualcuno in seguito mi disse che avevo parlato per tutto il tempo, avevo chiamato mio padre, l'avevo pregato di tornare a casa.

54. Marina

Valerio e io abbiamo parlato del nostro futuro. Dopo tentennamenti reciproci abbiamo vinto le paure che ci impedivano di aprirci l'un l'altra, ci siamo confidati e abbiamo capito che tra noi c'è qualcosa. Ci siamo baciati, una sera, ma poi non è successo altro, il nostro è un avvicinamento graduale, un percorso che facciamo in punta di piedi, un passo alla volta.

Mi ha confidato di essere preoccupato per il futuro, vorrebbe garantire a entrambi una certa tranquillità economica, avere un lavoro decente. Ho risposto che possiedo un po' di soldi, li ho messi da parte per le emergenze, per un po' non avremo problemi ma lui ha scosso la testa, ha detto che non ci pensa proprio a farsi mantenere da me. Poi si è aperta questa possibilità, a quanto pare Dennis ha deciso di tornare in Toscana, vende il bar. Ha affisso un cartello nella porta di entrata, Valerio ha detto che potremmo prenderlo noi, ci siamo andati a parlare, si è mostrato entusiasta all'idea, ha detto che saremmo le persone adatte, clienti abituali che prendono la gestione, ha detto che noi conosciamo l'essenza del bar e quindi è sicuro che la rispetteremo. Poi abbiamo parlato di soldi, chiede venticinquemila euro per l'attrezzatura e quindicimila per l'avviamento, in tutto fanno quarantamila, ma glieli possiamo dare un po' alla volta, di noi si fida ciecamente. In seguito ho detto a Valerio che dispongo di ventimila euro, gli altri me li potrei far prestare da mia madre, lui è rimasto zitto, credo che ci tenga molto a questa cosa, forse la ritiene l'unica via d'uscita. Alla fine ha detto okay, ma ha intenzione di restituirmi la sua parte un tanto al mese, siamo tornati da Dennis e abbiamo brindato all'accordo. Poi siamo andati nel mio appartamento, abbiamo parlato fino a notte fonda di come organizzarci, i turni di lavoro, le mansioni, le idee per attirare la clientela. Ci siamo addormentati parlando, praticamente. Abbiamo dormito insieme, nello stesso letto, ma senza toccarci. Al mattino l'ho svegliato con un caffè e abbiamo ripreso da dove ci eravamo fermati, con lo stesso entusiasmo della sera prima. Poi lui ha telefonato al suo amico Riccardo, che fa il commercialista, per fissare un incontro. Ora siamo nel suo studio, modernissimo e impeccabile nell'arredamento, seduti attorno a un tavolo di mogano della sala riunioni, in attesa che ci raggiunga. Dalle altre stanze ci arriva il rumore ovattato degli strumenti di lavoro, gli squilli del telefono, le tastiere dei computer, le voci delle impiegate che si sovrappongono senza urtarsi, si percepisce l'efficienza dell'insieme, come se tutto e tutti si muovessero allo stesso ritmo collaudato.

"Eccomi, scusate il ritardo" dice entrando, stringe la mano a entrambi, a Valerio dà anche una pacca sulla spalla, lo chiama vecchio mio, lo sgrida per il fatto che non si fa sentire.

"Marina, ti presento l'uomo a cui devo tutto, il mio amico dell'infanzia e dell'adolescenza" dice Valerio, "colui che qualche mese fa mi ha aiutato a superare un momento piuttosto complicato. È grazie a lui se sono qui, ora."

Riccardo alza una mano, dice qualcosa a proposito della tendenza di Valerio a esagerare sempre, chiede in cosa può esserci utile, gli esponiamo il progetto del bar. Dice che gli sembra una buona idea, no, non ha presente quale sia il bar, forse l'ha visto ma non se lo ricorda, comunque la posizione è ottima, c'è passaggio, dice che in Italia i bar non sono mai troppi. Dice che sarà felice di seguirci, preparerà tutto lui, ci parla della società che dovremo costituire, di Camera di Commercio, di permessi da richiedere al Comune, risponde alle nostre domande in modo chiaro ed esaustivo, ci infonde tranquillità, come se avesse in qualche modo approvato la nostra idea e ci avesse confermato che è realizzabile.

"Ma voi due state insieme?" chiede poi, dopo aver constatato che abbiamo esaurito gli argomenti di lavoro.

"Non proprio, cioè… non ancora. Diciamo che siamo più che amici e meno che fidanzati" risponde Valerio. Poi mi guarda come se cercasse conferma. Io annuisco, dico "esatto."

"Bé, se state bene insieme, perché aspettare? Le storie d'amore non vanno rimandate, potrebbero perdersi per strada."

Dice questa cosa e poi si alza, ci diamo appuntamento per la prossima settimana, ci saluta. Dal modo in cui si sono guardati capisco che quelle parole, per loro, hanno un significato preciso.

***

Passai i giorni seguenti maledicendomi per la mia stupidità. Immaginavo scenari diversi, io che dopo aver fatto sesso con Enrico me ne tornavo a casa col mio walkman nella borsetta, copiavo il nastro e mi presentavo in azienda il giorno successivo per fargli il discorsetto su ciò che pretendevo da lui. La copia del nastro avrei anche potuto lasciargliela, magari gli avrebbe fatto piacere riascoltarsi. Invece ero stata troppo precipitosa, non avevo considerato le conseguenze, volevo sbattergli subito in faccia la mia furbizia. Ora non mi restava nulla, ero stata sconfitta. Poi smisi di pensarci, pensai a godermi quell'ultimo scorcio di estate.

La notizia del suicidio di Enrico mi travolse una sera, rincasando dal mare, attraverso i singhiozzi di mia madre che cercava inutilmente di parlarmi, ma che alla fine riuscì a dire solo quelle tre o quattro parole, Enrico si è impiccato. Ripensai alla sera del nostro incontro, allo sguardo spento che aveva quando me n'ero andata, mi chiesi se in quel momento avesse già deciso di farlo, se a spingerlo in quella direzione fossi stata io. Poi corsi in bagno a vomitare.

Furono giorni da incubo in cui mi dibattevo tra sentimenti contrapposti, prima dicevo a me stessa che non avevo colpe, non potevo immaginare una reazione del genere, inoltre non capivo il motivo di quel gesto visto che il nastro lo aveva fatto sparire; un momento dopo mi dannavo per il rimorso, ricominciavo a vomitare, conati violenti mi costringevano a restare per ore seduta con la faccia sul water. A ciò si aggiungeva la paura che il nastro venisse ritrovato, che tutti sapessero quello che avevamo fatto. Il giorno del funerale mia madre e io ci recammo alla nostra parrocchia, restammo lì a pregare per un paio d'ore, fu il nostro modo di partecipare alla funzione pur non essendo fisicamente presenti. La mamma, sconvolta dal dolore, chiese a Dio di accogliere quel brav'uomo tra le sue braccia, andò dal parroco a chiedere la confessione quasi volesse in quel modo far assolvere anche Enrico, oppure per sentirsi rassicurare sul fatto che le porte del Paradiso sarebbero state aperte. Io restai tutto il tempo seduta su una panca verso il fondo della Chiesa, ogni tanto sbirciavo in direzione del pulpito e vedevo un Gesù dipinto su una croce che sembrava restituirmi lo sguardo. Poi, quasi subito, abbassavo il capo perché avevo l'impressione che nei suoi occhi si celasse l'accusa di aver commesso il più grave dei peccati.

55. Riccardo

Giulia e io ci incontriamo tre volte a settimana, di solito la sera, quando chiude il negozio, mi passa a prendere in studio oppure ci vediamo a casa sua, ha preso un appartamento in affitto nella nuova lottizzazione dei Romiti, ceniamo insieme e poi facciamo l'amore con la passione di chi ha raggiunto una propria maturità sessuale e ha perso le inibizioni della giovinezza. In effetti non ritrovo nulla della ragazzina inesperta che avevo conosciuto e amato, ora ho di fronte una donna matura e sicura di sé. Parliamo molto, restiamo a letto mezzi nudi, lasciamo che i nostri corpi restino a contatto il più possibile, improvvisiamo cene frugali a base di avanzi del frigorifero, beviamo vino rosso scadente attaccandoci alla bottiglia. Melissa non sospetta niente, le ho detto che ho ricevuto incarichi complessi dal Tribunale e che riesco a dedicarci tempo solo di sera. Il nostro rapporto è logorato dalla ricerca di un figlio che non arriva, forse siamo la tipica coppia che riesce a stare insieme solo se fila tutto liscio, destinata a disgregarsi alla minima difficoltà. Ho sopito i sensi di colpa nascondendomi dietro la convinzione che con Giulia sto vivendo una sorta di vita parallela, quella che avrei avuto se fossimo rimasti insieme. Forse arriverà il giorno in cui mi renderò conto che sto solo cercando di guadagnare tempo per rimandare il più possibile ogni scelta futura. Per ora mi va bene così, vivo alla giornata. Giulia non chiede nulla, non accenna mai a quella frase che ho pronunciato alcune settimane fa, se torniamo insieme lascio mia moglie, credo aspetti che sia io a fare la prossima mossa, forse non dubita che manterrò la promessa e non vuole mettermi fretta. Eppure quando Melissa mi telefona e siamo insieme ne percepisco il turbamento, quel suo voltarsi dall'altra parte e far finta di essere occupata in qualcosa, quel suo modo di uscire di soppiatto dalla stanza come se si vergognasse di ascoltare i nostri discorsi, anche se in realtà si tratta per lo più di accordi su commissioni da fare che lei, Melissa, cerca ogni volta di rifilarmi. Dopo quelle telefonate qualcosa di inespresso rimane nell'aria, Giulia si mantiene seria, silenziosa, per il resto del tempo. Per questo motivo ho cominciato a rifiutare le chiamate e a tenere il cellulare spento. Non sopporto di dover, ogni volta, ricostruire l'atmosfera giusta.

***

"Ho l'impressione che se l'ingegnere avesse tenuto la cintura allacciata ai pantaloni, tutto questo non sarebbe successo."

Di tutte le frasi che sentii pronunciare al funerale del padre di Valerio, le condoglianze rivolte a lui e sua madre, le lodi decantate all'indirizzo del defunto da parte di uomini in giacca e cravatta che sembravano fare quello di mestiere (andare ai funerali a lodare i defunti), i chiacchiericci delle retrovie in cui mi ritrovai insieme agli altri ragazzi del gruppo, con gli sguardi bassi e le espressioni tristi come da copione, questa mi rimase particolarmente impressa. Fu pronunciata da una donna piuttosto brutta e mal vestita e rivolta ad altri che come lei erano dipendenti dell'azienda di Enrico. Mi colpì per la sua crudezza, certo, tenuto conto che Enrico si era impiccato con la cintura dei pantaloni fissata a un gancio di acciaio, ma anche perché quella donna e le altre persone che le stavano intorno sembravano concordi nel ritenere la relazione extra coniugale di Enrico come la causa principale di quel gesto. Da altri commenti pronunciati a bassa voce apparve chiaro che non sapevano collegare i due fatti in modo diretto, le loro parevano piuttosto considerazioni di massima sul rapporto causa-effetto che doveva per forza esistere tra l'una e l'altra cosa, come se la morte fosse una naturale conseguenza del tradimento.

Durante la cerimonia restammo a distanza, Giulia rimase tutto il tempo con noi, guardavamo Valerio da lontano tenendoci pronti nel caso avesse reclamato la nostra presenza con un gesto o uno sguardo. Al momento opportuno mormorammo le nostre condoglianze, accettammo i suoi ringraziamenti evitando di guardarci negli occhi, sembravamo conoscenti riuniti da quell'occasione infausta più per questioni di protocollo che per un reale desiderio di partecipazione.

Nei giorni seguenti circolarono nuove ipotesi sui motivi del suicidio, si disse che l'azienda fosse in grave crisi, che negli ultimi anni l'ingegnere avesse compiuto scelte sbagliate gettando alle ortiche gran parte dell'ottimo lavoro svolto in precedenza. Si raccontò di litigate furiose tra lui e i suoi più stretti collaboratori circa l'opportunità di fare investimenti azzardati, di accettare commissioni da clienti di dubbia solvibilità, di progettare ampliamenti del capannone in vista di un'improbabile espansione produttiva. Enrico fu dipinto come un imprenditore rapace, disposto a tutto pur di espandere i propri profitti, vedeva l'azienda come una cosa viva e ne parlava in questi termini, diceva che bisognava nutrirla continuamente per evitare di farla ammalare, quindi servivano soldi per potenziare i macchinari, spazi per incrementare le linee di produzione, clienti a cui fatturare per consentire alle banche di aprire i rubinetti del credito. Non voleva sentire parlare di economie di scala, di razionalizzazione dei costi, di riduzione del personale, di esternalizzazione. Voleva bene ai suoi dipendenti, soprattutto a quelli che erano cresciuti con lui, che l'avevano accompagnato in quel lungo viaggio pieno di soddisfazioni e vittorie. Diceva che se lavorava dodici ore al giorno era per il bene di tutti.

Non sapevamo quanto di vero ci fosse in questi pettegolezzi, né ci importava. A noi interessava Valerio, quel fatto terribile metteva in secondo piano ogni nostro contrasto. Volevamo offrirgli conforto, fargli capire che l'avremmo sostenuto, riaccolto tra noi come il più gradito degli amici.

Ma Valerio non era più quello di prima.

56. Valerio

Per l'inaugurazione del bar abbiamo scelto il giorno di Santa Lucia, 13 dicembre, quando il centro storico si riempie di gente che affluisce lungo corso della Repubblica dove sono dislocate due file ininterrotte di bancarelle stracolme di dolci, torrone, piadina, specialità gastronomiche. La speranza è di riuscire a calamitare una parte di quella folla oceanica sul nostro piccolo locale, per farlo abbiamo messo un totem sul marciapiede con la scritta INAUGURAZIONE e un disegno di Obelix che beve una birra alla spina e tiene in mano un panino imbottito, sopra di lui una nuvoletta con scritto "questo è senz'altro il miglior bar di tutta la Gallia". Marina e io abbiamo riempito i tavoli di pasticcini e pizzette, guardiamo la gente passare e non sappiamo cosa aspettarci, vorremmo che entrasse ma abbiamo paura di finire tutto troppo in fretta. Qualcuno vede il totem, si ferma e guarda dentro, chiede se è qui l'inaugurazione, diciamo di sì, li facciamo entrare e offriamo da mangiare e da bere, ci chiedono notizie sul bar, precisiamo che c'era anche prima, ha solo cambiato gestione. L'impressione verso metà pomeriggio è che i visitatori siano solo alla ricerca di cibo gratis e un locale caldo dove fare una pausa, invitiamo tutti a tornare a trovarci, riceviamo vaghe promesse e gli auguri di rito. Alla fine della giornata siamo contenti, abbiamo anche incassato qualcosa, tiriamo fuori i soldi dal registratore di cassa e li contiamo, saranno duecento euro, ci mettiamo a pulire e a riordinare, ci telefona Dennis e ci chiede com'è andata, vuol sapere se i suoi vecchi clienti si sono fatti vivi. Verso le otto di sera chiudiamo la saracinesca e andiamo a casa di Marina. Abbiamo portato degli avanzi e li mangiamo davanti alla TV, facciamo zapping senza guardare veramente nulla, sono le immagini della giornata che ci scorrono negli occhi, brindiamo al nostro bar dopo esserci divisi una bottiglia di birra tedesca.

Per fortuna è lei a prendere l'iniziativa, io non l'avrei mai fatto. Glielo confesso dopo, mentre finiamo i nostri bicchieri di birra distesi sul letto.

"Quindi oggi abbiamo inaugurato anche la nostra storia, non solo il negozio" dico.

"Era ora, non credi?"

"Forse. Non saprei. Era da troppo che non stavo con una donna."

"Te la sei cavata bene."

"Merito tuo."

Mi si avvicina. Ricomincia. Mi lascio andare, la accolgo sopra di me, la assecondo nei movimenti, mi faccio trasportare dentro quella bolla di serenità che si forma attorno a noi mentre ci sincronizziamo l'uno sull'altra, finalmente liberi dai timori del riemergere di un passato che, pur non conoscendoci, abbiamo condiviso. E mentre la tengo stretta a me, le mani sui suoi fianchi, cerco di non pensare alle cicatrici che le attraversano la schiena come un rilievo ancora evidente sulla pelle, frutto di chissà quali perversioni da cui mi sforzo di credere di averla sottratta per sempre.

***

Nei giorni successivi alla scoperta del suicidio di mio padre mi lasciai trascinare dagli eventi come se fossi un detrito che galleggia nel letto di un fiume, non mi sottrassi ad alcuno dei passaggi obbligati, veglia funebre, funerale, visite di parenti e amici, ma in tutte queste occasioni mi limitai ad annuire compiacente e a stringere mani che mi si porgevano di continuo, senza far caso a chi appartenessero. L'immagine di lui sospeso per aria mi tormentava di continuo, mi svegliavo di notte urlando, avevo incubi terribili in cui mi accusava di averlo spinto io ad ammazzarsi con quell'ultimo crudele sguardo carico d'odio accompagnato da quella frase, l'ultima che gli avevo rivolto, mi auguro che tu muoia. La mamma aveva passato due giorni chiusa nella sua stanza, al buio, versando fiumi di lacrime. Pensavo che da lì non sarebbe mai più uscita invece il terzo giorno, quello del funerale, era scesa di sotto vestita a lutto, aveva presenziato alla cerimonia ostentando uno sguardo fiero, con gli occhi che saettavano a destra e a sinistra alla ricerca di facce conosciute, come se volesse stilare un elenco mentale dei partecipanti, o forse di quelli che mancavano. In Chiesa e al cimitero mi sentivo addosso l'attenzione di tutti, per evitarla tenevo gli occhi bassi, davo l'impressione di essere in una sorta di raccoglimento con Dio, per pregarlo di accogliere mio padre nel suo Regno nonostante il peccato capitale che aveva commesso. Non piansi mai. Ci furono momenti in cui mi sentivo in colpa per questo. Come si può non

395

piangere al funerale del proprio padre? Mi chiedevo se il motivo poteva risiedere in una sorta di rabbia residua che ancora provavo nei suoi confronti, nonostante tutto, o in una rabbia nuova nata a causa del suo gesto estremo, commettendo il quale ci aveva definitivamente abbandonati venendo meno alla promessa fatta.

Un mese dopo il funerale vennero a trovarci il commercialista e l'avvocato di famiglia. Ci dissero che l'azienda era fortemente indebitata, presto i creditori ne avrebbero chiesto il fallimento. Il capannone, i macchinari, i mobili sarebbero stati venduti per coprire i buchi e non sarebbe rimasto nulla, dissero che gli dispiaceva, di fronte alle nostre facce stupite e alle nostre domande su come fosse possibile chinarono il capo, dichiararono che Enrico da tempo aveva deciso di rinunciare ai loro consigli, dissero che si era rifiutato di credere agli scenari cupi che loro, tutti insieme e in varie occasioni, gli avevano esposto con chiarezza.

"L'avevamo avvertito" disse uno dei due, mentre l'altro annuiva. "Il suo decesso non cambia nulla, anzi casomai ha accelerato il processo, le banche vogliono che l'azienda rientri subito."

Ci spiegarono che, date le circostanze, ci conveniva rinunciare all'eredità. La casa ci sarebbe rimasta perché intestata alla mamma, una precauzione che avevano preso di comune accordo diversi anni prima. In seguito, con qualche firma apposta in calce a documenti che neppure leggemmo, fu cancellata ogni traccia dell'azienda di famiglia. Mi restarono solo i ricordi dei pomeriggi trascorsi lì dentro quand'ero bambino, a giocare coi meccanismi metallici dalle forme strane, mentre mio padre mi lavorava accanto, seduto sulla sua poltrona di pelle nera che pareva un trono.

57. Marina

Ho paura a dirlo ma sono felice. O almeno credo di esserlo, ammesso di saper riconoscere la felicità visto che prima d'ora non l'avevo mai incontrata. È merito suo, di Valerio, e della sua testardaggine nel volermi accanto, nonostante tutto. Lavoriamo nel bar quasi tutto il giorno, viviamo insieme nel mio appartamento, gli dico che finiremo per stancarci l'uno dell'altra, lui scuote la testa, dice di no, che non è possibile.

A volte penso che sia solo un castello di carte destinato a crollare al primo soffio di vento e che cerchiamo inutilmente di sfuggire dal nostro passato limitandoci a tappare le orecchie per non sentire le voci che ci giungono da lì, ci impongono di fare i conti con le nostre azioni, di pagare il dovuto, voci che si materializzano in foto ingiallite tirate fuori da scatoloni impolverati, in vecchi programmi televisivi che ci riportano indietro nel tempo, in domande poste all'improvviso, durante una cena come tante, con la voce di Valerio che fatica a sovrapporsi a quelle di un gruppo di manifestanti che gridano la loro protesta ai microfoni di un'emittente locale.

"Quella sera, due giorni prima del suicidio di mio padre, so che doveva incontrarvi. Puoi raccontarmi cos'è successo?"

Lo guardo come se non capissi il senso della domanda, mi serve tempo per riflettere, mi fingo distratta, continuo a fissare il televisore.

"Come scusa?"

"Tentò di nasconderlo ma lo scoprii. Doveva incontrare tua madre e te per un'ultima cena insieme. Lo insultai pesantemente nel suo ufficio, gli dissi che speravo morisse. È stata l'ultima volta che l'ho visto vivo."

Mi copro il viso con le mani, non riesco a trattenere i singhiozzi, lui dice che gli dispiace, non voleva turbarmi, mi viene vicino, mi accarezza.

"È passato tanto tempo, lo so. Volevo solo tentare di capire. Ammesso che sia possibile" aggiunge, nella voce ha tutta la stanchezza della giornata.

"Sapevo di quella cena" dico asciugandomi gli occhi. "Mia madre voleva che andassi anch'io, ma ho detto di no, che non aveva alcun senso rivederlo, tanto lui la sua decisione l'aveva già presa."

"Mio padre mi disse che eravate state voi a chiedere di incontrarlo."

Alzo le spalle, "forse fu mia madre, non me lo ricordo. Comunque sia, il giorno dopo lei mi disse che avevano mangiato qualcosa nel suo appartamento, quello dove si era trasferito quando se n'era andato da casa vostra, avevano chiacchierato del più e del meno e poi si erano salutati. Quando abbiamo saputo del suicidio le ho chiesto se quella sera aveva colto qualche segnale ma lei ha risposto di no, assolutamente. Da allora praticamente non ne abbiamo più parlato."

"L'opinione diffusa è che l'abbia fatto per via dei debiti. Hanno detto che non avrebbe accettato il fallimento imminente dell'azienda. Può essere che sia così, mio padre è sempre stato un combattente ma di certo l'idea di una catastrofe finanziaria può essere pesante da sopportare."

"Anche noi abbiamo pensato la stessa cosa."

Annuisce, ribadisce che è passato tanto tempo, si scusa di nuovo per avermi turbata, e cambiamo argomento.

Forse sono riuscita respingere l'attacco. Ora devo solo continuare a fingere di essere calma, anche se il cuore non smette di martellarmi nel petto.

***

Mia madre appariva inconsolabile per la morte di Enrico, si chiuse in sé stessa come a voler circoscrivere il proprio dolore, quasi temesse di poter contagiare tutti. Passarono giorni senza che mi rivolgesse la parola, se provavo ad avvicinarmi trovava una scusa per dileguarsi, trascorreva molto tempo fuori casa, usciva prestissimo e rientrava più tardi del solito. Per comunicare mi lasciava biglietti sul tavolo con indicazioni sugli orari della giornata, le commissioni da sbrigare, qualche banconota. Anche il tono dei messaggi appariva freddo, distante, limitato alle parole strettamente necessarie senza neppure un saluto, un ringraziamento. Non volevo forzarla perciò restai in disparte anche se desideravo essere abbracciata, il segreto che custodivo era troppo grande per i miei diciassette anni e anche se non l'avrei mai rivelato a nessuno potevo comunque fingere che ogni parola affettuosa, ogni carezza, potesse essere interpretata come un incoraggiamento a guardare avanti, a lasciarsi quel fardello alle spalle. In questo mia madre non mi fu di alcun aiuto. Si comportò come se a soffrire fosse soltanto lei, ignorò il legame che mi univa a Enrico e che per qualche tempo mi aveva indotto a credere che potesse essere per me una sorta di padre adottivo. Si allontanò proprio quando avevo più bisogno di lei, lasciandomi sola a combattere.

Nel giro di qualche mese, forse sulla spinta di quelle emozioni negative, mi trasformai in un'altra persona. Cominciai ad andare male a scuola, mi presentavo in classe poco vestita e truccata in modo palesemente esagerato, sedevo scomposta, masticavo cicche durante le lezioni, ignoravo i richiami dei professori e rispondevo con un'alzata di spalle alle loro minacce, respingevo le compagne che mi offrivano aiuto, frequentavo teppistelli che sempre più spesso mi incitavano a non andarci proprio, a scuola, li seguivo seduta dietro sui loro motorini truccati fino ai punti di ritrovo dove ci si incontrava con altri teppistelli infagottati in bomber color arancione e si passava il tempo a non far nulla, fino a quando non venivo trascinata da qualcuno di loro in scantinati di case abbandonate dove mi facevano inginocchiare davanti ai loro pantaloni sbottonati. Divenni per tutti quella che faceva i lavoretti gratis, sul mio conto cominciarono a girare le storie più assurde, tipo che mi facevo sbattere da intere squadre di calcio giovanili negli spogliatoi dopo le partite e che qualche volta partecipavano pure gli allenatori e gli arbitri, dicevano che non ne avevo mai abbastanza, che ero una specie di ninfomane destinata a diventare una puttana di professione o una pornostar.

Queste storie mi venivano riportate dai compagni, c'era chi le ripeteva ridendo e mimando atti sessuali a beneficio di altri, chi mi parlava con la fronte aggrottata confidandomi di non capire per quale motivo stessi facendo questo a me stessa, chi mi chiedeva esplicitamente di accompagnarlo in bagno perché aveva sentito dire che facevo quelle cose e voleva provare. Fu uno di questi, a cui avevo detto di andare al diavolo, che mi guardò con l'aria di chi non si accontenta di un rifiuto e disse: "Posso darti dei soldi se vuoi."

Un quarto d'ora dopo uscivo dal bagno con in mano ventimila lire, e l'impressione di aver fatto qualcosa di utile per la prima volta in vita mia.

58. Riccardo

È quasi notte quando apro la porta di casa e vengo accolgo dal solito profumo di lavanda che fuoriesce da un deodorante per ambienti posizionato su una mensola dell'ingresso. Avverto il ronzio del televisore acceso in salotto, la luce soffusa di una lampada a parete si proietta oltre la soglia, speravo che Melissa fosse già andata a dormire, lo spero sempre quando rientro da un appuntamento con Giulia. Ora devo fingere di tornare da una lunga e noiosa serata di lavoro, devo sperare di non avere addosso il suo profumo, devo cancellarmi dalla faccia l'aria colpevole che sento di avere. È distesa sul divano con addosso una coperta troppo pesante per la stagione, accanto a lei un paio di scarpette da neonato poco più grandi di un pollice, ci infila le dita dentro e me le mostra tenendo sollevato il braccio.

"Ti piacciono?" chiede.

Scuoto la testa guardandola dall'alto.

"Non ti piacciono?"

"Questa cosa dei vestitini e delle scarpette per il bambino sta diventando patetica. Avevamo deciso che non avresti comprato più nulla fino a quando non fossi rimasta incinta. Non capisci che così ti fai solo del male?"

Approfitto della cosa per girare i tacchi e cambiare stanza, mi rifugio in cucina dove mi fermerò a bere qualcosa e poi andrò dritto a letto. Mi attacco alla bottiglia di coca cola fresca di frigo, tendo l'orecchio per capire se Melissa si sia limitata a incassare o abbia deciso di reagire, mi passa per la testa l'idea che, dovesse scattare un litigio, potrei arrivare a dirle che sto frequentando un'altra donna. Dal salotto non arriva nessun rumore a parte il gracchiare della TV, in un attimo sono in bagno, mi lavo i denti, mi spoglio, mi preparo per la notte, mi infilo sotto le coperte e proprio in quel momento sento che si alza, si appresta a raggiungermi, immagino che per l'ennesima volta dovremo prodigarci in attività sessuali unicamente finalizzate a un concepimento che forse non arriverà mai. Sono stufo di questo sesso ginecologico, ora che ho una relazione con Giulia mi rendo conto di quanto sia finto, meccanico, privo di coinvolgimento, comincio a pensare che tra Melissa e me sia davvero finita. La sento avvicinarsi e cerco di escogitare un espediente che mi sottragga a questa punizione, potrei fingere di essere arrabbiato oppure dire che ho un mal di testa colossale, scusarmi e girarmi dall'altra parte. Entra nel letto e mi abbraccia da dietro, nelle dita ha ancora infilate le scarpine da neonato, le usa per accarezzarmi la faccia, dice che non me la devo prendere così, non mi fa bene alla salute. Poi mi chiede com'è andata la giornata, rispondo a monosillabi, spero si stufi e capisca che voglio solo dormire.

"Lavori troppo, quando nascerà il bambino dovrai ridurre i ritmi. Avremo bisogno di un padre e di un marito più calmi e tranquilli. E riflessivi."

"Vuoi forse dire…"

Annuisce, e nel buio della camera da letto riesco a scorgere un sorriso di pura gioia.

"Sono incinta! Lo sospettavo da giorni, ovviamente, ma solo oggi ho avuto la conferma."

"Non so... non so cosa dire. È talmente... cioè, l'abbiamo sperato per così tanto tempo che mi sembra quasi impossibile."

Melissa piange. Credo sia la prima volta che le capita da quando la conosco. Ci abbracciamo. Restiamo a parlare distesi sul letto, riprendiamo a fare i progetti che i mancati concepimenti ci avevano costretti a interrompere, è come se la nostra vita insieme riprenda a scorrere dopo che qualcuno aveva azionato il pulsante di pausa, una lunga pausa muta e immobile in cui siamo rimasti per anni. Guardo mia moglie e mi sembra più bella che mai. Mi immergo nella sua gioia di futura mamma e sono felice di farne parte.

"Scusami" dico.

"Non ti preoccupare, non è successo niente."

So bene che si riferisce all'episodio delle scarpette ma fingo che con quelle parole mi abbia perdonato anche per tutto il resto.

***

Giulia mi aspettava davanti al cancello di casa, seduta sul muretto, teneva in mano un fazzoletto spiegazzato e ogni tanto se lo portava al viso, come se piangesse. L'avevo vista per caso, affacciandomi alla finestra per controllare se avesse smesso di piovere, poi ero rimasto a guardarla nascosto dietro il lembo della tenda. All'inizio pensavo che avesse deciso di sedersi lì per qualche motivo che, sebbene non mi venisse in mente, doveva per forza essere ovvio, e tutto quello che potevo fare era limitarmi a guardarla come si fa con certi animali della foresta che rifuggono il contatto con gli umani e si possono contemplare solo appostandosi dietro opportuni nascondigli. Poi la vidi armeggiare con quel fazzoletto e mi accorsi che qualcosa non andava. Allora capii che era lì perché stava aspettando me. Corsi fuori, mi vide, la guardai. Aveva gli occhi arrossati e gonfi da cui colavano lacrime scure di mascara, un'ombra di rossetto sbavato si allargava dalle labbra sulla guancia e sul mento, pensai che la Giulia che avevo conosciuto e che amavo non avrebbe mai imbrattato il suo bellissimo viso con tutto quel trucco.

"Che ti è successo?" chiesi. Nonostante vederla così mi facesse male, nonostante avessi voglia di stringerla e dirle che, qualunque fosse la causa del suo pianto, non aveva più nulla da temere, rimasi a una certa distanza da lei, forse temendo che nell'avvicinarmi troppo potessi spaventarla e farla scappare.

"È impazzito. Mi ha cacciata via. Ha detto che non vuole più vedermi."

Capii subito che si riferiva a Valerio. La invitai a raccontarmi in dettaglio cos'era accaduto, mi riferì che da quando suo padre era morto non si erano più incontrati, poi a distanza di due settimane lei aveva deciso di andare a trovarlo, si era offerta di dargli tutto il sostegno di cui aveva bisogno e lui, lui l'aveva guardata con disprezzo, aveva detto che la loro storia era finita, che poteva andare a farsi fottere.

"Allora sono scappata via e sono venuta qui. Mi sei venuto in mente tu. Avevi ragione, lui non è il ragazzo giusto per me. Avrei dovuto darti retta."

La invitai a entrare in casa, era tutta fradicia di pioggia, tirai fuori degli asciugamani e la condussi in bagno. Mia madre era da sua sorella, non sarebbe rientrata prima di sera, le dissi di fare con comodo, nel frattempo avrei preparato del the. Quando riapparve aveva il viso ripulito e i capelli asciutti ma i vestiti erano ancora bagnati e tremava di freddo. Le offrii una tazza di the caldo, bevemmo in silenzio contemplando la stranezza di quella situazione.

"Mi ha fatto paura. Credevo mi volesse picchiare. È stato terribile" disse.

"Non è più lui. Quello che ha passato è stato troppo, credo ci voglia tempo."

"Grazie per il the, ora è meglio se vado, sono tutta bagnata, mi prenderò un raffreddore."

"Okay. Mi ha fatto piacere rivederti. E se avrai bisogno di me, sai dove trovarmi."

Annuì. Sembrò volesse aggiungere qualcosa ma poi tirò dritto, verso la porta. Ci salutammo di nuovo, lei alla fine del vialetto, io sull'uscio. Poi si mise a correre verso casa sua, le mani sulla testa per proteggersi dalla pioggia che, nel frattempo, era ricominciata a cadere.

59. Valerio

"Mi ricordo di te. Sei quello che è venuto qui tempo fa a chiedere dove abita mia figlia."

Speravo che la madre di Marina non ricordasse quell'episodio, invece mi ha riconosciuto subito. Tanto peggio.

"Sì signora. Sono proprio io. Avrei bisogno di parlare con lei cinque minuti. Può farmi entrare?"

"Marina è nei guai?"

"No, lei sta bene. Non c'entra con quello che le devo chiedere."

Mi guarda dal balcone sporgendosi un po', come se volesse vedermi meglio, capire dall'espressione del mio volto che intenzioni abbia, ma è troppo distante per riuscirci. Scompare dentro casa, dopo alcuni secondi il cancelletto si apre.

Me la trovo di fronte sul pianerottolo del suo appartamento, mi fa cenno di entrare, mi scuso per il disturbo, la rassicuro sul fatto che si tratterà di una cosa brevissima, lei non dice niente, continua a fissarmi in silenzio, si lascia cadere sul divano e mi indica una poltrona di fianco.

"Ma tu chi diavolo sei?" chiede senza smettere di fissarmi.

Dal suo viso emergono i segni di una giovanile bellezza, gli zigomi pieni e marcati, le sopracciglia curve e simmetriche, il naso sottile, forse è una di quelle donne che diventano attraenti dopo i trent'anni e lo restano per sempre, dopo che i vari elementi hanno raggiunto un equilibrio che in gioventù è stato solo sfiorato, una sorta di riscossa tardiva.

"Mi chiamo Valerio Mieli. Enrico era mio padre."

Sorride. "Lo immaginavo. Siete due gocce d'acqua."

Finalmente distoglie lo sguardo, si aggiusta il vestito, chiede se può offrirmi qualcosa da bere, un caffè magari, rispondo che non voglio niente, la ringrazio.

"Quindi… sei venuto qui qualcosa come cinque o sei mesi fa, hai chiesto dove abita Marina, dicendo che eri un suo compagno di classe… Poi che hai fatto? Sei andato da lei?"

Annuisco. "Marina e io stiamo insieme. Siamo una coppia. Lo sapeva?"

"Mi ha accennato di avere un compagno ma no, non mi ha detto che era il figlio di Enrico. D'altra parte non credo fosse tenuta a farlo, lei vive la sua vita e io, io sono solo una vecchia."

"Sua figlia è una donna molto speciale. Sono certo che ci tiene alla sua opinione e che ci sarà certamente modo di parlarne, tra voi intendo."

"Sei gentile ma io e Marina abbiamo smesso di parlare da un pezzo. Quand'era piccola sì, parlavamo, parlavamo molto. Poi è cresciuta, ha preso strade lungo le quali non sono riuscita a seguirla. E l'ho persa."

"Immagino sia normale prendere direzioni diverse, tra genitori e figli. Non sono padre e forse parlo di cose che non conosco ma…"

"Perché sei venuto da me? Hai detto che Marina non c'entra col motivo per cui sei qui."

"Infatti. Sono qui per farle un paio di domande su mio padre."

"Tuo padre... Lo penso spesso, sai? Cosa vuoi sapere?"

"Ecco, l'ultima volta che l'ho visto vivo stava per incontrare lei. Mi disse che dovevate fare un'ultima cena insieme, che glielo avevate chiesto voi, lei e Marina, per dirvi addio. Poi è sparito e dopo tre giorni l'ho trovato in quel garage. Vorrei sapere se quella sera è successo qualcosa, cosa vi siete detti, se era sconvolto per qualche motivo."

"Questa domanda l'hai già fatta a Marina?"

"Sì, mi ha risposto che non era presente, che era contraria a quella cena e che decise di non venire. Per questo sono qui."

"Capisco."

Sembra riflettere su qualcosa, si alza e sparisce nell'altra stanza, mi lascia in sospeso, ad ascoltare i rumori dell'appartamento, il ticchettio di un orologio da muro, le vibrazioni di una lavastoviglie in funzione, un vociare soffuso proveniente dall'esterno. Quando ritorna sembra diversa, più cupa, come se avesse combattuto una battaglia contro sé stessa e ne fosse uscita sconfitta. Sto per chiederle se qualcosa non va, faccio anche per alzarmi e andarle incontro, sto per scusarmi per aver rivangato fatti che forse preferirebbe dimenticare, ma lei mi porge qualcosa, mi dice che lì ci sono tutte le risposte che cerco. Poi mi chiede di andarmene, si scusa e dice di non sentirsi troppo bene.

Dopo che ha richiuso la porta di casa resto per qualche secondo fermo in piedi nel pianerottolo, con la testa piena di domande.

Tengo in mano la musicassetta che mi ha dato, era da tanto che non ne vedevo una. Non c'è nessuna indicazione su cosa contenga, per un attimo penso che la madre di Marina non ci stia più con la testa. Poi mi avvio, pensando a dove potrei trovare un dispositivo che mi permetta di ascoltarla.

**

Con mio grande sollievo nell'arco di qualche settimana il via vai di parenti e amici cominciò a diradarsi fino a cessare del tutto. Rimanemmo soli, mia madre e io, a condividere i silenzi della nostra casa, con lei che passava gran parte del tempo chiusa nella sua stanza e io che me ne andavo in giro da solo, senza un vero motivo o una meta precisa, al solo scopo di stare lontano da lì.

Di notte dormivo poco e male, l'immagine di mio padre appeso per il collo mi perseguitava sempre, rivivevo di continuo ogni istante di quella giornata, dal momento in cui avevo aperto la porta del garage a quando ero stato trascinato fuori a forza, ripensavo alle parole cariche d'odio che gli avevo rivolto durante il nostro ultimo incontro, piangevo, passavo ore davanti alla sua tomba a guardare la foto in cui appariva sorridente, un estratto di un'immagine più grande che avevamo selezionato tra mille dubbi, mia madre e io, dove compariva insieme a una delegazione di clienti russi, dopo che ci eravamo resi conto che le uniche sue foto recenti erano quelle scattate in azienda.

Ci furono vari tentativi di riappacificazione con Riccardo e gli altri, dissi loro che li ringraziavo per il sostegno, per essere venuti al funerale ma nei fatti cercavo di evitarli, limitandomi a cenni di saluto e a poche parole scambiate per strada quando capitava che ci si incontrasse per caso. Lasciai Giulia, le dissi che dopo quello che era successo non me la sentivo di avere relazioni amorose, siccome insisteva nel volermi consolare le gridai di andarsene e di non farsi più vedere. Scappò via in lacrime, e nel vederla correre sotto la pioggia battente mi resi conto che non provavo nulla, né per lei né per nessun altro, l'unica cosa che mi importava era di essere lasciato in pace.

Verso la fine dell'estate avrei dovuto iscrivermi all'università dando seguito alla decisione presa verso la fine dell'anno scolastico nel corso di una cena di famiglia in cui ci sforzavamo di essere persone normali che programmano un futuro normale per il loro unico e normalissimo figlio. Visto che non sarei diventato un calciatore professionista fu deciso che avrei fatto ingegneria per poi essere inserito nell'azienda di famiglia. Dei miei sogni di bambino in cui mi vedevo a fianco di mio padre non era rimasto nulla ma dissi che mi stava bene, avrei accettato qualunque cosa pur di ritardare il più possibile la mia entrata nel mondo del lavoro. A distanza di tre mesi da quella sera l'idea di fossilizzarmi sui libri mi pareva assurda, perciò rimandai l'iscrizione fino a quando non era più possibile farla, e quando mia madre mi chiese notizie mentii, dissi che avrei cominciato a frequentare di lì a poco. Una mattina di ottobre mi svegliai prima del solito e uscii di casa scrivendo su un biglietto che ero andato a Bologna all'Università, la mamma l'avrebbe letto quando si fosse decisa a mettere il naso fuori dalla sua stanza.

Così feci anche nei giorni a venire, facevo finta di frequentare l'università alla quale non ero neppure iscritto, prendevo l'autobus e andavo in riviera, mi sedevo sulla sabbia umida davanti agli stabilimenti balneari chiusi, chiedevo soldi per i libri e l'abbonamento del treno e li spendevo come mi pareva, compravo sigarette senza filtro e bottiglie di birra a doppio malto, spesso tornavo a casa mezzo ubriaco e per non farmi scoprire andavo a letto senza cenare, dicevo di essere stanco morto. Andò avanti per un anno, poi mia madre mi disse che sarebbe tornata in Francia. Chiese se volessi andare con lei, ma si capiva che sperava dicessi di no, e così feci. La casa fu venduta e il ricavato fu diviso in parti uguali tra noi due. Una sera ci salutammo alla stazione, promettendo di sentirci al telefono almeno una volta a settimana. Solo in quel momento realizzai che sarebbe partita davvero, mi resi conto che avevo sperato in un ripensamento, nonostante non avessi mai detto o fatto nulla per fermarla. Rimasi solo nella banchina deserta a guardare quel treno che stava portando via l'unico genitore che mi era rimasto. Pensai che da lì in avanti avrei dovuto cavarmela da solo. Poi mi resi conto che lo stavo già facendo da un pezzo.

60. Marina

Riguardo l'orologio, dall'ultima volta sono trascorsi pochi secondi, forse un minuto, e non è cambiato niente. Valerio non c'è, non è tornato a casa. È uscito stamattina per fare una commissione, non ricordo neppure quale, ha detto che sarebbe rientrato per pranzo, e invece non s'è visto. Il cellulare è staccato, non ha chiamato, non so dove cercarlo, temo sia successo qualcosa. Cammino avanti e indietro lungo il corridoio, tendo l'orecchio per percepire i rumori provenienti dalle scale, ogni volta è un altro condomino o qualcuno che non c'entra niente, li maledico in silenzio anche se non hanno colpe. Mi affaccio alla finestra per vedere se c'è la sua macchina parcheggiata, penso che magari si è fermato al bar per controllare qualcosa anche se oggi siamo chiusi, ma dalla vetrina affiora solo il debole bagliore delle luci notturne e della macchina non c'è traccia. Mi addormento sul divano, ho un sonno agitato, mi sveglio ogni mezz'ora e controllo il cellulare, prima dell'alba decido di alzarmi, faccio un elenco mentale delle persone da chiamare, mi viene in mente solo Riccardo, aspetto che apra lo studio e compongo il numero, mi risponde la segretaria, dice che non è ancora arrivato, chiedo se può lasciar detto di contattarmi appena può, si tratta di un'emergenza. Il telefono squilla dopo mezz'ora, è lui. Gli dico che Valerio non è tornato a casa e non ha chiamato, scoppio a piangere mentre riflette sul da farsi, mi rassicura, chiede se c'è stato un litigio o se mi viene in mente una ragione che potesse spingerlo ad allontanarsi, rispondo di no, nessun litigio e nessuna ragione.

"Okay, faccio una ricerca. Ti faccio sapere."

Qualche ora dopo mi richiama, non risulta niente presso gli ospedali della zona. Ipotizza che per qualche motivo abbia deciso di starsene un po' per conto suo, dice che è sicuro che si farà vivo. Mi chiede se voglio che venga qui, rispondo di no, lo ringrazio.

Verso la fine della mattinata arriva un'altra telefonata. Mi precipito sull'apparecchio, è mia madre.

"Come stai?"

"Così così."

"È successo qualcosa?"

"Forse."

"O sì o no."

"Il mio compagno. Non s'è visto da ieri. Non so dove sia."

Silenzio.

"Non puoi aspettarti niente dagli uomini, te l'ho detto tante volte."

"Lui è diverso. Sono sicura che c'è un motivo. Ma non so quale."

"Sì, non dubito che un motivo lo trovano sempre. Sono bravissimi in questo."

"Così non mi aiuti."

"Ti sto solo dicendo le cose come stanno. Non è aiutare?"

"Stai parlando di cose astratte. Valerio non lo conosci."

"Non c'è bisogno di conoscerli, sono tutti così."

"Vabbé, ti saluto."

"Aspetta. Vieni a pranzo da me?"

"No mamma, devo stare qui nel caso si faccia vivo."

"Hai il telefono no? Se viene a casa e non ti trova ti chiamerà."

"Facciamo un'altra volta."

"Come vuoi."

Sto per riattaccare poi mi sfiora un dubbio, e la domanda mi esce di getto: "Mamma, non è che un certo Valerio ti è venuto a trovare?"

"Sarebbe lui, questo Valerio, il tuo compagno?"

"Sì."

"Perché sarebbe dovuto venire da me?"

"È solo una domanda. È venuto o no?"

"No. Non è venuto nessuno."

"Se per caso dovessi vederlo, chiamami subito."

"Contaci."

Riattacco, cerco di stare calma, ma la sensazione che sia successo qualcosa di irreparabile continua ad assillarmi.

**

Quando arrivò la bocciatura, alla fine della quarta superiore, mia madre si limitò ad allargare le braccia e a fare un sospiro, gli occhi rivolti al cielo, senza mostrare neppure un accenno di dispiacere o preoccupazione, sembrava solo scocciata, come se quella cosa potesse scombinare i suoi piani per il futuro, come se si trattasse di un contrattempo non previsto. Eppure i segnali c'erano eccome, ed erano tutti molto espliciti, gli avvertimenti dei professori, le telefonate a casa per informare delle assenze ingiustificate, i voti bassi che fioccavano in quasi tutte le materie. La non reazione di mia madre fu l'ennesima conferma che di me non le importava un bel niente. Dalla morte di Enrico in poi il suo atteggiamento nei miei confronti era cambiato, a volte pensavo che in qualche modo fosse venuta a sapere di quella sera, come se il nastro con la registrazione del nostro rapporto potesse in qualche modo essere finito nelle sue mani, lei l'avesse ascoltato e avesse deciso che non meritavo più nulla, solo la sua compassione di madre delusa. Seppur mi dispiacesse, questo atteggiamento rendeva tutto più facile, di fatto non dovevo più rispondere a nessuno delle mie azioni, ero libera come l'aria, appena avessi compiuto diciotto anni sarei andata via di casa e forse non ci saremmo più viste, ognuna per sé.

Il senso di colpa per il suicidio di Enrico mi aveva tormentato per mesi, poi avevo deciso che in fondo non potevo immaginare una reazione del genere, e che magari i motivi di quel gesto dovevano essere ricercati altrove, ad esempio nell'imminente fallimento della sua azienda, la prospettiva di perdere tutto, una possibile imputazione per reati finanziari. Quello che ho fatto l'ho fatto per la mamma, pensavo. E ora lei mi trattava con sufficienza, a malapena sopportava la mia presenza, mi parlava con un tono di voce che in precedenza le avevo sentito usare solo citando alcune colleghe di lavoro con cui non era mai andata d'accordo. Lei è responsabile quanto me, col suo atteggiamento remissivo ha consentito a Enrico di lasciarla, io ho solo tentato di farli tornare insieme. E poi non ho costretto nessuno, mi mangiava con gli occhi da mesi, forse negli ultimi tempi veniva apposta a casa nostra, nella speranza di vedermi uscire dal bagno con solo le mutandine addosso, e poi far finta di girarsi dall'altra parte.

Fuori di casa le cose andavano alla grande, avevo un giro di ragazzi che mi sbavavano dietro ed erano disposti a pagare bene per potermi mettere le mani addosso. Mettevo i soldi da parte, li nascondevo dentro una scatola da scarpe che tenevo riposta nell'armadio della mia stanza, ogni tanto tiravo fuori qualche banconota e me ne andavo in giro a spenderla, mi compiacevo della facilità con cui li avevo ottenuti. A scuola mi guardavano storto, quasi tutti sapevano quello che facevo, mi attribuivano soprannomi volgari che sentivo bisbigliare al mio passaggio, le ragazze soprattutto mi consideravano un'appestata, quando rivolgevo loro la parola non riuscivano neppure a guardarmi in faccia, declinavano con finta cortesia ogni mio tentativo di fare qualcosa insieme. Ci fu un professore piuttosto giovane, di un'altra sezione, che un giorno mi fermò in corridoio, disse che dovevo smetterla di buttare all'aria la mia vita, mi lasciò un biglietto con scritto il nome e il numero di telefono di una struttura dove avrei potuto parlare con specialisti, precisò che era tutto completamente gratuito, lo lasciai finire e quando fui certa che non aveva altro da dire e se ne restava lì in piedi, finalmente in silenzio, ad attendere una mia riposta, precisai che comunque mi limitavo a fare lavori di bocca e che il prezzo era di venticinquemila lire a prestazione, ma che a lui avrei potuto fare lo sconto. Poi lo guardai arrossire, disse qualcos'altro di terribile sul mio futuro e su ciò che, secondo lui, mi sarebbe capitato se non avessi deviato la rotta, poi se ne andò di buon passo, continuando a borbottare.

All'inizio dell'anno scolastico mi presentai a scuola nella mia veste di ripetente, i miei nuovi compagni di classe mi fecero capire fin da subito che non avevano nulla a che spartire con me, i maschi mi temevano, alle femmine facevo schifo, mi ritrovai a occupare da sola il banco in ultima fila, i professori mi trattavano male, per loro ero una causa persa. Resistetti un paio di mesi poi abbandonai. Dissi a mia madre che mi sarei cercata un lavoro, di fare le pratiche per il ritiro da scuola, che non intendevo più metterci piede. Lei mi chiese se ero davvero sicura di quella decisione, come risposta ottenne una scrollata di spalle e l'argomento fu considerato chiuso. Nella mia scatola di scarpe avevo cinquecentomila lire. Pensai che per un po' sarebbero bastati. Anche se con l'abbandono della scuola avrei dovuto mettere in conto che gli affari sarebbero andati peggiorando.

61. Riccardo

La sera in cui Melissa mi ha detto di essere incinta ho creduto che avrei smesso di incontrare Giulia. Invece eccomi qui, disteso nel suo letto con solo le mutande addosso, mentre aspetto che mi raggiunga. Ogni volta ripeto a me stesso che sarà l'ultima poi le confiderò come stanno le cose, quella gravidanza ha cambiato tutto. Invece resto zitto, mi faccio trasportare dalle abitudini che in questi mesi abbiamo costruito insieme, le cene a casa sua, le chiacchierate dividendoci l'unica sigaretta che si accende, il bicchiere della staffa, quell'ultimo bacio prolungato che ci scambiamo sulla soglia prima che me ne vada. Del nostro futuro non abbiamo mai parlato, un po' per paura di quello che avremmo detto un po' per pigrizia, o forse perché non è mai arrivato il momento giusto per farlo. Così le cose si sono trascinate a lungo, ho quasi dimenticato com'era la mia vita prima di rivederla, eppure si tratta soltanto di un paio di stagioni, un autunno e un inverno, praticamente un battito di ciglia. Qualche volta percepisco il suo desiderio che qualcosa cambi, di potermi incontrare alla luce del sole, senza timori di essere scoperti. Ora mi rendo conto che non potrà mai accadere e fatico a guardarla negli occhi, cerco di smorzare il senso di colpa pensando che è stata lei a tradirmi, tanto tempo fa, che la mia parte di sofferenza l'ho già vissuta allora.

Ogni tanto riparliamo del passato, di quando eravamo ragazzi, limitandoci a ricordare solo gli episodi piacevoli, con nostalgia. Poi ci chiediamo cosa avremmo fatto se fossimo rimasti insieme, come sarebbero state le nostre vite, se avremmo avuto figli, che tipo di genitori saremmo stati. Spesso esprimiamo opinioni diverse, ci troviamo in disaccordo su come avremmo dovuto affrontare questioni immaginarie legate all'educazione dei figli, alla gestione della vita domestica, alziamo la voce per far valere le nostre ragioni, fingiamo indignazione per quelle dell'altro. Non abbiamo mai litigato, in questi mesi, e non sappiamo se sia un bene o un male, ci diciamo che il motivo sta nel fatto che non siamo sposati.

La sento spegnere la luce nel bagno, tra qualche secondo sarà qui accanto a me sul letto, si coprirà con le lenzuola prima di spogliarsi del tutto, in questo non è cambiata da allora. Mi guarda avvicinandosi, ha un sorriso triste, le chiedo cosa c'è.

"Non mi sento tanto bene. Ho mal di testa da stamattina, credo che mi passerà solo dopo una bella dormita."

"Ti preparo qualcosa di caldo?"

Sorride. "Ho mal di testa, mica il raffreddore."

Si sdraia, si copre con il lenzuolo, ma non si spoglia.

"Ti dispiace se non facciamo niente? Restiamo qui abbracciati. Fammi addormentare prima di andartene."

"Ma certo. Vieni qui."

Mi si accoccola addosso. Le sento la fronte, dico che forse ha un po' di febbre. Il suo respiro è già pesante. Si è addormentata.

***

Per un po' ci furono sguardi bassi di entrambi, ci fu la paura di dire o fare qualcosa di sbagliato, fu come se fossimo tornati alla timidezza dei primi incontri, una regressione che in parte fu anche piacevole perché ci consentì di riscoprirci di nuovo, anche se ci eravamo lasciati da qualche settimana. Poi rientrammo nei binari del nostro vecchio rapporto e mi parve che il legame tra noi, sopravvissuto a quella tempesta perfetta, fosse tornato più solido di prima, mi parve che da lì in avanti potesse reggere a qualsiasi cosa. Avevo iniziato l'università, trascorrevo molto tempo a Bologna, tornavo a casa nei fine settimana, correvo da lei, le raccontavo delle lezioni, dei professori, delle aule immense in cui faticavo a trovare posto, degli tipi strani che si aggiravano per la zona universitaria, dei portici sempre affollati di gente. Mi aiutava a studiare, mi ascoltava ripetere i concetti più difficili, mi restava accanto in silenzio mentre ero concentrato nella lettura di austeri testi, mi incitava quando dicevo che non ce l'avrei mai fatta. Poi arrivarono i primi esami che si portarono dietro l'ansia, gli sfoghi, la tensione dei giorni prima, ma anche la gioia della promozione, di poterle mostrare il voto scritto nel libretto. A distanza di qualche mese fu come se la nostra relazione precedente non ci fosse mai stata, oppure come se si fosse trattato di una specie di prova, superata la quale ora potevamo vivere quel nuovo rapporto consapevoli di quanto fosse forte il sentimento che ci univa. Chiunque ci conosceva avrebbe scommesso sul fatto che ci saremmo sposati, noi stessi non avevamo alcun dubbio in proposito.

Di Valerio s'era persa ogni traccia, non lo vedevo da parecchio. La loro casa era stata venduta, la madre era partita per la Francia mentre di lui non si sapeva nulla, solo vaghi racconti di seconda o terza mano ai quali non prestavo la minima attenzione, un po' per disinteresse un po' perché non volevo dar credito a voci che ritenevo infondate. Si diceva che vivesse a Bologna, che frequentasse gente poco raccomandabile, che si drogasse. Di sicuro c'era solo che a Forlì nessuno l'aveva più visto e l'impressione comune, se capitava di parlarne, era che difficilmente ci sarebbe capitato di incontrarlo di nuovo.

Con gli altri ragazzi del gruppo i rapporti erano buoni, anche se frammentari. Max era l'unico, oltre a me, a essersi iscritto all'Università, ma poiché faceva ingegneria, dislocata a Porta Saragozza, era impossibile che ci incrociassimo. Gigi e Veris avevano iniziato a lavorare, il primo come impiegato in una ditta di insaccati, il secondo aveva aperto la partita IVA e si era messo a fare riparazioni, lo vedevo sfrecciare a bordo del suo furgoncino bianco con una scala retrattile fissata sul telluccio. Marchino stava facendo l'ultimo anno di superiori, ci eravamo promessi di andare a festeggiarlo il giorno del diploma ma poi non se n'era fatto nulla, forse per semplice dimenticanza o forse perché eravamo già troppo presi dalle incombenze della vita adulta e tutto ciò che ci era sembrato importante fino a poco tempo prima ci appariva ora distante e superficiale. Senza che ce ne accorgessimo ci stavamo allontanando l'uno dall'altro, così come tutti insieme ci allontanavamo dall'adolescenza che avevamo condiviso, come se ora, superato l'ostacolo, potessimo smettere di proteggerci a vicenda.

62. Valerio

Ho mostrato la cassetta al titolare del negozio, ho detto che mi serviva un dispositivo per ascoltarla, lui ha fatto una smorfia, è scomparso dietro una porta con la scritta PRIVATO, è tornato dopo cinque minuti tenendo in mano una scatola marrone. Mi ha mostrato un walkman grigio, ha detto che era l'ultimo rimasto, una giacenza di magazzino, mi ha proposto un prezzo stracciato. Sono andato fuori tenendo in mano quella scatola polverosa, sono salito in macchina, ho inserito le pile e collegato la cuffietta. Poi ho aperto lo sportellino e messo dentro il nastro, ho spinto il pulsante di avvio. Ho sentito una voce femminile dire che quella era una registrazione del 15 luglio 1989, un brivido mi ha percorso la schiena, la ragazza non ha detto altro, ho intuito che si trattasse di una specie di introduzione, c'è stato uno stacco, poi delle voci, la ragazza di nuovo e quella di un uomo, lei dichiarava di essere attratta da lui, lui le diceva che non poteva essere vero, ho riconosciuto subito la voce di mio padre, quella di Marina era molto diversa da ora, in circostanze normali non l'avrei capito che si trattava di lei.

Faccio un calcolo mentale di quanti anni aveva, diciassette, sento mentre cerca di sedurre mio padre, lui che prima la minaccia di raccontare tutto a sua mamma, poi dice che se ne va, quindi succede qualcosa che la registrazione non riporta, succede in silenzio, qualcosa che gli fa cambiare idea, lo convince di non poter rinunciare a lei, iniziano i rumori del rapporto sessuale, i sospiri, gli incitamenti a fare quella e quell'altra cosa, ascolto quasi senza respirare, cerco di ignorare le emozioni che mi esplodono dentro, la rabbia, lo stupore, la nausea, sono immobile dentro l'abitacolo della Panda ma è come se fossi sospeso in una dimensione parallela, al di fuori del tempo e dello spazio. Dura mezz'ora, poi li sento mentre organizzano nuovi incontri, quindi la registrazione si interrompe.

Getto il walkman nel sedile del passeggero, metto in moto, guido a forte velocità nel traffico caotico dell'ora di pranzo, parcheggio l'auto in divieto di sosta, raccolgo la cassetta e corro fuori, suono il campanello e punto lo sguardo verso il terrazzino laterale, dove so che la vedrò sbucare entro pochi secondi.

La madre di Marina mi vede e non dice niente, torna dentro casa e mi apre, di certo si aspettava che tornassi da lei.

"Hai ascoltato?" chiede guardandomi da dietro la porta semi aperta.

"Ho ascoltato."

"E sei tornato qui per avere delle risposte."

"Già."

"Accomodati."

Parlava a voce bassa tenendo la testa inclinata e gli occhi fissi, come se potesse vedere le immagini scorrerle davanti, a supporto della memoria.

"La sera del 15 luglio per quanto ne sapevo Marina era uscita con due amiche, mi disse che avrebbero festeggiato il suo compleanno in un locale del centro, una specie di pub discoteca, che comunque sarebbe rincasata entro mezzanotte. La mattina dopo la svegliai prima di andare al lavoro, ero ansiosa di chiederle come fosse andata la festa. Capii subito che c'era qualche problema, era stranamente scontrosa, non voleva alzarsi e restava rannicchiata sotto le coperte, mi avvicinai e vidi che il cuscino era macchiato di sangue, lei mi tranquillizzò dicendo che si trattava di una ferita superficiale alla testa, che era scivolata la sera prima e aveva battuto per terra. Mi accertai che stesse bene e uscii. Della festa di compleanno con le amiche non parlammo quasi per niente, solo un accenno sul fatto che si era divertita molto, parole pronunciate di sfuggita e senza alcun desiderio di approfondire. Continuò a essere nervosa per tutto il giorno, si arrabbiava per niente, restava chiusa nella sua stanza e rispondeva a monosillabi se cercavo di comunicare, pensai che avesse litigato con qualcuna delle sue amiche, o magari col suo ragazzo, sempre ammesso che ne avesse uno, cosa che ignoravo del tutto. Il giorno seguente trovai quel nastro nella buchetta della posta, lì per lì pensai che qualcuno ce l'avesse messo per gettarlo via, poi ebbi la curiosità di ascoltare cosa conteneva. All'inizio non capivo, sentivo queste due persone parlare, ci ho messo un po' a riconoscere le voci, forse una parte di me non voleva accettarlo che quella fosse mia figlia che tentava di sedurre il mio ex compagno, di trent'anni più vecchio. Quando hanno cominciato i gemiti ho spento. Non ce l'ho fatta più a continuare. Solo in seguito alla notizia del suicidio di Enrico ho voluto ascoltare il resto, per capire se quella cosa che era successa tra loro poteva esserne la causa. Ma non ho trovato risposte, a distanza di vent'anni me lo sto chiedendo ancora."

Restiamo per un po' in silenzio, uno di fronte all'altra, ma ciò che mi ha detto è del tutto insufficiente, ho bisogno di altri dettagli, supposizioni, ipotesi, ho bisogno di cercare riscontri nella vita di Marina ragazza, capire come e perché è successa quella cosa, come l'ha chiamata lei, sua madre. Così pongo domande, la incito a raccontarmi cos'è successo dopo il suicidio, a dirmi se c'erano segnali di un'attrazione reciproca tra loro, la supplico quasi di riesaminare tutto, cercare di capire insieme cosa è successo e perché, dico che non è mai troppo tardi per capire.

Lei racconta dei giorni seguenti, di quanto era sconvolta per tutto, la notizia del suicidio, la scoperta del nastro, le bugie di Marina, dice che furono giorni piene di lacrime e dolore, durante i quali tentò più volte di affrontare la figlia, chiedere spiegazioni, ma senza mai riuscirci. "Non ho avuto il coraggio, ho preferito tacere. Ho lasciato che questo segreto mi corrodesse dentro. Da quel giorno il rancore nei confronti di Marina è cresciuto, siamo arrivate al punto di rottura molte volte, ho immaginato il momento in cui l'avrei finalmente messa davanti alle sue responsabilità, ma ho sempre avuto paura di farlo."

"E lei, Marina, come ha reagito alla morte di mio padre?"

"All'inizio era sconvolta, piangeva sempre, si disperava, io la osservavo, cercavo di capire se si sentisse in colpa, se a un certo punto avrebbe parlato di quella sera, ma non successe mai. Comunque da quel giorno non è mai più stata la stessa, ha cominciato ad andare male a scuola, a frequentare cattive compagnie. Il nostro rapporto era compromesso, ci stavamo allontanando sempre di più, c'erano volte in cui mi lanciava silenziose richieste di aiuto, io mi giravo dall'altra parte, facevo finta di non accorgermene, volevo che prima di tutto si convincesse a confessare, volevo capire che ruolo aveva avuto nella morte di tuo padre. Intendiamoci, non l'avrei mai detto a nessun altro, sarebbe rimasto il nostro segreto, non avrei di certo sbandierato ai quattro venti le malefatte di mia figlia."

"Allora perché ha deciso di farmi ascoltare il nastro?"

"Che vuoi che ti dica… Ho pensato che ne avevi diritto, dopo tutto questo tempo. O forse per chiederti di parlare con lei, scoprire la verità. Metterla nella condizione di non poter mentire, per una volta."

Mi alzo, sento la nausea salire, ho bisogno di aria, mi accorgo di avere la cassetta ancora in mano da quando sono arrivato.

"Come c'è arrivata nella sua posta?" chiedo.

"Anche qui possiamo solo fare supposizioni. Immagino ce l'abbia messa tuo padre prima di… ammazzarsi. Forse aveva già deciso di farlo e ha voluto che sapessi questa cosa. Non saprei come ragiona la mente umana in certi frangenti, cosa può portarti a fare una disperazione del genere. Col tempo mi sono convinta che Enrico si sia ucciso per via dei debiti, che l'episodio con Marina sia servito solo ad accelerare un processo già definito, inarrestabile. Forse questa convinzione me la sono costruita per riuscire a tirare avanti. A ogni modo, suppongo che quando si è reso conto di aver fatto sesso con una ragazzina, con la ragazzina che aveva sempre considerato come una specie di figlia adottiva, la sua mente già compromessa è scoppiata. Ha portato qui il nastro, è tornato nell'appartamento, si è impiccato."

Seguo la ricostruzione con interesse, può essere andata così, ma di certo mancano dei tasselli. Tanto per cominciare non mi spiego il motivo della registrazione, è evidente che è stata Marina a farla, probabilmente senza dirlo a mio padre, che non avrebbe mai acconsentito, quindi deve aver avuto un motivo, magari le serviva una prova per poterlo poi ricattare, magari a un certo punto della serata lui l'ha scoperto e ha reagito con violenza, questo spiegherebbe la ferita alla testa.

"Quindi i rapporti tra Marina e mio padre erano sempre stati buoni…"

"A parte l'ultimo periodo, lei era arrabbiata perché lui aveva deciso di lasciarmi. Certe scenate mi ha fatto, diceva che ero troppo debole, che mi facevo prendere in giro. Io non replicavo, forse pensavo che un po' era vero, dopotutto."

Sorrido, ma è un sorriso amaro. Ripenso alle chiacchierate con Marina, quelle dei primi incontri, quando ciascuno di noi due parlava della propria infanzia, di quando lei diceva che desiderava tanto avere un padre come tutti gli altri. È chiaro quello che è successo, sua madre forse è annichilita dal dolore e dal risentimento, non riesce a collegare i fatti in modo razionale, eppure basta fare due più due.

"Marina è arrabbiata con mio padre, dopo che la vostra storia è finita. Ha quasi diciassette anni, si accorge che i ragazzi la guardano, non solo i ragazzi, anche gli uomini maturi, le viene un'idea, sedurre colui che avrebbe dovuto farle da padre ma che poi l'ha abbandonata, lo supplica di fare un'ultima cena insieme, per convincerlo gli fa credere che ci sareste state entrambe, una cena d'addio. Si presenta all'appuntamento da sola, dice che lei, sua madre, è in ritardo, che li raggiungerà più tardi, o forse gli confessa che in realtà si tratta di una cena tra loro due soltanto; dopo aver mangiato lo seduce, hanno un rapporto, lei registra tutto col suo walkman nascosto da qualche parte, poi lo tira fuori, glielo mostra e lo minaccia di farlo ascoltare a tutti, a meno che lui, mio padre, non faccia ciò che lei desidera più di ogni altra cosa al mondo."

"Che cosa?"

"Mio padre doveva tornare da lei, signora, lasciare mia madre per sempre. Marina ha fatto questa cosa per amore nei suoi confronti, per quanto possa sembrare perversa e cattiva, l'unico suo scopo era quello di avere una famiglia completa, padre, madre e figlia. Ovviamente lui reagisce, le sottrae il walkman, c'è una lotta, Marina si ferisce alla testa, poi in qualche modo scappa via, senza il nastro. A quel punto mio padre perde il controllo, anche se possiede l'unica prova di quell'atto terribile, la colpa per averlo commesso lo annienta. E il rimorso si fa strada in una mente già provata dalla consapevolezza dell'imminente fallimento dell'azienda. Come ultimo atto decide di consegnare a lei quel nastro, forse a testimonianza di un pentimento inutile. O forse per vendicarsi nei confronti di Marina, chissà."

Attendo una sua reazione, che non arriva. Mi alzo, la ringrazio, allungo la mano per restituire la cassetta, siccome non si muove decido di appoggiarla sul tavolo, poi vado verso la porta, devo uscire da questa casa prima di soffocarci, devo tornare a respirare.

"Cosa pensi di fare?" chiede.

"Non so, devo riflettere" rispondo.

"Torni da lei?"

"No. Per ora è meglio di no."

***

Dopo la vendita della casa mi ritrovai con molti soldi, pensai che per un po' me la potevo spassare, fare la bella vita. Comprai una macchina nuova, cominciai a frequentare i locali notturni, quelli della riviera, da Milano Marittima a Riccione, conobbi gente, gestori, P.R, ragazze immagine, vestivo firmato, piacevo a tutti, mi divertivo e mi sentivo apprezzato. In breve Forlì mi divenne stretta, avevo bisogno di vivere in una città più grande, più viva. Il trasferimento a Bologna fu una conseguenza naturale, condividevo un appartamento con due studenti che avevo conosciuto nei locali, se qualcuno mi chiedeva cosa facessi nella vita dicevo che ero uno studente anch'io, anche se di iscrivermi all'Università non ci pensavo neppure. Per un certo periodo riuscii anche a rimanere pulito, nonostante droga e alcool fossero gli ingredienti principali delle feste a cui venivo invitato di continuo. Piacevo molto alle ragazze, per me questa non era una novità, ma a differenza di prima ora le assecondavo, accettavo di appartarmi con loro nei vicoli fuori dai locali o dentro la mia auto che parcheggiavamo in posti poco illuminati. Non erano

relazioni fisse, solo episodi di una sera, nessun coinvolgimento mentale.

Per diversi mesi non mi capitò di ripensare a Giulia. Il
modo in cui l'avevo trattata l'ultima volta comportava
un allontanamento definitivo, irrevocabile. Ma quando
una sera la vidi ballare nella pista affollata di una discoteca di Valverde, la riconobbi subito. Mi fermai a fis-
sarla dall'alto di un soppalco, pensai che non la vedevo
da un anno, che in quel periodo era cresciuta, si era fatta
più donna, non aveva deluso le aspettative. In seguito,
quella stessa sera, mi avvicinai a lei mentre stava aspettando di essere servita al bar del locale.

"Sei sempre bellissima" dissi.

Sgranò gli occhi, mi fissò, poi distolse lo sguardo, cercando di nascondere un'agitazione troppo evidente.

"Come stai?" chiesi.

"Benissimo."

"Non mi dirai che sei ancora arrabbiata con me?"

"No. Perché dovrei essere arrabbiata?"

"Sei qui con le amiche?"

"Sì."

"Deduco che non stai con nessuno."

"Deduci male."

"Quindi, com'è che funziona, il venerdì c'è la libera
uscita?"

"Funziona che sono cazzi nostri."

Il barista appoggiò sul bancone un bicchiere con del
liquido giallo e una fettina di limone, poteva essere gin
lemon. Lei lo afferrò e fece per andarsene, poco lontano
c'era una ragazza che le faceva cenni per farsi notare.

"Senti, mi dispiace per com'è finita. Ma ti auguro di

cuore di non dover mai passare quello che ho passato io."

Sembrò valutare se poteva valer la pena di affrontare quella discussione, appariva come svogliata, forse anche un po' alticcia, come se quello non fosse il primo drink della serata.

"È proprio questo il punto. Io ti volevo aiutare. Proprio perché provavo a immaginare quanto potevi soffrire. Ma tu mi hai cacciata via, ricordi? Ora lasciami in pace."

La rincorsi mentre si allontanava. Stavo per afferrarla a un braccio, non so cosa avessi in mente, forse volevo solo chiederle scusa, ma poi ci ripensai, la guardai mentre saliva le scale insieme all'altra ragazza, dirigersi verso la zona del locale dove facevano musica anni sessanta. Quella sera non la rividi più.

Nei giorni seguenti ripensai a lei, il venerdì successivo tornai nello stesso locale, sperando di incontrarla di nuovo. La vidi seduta in un divanetto in compagnia di un ragazzo, cercai di farmi notare passandoci davanti, la guardai e quando mi vide le feci l'occhiolino, lei tornò a concentrarsi sul suo amico, non sembravano intimi, pareva più che si fossero appena conosciuti, lui che cercava di farsela e lei che si mostrava cortese pur mantenendo un certo distacco, una tipica scena che prelude a un fiasco. Dopo cinque minuti infatti il ragazzo si alzò, si salutarono e lei rimase seduta, mi avvicinai.

"Stasera non balli?" chiesi.

"È ancora presto. C'è tempo."

"Un tuo amico?"

"Che ti frega?"

Alzai le spalle. "Era solo un tentativo di fare conversazione."

"Nessuna ragazza che ti ronza intorno? Stai perdendo colpi."

"Infatti. Devo buttarmi sulle vecchie fiamme."

"Allora puoi anche sgommare. Io non sono una tua vecchia fiamma."

"Giusto. Tu eri molto di più."

Scosse la testa. "Quante stronzate che spari."

"Perché non ce ne andiamo da questo posto? Andiamo a farci una piadina, qui fuori c'è il chiosco, così parliamo un po' in pace."

"Sto con un ragazzo, è una cosa seria."

Annuii. "Okay, me l'avevi già detto l'altra volta. Io voglio solo fare due chiacchiere con un'amica."

Sembrò rifletterci. "Facciamo così, tu presentati qui tutti i venerdì sera, può darsi che una volta di queste decida di venire con te a mangiare una piadina. Ma non te l'assicuro."

Si alzò, se ne andò. Non cercai di trattenerla.

Andai in quella discoteca tutti i venerdì per due mesi, senza più incontrarla. Pensavo che davvero non voleva più saperne di me, avrei dovuto metterci una pietra sopra, eppure mi ripresentavo puntualmente, giravo per il locale sperando di vederla, quando mi capitava di scorgere una ragazza con i suoi capelli, la sua corporatura, sentivo il cuore accelerare, e la delusione nel vedere che si trattava di un'altra era insopportabile.

Poi, una sera, quando pensavo che non ci fossero più speranze, la vidi. Era in piedi in uno spazio sopraelevato, stava parlando a una sua amica, sembrava impartirle indicazioni, mi indicò a lei, ero troppo distante per sentire cosa si dicevano ma era chiaro che c'entravo in qualche modo. Poi mi venne incontro, mentre l'amica si diresse altrove.

"Era ora" dissi. "Pensavo che non ti saresti più fatta viva."

"Sono ancora capace di sorprenderti."

"Già."

"Ho fame. Ci facciamo questa benedetta piadina?"

Ci avviammo verso l'uscita, fuori c'era una brezza pungente, forse un primo accenno d'autunno, Giulia aveva le braccia scoperte, le incrociò per difendersi dal freddo. Mi tolsi la giacca e gliela avvolsi sulle spalle, lei mi guardò sorpresa, disse grazie, accennò perfino un sorriso.

63. Marina

Dopo tre giorni mi arriva un sms, deve averlo inviato di notte perché me lo ritrovo sul cellulare la mattina, quando mi sveglio da un sonno disturbato e intermittente. Lo leggo e lo rileggo, come se in quel modo potessi sminuirne la gravità, renderlo più sopportabile, ma ogni volta mi appare per quello che è, una sentenza di condanna inappellabile.

So tutto di quella sera. Ho ascoltato la registrazione. Me ne vado per un po'. Devo riflettere.

Cammino avanti e indietro per casa, le mani mi tremano, sento il sapore del sangue in bocca, devo essermi morsa la lingua, ho crisi di pianto che non riesco ad arginare, tengo il cellulare in mano ripetendo la chiamata ma trovo sempre spento, maledico la voce che mi informa che il destinatario non è al momento raggiungibile, compongo vari sms in cui lo scongiuro di tornare, che posso spiegare tutto, li invio digitando con forza il tasto, come se in questo modo potessero arrivare prima.

Dopo qualche ora riesco a fermarmi, cerco di pensare, faccio ipotesi. Mi chiedo come avrà fatto a sentire la registrazione, da quale dannato buco possa essere saltata fuori la cassetta dopo tutto questo tempo. Nei giorni successivi al suicidio temevo che sarebbe stata ritrovata nell'appartamento, poi non è successo nulla, a distanza di qualche settimana m'ero convinta che Enrico l'avesse

437

distrutta prima di suicidarsi, ho smesso di pensarci. Ora è riemersa e a trovarla è stato proprio Valerio, come nel peggiore degli incubi. A meno che… a meno che in tutti questi anni non fosse nelle mani di qualcuno, qualcuno che l'ha tirata fuori apposta per fargliela ascoltare. Ci metto un secondo a realizzare, ripenso all'atteggiamento di mia madre, il suo astio nei miei confronti, quegli sguardi sempre carichi di rimprovero, mi rendo conto che ha sempre saputo...

Corro fuori, salgo in macchina, in cinque minuti sono da lei, entro usando le mie chiavi, l'appartamento è vuoto. Mi siedo sul divano ad aspettarla. Arriva dopo mezz'ora, ansimante, appoggia le sporte della spesa appena oltre la soglia di ingresso, riprende fiato, nonostante l'età e i problemi alle ginocchia non si decide a usare l'ascensore, dice che le toglie il respiro. Ci mette un po' ad accorgersi di me, io non dico nulla, me ne resto seduta immobile, sto per parlare di cose che avrei voluto seppellire per sempre, respingo un attacco di nausea e mi chiedo per quanto ancora dovrò pagare per quell'unico errore.

"Hai tu il nastro?" chiedo, senza rispondere alla richiesta di cosa ci faccio qui che mi fatto dopo avermi vista e avermi salutata.

"Quale nastro?" chiede, ma l'inclinazione della voce la tradisce.

"Fammelo vedere."

"Tesoro, davvero non so di cosa parli."

Mi alzo, mi avvicino a lei, la afferro per le spalle. "Mamma, ti prego, dimmi dov'è quel maledetto nastro."

Si libera dalla presa, mi guarda con disgusto, come se averla afferrata, aver sottinteso che avrei potuto muoverle violenza se non avesse obbedito, fosse l'onta più grande che potessi farle.

"Scusa mamma, sono solo sconvolta."

Si allontana, torna subito dopo con in mano quello che ho chiesto. Lo guardo come se fosse una reliquia sopravvissuta a mille anni di saccheggi, lo prendo dalla sua mano, lo infilo nella tasca del giubbotto.

"Come l'hai avuto?"

"Qualcuno l'ha portato qui il giorno dopo, era nella cassetta della posta."

"L'hai saputo per tutti questi anni. E non hai mai detto niente."

"Cosa avrei dovuto dire? Tu avresti trovato le parole giuste?"

Non rispondo. Mi accorgo che ormai non ha più importanza. Immagino Enrico che infila il nastro nella cassetta della posta, provo un brivido di rabbia, mi accorgo che sto stringendo i pugni.

"Perché l'hai fatto ascoltare a Valerio?"

"È venuto qui a chiedere di quella sera, voleva sapere da me se era successo qualcosa. Ho pensato che fosse suo diritto ascoltarlo."

"Così l'hai allontanato per sempre da me, ti rendi conto?"

"Sei tu che l'hai allontanato, io gli ho solo mostrato come sei veramente."

"E come sono veramente? Dimmelo, dai."

"Sei una puttana, Marina. Lo sei sempre stata. Credi che non sappia come ti guadagni da vivere, da dove saltano fuori tutti quei soldi che hai? Davvero pensavi che avrei creduto alla storiella del negozio di abbigliamento?"

"Sono come tu mi hai fatto diventare."

"Neanche per sogno. Io non c'entro niente con te. Valerio dice che quella cosa con Enrico l'hai fatta per costringerlo a tornare da me, ma io non ci credo. L'hai fatto perché non puoi farne e meno, l'hai fatto perché sei una puttana, per l'appunto."

Mi alzo, mi avvio verso l'uscita. Mi riprometto di non girarmi, ma appena fuori dalla porta butto lo sguardo dentro, forse in cerca di un segnale di rimorso, qualcosa che possa mettere una pezza a quella che, diversamente, sarebbe una rottura definitiva.

Mia madre è china sul lavello della cucina, sta tirando fuori le verdure dalla busta della spesa, le appoggia sul tagliere di legno, divise per tipo, l'acqua scorre dal rubinetto, non appena sarà tiepida comincerà a lavare tutto.

***

Il giorno del mio diciottesimo compleanno me ne andai da casa. Salutai mia madre con un abbraccio, dissi che mi dispiaceva lasciarla, lei mi accarezzò una guancia, si raccomandò che facessi la brava ragazza, disse che potevo andare a trovarla quando volevo, che le avrebbe fatto piacere, ma al di là di queste manifestazioni di affetto reciproco quell'allontanamento fu una benedizione per entrambe.

Avevo trovato lavoro come cameriera in una trattoria

fuori città, lì avevo conosciuto Tamara, una ragazza di qualche anno più grande, a cui serviva una coinquilina con cui dividere l'affitto di un piccolo appartamento situato al quarto piano di un decadente condominio nel quartiere Cava. Ci accordammo in pochi minuti, nel giro di una settimana mi presentai alla sua porta con un paio di borse e uno zaino, in pratica tutto ciò che possedevo, salvo qualche vestito strausato che avevo deciso di lasciare a casa di mia madre per dare l'impressione che potessi, ogni tanto, decidere di tornare.

Con Tamara ci capivamo al volo, anche lei aveva brutti rapporti coi familiari e un indomabile desiderio di indipendenza, era grassoccia e sempre allegra, sebbene avesse solo quattro anni più di me si calò nel ruolo di amica-mamma e mi consentì per un certo periodo di vivere al riparo dalle insidie del mondo, sia al lavoro che fuori, proteggendomi con le sue spalle larghe e col suo sorriso rassicurante. Poi un giorno, mentre eravamo in cucina ad aspettare che uscissero i piatti da portare ai tavoli, le chiesi se le piacesse il tipo seduto al tredici, un bel ragazzo che avevo notato subito e che mi stava mangiando con gli occhi. Quello che cercavo da lei era una sorta di via libera, nel caso il tipo si fosse deciso a parlarmi, magari a chiedermi di uscire, cosa che speravo accadesse.

"Non saprei proprio. Io sono lesbica" disse mentre si posizionava i vassoi su entrambe le braccia, riuscendo a portarne talmente tanti che ogni volta mi sembrava una specie di magia.

Da quel momento i nostri rapporti cambiarono, sebbene lei non avesse mai manifestato un interesse sessuale nei miei confronti, non riuscii più a vederla con gli stessi occhi di prima. Nel giro di un paio di mesi me ne andai, lasciai il suo appartamento e anche il lavoro alla trattoria. Nel frattempo col ragazzo del tavolo tredici c'ero uscita diverse volte, mi aveva fatto conoscere i suoi amici e mi ero messa insieme a uno di loro, un certo Roberto, un venticinquenne pieno di soldi che mi accolse con gioia a vivere da lui, nell'attico che i genitori gli avevano regalato per consentirgli di vivere la propria giovinezza in libertà, disse proprio così, e non seppi mai se queste furono le parole usate dai genitori o farina del suo sacco. Con Roberto trascorsi quasi un anno, fino a quando non si stancò di me, oppure fino a quando non gli capitò di trovare un'altra diciottenne più disponibile. Fatto sta che un giorno mi disse che era finita, mi chiese di andarmene, mi ringraziò di tutto, mi mise in mano una busta piena di banconote. Io lo guardai un po' sorpresa, gli sorrisi, gli diedi un bacio. Lui sembrò rilassarsi, forse era abituato a scenate, chissà quante volte aveva vissuto quel momento. Forse immaginava che anch'io, come le altre, mi sarei messa a piangere, l'avrei supplicato di ripensarci. Non aveva capito niente di me. Non sapeva che io, già allora, non mi aspettavo nulla dalla vita.

64. Riccardo

È arrivato il momento di parlare a Giulia, dirle che è finita. Ho rimandato anche troppo, voglio liberarmi da questo peso, prima che sia troppo tardi. Melissa è al quinto mese, la gravidanza procede bene. Quando torno a casa, la sera, mi viene incontro e mi abbraccia, mi mostra la pancia, io le dico che non si vede quasi niente, lei ride e dice aspetta e vedrai, poi ceniamo e ci raccontiamo le nostre giornate, anche se poi finiamo sempre per parlare del bambino. Oggi l'ho accompagnata a Bologna per fare l'amniocentesi, affronta gli esami con un coraggio che ammiro.

I miei incontri con Giulia si sono diradati, spesso invento scuse che lei accetta senza scomporsi, mi chiedo se immagina che la nostra relazione sta per concludersi, se ha colto i segnali che ho cercato di trasmetterle in modo più o meno velato. Stasera ci diremo addio e mi dispiace, è una parte della mia vita che finisce per sempre. Non mi pento di nulla, sono felice di aver vissuto questo periodo di amore tardivo e meraviglioso, credo che ci spettasse di diritto.

Ceniamo a lume di candela nel suo appartamento, ho portato due pizze da asporto che ho comprato venendo qui, usiamo i contenitori di cartone al posto dei piatti. Siamo entrambi silenziosi, in apparenza concentrati sulle notizie del telegiornale, penso che qualche settimana fa neppure l'accendevamo, la TV.

"Tutto bene?" chiedo.

Annuisce, ma non sembra molto convinta.

"Anzi, a dir la verità, non va bene proprio niente" dice.

"Cos'è successo?"

"Quando pensavi di dirmelo che tua moglie aspetta un figlio?"

La guardo, sono sorpreso, ma anche sollevato. È arrivato il momento, il punto di non ritorno.

"Come l'hai saputo?"

"Stamattina sono venuta in studio a portare dei documenti. Ho chiesto alla tua segretaria se c'eri, ha risposto di no, poi siccome insistevo per sapere esattamente a che ora saresti tornato, ha detto che avevi accompagnato tua moglie a fare l'amniocentesi, che quindi non era possibile stabilire un orario preciso."

"Capisco."

"Quindi, te lo richiedo, quando pensavi di dirmelo?"

"Puoi anche non crederci ma ti giuro che avevo in mente di parlartene proprio stasera."

"Ma guarda un po', proprio stasera, eh?"

"Giulia, non mi sembra il caso di…"

"Parla chiaro. Che intenzioni hai?"

"Che intenzioni ho? Riguardo a noi due?"

"Certo, e chi sennò."

"Pensavo che potremmo parlarne insieme, decidere quale può essere la cosa migliore da fare."

"La cosa migliore per chi? Per me, per te, per tua moglie, per il bambino?"

"La cosa migliore per tutti, immagino."

"Tu cosa proponi?"

"Io pensavo di fare una pausa, almeno fino a quando non nasce. Poi vedremo."

"Una pausa. Mi stai lasciando vero?"

"Ti sto dicendo che voglio mettere il bene di mio figlio sopra tutto."

"Non è solo questo. Questa gravidanza vi ha riavvicinato, vero? Tu vuoi restare con tua moglie."

"Può essere."

Si alza in piedi, comincia a sparecchiare, io rimango fermo sulla sedia, fisso lo schermo della TV e penso al modo più veloce per andarmene da qui.

"Vattene, Riccardo. Va via" dice senza guardarmi.

Mi alzo, dico che mi dispiace che sia finita così. Faccio per avvicinarmi a lei ma mi respinge. Raccolgo le mie cose e la saluto, sussurro un "spero di rivederti" che pare il lamento di un moribondo.

"Riccardo, aspetta" dice mentre sono sulla porta. "C'è una cosa che devo dirti. Ricordi quando abbiamo fatto l'amore la prima volta, intendo la prima in assoluto, da ragazzi. Ti dissi che non ero vergine, che l'avevo fatto con un ragazzo della Sicilia, mi pare. In realtà l'avevo fatto con Valerio, pochi giorni prima, ero andata da lui e gli avevo chiesto che fosse lui a sverginarmi. E lui fu ben contento di farlo, se non ricordo male."

Sospiro, cerco di mantenere la calma, ho troppa fretta di andarmene per mettermi a discutere, lascio che quelle parole rimangano sospese per aria, senza peso, senza importanza.

"Grazie di essere stata sincera. Per una volta."

Richiudo la porta alle mie spalle, scendo le scale, attraverso l'androne condominiale, esco fuori, raggiungo la mia auto parcheggiata poco distante. Mi accorgo di ansimare, di essere anche leggermente sudato. Mi rendo conto di aver corso fino a qui. Come se stessi scappando.

***

L'informazione mi giunse da Marchino che l'aveva saputa da un suo amico, un compagno di classe di Giulia. Gli aveva raccontato di averla vista all'Energy abbracciata a un tipo, si stavano baciando di brutto. "Magari s'è sbagliato" disse, "io questa cosa te la vendo come l'ho comprata, non potevo tenermela per me."

Lo ringraziai, dissi che avrei verificato. Il venerdì sera uscivamo ognuno per conto nostro, sapevo che a Giulia piaceva l'Energy, che di solito ci andava insieme alle amiche. Il venerdì successivo, verso sera, presi la macchina e andai a Valverde, parcheggiai vicino all'entrata del locale, attesi lì per diverse ore, vidi arrivare il personale della discoteca, i primi clienti, verso le undici vidi entrare Giulia con le amiche, scesi dall'auto e andai dietro a loro, tenendomi a distanza. Una volta dentro continuai a tenerle d'occhio, rimanendo sempre al riparo dalla loro vista, il locale era già pieno e non era facile, temevo di perderla e di ritrovarmela poi di fronte all'improvviso, non sapevo cosa avrei detto in quel caso. Notai che si separarono, Giulia da una parte e le sue amiche da un'altra. Poi lei rimase ferma in un punto preciso, vicino al bar, e cominciò a guardarsi intorno, come se aspettasse qualcuno. Un ragazzo si avvicinò, parlarono per un paio di minuti, poi passò oltre. Avevo perso di vista le amiche, c'era pericolo che mi vedessero e andassero a informarla della mia presenza. Avevo cominciato a sudare, forse per la tensione o magari perché sapevo che qualcosa sarebbe successo, qualcosa di brutto. Poi lo vidi, un tizio alto che si avvicinava a lei, e lei gli sorrideva ed era un sorriso che già diceva tutto, si parlarono, si baciarono, li vidi percorrere mano nella mano il tratto che li separava dall'uscita del locale. Valutai se seguirli o andarmene, fregarmene di tutto, poi ebbi come un'intuizione, come se avessi messo a fuoco l'immagine in ritardo e ora mi apparisse nitida, quella camminata, quei capelli lunghi, pensai che non poteva essere vero, pregai che non lo fosse. Corsi verso l'uscita, facendomi largo nel locale strapieno, quando giunsi fuori non li vidi. C'erano macchine che arrivavano e altre che partivano, potevano essere a bordo di una di quelle, dentro abitacoli neri come la notte.

Decisi di entrare in auto e aspettare, immaginavo che prima o poi sarebbero tornati. Mentre me ne restavo lì, coi rumori della discoteca che mi arrivavano attutiti, pensavo alle possibili conseguenze di quanto avevo appena scoperto. Probabilmente ci saremmo lasciati, e stavolta sarebbe stato per sempre, mi chiedevo se avessi fatto bene a stare dietro a quella ragazza per così tanto tempo, se ne fosse valsa la pena. Tirai fuori un pacchetto di sigarette, avevo iniziato da poco, Giulia non voleva, c'erano stati vari litigi, avevo dovuto prometterle che avrei smesso. Aspirai il fumo e mi sentii meglio, e quando ebbi finito me ne accesi un'altra, forse inconsciamente avevo solo bisogno di sentirmi libero, fregarmene di ciò che voleva lei, finalmente.

La vidi scendere dall'auto verso l'una e mezza, mi ero assopito e svegliato varie volte, ero infreddolito e stanco, ero arrabbiato con me stesso e con lei, avevo voglia di affrontarla, dirle in faccia ciò che pensavo. E soprattutto volevo vedere chi fosse il ragazzo con cui mi aveva tradito. Scesi dall'auto e le andai incontro, la chiamai, mi vide, cambiò espressione, chiese cosa ci facessi lì, la macchina da cui era scesa stava parcheggiando poco più in là, rimasi zitto a guardare in quella direzione.

"Da quando sei qui?" chiese lei.

"Da abbastanza. Ti ho visto andare via con quel tipo. Dov'è che siete andati, eh?"

"Senti, è meglio se ne parliamo con calma, non mi sembra il posto giusto per…"

"Non ti sembra il posto giusto per litigare? O per dirmi addio? Ti sei fatta scopare da quello, vero?"

"Riccardo calmati, ti prego."

"Non lo neghi. Chi cazzo è quello lì, da quanto tempo vi incontrate?"

Mentre aspettavo una risposta che sapevo già non sarebbe arrivata, vidi che il tipo stava scendendo dall'auto, si sistemò i capelli tirandoseli indietro, poi ci venne incontro. Non lo vedevo da più di un anno e in qualche modo mi parve cambiato, più maturo, di una maturità ruvida, che pensai potesse derivare dall'aver vissuto situazioni pesanti, una malattia in famiglia, un dissesto economico, un suicidio.

"Ciao Riccardo" disse, tenendo le mani in tasca.

"Ciao."

Guardò Giulia, guardò me, si accorse delle espressioni frastornate che avevamo, capii che non sapeva che stavamo insieme, che lo stava capendo in quel momento.

"Non mi dire che… no cazzo..."

"Questa storia sembra non finire mai, la qui presente Giulia Mengozzi non si decide con chi di noi due vuole stare" dissi sarcastico.

"Ti giuro che non lo sapevo, cioè mi aveva detto che stava con uno, ma non credevo che fossi tu, non ho… pensavo che tra voi fosse finita tempo fa."

"È finita, è ricominciata, e ora sta per finire di nuovo. Ma stavolta è per sempre. Statemi bene tutti e due. E già che ci siete andate affanculo."

Li lasciai lì, ammutoliti, nessuno dei due tentò di fermarmi. Immaginai che si sarebbero ripresi in fretta, magari facendosi una risata pensando a me, a tutta la scena.

Giurai a me stesso che non avrei mai smesso di odiarli.

65. Valerio

Sono arrivato a Rimini da due giorni, ho preso una stanza in affitto in un residence aperto tutto l'anno, ho trascorso quasi tutto il tempo chiuso lì dentro con le finestre aperte per cercare di far uscire l'odore di muffa che impregna i mobili e le pareti. Sto per uscire, voglio cercare Catania, riabbracciare il mio vecchio amico, vedere come sta. Guido nel traffico senza conoscere il percorso, mi ritrovo in zone della città che non ho mai visto prima, rallento per guardarmi intorno e mi suonano dietro, mi mandano a quel paese. Finalmente arrivo a destinazione, parcheggio vicino al capannone dove ho vissuto fino a un anno fa, cerco segnali della sua presenza man mano che mi avvicino all'entrata, ma non trovo nulla. La zona è rimasta uguale, stesse cataste di rifiuti, stesso odore pungente, provo un senso di smarrimento, mi chiedo se ho fatto bene a venirci, se non fosse meglio scegliere di fuggire da qualche altra parte. Un tossico si avvicina, chiede se ho una sigaretta, faccio cenno di no, chiedo se conosce un certo Catania, risponde mai sentito, poi si allontana canticchiando qualcosa.

"Lo conosco io Catania" dice qualcuno alle mie spalle. Mi volto a guardare, è un vecchio che si sorregge su un bastone, ha la faccia piena di rughe, porta in testa un cappello da cow boy pieno di buchi e rattoppi.

"Dove posso trovarlo?"

"Se aspetti qui vedrai che tra un po' arriva. Torna sempre prima che faccia buio."

"Allora lo aspetto."

"Perché lo cerchi?"

"Siamo vecchi amici."

Catania tarda una mezzora, si avvicina a piedi, quando mi vede si ferma, scuote la testa, sorride.

"Che hai fatto ai capelli?"

Gli vado incontro, ci abbracciamo, mi prende in giro per il mio aspetto curato, per i vestiti che porto che definisce eleganti anche se in realtà non lo sono affatto. Ci sediamo dentro il capannone, dove ritrovo il mio vecchio materasso che ora appartiene a lui, tira fuori un sacchetto con dentro un paio di panini e una mela, dice di favorire, rispondo che non ho fame, parliamo di cose senza importanza che ci vengono in mente, concordiamo sul fatto che sembra ieri che me ne sono andato.

Mi chiede com'è la vita là fuori, nel mondo. Rispondo che dipende, mica è uguale per tutti, c'è chi se la gode, chi arranca, chi si fa bastare quello che ha, chi ti aiuta, chi cerca di fotterti, dico che è un po' come qui, tra questa gente emarginata, solo più in grande.

"E tu, a quale di queste categorie appartieni?"

"Io sono un infiltrato, uno che con quel mondo lì non c'entra più niente da un pezzo, che tuttavia ha provato a tornarci per vedere se poteva esserci un posto per lui, un posto minuscolo."

"E l'hai trovato, questo posto minuscolo?"

"Sì, l'ho trovato, per un po'."

"E poi cos'è successo?"

"È successo che sono stato risputato, come si fa col

nocciolo di ciliegia."

"Vuoi dire che sei tornato qui per restarci?"

"Non lo so ancora. Ci devo riflettere."

Mi guarda fisso, mentre morsica il panino, scuote la testa e sorride. "C'è di mezzo una donna, vero?"

"Può essere" rispondo.

"Non hai fatto in tempo ad andartene da qui che ti sei già invischiato con una femmina. Ma in tutto il tempo che siamo stati insieme non hai imparato niente?"

"Cosa capisci tu di donne, un cazzo ne capisci."

"Io non ne capisco un cazzo, è vero, ma di sicuro non mi faccio infinocchiare da loro."

Addenta la mela, ne mangia metà senza dire nulla, poi si alza, si sgranchisce, dice che è tardi, che domani deve lavorare, dice di andare all'Ospedale verso le otto, che tiriamo su un po' di soldi.

"Come ai vecchi tempi?" chiedo.

"Esatto."

Mentre mi allontano lo sento gridare da un angolo del capannone dove si è rintanato a pisciare.

"Ehi Basco, bentornato a casa."

***

Tutti i venerdì sera Giulia e io ci incontravamo dentro la solita discoteca e poi ce ne andavamo per un paio d'ore che trascorrevamo in macchina, appartati in qualche angolo buio, a fare l'amore. Dopo tornavamo al locale per chiudere la serata, chiunque ci avesse visto lì dentro non avrebbe mai capito che tra noi c'era stato qualcosa, perché Giulia non voleva che si sapesse. Diceva che io ero solo un diversivo, un divertimento temporaneo, che amava il suo ragazzo e non lo avrebbe mai lasciato, probabilmente un giorno si sarebbero sposati. Io restavo zitto, del resto non mi importava granché, i sentimenti che avevo provato per lei in passato erano storia vecchia, quella che stavamo vivendo era solo un'attrazione sessuale che si sarebbe esaurita col tempo. Giulia era solo una delle tante che mi scopavo in quel periodo, la ragazza del venerdì sera. Se avessi saputo che il suo moroso era Riccardo non l'avrei toccata neppure con un dito, e lei di certo lo immaginava, infatti si era guardata bene dal dirmelo. Così, quando me lo sono trovato di fronte, quella notte, e ho capito che per la seconda volta l'avevo pugnalato alle spalle, quando l'ho visto andare via dopo averci vomitato addosso il suo disprezzo, ho detto a Giulia che non volevo più vederla.

"Tanto lo so che hai sempre preferito lui a me. Siete due froci, ecco cosa siete" mi gridò dietro, facendo voltare tutti a guardarci. Tornai sui miei passi, l'accusai di essere stata disonesta, dissi che non aveva alcun rispetto per le persone, che Riccardo non meritava di essere trattato così, la chiamai puttana, lei mi diede uno schiaffo, l'afferrai per il collo, qualcuno corse a dividerci, fui spintonato, sentii voci alterate dall'alcool che mi intimavano di lasciarla stare, che non si menano le donne, feci l'errore di reagire e cominciarono ad arrivare i pugni e i calci, fui scaraventato a terra, erano in tre o quattro, menavano alla cieca e mi sputavano addosso, mi chiamavano pezzo di merda, figlio di puttana, andò avanti per due o tre minuti finché non arrivarono i buttafuori a salvarmi il culo. Qualcuno mi aiutò ad alzarmi, sanguinavo da un labbro, avevo la giacca strappata, mi fu detto di smammare alla svelta, che quelli erano teppisti a cui non piaceva lasciare le cose a metà, che forse era meglio se non mi facevo vedere per un po' in quel locale.

"Per questo non c'è problema" dissi.

Alzai lo sguardo, Giulia era in piedi davanti all'entrata, mi guardava, sembrava dispiaciuta. Sputai per terra, una macchia di saliva rossastra si stampò sull'asfalto, gli ultimi curiosi si stavano allontanando, qualcuno mi chiese se avessi bisogno di aiuto, feci cenno di no, dissi che me la sarei cavata da solo.

Come sempre, pensai. In qualche modo me la caverò.

Da solo.

66. Marina

È passata una settimana da quando Valerio se n'è andato. Sono uscita di casa solo per incontrare mia madre, per il resto ho trascorso il tempo ad aspettare, non so neppure io cosa. Ripeto a me stessa che dovrei andare giù al bar, riaprire almeno per mezza giornata, togliere il cibo vecchio dagli scaffali prima che cominci ad ammuffire, ma non ne ho la forza, rimango qui seduta in silenzio, a volte ho paura di diventare pazza, altre volte spero che succeda.

Ho con me il nastro, ho pensato più volte di distruggerlo, scaricare su di lui la rabbia che, sebbene non affiori, sento di avere nascosta da qualche parte. Ho pensato anche di riascoltarlo, ho tirato fuori il mio vecchio walkman, non sono neppure certa che funzioni ancora. Ora se ne sta appoggiato sul tavolo del soggiorno, ho tolto la polvere e inserito la cassetta ma non ho ancora provato ad accenderlo, temo che risentire la voce di Enrico mi faccia stare ancora più male. Ripenso alle parole di mia madre, alle sue accuse scagliate in quel modo così aspro. Mi chiedo se abbia ragione, se non farei meglio ad accettarlo, non si può cambiare la propria natura. Ho pensato anche di andarmene da qui, ricominciare da zero, lontano da tutti i fatti del passato che continuano a perseguitarmi, potrei perfino cambiare nazione, se Valerio non torna non ho motivo di restare. Mi alzo e mi avvicino alla libreria, dove in pratica di libri ce ne sono pochissimi e invece è piena di oggetti raccattati dove capitava e messi lì a coprire spazi vuoti e a prendere polvere, afferro un piccolo mappamondo di plastica e lo faccio girare con un dito, leggo i nomi degli stati del Sudamerica, Brasile, Venezuela, Bolivia, Perù, una leggera pressione del dito e cambio continente, Sudafrica, Namibia, Mozambico, Madagascar, oppure forse Australia, la terra dei canguri, così lontana, praticamente un altro mondo. Sono persa in queste riflessioni, questi desideri di fuga, quando suona il campanello. È Riccardo, chiede se può salire un attimo, mi deve parlare.

Lo accolgo con trepidazione, sento che ci sono notizie, forse Valerio si è fatto vivo con lui, oppure forse è riuscito a trovarlo.

"Ciao" fa entrando, mi accorgo dal suo cappotto bagnato che fuori sta piovendo a dirotto.

"Hai notizie?" chiedo.

"Purtroppo no. Speravo ne avessi tu."

Mi allontano, cerco di nascondere la delusione, dico che mi ha scritto un sms in cui dichiara di voler stare da solo per un po'. Resto sul vago, parlo di questioni vecchie che non siamo riusciti a risolvere, guardo il walkman sul tavolo e mi viene in mente che potrei fare ascoltare a lui la registrazione, chiedere un parere, un consiglio, ora che il nastro è stato scoperto non m'importa più nulla, lo possono ascoltare tutti. E in effetti lo prendo in mano, il walkman, mi giro verso di lui, solo che davanti a me non c'è più il Riccardo di prima, quello con lo sguardo basso e triste, pronto a condividere con me la preoccupazione per l'allontanamento di

Valerio. Ora c'è un Riccardo che ha intenzioni diverse e la sua espressione la conosco bene, l'ho vista tante volte deformare il volto degli uomini con cui ho condiviso la mia perversione, potevano essere alti o bassi, magri o grassi, giovani o vecchi ma in tutti loro, un attimo prima di cominciare a picchiarmi, ritrovavo quella stessa espressione, quello stesso ghigno, quegli stessi occhi bramosi di sangue. Non riesco a dire nulla, il dolore mi arriva subito, sproporzionato rispetto al colpo allo stomaco, mi chiedo se abbia usato un tirapugni, poi lo vedo sporgere dalla mano guantata, mi riparo la faccia, se mi prende con quello me la devasta, ma in questo modo non vedo più nulla, lo sento ansimare, mi colpisce di nuovo alla pancia, sento il sapore del sangue in bocca, un rivolo di bava rossa mi cola dal mento, mi stendo a terra, mi prende a calci, alla schiena, alle gambe, sembra che voglia risparmiarmi la testa, abbasso le mani e mi rannicchio su me stessa, riesco finalmente a parlare, grido il suo nome, chiedo perché mi sta picchiando, lo prego di smettere, dice che tanto lo sa che mi piace, sa tutto di me, e di quel pezzo di merda di Valerio, dice che siamo proprio una bella coppia di sfigati. Mi prende per i capelli, mi solleva, mi dà una sberla e mi lascia andare, ricado a terra, picchio la testa contro qualcosa di spigoloso, resto intontita, lui si allontana per un attimo ma poi torna con in mano qualcosa di lungo, è la mazza da baseball che mi hanno regalato da piccola e che ancora conservo, non so neppure io perché, sembra valutare dove colpire, poi concentra lo sguardo verso un punto preciso, alza la mazza e la cala con forza sul mio ginocchio, il dolore è così forte che svengo.

Quando mi risveglio non c'è più. Mi alzo lentamente, ho dolori diffusi su tutto il corpo, riesco a fatica ad arrivare al telefono, chiamo il 118, mi risponde una voce di donna, chiedo aiuto, dico di mandare subito un'ambulanza, c'è stata un'aggressione. Poi riattacco, e tutto comincia a girare, come quand'ero piccola e la mamma mi portava sulle giostre e salivo sempre sul cavalluccio argentato, prendevo in mano le redini e aspettavo con pazienza che si partisse. E a ogni giro la guardavo seduta sulla panchina di ferro e lei mi salutava, con la mano aperta, e qualche volta mi lanciava un bacio.

***

A vent'anni cominciai a collezionare relazioni con uomini molto più grandi, di solito duravano qualche mese, giusto il tempo necessario alle loro mogli per scoprire tutto, fare scene apocalittiche e costringerli a tornare all'ovile. Altre volte finivano perché mi stufavo, o perché diventavano troppo oppressivi, gelosi, oppure si stufavano loro, smettevo di essere la novità del momento, magari ne trovavano un'altra disposta a prendere il mio posto.

Alcuni avevano figli della mia età, gli chiedevo di parlarmi di loro, per lo più erano restii a farlo, come se anche solo pronunciarne i nomi in mia presenza potesse risvegliare le loro coscienze assopite, poi si facevano forza e iniziavano a raccontare, per lo più si trattava di cronache incolori su ciò che facevano, gli studi, il lavoro, l'università, io li incoraggiavo a continuare e ascoltavo rapita, senza sapere perché. Forse stavo paragonando la vita di questi figli alla mia, mi immaginavo nei loro panni, mi chiedevo come potesse essere vivere all'interno di famiglie normali, con un padre e una madre che ti vogliono bene e si preoccupano per te se rientri tardi la sera, io che un padre non l'avevo mai avuto e una madre, quella sì ce l'avevo ma faceva di tutto per evitarmi. Ogni tanto mi presentavo a casa sua, cenavamo insieme, faticando a mettere insieme quattro parole in croce, poi lei si alzava e cominciava a sparecchiare e io restavo lì seduta, maltrattando le briciole di pane, a chiedermi il motivo di tanta indifferenza.

Facevo lavori saltuari, cameriera o commessa, la mancanza di un diploma mi precludeva ogni possibilità di lavorare in uffici o di partecipare a concorsi pubblici. D'altra parte preferivo così, di chiudermi dietro a una scrivania non ci pensavo neanche, mi sarebbe parso di soffocare. Quasi tutti i miei amanti maturi mi passavano soldi, uno di loro era ricco e aveva ipotizzato di comprarmi un appartamento dove potermi raggiungere ogni volta che ne aveva voglia, poi la nostra relazione era finita e non se n'era fatto nulla. Andai avanti così fino ai venticinque anni, più o meno. Poi un giorno mi innamorai di un ragazzo della mia età che avevo conosciuto a casa di un imprenditore edile, durante una festa a cui ero stata invitata insieme a tanta altra gente. L'imprenditore era un amico di un mio ex amante che appena aveva saputo della nostra rottura si era offerto di prenderne il posto e per far colpo mi aveva appunto invitata a casa sua, una magnifica villa sopra Predappio, per una serata di beneficenza piena di gente abbronzata ed elegante, con lo scopo di raccogliere fondi per il sostentamento di un villaggio poverissimo situato nel sud dell'India. Durante la cena ero stata avvicinata dal padrone di casa in più occasioni, in una di queste ero stata anche presentata a sua moglie, avevo pensato che sarebbe bastato vendere metà dei gioielli che stava portando addosso per sfamare l'intero villaggio indiano per un anno. Poi avevo conosciuto Danilo, uno dei pochi under trenta dell'intera festa. Mi aveva colto di sorpresa mentre me ne stavo in un angolo a sorseggiare un liquido verde e leggermente alcolico, se n'era uscito con qualche spiritosaggine che mi aveva fatto ridere, e nel giro di un'ora scarsa ci eravamo ritrovati mezzi nudi nel mega parco della villa a domandarci cosa ci facessimo in mezzo a quella gente e a cercare un modo per andarcene senza farci vedere. Restammo insieme per un anno poi lui si trasferì a Milano, dove avrebbe lavorato nell'azienda di suo zio. Non mi chiese di andare con lui, disse che non ero pronta per amare veramente qualcuno, disse che ero prigioniera del mio passato, che cercavo in tutti i modi di punirmi per qualcosa che era successo, che forse avrei fatto meglio a guardare avanti e cercare di dimenticare. Ci lasciammo una mattina di dicembre, sotto la prima neve dell'anno che cadeva silenziosa, il giorno della sua partenza per Milano. Piangevo, ero triste che fosse finita, mi sarebbe piaciuto andare con lui, ricominciare da zero in un'altra città, e non avevo il coraggio di farlo da sola. Giurammo di rimanere in contatto, di scriverci, di incontrarci se capitava in zona, ma non successe nulla di ciò, non lo rividi mai più, né ricevetti mai una sua lettera, neppure una cartolina. In seguito cominciai a odiarlo, perché avevo capito che lasciandomi mi aveva negato di salire sull'ultimo treno utile per cambiare la mia vita, mi aveva condannata a viverla fino in fondo senza più alcuna speranza di fuggire da un passato che, ne ero certa, mi avrebbe perseguitato per sempre.

67. Riccardo

Non sono mai stato un tipo vendicativo, ho sempre sopportato in silenzio ogni forma di prepotenza, la maleducazione di chi cerca di fregarti il posto nelle file, gli insulti degli automobilisti negli ingorghi stradali, gli atti di bullismo alla scuola superiore, la boriosa superiorità ostentata da alcuni professori universitari, l'abuso d'ufficio di certi funzionari pubblici, ho sempre chinato la testa e mi sono sottomesso con pazienza, senza provare rancore verso nessuno, a volte stupendomi io stesso per la capacità di adattamento che dimostravo di avere. E forse avrei fatto meglio a ribellarmi, ricacciare indietro i furbetti delle file, insultare a mia volta i guidatori, pagare qualcuno per pestare i bulli, denunciare i docenti prepotenti e i funzionari pubblici corrotti, perché forse se l'avessi fatto, se non mi fossi tenuto dentro la rabbia repressa e accumulata negli anni, avrei reagito diversamente alla rivelazione di Giulia. Che poi lì per lì non mi pareva questa gran cosa, lei aveva preferito Valerio a me per la sua prima volta, in fondo si trattava di roba vecchia, successa vent'anni fa, quando lui era il ragazzo più desiderato della scuola e io, io ero solo l'amico sfigato. Poi mi sono immerso nell'atmosfera di quegli anni, ho rivissuto tutto, l'attesa per quel giorno così speciale, il desiderio, la proposta, ho immaginato loro due che lo facevano e quella frase pronunciata da lei in risposta alla mia domanda se le fosse piaciuta la sua prima volta con l'altro ragazzo, moltissimo, aveva detto, e ho capito che fin dall'inizio della nostra storia, fin da quel primo bacio a Lido di Classe, la notte dei falò, io sono stato la sua seconda scelta, quello su cui puntare se Valerio non fosse stato disponibile. Ripenso a lei che piange davanti a casa mia dopo che lui l'ha cacciata, pochi giorni dopo il suicidio di suo padre, e anche adesso, mi rendo conto che questo nostro periodo insieme è stato possibile solo grazie al suo rifiuto, anche stavolta sono stato quello su cui ripiegare, quello di cui accontentarsi. E capisco da cosa prende forma questo desiderio di rivalsa che mi sta contorcendo lo stomaco, capisco che non posso accontentarmi di come sono andate le cose, io professionista affermato lui ex carcerato che vive di espedienti, ho bisogno di un atto concreto che in qualche modo mi consenta di regolare i conti, per una volta non posso essere quello che china il capo, voglio provare il gusto della vendetta.

Dico alla mia segretaria che resterò chiuso nel mio ufficio per un paio d'ore per esaminare questioni importanti, che non voglio essere disturbato per nessuna ragione, poi quando sento chiudere la porta del bagno esco senza farmi vedere, scendo le scale di corsa, mi dirigo a piedi verso il centro percorrendo strade secondarie. Suono il campanello, mi apre, entro nell'appartamento, ci salutiamo, ci aggiorniamo a vicenda sulla situazione, in pratica non ci sono novità, solo un sms in cui dice che vuole stare da solo per un po'. Fingo di essere costernato, in realtà non me ne frega un cazzo di Valerio, sono qui per lei, Marina, la sua donna. È su di lei che sfogherò la mia rabbia, aspetto che mi volti le spalle, indosso i guanti, il tirapugni che ho preso dal mio ufficio dove lo uso come fermacarte, mi avvicino tenendo le mani dietro la schiena, voglio che la vendetta la colga di sorpresa, implacabile e rapace come un predatore della savana. Capisce le mie intenzioni una frazione di secondo prima che inizi a colpirla, il suo sguardo cambia, diventa un punto di domanda, accenna anche una reazione ma è troppo tardi, ho già assestato due o tre pugni, sento la sua carne piegarsi, emette grida soffocate, sputa sangue, continuo a picchiarla con metodo, colpi ben assestati, calci, pugni, mi rendo conto che è la prima volta in vita mia che faccio del male a qualcuno, è una sensazione strana, né bella né brutta, non ho niente contro questa donna ma allo stesso tempo non mi dispiace vederla soffrire, semplicemente non sto provando nulla.

La lascio distesa a terra priva di sensi, mi siedo un attimo per riprendere le forze, sono sudato e stanco, ho macchie di sangue sui guanti, sulle scarpe, forse nelle suole, me ne vado, cammino fino a casa dove butto i guanti e il tirapugni in un sacco, lavo le scarpe, poi ci ripenso e metto nel sacco pure quelle, mi do una sistemata, getto il sacco nel cassonetto dell'immondizia, torno in studio, quando sono fuori dalla porta estraggo il cellulare e compongo il numero di telefono di una linea secondaria che non usiamo quasi più, faccio squillare un apparecchio posizionato in un ufficio sul retro, costringo la segretaria ad alzarsi per andare a rispondere, chiudo la chiamata quando lei alza la cornetta, entro in silenzio e mi dirigo rapido nel mio ufficio, richiudo la porta ed è come se non mi fossi mai mosso da qui. Dopo cinque minuti chiamo con l'interfono, dico alla segretaria che sono di nuovo disponibile a prendere le chiamate, chiedo se ci sono stati problemi, lei dice di no, nessun problema, e mi passa le telefonate ricevute in queste due ore.

Cerco di rilassarmi, mi concentro sul lavoro ma non riesco a togliermi dalla testa l'immagine di quella donna distesa per terra, sanguinante, dico a me stesso che non sono responsabile, ho solo vendicato un torto subìto, lei è stata una vittima innocente, ce ne sono in tutte le guerre. Sono certo che non mi denuncerà, probabilmente non lo dirà a nessuno, neppure a Valerio, casomai tornasse. E se anche dovesse farlo, ho un alibi di ferro per tutta la mattina. Avrei voluto scattare delle foto di lei rannicchiata per terra, svenuta e ferita, mandarle a lui, fargli capire che finalmente abbiamo regolato i conti, ti sei preso la verginità della mia ragazza, brutto stronzo, ma io ho pestato a sangue la tua. Non l'ho fatto perché sarebbe stata una prova schiacciante della mia colpevolezza, mi basta sapere di essere stato capace di vendicarmi, per una volta.

Ora posso dire che è veramente finita, posso voltare pagina, prendere tutta la storia e gettarmela alle spalle. Di Giulia, di Valerio, non voglio più sentire parlare. Se capiterà di incontrarli farò finta di non vederli, se qualcuno mi chiederà notizie di loro dirò che non so chi siano. E mi sento più leggero, finalmente, come se mi fossi tolto un peso che mi sovrasta da quell'incontro al semaforo di Rimini. Nel prendere a pugni Marina ho preso a pugni il nostro passato, l'ho demolito, l'ho cancellato per sempre. Avverto dolore alle mani, ci sono escoriazioni diffuse, ma non mi dispiace, è un dolore buono, positivo, come una ferita di cui andare fieri.

È la prova che c'è stata una battaglia, dalla quale sono uscito vittorioso.

68. Valerio

Arrivo all'ospedale di buon'ora, Catania è già qui, seduto per terra nei pressi dell'entrata, sta mangiando una mela e per un secondo mi chiedo se sia la stessa che aveva addentato ieri sera, prima di salutarmi.

"Sei pronto?" chiede gettando il torsolo dentro un'aiuola.

Mi guardo attorno, mi chiedo se ho voglia di fare questa cosa, decido che no, non ne ho affatto voglia, poi annuisco e Catania mi sorride soddisfatto.

Per un paio d'ore diamo indicazioni ai conducenti delle auto su dove si trovano i parcheggi liberi, in cambio ci danno qualche moneta, qualcuno pensa che siamo dipendenti dell'ospedale e che resteremo lì a controllare che nessuno gli rubi la macchina, qualcun altro dice che il posto l'aveva visto da solo, quindi non ci da niente. Alla fine ci sediamo per contare i soldi, Catania non è contento, dice che sono pochi, che io sono vestito troppo bene, non faccio pena a nessuno. Però bastano per comprare qualcosa da mangiare, ci sediamo in un tavolino esterno di un bar, guardiamo la gente passare, facciamo commenti osceni sulle donne e battute idiote sugli uomini. E nonostante tutto penso che sono contento di essere qui, che provare a vivere al di fuori di tutto questo è stato un azzardo, un tentativo fallito. Ogni tanto accendo il cellulare, mi arrivano messaggi da Marina in cui mi prega di tornare a casa, li leggo ma non rispondo, ci sono anche innumerevoli tentativi di chiamata, immagino la sua disperazione ma non posso farci niente, mi serve tempo per metabolizzare quello che ho scoperto, tornare da lei adesso sarebbe come vivere in una casa con le fondamenta squarciate, destinata prima o poi a crollare.

"Ci facciamo un altro giro?" chiede Catania, alzando il bicchiere, e siccome non rispondo lo tiene sospeso per aria, un bicchiere di birra mezzo vuoto che improvvisamente si frantuma in mille pezzi, frammenti di vetro che schizzano in tutte le direzioni, mi arrivano dritti in faccia, mi fanno chiudere gli occhi ma solo per un secondo perché poi li riapro, vedo Catania sobbalzare sulla sedia come scosso da convulsioni, lo sguardo fisso e l'ombra del sorriso che mi stava rivolgendo un attimo prima e che tarda a spegnersi, come se fosse ancora in attesa di una risposta. Prima che riesca a rendermi conto di cosa sta succedendo la moto riparte sgommando ed è tutto finito, il mio amico è sdraiato a terra, attorno a lui si sta allargando una macchia rossa, sta diventando una pozzanghera di sangue, lo guardo e non riesco a muovermi, non riesco a fare nulla, ho nella testa il rimbombo degli spari, il rumore dei proiettili che si infilano dappertutto e che spaccano la vetrina del bar, le grida di chi ha visto, dei primi soccorritori, anche se non c'è niente da soccorrere, sarò forse in stato di shock ma lo capisco anch'io che Catania non potrebbe essere più morto di così, avrà almeno trenta pallottole in corpo, hanno usato un mitra i bastardi, e io che non ci volevo credere, alla storia della mafia, me l'ero pure dimenticata.

E anche l'ambulanza che si piazza qui davanti mi chiedo a cosa possa servire, sarà perché siamo vicini all'ospedale ma vorrei dirgli che di loro non c'è bisogno, che chiamino la polizia piuttosto, che magari i sicari sono ancora in zona, anche se indossavano quei caschi integrali tutti neri e di riconoscerne le facce non se ne parla neppure. Vorrei dire queste cose ma non ci riesco, non riesco neanche a muovermi, sono piantato in questa sedia come cinque minuti fa, quando sparavo boiate insieme al mio migliore amico, e stavamo per decidere se fare un altro giro di birre. Poi un infermiere si avvicina, mi dice qualcosa ma forse lo fa troppo piano perché non sento niente, se potessi parlare lo inviterei ad alzare la voce ma siamo daccapo, ho lo stesso problema di prima, non ce la faccio. Altri due dietro di lui stanno preparando una barella, confabulano tra loro e capisco che parlano di me, ma cosa c'entro io, è Catania la vittima dell'agguato, è lui che ha lasciato la Sicilia per evitare di essere accoppato e si è rifugiato qui, convinto che non l'avrebbero trovato. Ma quelli insistono, continuano a parlare, sembrano pesci che si muovono in un acquario, muovono la bocca e non esce nulla, ora sono tutti vicini a me, forse vogliono mettermi su quella barella ma non sanno come prendermi, forse si aspettano che sia io ad alzarmi e a sdraiarmici sopra, non ho nessuna voglia di farlo, voglio solo andare via da questo posto, magari potrei tornare da Marina, dirle che la perdono per quello che ha fatto, provare a ricominciare da zero, dimenticando tutto.

Poi mi accorgo del sangue, lì per lì penso sia quello di Catania anche se sgorga dalla mia pancia, ci appoggio sopra la mano ma è come voler tamponare un rubinetto che perde acqua, vengo sollevato di forza da tre o quattro persone, ci sono curiosi tutti intorno, si mantengono a distanza ma non rinunciano a guardare, qualcuno scatta foto col telefono, vengo spinto dentro l'ambulanza, c'è odore di disinfettante, la sento partire, vicino a me è rimasto un infermiere, è giovane, mi stringe la mano, mi parla, sono certo che stia dicendo cose molto rassicuranti anche se non riesco a sentire. Ho paura. Ho freddo. Mi rendo conto che sto per morire. Piango.

Chiudo gli occhi, ripenso alle cose che non potrò più fare, che forse non avrei fatto lo stesso, come avere un figlio, ad esempio. Ripenso a mio padre, al fatto che se esiste un aldilà forse ci rivedremo, e finalmente potrò dirgli che mi dispiace per ciò che ho detto l'ultima volta che ci siamo parlati.

Ripenso a mia madre, qualcuno la chiamerà per avvertirla, forse troverà la forza di venire a dirmi addio, il giorno del mio funerale.

Ripenso a Marina, che sarà di nuovo sola, e mi chiedo se riuscirà a badare a sé stessa.

Poi il dolore diventa insopportabile e nei pochi minuti di vita che mi restano divento un organismo senza coscienza che si dibatte nel vano tentativo di contrapporsi a un destino ineluttabile. Riesco solo, per un fugace istante prima dell'oblio, a stupirmi per come tutto possa finire così, all'improvviso, in una bella mattina di sole.

Poi non sento più nulla.

69. Marina

I medici usano parole lunghe e complicate, le pronunciano col distacco professionale indotto dall'abitudine, chiedono se ci sono domande e quando rispondo di no se ne vanno col passo deciso ed efficiente di chi non ha tempo da perdere. Rimango sola in questa stanza d'ospedale semibuia a riflettere sul significato di quelle parole, ho un trauma cranico, una lussazione alla spalla, cinque costole rotte, escoriazioni diffuse in tutto il corpo e una frattura scomposta alla rotula che richiederà un intervento chirurgico. Il dolore è sotto controllo grazie ai farmaci, ma lo percepisco appena sotto il livello di guardia, pronto a straripare. Passo dal sonno alla veglia e viceversa senza accorgermene, le infermiere dicono che è normale, viste le mie condizioni, mi trattano bene, mi proteggono, le sento pronunciare parole di fuoco contro il mio aggressore, lo insultano e gli lanciano maledizioni. Prima di andarsene i dottori hanno detto che verrà la Polizia per farmi qualche domanda, hanno chiesto se per me va bene, poi sono usciti senza aspettare la risposta.

Entrano dopo pranzo, sono in due, un uomo e una donna, l'uomo rimane in piedi sul fondo del letto, ha in mano un blocco per scrivere, la donna si siede più vicina, di fianco, mi chiede come mi sento, se sono in grado di parlare un po' con loro. Faccio cenno di sì, dice che purtroppo la violenza sulle donne è una cosa molto frequente, che però non bisogna farci l'abitudine, bisogna ribellarsi, denunciare l'accaduto, chiedere e pretendere giustizia. Dice che gran parte di quello che riusciranno a fare per farmi ottenere giustizia dipende da me, da cosa dirò. Poi chiede se conosco l'aggressore, annuisco, chiede come si chiama, glielo dico, chiede se ero in grado di prevedere una cosa del genere, rispondo di no, chiede di raccontare com'è andata, lo faccio, parlo del fatto che il mio compagno non è tornato a casa, del fatto che Riccardo è un suo vecchio amico, di quando l'ho contattato per chiedere di aiutarmi a trovarlo, dico che gli ho aperto la porta di casa sperando avesse notizie, che poi a un certo punto ha cominciato a picchiarmi. Mi chiede se voleva avere rapporti sessuali con me, magari approfittando del fatto che mi sapeva sola in casa, dico di no, mi invita ad approfondire la questione dell'allontanamento di Valerio, dico che se n'è andato di sua volontà per uno screzio che c'è stato fra noi, che la cosa non ha a che fare con l'aggressione.

"Quindi lei non ha idea del motivo per cui è stata picchiata?" chiede.

"Nell'unica frase che sono riuscita a fargli dire ha insultato Valerio, mi è sembrato che ce l'avesse con lui e che volesse vendicarsi di qualcosa, ma non so cosa."

"C'è modo di contattare il suo compagno?"

"Ci sto provando da una settimana, senza risultato. Mi ha solo scritto un sms in cui dice che vuole stare da solo per un po'. Immagino che prima o poi si farà vivo."

"Ci servirà il suo numero di telefono, proveremo noi a contattarlo, nel frattempo andremo dall'aggressore, sentiremo la sua versione, è probabile che neghi tutto, faremo prelievi ambientali, tutto il necessario, da quello che ci ha raccontato si è trattato di un'azione premeditata, quindi ci aspettiamo che si sia organizzato bene."

Il poliziotto maschio, che fino a quel momento non aveva detto nulla, alza gli occhi dal taccuino e mi guarda.

"Scusi signorina, ha detto prima che ha cercato di farlo parlare, ho capito bene?"

Annuisco.

"Perché?"

"Quando è arrivato stavo pulendo il mio vecchio walkman, che ho tirato giù dalla soffitta. Dentro c'era un nastro, volevo ascoltarlo, da ragazza mi divertivo a registrare la mia voce, quella dei miei amici. Lo tenevo in mano quando ho capito che intenzioni avesse, ho avuto una frazione di secondo prima che cominciasse a colpirmi."

"Ci sta forse dicendo che…"

"Ho registrato tutto."

Quando se ne vanno mi rigetto nel torpore di prima, cerco di addormentarmi, la mia compagna di stanza, un'anziana con la gamba rotta, sta russando di brutto, a ogni respiro emette un fischio che mi penetra nel cervello. I poliziotti hanno detto che sono fiduciosi e faranno il possibile per farmi avere giustizia, hanno ripetuto quella parola, giustizia, un sacco di volte, come se dovessi convincermi che è una cosa reale, un obiettivo concreto, a portata di mano.

Li ho lasciati parlare, ho ascoltato con pazienza, ho risposto a tutte lo loro domande, ho detto che voglio denunciare il mio aggressore e fare tutto ciò che serve per fargliela pagare, per essere di esempio alle altre donne che subiscono in silenzio. Ma non ho mai pronunciato quella parola, perché se ottenere giustizia fosse davvero il mio scopo, allora io per prima dovrei salire sul banco degli imputati.

E il giudizio sarebbe durissimo.

70. Giulia

Ho impiegato dieci minuti per ritrovare la lapide. Me
lo ricordavo più piccolo, questo cimitero, dall'ultima
volta che ci sono stata, esattamente un anno fa, quando
abbiamo fatto il funerale di Valerio. Forse sarei dovuta
venire più spesso a trovarlo, ho sempre rimandato pensando di avere cose più urgenti da fare. Ci sono fiori
freschi, violette, margherite, è tutto pulito e in ordine, fa
pensare che qualcuno ci venga spesso. Subito sotto c'è la
tomba di suo padre, con i vasi e la cornice della foto
usurati dal tempo, gli stessi fiori, la stessa persona che
se ne prende cura.

Mi torna in mente quel giorno, la telefonata di Max
che aveva visto l'articolo sul Carlino, forlivese ucciso in
agguato di mafia, con la foto di Valerio ripresa dalla sua
carta d'identità, la corsa a Rimini, l'incredulità di fronte
alla ricostruzione dei fatti a opera della polizia, dissero
che era stato vittima innocente di un regolamento di
conti tra mafiosi. E poi il funerale, poche persone a testa
china che seguivano il feretro dalla chiesa al cimitero, la
madre in lacrime e noi, i suoi amici d'infanzia, Marchino, Gigi, Veris, mancava solo Riccardo. Dopo la cerimonia siamo andati in via Conti, ci siamo seduti sul
muretto della casa abbandonata e abbiamo ricordato
Valerio, la sua timidezza dei primi giorni, le sue giocate
da campione, abbiamo detto che ci saremmo impegnati
a portare fiori freschi al cimitero, per non dimenticarlo.

Per quanto ne so nessuno di noi ha mantenuto la promessa, ognuno si è fatto distrarre dalle faccende della vita quotidiana, in qualche modo l'abbiamo abbandonato di nuovo, come dopo il suicidio di suo padre.

Io, in particolare, sono stata crudele. Lo sono stata con entrambi, Riccardo e Valerio, fin dall'inizio, fin da quando mi sono accorta che piacevo a tutti e due e ho voluto vedere fino a che punto potevo arrivare, se sarei stata capace di rovinare la loro bella amicizia. Ho giocato con loro per anni, li ho attirati e respinti, li ho messi l'uno contro l'altro, fino a quando non mi sono accorta che ero stata imbrigliata dalla mia stessa rete e che non potevo più fare a meno di loro, di nessuno dei due, e in quel preciso istante ho capito che li avrei persi entrambi. Per questo mi sono gettata tra le braccia di Valerio senza dirgli che stavo con Riccardo, per questo ho poi assistito alla scena della discoteca con l'indifferenza di chi è consapevole di non poter cambiare un destino già scritto, ho pensato che preferivo perderli tutti e due piuttosto che dover scegliere tra loro.

Poi li ho rivisti, a distanza di vent'anni, e ho pensato che la vita volesse offrirmi una seconda possibilità. Mi sono trovata di fronte a due uomini fatti e siccome uno era sposato e l'altro no, ho immaginato che non si ponesse il problema di dover decidere con chi stare. Valerio portava su di sé tutti i segni di un passato difficile, sarei stata felice di aiutarlo, ci saremmo aiutati l'un l'altro. Sono stata respinta, ha detto che non se la sentiva di avere una relazione ma ho capito subito che in realtà era innamorato di un'altra, la donna che stava ospitando a casa sua.

Poi Riccardo mi ha detto quelle cose, che avrebbe lasciato la moglie per me, lì per lì non ci ho creduto ma poi ho voluto metterlo alla prova, di nuovo. È stato un periodo felice, non m'importava che mantenesse la promessa, forse volevo solo tornare indietro nel tempo, come se fosse possibile ricucire le ferite. Quando mi ha detto del figlio in arrivo ho capito che invece m'importava eccome, non ho saputo fare di meglio che ferirlo con un segreto di quello stesso passato. Da quel giorno non l'ho più rivisto, né mi aspettavo che succedesse, credevo però che sarebbe venuto al funerale di Valerio, forse sono riuscita ad allontanarli di nuovo dopo che un incontro fortuito li aveva fatti riavvicinare. Forse sono nata per fare del male alla gente. Forse il mio matrimonio con Fabrizio è stato una conseguenza di questo male, una sorta di punizione divina per i miei peccati. Forse sono destinata a rimanere sola per sempre.

Lo sapevo che non dovevo venirci, in questo cimitero, farei meglio a dimenticare tutto, quel che è stato è stato, in fondo ognuno ha la sua parte di colpa. Guardo l'orologio, devo riaprire il negozio, mi accorgo di avere ancora in mano il fiore che ho portato, un'orchidea bellissima coi petali di colore blu, la sistemo dentro il vaso vicino agli altri fiori, controllo il livello dell'acqua, faccio due passi indietro per vedere l'effetto d'insieme.

Una donna si sta avvicinando, sembra diretta qui, in effetti si ferma a un metro da me, indossa occhiali da sole e zoppica leggermente, mi sorride, poi volge lo sguardo alla foto di Valerio, sembra contemplarla per un tempo lunghissimo, come se gli stesse parlando in silenzio. Qualcosa mi dice che sia lei a prendersi cura della tomba, forse è la donna con cui Valerio viveva prima di essere ammazzato, vorrei parlarle ma ho paura di infrangere questo momento di raccoglimento che sembra non finire mai. Alla fine è lei a farlo, mi allunga la mano, dice "piacere, Marina", "Giulia" rispondo, ci tocchiamo per una stretta simbolica, un accostare le dita per poi ritrarle subito.

Seguono secondi di silenzio, di imbarazzo reciproco, forse temiamo di dire frasi fuori contesto, di mancare di rispetto a tutti i morti che ci circondano.

"Eravate amici?" chiede lei.

"Sì, lo eravamo da ragazzi. Poi non ci siamo visti per molti anni, ci siamo incontrati quando è tornato e siamo usciti insieme un paio di volte."

"Sì mi ricordo, una sera mi ha avvertita che non tornava per cena, era con te."

"Forse non dovrei dirtelo ma quella sera cercai di sedurlo, disse che non si sentiva pronto per avere relazioni ma non era vero. Era già innamorato di te."

Mi stupisco di aver detto queste cose, ma è come se ne avvertissi l'esigenza. Non riesco a percepire la sua reazione da dietro quegli occhiali scuri, inoltre cerco di non guardarla, non lo faccio mai quando confesso qualcosa.

"Quel giorno era a Rimini per colpa mia, era andato via perché aveva scoperto una cosa che ho fatto tanto tempo fa, disse che doveva riflettere. Se non fosse stato per me, adesso sarebbe ancora vivo."

Lo dice così, tutto d'un fiato, ho l'impressione che la ripeta a tutti, questa cosa, che sia un suo modo per espiare una colpa che è convinta di portarsi dietro. Di fronte a questa certezza non so cosa dire. Provo per lei una grande compassione, me la immagino mentre trascina la sua gamba zoppicante dentro questo cimitero, per rinnovare ogni giorno il rimorso.

"Che fai nella vita?" chiedo.

Lei scuote la testa. "Nulla. Avevamo un bar, con Valerio, ma l'ho venduto. Da sola non me la sentivo."

"Io ho un negozio di abbigliamento. Ti andrebbe di lavorare con me?"

Non dice niente. Io stessa sono stupita da questa domanda. Sento che tra noi due c'è un legame, che potremo aiutarci a vicenda.

"Facciamo così. Io sto andando lì, per l'apertura pomeridiana. Vieni con me, vedi com'è il lavoro e poi, se ti va, proviamo. Un passo alla volta."

Ci pensa un po', guarda la foto di Valerio, come se cercasse un consiglio da lui, accenna un sorriso. "Va bene" dice.

Ci incamminiamo verso l'uscita, in silenzio. Lasciamo sedimentare le emozioni di questo incontro, le prospettive di una nuova amicizia, di un nuovo inizio nel ricordo dell'uomo che abbiamo amato entrambe. Vorrei dire a Marina che da questo momento in poi potrà contare su di me, che non sarà più sola, vorrei dirle che non ha più niente da temere, ma non lo faccio perché non ne sono affatto sicura.

Perciò mi limito a camminarle a fianco, calpestando la ghiaia lungo i sentieri tutti uguali di questo enorme cimitero.

Un passo alla volta.

www.koipress.it

Stampato per Koi Press da CreateSpace.com nel febbraio 2016

www.ingramcontent.com/pod-product-compliance
Lightning Source LLC
Chambersburg PA
CBHW031051260626
47172CB00001B/19